El espía de la Reina

El espía de la Reina

CLARE MARCHANT

Editado por HarperCollins Ibérica, S. A.
Avenida de Burgos, 8B - Planta 18
28036 Madrid

Título español: El espía de la reina
Título original: The Queen's Spy
© Clare Marchant, 2021
© 2023, para esta edición HarperCollins Ibérica, S. A.
Publicado por HarperCollins Publishers Limited, UK
© Traducción del inglés, Sonia Figueroa

Diseño de cubierta: CalderónSTUDIO®
Imágenes de cubierta: Dreamstime.com y Shutterstock

ISBN: 978-84-9139-974-2
Depósito legal: M-20062-2023

Dominic, Tobias, Laura, Bethany, Imogen, Gregor,
sois mi mundo

1

Junio de 2021

El sonoro ruido que hizo al exhalar con fuerza, un violento puf de aire y saliva, resonó por la cavernosa y casi vacía zona de la aduana. Una catedral para una edad moderna, dando la bienvenida a todos los que querían pisar su venerable suelo... «Bueno, puede que no a todos», pensó Mathilde mientras permanecía parada frente a un hombre de semblante avinagrado que, irónicamente, tenía a su espalda un sucio cartel donde ponía «Bienvenidos a Inglaterra». Casi todos los demás pasajeros del ferri estaban ya en sus respectivos coches y reemprendían la marcha mientras unos últimos rezagados desembarcaban a pie, cargando sobre sus cansados hombros polvorientas mochilas. En cuanto a ella, hétela allí, esperando en aquel enorme, frío y reverberante espacio mientras un hombre oficioso, entrado en años y enfundado en un desgarbado uniforme la acribillaba a preguntas.

—¿Tiene doble nacionalidad? —insistió él en ese momento, hablando con lentitud. Tenía el pasaporte de Mathilde en la mano, lo mantenía abierto con el pulgar mientras lo blandía ante ella—. ¿Es francesa o libanesa?

—*Oui*, francesa —contestó de forma pausada para dar la impresión de que no le comprendía, con la esperanza de que él cejara en su empeño de interrogarla y le permitiera proseguir su camino—. Soy francesa.

Él le mostró una de las páginas del pasaporte y dijo, pronunciando cada palabra poco a poco:

—Pero aquí pone que nació en el Líbano.

Mathilde se quedó mirándolo como si no entendiera nada. Abrió lentamente la mano que tenía cerrada en un prieto puño y estiró los dedos antes de volver a encogerlos. Su cara de pasmarote solía funcionar, pero aquel señor mayor era obstinado; de buenas a primeras, se vio conducida a una pequeña sala de interrogatorios donde le dieron un poco de agua tibia en un vaso de plástico, a la espera de que alguien encontrara un intérprete francés. Estaban a cuarenta y pocos kilómetros de Francia, ¡no podía ser una tarea tan difícil!

Abrió su bolso y sacó la carta que la había llevado hasta allí. Estaba enfundada en un grueso sobre de vitela color crema, uno de esos que hacían que el destinatario se viera compelido a abrirlo de inmediato. Una ominosa carta de aspecto burocrático, cuyo remitente era un abogado que se había embarcado en una larga explicación; al parecer, había visto una fotografía suya publicada en la revista *Amelia*, una tomada durante un viaje a Estocolmo, y había procedido a indagar sobre su paradero. Teniendo en cuenta que ella había pasado su vida entera trasladándose de un lugar a otro para evitar ser reconocida, el hombre había tenido un golpe de suerte; de hecho, si la revista hubiera usado el seudónimo que ella empleaba en vez de publicar por error su verdadero nombre, seguiría viviendo en el anonimato, pero en la carta se insistía en que era urgente que se pusiera en contacto por algo relativo a una propiedad llamada Lutton Hall, situada en Inglaterra…, en Norfolk, para ser exactos. Se había replanteado tres veces lo de viajar a Inglaterra antes de comprar finalmente el billete del ferri; aunque no sabía qué era lo que querían aquellos abogados, parecían estar extremadamente deseosos de conocerla.

De modo que allí estaba, siguiendo las instrucciones de la carta que sostenía en la mano; de camino al pueblo de Norfolk donde esperaba encontrar algunas respuestas. Bueno, así sería si aquellos idiotas que le estaban haciendo perder el tiempo le permitieran marcharse. Era lo mismo de siempre: alguien uniformado y con demasiado tiempo libre veía su ambulancia reconvertida en autocaravana, cuyo aspecto no era muy salubre que digamos, y sus sospechas se despertaban al instante. En especial cuando le pedían que mostrara su pasaporte y veían los numerosos visados y su lugar de nacimiento, claros indicadores de que siempre estaba viajando de acá para allá. ¿Qué esperaban de una reportera gráfica? No iba a conseguir muchas imágenes descarnadas del ámbito político o de zonas de guerra sentada en un apartamento parisino de un dormitorio, ¿no?

El hilo de sus pensamientos se interrumpió cuando otro hombre entró en la sala.

—¿Podría entregarme las llaves de su autocaravana, por favor?

Mathilde miró por la ventana en dirección a dos agentes de policía que sujetaban la correa de sendos perros, dos *springer spaniels* vigorosos y llenos de energía que ladraban como locos, y esbozó una pequeña sonrisa. No iban a encontrar drogas allí dentro; sabía perfectamente bien para qué estaban adiestrados aquellos perros, lo que rastreaban. Se sacó la llave del bolsillo y se la ofreció al agente.

—Tengo plantas en la parte de delante. —Entornó ligeramente los ojos y añadió—: Plantas aromáticas, nada de marihuana. Que sus perros no las destrocen, por favor.

El hombre tomó las llaves con semblante impasible y salió de la sala.

Los agentes procedieron a inspeccionar con detenimiento la miríada de plantas aromáticas y especias que tenía plantadas, pero terminaron por cerrar de nuevo la autocaravana junto a sus perros, que parecían decepcionados por la infructuosa búsqueda.

Al final, cuando Mathilde había empezado a dudar de si conseguiría ir más allá de Dover, alguien confirmó desde el otro lado de la línea telefónica que, aunque había nacido en Beirut, poseía nacionalidad francesa y tenía todo el derecho de entrar en el Reino Unido. Cogió su bolso y las recién recuperadas llaves con furia apenas contenida y, pasaporte en mano, salió airada de la sala. Ya estaba harta de aquel dichoso país y apenas había pisado el suelo; cuanto antes llevara a cabo lo que se requería de ella, antes podría regresar a su existencia itinerante alejada de normas, de las autoridades, de una sociedad que ni le gustaba ni entendía. Antes podría ir a algún lugar donde se sintiera más segura.

2

Enero de 1584

La masa de gente lo rodeaba por todas partes. Hombres, mujeres y niños dándose empellones al desembarcar y que se quedaban plantados en el muelle mirando desorientados alrededor, como si estuvieran atónitos al verse de nuevo pisando tierra firme. El aire estaba preñado del olor a mar, un olor con el que ahora estaba tan familiarizado que sentía su sabor alojado en el fondo de la garganta; la penetrante sal junto con el fuerte olor del pescado que tan hastiado estaba de comer, entremezclándose con ese hedor a cuerpos sudorosos y sin asear que ya no percibía apenas. Tenía las piernas temblorosas después de dos días de navegación y, a pesar de estar en tierra firme, se sentía ligeramente bamboleante. Un niño que estaba parado junto a él aferraba una jaula donde revoloteaban dos pajaritos amarillos. Lo miró con una sonrisa y le guiñó el ojo, y el pequeño respondió a su vez con una sonrisa de oreja a oreja. Todo el mundo parecía extático por haber llegado a puerto, aunque, por fortuna, había sido una travesía tranquila y sin contratiempos. Enormes acantilados se alzaban por encima de su cabeza hacia un cielo pálido, frío e inclemente. Tom se preguntó si se habría equivocado al pensar que aquel viaje le ayudaría a encontrar por fin todo lo que había estado buscando.

Una manaza le dio una palmada en la espalda y se sintió complacido al volverse y ver que se trataba de William, su compañero de viaje.

Habían congeniado durante la travesía al percatarse de que ambos llevaban un equipaje similar, consistente en plantas y bulbos. Aunque el propio Tom era incapaz tanto de oír como de hablar desde su nacimiento, habían podido comunicarse mediante rudimentarios gestos de la mano combinados con su habilidad para leer los labios y con la tablilla encerada que llevaba consigo. Esta consistía en una tabla lisa de marfil cubierta de múltiples capas de cera que permitía escribir palabras con un estilete, y borrarlas después para poder reutilizarla. Era más fácil que estar buscando trozos de pergamino constantemente. Había tenido que aprender a transmitir y compartir información desde una edad muy temprana, y su madre adoptiva le había enseñado a hacerlo mientras trabajaban juntos en el herbolario donde creaban pócimas y medicamentos a partir de hierbas y plantas diversas. Ahora comprendía la mayoría de las palabras y jamás se le tomaba por tonto. A William le resultaba grato que él no pudiera hacerlo participar en vacuas conversaciones sobre naderías y habían pasado horas sentados en cubierta, guardando un cómodo silencio mientras contemplaban el vuelo circular de las omnipresentes gaviotas. William le indicó con un gesto que cogiera el equipaje y le siguiera; con piernas no muy firmes, se dispusieron a salir juntos del muelle.

Apenas habían dado unos pasos cuando Tom sintió un tirón en el brazo. Se volvió y se encontró cara a cara con uno de los guardias del puerto, que estaba diciéndole algo. Observó sus labios en silencio con la esperanza de identificar alguna que otra palabra que le permitiera adivinar lo que se le decía, pero su esfuerzo fue en vano. Su manejo del inglés era malo, a pesar de ser la lengua materna de su madre; llevaba muchos años sin usar aquel idioma, lo que, sumado al hecho de que aquel hombre hablaba con rapidez, lo llevó a un estado de suma confusión. Las bocanadas de aliento hediondo y los dientes negruzcos del hombre le hicieron retroceder un paso, asqueado. La mano que tenía en el brazo lo aferró con más fuerza aún, pellizcándole la piel. No tenía forma de oír lo que estaba diciendo aquel hombre, pero, a juzgar por su rostro enrojecido y por la forma en que la saliva salía disparada de su boca, no estaba complacido ante la falta de respuesta por su parte. Era algo a lo que Tom estaba acostumbrado. Intentó emplear

13

sus habituales gestos de la mano para indicar que no oía ni hablaba, pero no resultaba fácil con un brazo inmovilizado.

El hombre giró la cabeza de repente para mirar hacia atrás, y Tom vio por encima de su hombro que se había desatado una pelea junto al barco del que acababan de desembarcar. Huelga decir que no iba a perder la oportunidad de esfumarse. Con un pequeño tirón, se colocó mejor la alforja que llevaba al hombro, y entonces dio media vuelta y siguió apresuradamente a William hacia la carretera que conducía a Londres. A pesar de su deseo de pasar inadvertido, el hecho de que no pudiera oír ni hablar solía llamar la atención y estaba acostumbrado a que lo detuvieran allá por donde iba. El recelo y la desconfianza eran comunes a cualquier idioma.

La alforja que contenía sus pertenencias era pesada y las duras esquinas de su preciado tríptico (una pintura formada por tres partes individuales que creaban una única imagen al desplegarse, toscamente unidas mediante bisagras) se le clavaban en el hombro, pero eso era lo de menos. Le alegraba estar de regreso en Inglaterra, el país donde había nacido unos cuarenta años atrás. Ahora solo le quedaban vagos recuerdos de aquella vida pasada porque, siendo aún un chiquillo, su madre adoptiva lo había llevado rumbo a Francia escasas horas antes de que los hombres del rey irrumpieran en el que había sido su hogar. Había ocurrido después de que su padre (el único padre que alcanzaba a recordar) fuera asesinado por su majestad, asesinado sin más motivo que haber trabajado junto a un secretario llamado Francis Dereham. Este había sido acusado de cometer adulterio con la reina Catalina, la quinta esposa del rey, y había sido ajusticiado; en cuanto a su padre, a pesar de ser inocente, había muerto mientras lo torturaban para sacarle una información que no tenía. Su madre adoptiva había mantenido vivos los recuerdos a través de dibujos, del lenguaje de signos y del azafrán que cultivaba; aun así, él albergaba la esperanza de volver a encontrar un hogar en aquellas tierras, un lugar donde poder sentirse seguro y aceptado. La gente sentía animadversión hacia aquellos que eran diferentes, y él lo era sin duda.

3

Junio de 2021

Mathilde se detuvo por un momento bajo la creciente luz crepuscular y contempló la antigua casa señorial que tenía ante sí. Parecía uno de esos típicos edificios ingleses ancestrales que se veían en los libros, y era mucho más grande de lo que esperaba. Ancho y achaparrado, como un macizo *bulldog* inglés dormitando en una tarde cálida, bañado por el suave resplandor rosado de la puesta de sol que servía como telón de fondo. Oscuras y desgastadas vigas de madera cruzaban la fachada, contrastando con los pálidos paneles intercalados; la luz del atardecer se reflejaba en las ventanas, que parecían consistir mayormente en panelitos de cristal que lanzaban brillantes destellos.

Releyó la dirección que aparecía en la carta que había recibido. Lutton Hall. Sí, no había duda de que estaba en el lugar correcto, había visto un maltrecho y desgastado poste indicador al salir de la carretera rural. El camino de entrada era tan largo que había llegado a pensar que no era más que otra de aquellas carreteras absurdamente estrechas. Setos descuidados y polvorientas ortigas habían rozado el coche a su paso hasta que había desembocado al fin en aquella amplia entrada con un gran patio delantero. La grava del suelo asomaba aquí y allá en irregulares parches, resultaba prácticamente invisible bajo una gruesa capa de hierbajos. El exterior de la casa exudaba un aire de abandono, de falta de cuidados, y ella sintió una afinidad inmediata con el lugar. Dando por hecho que nadie se ofendería si aparcaba la autocaravana allí, había dado media vuelta para dejarla de cara al camino. «Una siempre tiene que estar lista para marcharse de buenas a primeras», esa era la regla principal que le había inculcado su madre.

Se acercó a la ancha y oscura puerta principal de madera, tachonada con clavos negros y coronada por un liso dintel de piedra, pero vio que no había aldaba ni timbre. Dio varios fuertes toques con el puño, entonces se acercó a una ventana lateral y ahuecó la mano contra el cristal para intentar echar un vistazo al interior. La sala que había al otro lado estaba a oscuras; aparte de varias siluetas angulares de color blanco, no alcanzaba a ver nada.

—Hola, ¿puedo ayudarte en algo?

Se volvió hacia la voz y el corazón le dio un incómodo vuelco al ver a la mujer que acababa de abrir la puerta. Debía de tener una edad similar a la suya y, aunque la desconocida era más baja que ella, sus espesas y rectas cejas enmarcaban unos ojos oscuros y profundos que eran idénticos a los suyos. Su propio pelo era mucho más oscuro y caía por su espalda como un espeso manto; el de la mujer, sin embargo, era castaño apagado y estaba cortado por encima de los hombros. Había algo en ella que le resultaba familiar.

—Tengo una carta sobre esta casa.

Rebuscó apresuradamente en su bolso hasta que la encontró. A esas alturas, después de leerla y releerla tantas veces, el sobre estaba arrugado y manoseado, distaba mucho de su estado original. Se la entregó sin decir palabra; por suerte, estaba en inglés, así que no iba a tener que dar explicaciones. La mujer empalideció de golpe al leer lo que ponía, y dijo al fin:

—Será mejor que pases. —Su voz sonó algo enronquecida y carraspeó para aclararse la garganta, pero consiguió esbozar una trémula sonrisa mientras se apartaba a un lado y la invitaba a entrar con un gesto.

El salón de entrada era enorme y tan amedrentador como cabía esperar después de ver el exterior de la casa. Las paredes, revestidas con paneles de madera oscura y salpicadas de óleos de personas con semblante adusto, se elevaban hacia un techo muy alto y abovedado, como el de las iglesias, decorado con coloridos elementos ornamentales. Todo ello, sumado a una gran chimenea de piedra y a una imponente y sinuosa escalera de madera situada a un lado, le daba un aire como de película. Hacía bastante frío en comparación con el calor del exterior, y Mathilde se estremeció ligeramente mientras giraba con lentitud para mirar alrededor. Se respiraba un ambiente extraño, desasosegado, y se le erizó el vello de los brazos. No era la primera vez que un edificio le causaba una sensación extraña; a lo largo de los años se había acostumbrado a su capacidad de percibir las emociones que impregnaban una habitación. Era como si los recuerdos de todo lo acontecido allí en tiempos pasados reemergieran hacia ella, acudiendo a su encuentro. El pulso silencioso de un corazón latiente; el suave aliento en la nuca exhalado por alguien que había estado allí en el pasado, pero que había quedado en el olvido mucho tiempo atrás. Pero jamás lo había sentido con tanta fuerza como en aquel edificio. Allí había algo que había estado aguardando su llegada…, observando, a la espera.

—Por aquí, estamos en la cocina —dijo la mujer por encima del hombro, antes de desaparecer por un pasillo que parecía tan sombrío como el resto de la casa.

La inquietante sensación de estar acompañada permaneció junto a Mathilde como un etéreo susurro mientras se apresuraba a seguirla. Llegaron poco después a una amplia y luminosa cocina abierta donde destacaba especialmente una antigua cocina de color crema situada en uno de los extremos, una que le resultó familiar; era similar a la que recordaba de su infancia, exhalando humo y calor a partes iguales.

La mujer estaba atareada llenando una tetera mientras decía algo, pero hablaba tan rápido que no la entendía a pesar de manejar razonablemente bien el inglés; al ver que se volvía a mirarla y la observaba expectante, como esperando una respuesta, se limitó a encogerse de hombros.

—Perdón, mi inglés no da para tanto. ¿Podrías hablar un poco más lento, por favor? —Había reconocido la palabra «hermana» al oírla hablar, y ahora estaba más desconcertada aún.

—No, perdona, ¡la culpa es mía! —La mujer apartó una silla y le indicó que tomara asiento. Sacó entonces dos tazas de uno de los armarios y las alzó—. ¿Un té?

—Sí, gracias.

Frente a ella, sentada en el borde de una silla, había una niña que la observaba con atención. ¿Quién era aquella gente? ¿Por qué la habían mandado llamar? No había duda de que aquella era la dirección indicada, pero estaba claro que a la mujer le había sorprendido su llegada; además, había quedado visiblemente estupefacta cuando había quedado revelado el contenido de la carta. Le encantaría que alguien le explicara por qué se encontraba en ese momento allí, en aquella antigua mansión, en un país que no tenía deseo alguno de pisar.

Las dos se sentaron finalmente a la mesa con sendas tazas de un té oscuro e intenso.

—¿Tienes hambre? —La mujer depositó un plato de gruesos sándwiches de queso sobre la mesa y lo deslizó hacia ella, acercándoselo.

Mathilde hizo un pequeño gesto de asentimiento, hacía bastante que no comía nada. Cogió un sándwich y se lo comió con ganas, echó dos cucharadas de azúcar al té y se lo tomó rápidamente; la mujer y la niña, mientras tanto, se limitaron a observarla en silencio.

Poco después, había dado buena cuenta de todo lo que había en el plato y había llegado el momento de averiguar lo que estaba pasando, de saber si todo aquello no era más que una pérdida de tiempo; en otras palabras, *une fausse piste*. Cogió la carta y la extendió sobre la mesa.

—No entiendo por qué estoy aquí. —Indicó el papel con un ademán de la mano—. Aquí pone que debo reunirme con este hombre, el tal… —se interrumpió mientras buscaba el nombre en la carta— señor Murray, por algo relacionado con esta casa. Así que me gustaría saber por qué se me ha mandado llamar. —Blandió la carta ante la mujer.

—No sé por qué no aportó más información en la carta, pero se trata de tu padre. Y de su muerte.

—Han pasado casi treinta años desde la muerte de mi padre, ¿por qué quieren hablarme de él a estas alturas? —Mathilde no entendía nada y alzó ligeramente la voz.

18

—No, espera, murió en febrero, ¿por qué crees que fue hace años? Para serte sincera, estaba convencida de que no conseguirían localizarte. ¿No me has oído antes? Soy tu hermana, él también era mi padre.

La mujer se levantó de la silla como un resorte, cogió una pequeña foto enmarcada que había en el aparador situado a su espalda y la depositó sobre la mesa. El hombre estaba en un jardín pulcro y bien cuidado, tenía un pie apoyado en el filo de una pala y miraba sonriente a la cámara. Mathilde vio aquellos ojos idénticos a los suyos y, por mucho que le costara admitirlo, supo de inmediato que estaba emparentado con ella.

—¡No puede ser! —exclamó, aturullada—. A mi madre le dijeron en el hospital que la bomba lo había herido de gravedad, que le quedaban unas horas como mucho. ¡Venía a buscarnos a nosotras dos y lo perdimos de repente!

Apuró la taza de té y clavó su indignada mirada en la mujer, a la espera de una respuesta. La niña, claramente aburrida de aquella súbita visita, bajó de la silla y salió por una puerta situada al otro extremo de la cocina; en cuestión de segundos, se oyeron los dibujos animados que estaban dando en algún canal de televisión. La mujer sonrió con afectuosa condescendencia y fue a cerrar la puerta para amortiguar el sonido. Se sentó entonces en la silla más cercana a Mathilde y tomó una de sus manos entre las suyas; en comparación con sus dedos, los de Mathilde eran mucho más largos y delgados.

—Tienes las manos igualitas a las suyas. —La mujer sonrió mientras se la acariciaba.

Mathilde apartó la mano de inmediato y se limitó a decir:

—¿Qué hago aquí? ¡Quiero saber el verdadero motivo!

—Estoy diciéndote la pura verdad, te lo aseguro. Soy tu hermana, Rachel.

En un primer momento, Mathilde fue incapaz de asimilar lo que estaba oyendo. Y su desconcierto no tenía nada que ver con la barrera del lenguaje.

—*Non*. Yo no tengo ninguna hermana, ¿a qué viene todo esto?

19

—Tu padre era Peter Lutton... Mira, aquí lo pone, en la carta que te envió su abogado. Lutton Hall es el hogar ancestral de la familia. Pues resulta que él también era mi padre. Somos hermanas, hermanastras. Siempre supe de tu existencia, él hablaba a menudo de mi hermana mayor. Trabajaba de periodista cuando conoció a tu madre en Beirut; tal y como has dicho, iba de camino a recogeros para traeros a Inglaterra cuando el taxi donde viajaba fue alcanzado por los fragmentos de un edificio cercano donde impactó una bomba. No supo más hasta que despertó de un coma meses después en un hospital londinense. Sufrió una lesión cerebral y se fracturó la columna, fue un milagro que sobreviviera y no me extraña que le dijeran a tu madre que tenía las horas contadas. Estaba tan grave que su corazón se detuvo varias veces. Tardó dieciocho meses en poder regresar a por vosotras, pero habíais desaparecido para entonces. Jamás llegó a recuperarse del duro golpe y no dejó de buscaros. Cada vez que tenía oportunidad, tomaba un avión rumbo al Líbano y, más tarde, a Francia. Ponía anuncios en los periódicos, hizo de todo. Pasamos muchas vacaciones de verano allí mientras seguía con su búsqueda. Para serte sincera, yo creía que los abogados no iban a encontrarte, pero está claro que lo consiguieron. Te pareces muchísimo a él. Terminó trabajando en Londres, en Fleet Street, y entonces fue cuando se casó con mi madre. Pero nosotras siempre supimos de tu existencia, no eras un secreto ni mucho menos. ¿Cómo diantre logró encontrarte el viejo señor Murray?

Mathilde sentía que le temblaba todo el cuerpo. Llevaba años sola, valiéndose por sí misma; después de la muerte de su madre, se había dedicado a viajar en su autocaravana tomando fotos, vendiéndolas cuando tenía ocasión. Se había metido en situaciones peligrosas a menudo con tal de conseguir una buena instantánea, y se había labrado un nombre en su campo. Y ahora resulta que sus genes de periodista parecían proceder de su padre, un hombre al que no recordaba. El padre fallecido del que su madre no soportaba hablar.

—Mi nombre apareció en una revista que publicó una foto mía —alcanzó a decir con voz trémula.

—¿En Beirut? ¿Regresaste después de la guerra?, ¿es allí donde vives ahora?

—*Non*. No. Escapamos cuando los bombardeos empeoraron. Mi madre me contó que fue pocos meses después de la muerte de mi padre... o de la supuesta muerte. Viajamos a Francia como refugiadas y nos quedamos a vivir allí, yo era muy pequeña y no tengo ningún recuerdo del Líbano. No se me ha perdido nada en ese país. Mi madre se negaba a hablarme del viaje a Francia y de cómo terminamos con el tipo de vida que llevábamos. Las bombas, la muerte, la marcaron de por vida. Estaba... —recorrió la cocina con la mirada, como si la palabra adecuada estuviera oculta tras las sombras de algún rincón y quisiera encontrarla— *traumatisée*. Ahora diríamos que sufría de TEPT[1], se lo guardaba todo muy dentro. Murió cuando yo tenía dieciséis años.

Sintió el escozor de las lágrimas al recordar a la mujer asustada y traumatizada en la que se había convertido su madre, una mujer que siempre intentaba ocultarse del mundo. Acudieron a su mente escenas de su niñez..., los susurros velados y los dedos señalando a la *femme folle*, la «mujer loca» que en realidad no estaba enloquecida, sino mutilada por dentro. Resultaba difícil imaginar a la joven feliz y enamorada que debía de haber sido tiempo atrás, pero ahora ya era demasiado tarde y jamás llegaría a enterarse de lo que había ocurrido realmente el día en que él no había llegado para llevárselas.

—Mira, es obvio que estás conmocionada —afirmó Rachel, mientras le frotaba enérgicamente el dorso de las manos—. No tenía ni idea de que no sabías de nuestra existencia, creía que el viejo Murray te habría dado una mínima explicación al menos; en fin, según la carta, pensaba ponerte al tanto de todo cuando os vierais en persona. Supongo que no se le ocurrió que pudieras venir a casa directamente, sin pasar antes por su despacho. —Soltó una carcajada al añadir—: Le he desbaratado los planes, siempre he sido bastante bocazas. Quizá sea mejor que no te cuente nada más por ahora, podemos llamarle por teléfono

---

[1] Trastorno de estrés postraumático. *(Todas las notas son de la traductora)*.

mañana por la mañana para concertarte una cita con él. Tendrás que pasar aquí la noche. Los dormitorios huelen un poco a moho y a humedad, pero algunos están mejor que otros. —Fue aminorando la velocidad de sus palabras hasta quedarse callada.

—¿Qué me queda por saber? Has dicho que es mejor que no me cuentes nada más. ¿Hay más familiares? ¿Existen más hermanos o hermanas?

—No, tu única hermana soy yo. Papá tenía una, Alice, que vive con el tío Jack en una vieja granja cercana. Y también está mi hija, Fleur. —Señaló con un ademán de la cabeza hacia la puerta, a través de la cual seguía oyéndose la televisión a todo volumen—. Tiene cinco años. Mi marido se llama Andrew y vivimos en Peterborough, a unos noventa minutos en coche de aquí. Soy profesora de primaria y ahora tenemos las vacaciones de verano, llevo aquí una semana y he estado intentando limpiar la casa y organizar las cosas de papá. Alice también ha estado echando una mano, es un lugar muy grande y hay mucho por revisar. Aunque la verdad es que deberíamos regresar a casa ahora que tú estás aquí. Andrew se va a llevar una alegría, está harto de cenas recalentadas en el microondas. —Concluyó con otra carcajada, una que se agudizó al final con un ligero toque de histeria.

Había estado hablando sin parar, sin detenerse apenas a tomar aliento. Estaba claro que nadie esperaba que la búsqueda de Mathilde tuviera éxito, y todavía no le habían explicado por qué la habían hecho acudir a aquel viejo caserón destartalado.

—A ver, ¿qué más me queda por saber? ¿Qué más se supone que no debes revelar? —Alzó la barbilla con determinación, su tono de voz exigía una respuesta—. Puedes contármelo ahora, reaccionaré… —se cubrió la boca con la mano y abrió los ojos como platos— así cuando hable con… —consultó de nuevo la carta— el señor Murray.

Rachel exhaló un suspiro.

—Supongo que da igual quién de los dos te lo cuente; al fin y al cabo, vas a enterarte. En su testamento, nuestro padre te dejó en herencia esta casa; mejor dicho, la finca entera.

Mathilde abrió la boca, la cerró de nuevo. Finalmente, alcanzó a decir:

—Es un error, ¿verdad? Tiene que serlo. Él no me conocía, ¿por qué iba a legarme esta casa? Tú eres su verdadera hija, ¡tendría que ser tuya!

Tuvo ganas de añadir que, para ella, aquel hombre llevaba muerto muchísimos años, por mucho que ahora le dijeran que no era cierto. Su vida entera estaba cimentada en aquella información falsa: su padre no había sobrevivido a la explosión. La realidad era demasiado difícil de asimilar.

—No te preocupes, no me olvidó en su testamento. Nuestro padre hizo inversiones muy buenas a lo largo de su vida, tenía una buena cantidad de dinero y de acciones que me dejó en herencia. Él sabía que yo no querría vivir aquí, mi vida y mi trabajo están en Peterborough. En cualquier caso, insistió en que esta casa debía pasar a ser tuya porque eras su primogénita, afirmaba que te pertenecía por derecho de nacimiento. Lleva muchísimo tiempo en la familia. —De repente cambió de tema—: Mira, vamos a elegirte una habitación para esta noche y esperamos a que hables mañana con el señor Murray, él te lo explicará todo.

Rachel llamó entonces a Fleur. Hizo falta una buena dosis de persuasión, pero la niña reapareció finalmente y subió las escaleras tras su madre, quien, al llegar arriba, le entregó un pijama y la instó a entrar en un cuarto de baño. Mathilde alcanzó a ver una enorme bañera con insulso esmalte blanco que tenía pinta de tener unos cincuenta años como mínimo y que era casi tan grande como un *jacuzzi,* solo que menos tentadora.

—La ropa de cama no es nada del otro mundo, pero es pasable. —Rachel sacó unas sábanas de franela en tonos pastel de un cuartito donde estaba la caldera del agua, que emitía un ominoso gorgoteo mientras Fleur tenía el grifo abierto en el baño.

Recorrieron un pasillo largo y oscuro que parecía desaparecer al ser engullido por un agujero negro, y cuyo final se perdía en la distancia. A lo largo de las paredes, revestidas también con paneles oscuros, colgaban

23

retratos en ornamentados marcos. Los rostros parecían fulminar a Mathilde con la mirada, como si les enfureciera ver interrumpido su reposo. Tendría que esperar a que se hiciera de día para poder examinarlos con mayor detenimiento. Rachel abrió entonces una habitación que le había pasado desapercibida y la invitó a entrar en un dormitorio.

Las dos ventanas situadas frente a la puerta consistían en panelitos de cristal intercalados en un enrejado de plomo, igual que las de abajo, y dejaban entrar la luz justa para poder ver la enorme habitación. Rachel se apresuró a encender las lamparitas de noche que flanqueaban una gran cama de madera oscura con dosel, y el lugar quedó bañado por una luz más cálida y acogedora.

—Arriba no hay iluminación central, así que siempre nos hemos apañado con lamparitas. Menos en los cuartos de baño, aunque solo hay dos y son bastante viejos. Este era el dormitorio de papá, creo que se habría alegrado de que lo uses. —Rachel se puso a hacer la cama con rapidez mientras hablaba, tiró al suelo las sábanas viejas y un lustroso edredón de satén con estampado de cachemira.

Mathilde, mientras tanto, deambuló por el dormitorio mientras intentaba asimilar la situación; cogió un adorno y lo dejó de nuevo en su sitio, contempló los cuadros de las paredes. Se sentía como una turista, como si la cama tuviera que estar rodeada de un grueso cordón rojo para evitar que algún niño se subiera en ella; no le habría extrañado ver a un voluntario sentado junto a la puerta, esperando expectante a que le hicieran preguntas. No se le ocurrió ofrecerle ayuda a Rachel ni se percató del semblante ceñudo de esta al afanarse por preparar la cama, agachándose una y otra vez para remeter las sábanas y batallando con las pesadas cobijas.

—Has visto el baño nada más llegar a lo alto de la escalera, y te he sacado unas toallas. —Rachel se apartó el pelo de la frente, que ahora estaba sudorosa—. ¿Tienes pasta de dientes y gel de ducha? Puedes usar los nuestros si quieres, pero no tengo un cepillo de dientes de sobra.

—No, qué va, tengo de todo en mi autocaravana. Voy a buscarlo.

Mathilde se apresuró a salir a por sus cosas antes de que Rachel cerrara con llave la puerta principal. El aire nocturno estaba quieto, oscilando entre el crepúsculo y la oscuridad, minutos que no pertenecían a un momento preciso del día. El único movimiento era el de los murciélagos revoloteando y el de las polillas congregadas alrededor de la puerta, atraídas por la luz que salía por la rendija abierta. No había ni pizca de brisa y los árboles que bordeaban el patio delantero permanecían inmóviles, a la espera de que ella hiciera su siguiente movimiento. Tuvo la desagradable sensación de que alguien la observaba mientras caminaba hacia su autocaravana, pero no vio a nadie al lanzar un rápido vistazo a las ventanas y mirar alrededor. Estaba sola. Recogió sus cosas y se apresuró a regresar a la casa.

A pesar del largo trayecto por carretera y del agotamiento que le había calado los huesos, generando una sensación de pesadez en las extremidades, Mathilde no podía conciliar el sueño. Las finas cortinas, que parecían mantenerse de una pieza gracias a un entramado de telarañas, no podían evitar que la brillante luz de la luna entrara en la habitación. Yacía en la cama con los ojos abiertos, recorriendo con la mirada la oscura silueta de los muebles. Su cuerpo estaba cansado, pero su mente seguía trabajando a toda velocidad mientras intentaba encontrarle algo de sentido a lo ocurrido en los últimos días.

La carta del señor Murray había tardado varias semanas en llegar a sus manos, ya que había emprendido de nuevo la marcha en cuanto había mandado las fotos a la revista *Amelia*. En Croacia se había programado una manifestación a la que podrían asistir varios políticos corruptos, y había oído rumores de posibles disturbios. Valía la pena acudir a ese tipo de eventos. La carta le había llegado estando allí, pero no se había marchado hasta después de la manifestación, que, por suerte para ella, había desembocado en grandes disturbios y numerosos arrestos. El tipo de desenlace perfecto para ella. Después de mandar las fotos a varias agencias por correo electrónico, había recogido sus bártulos y había pasado una semana cruzando el continente en su autocaravana hasta llegar finalmente a aquella extraña casona antigua, y todo ello para terminar descubriendo que no solo tenía una hermana cuya existencia desconocía, sino que, a diferencia de lo que había creído toda su vida, su padre no había muerto cuando ella era pequeña. Y ahora resulta que le había dejado en herencia aquella vieja finca. Muy generoso por su parte, teniendo en cuenta que no había logrado encontrarlas; de haberlo hecho, todo lo que había tenido que pasar su madre, el deterioro de su salud mental, habría podido evitarse. Mathilde sentía un gran peso en los hombros, como tantas y tantas veces a lo largo de su niñez; el peso de una mochila llena hasta los topes, repleta de todas sus pertenencias. La vida de ambas se entretejía en una nebulosa telaraña de posibilidades, ¿cómo habrían transcurrido las cosas si él las hubiera encontrado? Resultaba inconcebible.

La sobresaltó el agudo chillido de una zorra. Estaba acostumbrada a los sonidos nocturnos, su autocaravana no la aislaba de ellos ni mucho menos. Pero en el interior de aquel lugar era como si reverberasen por las paredes y resultaban amenazantes, amedrentadores. La casa entera se había sumido en la oscuridad, como si hubiera regresado al pasado; como si el tiempo se hubiera fragmentado y una brutal esquirla raspara sus tormentosos pensamientos. La sensación había estado presente desde el mismo momento en que había pisado aquel lugar; y ahora, en las melancólicas horas de la noche, era más profunda aún, más opresiva. No le gustaba. ¿Sería acaso su padre, devastado al verla llegar finalmente cuando era demasiado tarde para que se encontraran? En cualquier caso, no iba a seguir allí tumbada, despierta, dándole vueltas al asunto con preocupación. Salió de la cama sin pensárselo dos veces, metió los pies en las Converse, bajó con sigilo a la planta de abajo y se dirigió a la puerta principal. Había visto dónde había dejado la llave Rachel y poco después estaba acurrucada en el colchón de su autocaravana, cubierta hasta la barbilla por el edredón y la vieja colcha de ganchillo de siempre. No podía quitarse de la cabeza todo lo que había descubierto, pero, conforme su respiración fue serenándose y sus pulmones se vaciaron, cerró los ojos y se rindió finalmente al sueño.

4

Enero de 1584

Tardaron diez días en llegar a pie a Londres. Durante el trayecto hicieron una parada de dos días en Canterbury para descansar, y allí intercambiaron algunas de sus medicinas por cerveza y comida. Cada vez que Tom metía la mano en la alforja que contenía sus preciadas hierbas y remedios, sus dedos se cerraban alrededor de un arrugado rollito de pergamino que le habían entregado en Calais. Este contenía unas vainas largas y negras, una especie de palitos, y tenía escrita la palabra «vainilla».

Mientras estaba a la espera de un barco que le llevara a Inglaterra, había empleado una parte de la consuelda que llevaba consigo para salvar la pútrida pierna de un capitán de barco. Había sido una situación precaria, se le revolvía el estómago al recordar el hedor de la carne putrefacta y el semblante de preocupación de la esposa del paciente. Sus conocimientos de apotecario resultaban útiles allá por donde iba, a pesar de sus limitaciones para comunicarse. Desde muy niño, cuando no era ni lo bastante alto para ver por encima de la mesa de trabajo, había aprendido probando ingredientes, inhalando olores, esbozando dibujos y etiquetando mientras asimilaba las enseñanzas de su madre; los conocimientos de esta, adquiridos mucho tiempo atrás de los monjes, habían pasado a ser suyos. Un lenguaje universal. A cambio de la ayuda prestada en Calais, había recibido el trocito de pergamino enrollado que contenía aquellos extraños palitos negros junto con una carta de presentación. Esta estaba dirigida al hermano del capitán, un apotecario que residía en Cheapside (una de las principales calles de Londres), y estaba convencido de que resultaría ser de inestimable valor.

Después de pasar días caminando al aire libre y bebiendo en riachuelos cuando no encontraban alguna granja donde comprar cerveza, llegar a Londres fue chocante. El hervidero de gente de todo tipo en las bulliciosas calles; el olor que emanaba de los desagües que discurrían junto al Támesis; los edificios cerniéndose en lo alto, apiñados unos contra otros. Una planta tras otra alzándose hacia el cielo y cada una sobresaliendo un poco más que la anterior, ¡algunos de ellos llegaban a tener hasta cinco! Daba la impresión de que uno podría asomarse y tocar la pared de la casa de enfrente, si así lo deseara; incluso las ventanas sobresalían hacia la calle como cajitas de cristal, como intentando arrebatar todo el espacio posible. Las elevadas construcciones mantenían alejada la luz del sol y sumían las calles en una mortecina oscuridad, mientras altas chimeneas de ladrillo se erguían bien alto en el aire preñado de humo. A veces, gracias a su aguda vista, Tom vislumbraba alguna que otra figura merodeando en callejones; personas que veían el mundo pasar, esperando a que se presentara una oportunidad de entrar en él por unos instantes. La actitud furtiva de la gente del lugar era obvia, así que aferró con más fuerza sus pertenencias. Su tríptico, sus dibujos, sus plantas y sus medicinas eran todo cuanto tenía… y ahora se sumaba también su preciada carta de presentación.

Cheapside fue fácil de encontrar. William sabía que, con la tablilla de cera como única ayuda, él habría tenido dificultades para hacerse entender al pedir indicaciones a los ajetreados y aparentemente irritables mercaderes de la ciudad. Una tarea tan simple, pero, sin su amigo, lo más probable era que hubiera deambulado durante horas hasta ir a dar por casualidad con el lugar que buscaba. Allí había más sol y aire fresco a pesar de que la calle estaba repleta de gente, caballos, buhoneros y mercaderes. Notó el olor a empanadillas procedente de un puesto ambulante cercano al conducto de piedra que descargaba agua para las matronas de la ciudad, y sintió que le rugían las tripas del hambre.

Finalmente, después de mucho caminar, William se detuvo ante una tienda y, tras abrir la puerta, le instó a entrar. Tom entregó la carta del capitán y aguardó mientras su amigo y el comerciante intercambiaban unas palabras; en un momento dado, este último dirigió la mirada hacia él con ojos llenos de desconfianza, como si esperara ver una especie de monstruo. Él estaba acostumbrado a las miradas de soslayo, al silencioso escrutinio de los demás. El hombre terminó por asentir y, tras alzar la mano en un gesto universal para indicarles que esperaran allí, les dio sendas jarras de cerveza y salió por una puerta situada al fondo. Agradecido y aliviado, con la garganta reseca e irritada después de recorrer aquellas polvorientas calles, Tom apuró la suya de una sentada.

El comerciante regresó minutos después y le indicó que lo siguiera. Tom no tenía ni idea de lo que estaba ocurriendo, pero tomó su alforja y le dijo adiós a William con la mano antes de seguir a aquel hombre hasta una habitación situada en la parte de atrás.

Se encontró al instante en un lugar donde se sentía como en casa: una pequeña y polvorienta sala tenuemente iluminada y con estantes alineados a lo largo de las paredes, repleta de jarras y tarros de tosca arcilla que contenían polvos y ungüentos. Del techo colgaban ramos secos de hierbas aromáticas, el aire estaba impregnado de los familiares olores del enebro, el romero y la acedera tostada. Vio un taburete en la esquina y se sentó, era un alivio poder descansar las piernas. William y él habían estado caminando desde muy temprano y estaba exhausto.

Después de lo que le parecieron horas de espera, cuando, consumido por el calor de la lumbre, sus ojos se habían cerrado y su cabeza había caído vencida hacia delante, el comerciante regresó y lo despertó con una ligera sacudida. Abrió los ojos, sobresaltado, y vio a otro desconocido que lo miraba con una alentadora sonrisa desde detrás del comerciante, un hombre de mediana edad con una barba pulcramente recortada y ojos bondadosos. Su acelerado corazón fue sosegándose tras aquel súbito despertar y se levantó con lentitud, tenía las piernas entumecidas y doloridas.

El comerciante traía consigo un tosco trozo de pergamino y una pluma, y el otro hombre se puso a escribir algo. Tom, mientras tanto, se bebió en un par de tragos la jarra de cerveza que le habían dejado sobre la mesa que tenía al lado. Le entregaron finalmente el pergamino y procedió a leerlo, haciendo pausas frecuentes al enfrentarse a las palabras inglesas. Hacía décadas que no leía en su lengua natal y le faltaba práctica. Al llegar al final, retornó al inicio y releyó el mensaje. Miró sorprendido a aquellos dos hombres, no estaba seguro de haber comprendido bien; al fin y al cabo, los malentendidos eran una constante en su vida. Se perdía matices al no poder oír la inflexión de la voz de la gente, dependía de la ayuda de las expresiones faciales para comprender lo que se le decía. Aquel hombre era Hugh Morgan, el apotecario de la reina, y estaba informándole de que tenía un puesto como ayudante suyo en el Palacio de Greenwich o dondequiera que su majestad decretara que debían servirla. Tom iba a formar parte de la vida de la corte, aunque fuera en pequeña medida. Su trabajo en Calais había dado sus frutos.

5

Febrero de 1584

La habitación que Tom ocupaba en palacio estaba situada tras la botica, pero, a pesar de su humilde ubicación, era el *summum* del lujo comparada con los lugares donde había dormido en mucho tiempo. Un espacio para él solo con una cama baja, un pequeño taburete de tres patas y un baúl para sus pertenencias. Había una ventanita con un cristal grueso y opaco, aunque la ausencia de chimenea hacía pensar que haría un frío gélido en invierno; en cualquier caso, había una chimenea encendida durante todo el día en la botica, así que siempre tenía la opción de ir a dormir allí a escondidas. La idea le hizo sonreír, ya que recordó que su madre adoptiva solía relatarle mediante dibujos cómo lo había encontrado la primera vez así, al calor de la chimenea, tras entrar a hurtadillas en la casa. Nadie había podido descubrir cómo había llegado hasta allí, pero había permanecido con la familia hasta hacerse adulto. Quizá fuera ese el motivo de que anduviera siempre en busca de un lugar donde sintiera que por fin estaba en casa.

Sus pertenencias estaban almacenadas en el sencillo baúl de roble situado a los pies de la cama y estaba deseoso de abrir el tríptico para empezar a añadir escenas de todo lo acontecido desde su llegada a tierras inglesas, pero no tenía tiempo para ello por el momento. Tomó el saco de arpillera que contenía las vainas de vainilla que había recibido en Calais y se dirigió a la botica. Una vez allí, extendió la mano para mostrarle el saco a Hugh, quien estaba preparando un remedio estomacal para una de las damas de la reina. Este lo miró con ojos interrogantes y preguntó:

—¿*Qué traes ahí?* —Durante el trayecto en barca hasta el palacio, había aprendido a hablarle de forma que pudiera leerle los labios.

Tom desenvolvió las vainas y le mostró el trozo de pergamino donde el capitán había escrito la palabra «vainilla». Señaló entonces las plantas que había llevado consigo, separó dos de ellas y las sostuvo en alto. El capitán le había asegurado que se trataba de unas plantas que podían producir aquellas vainas negras, y estaba deseoso de comprobar si era cierto.

Al ver que Hugh estaba a la espera de más explicaciones, se pasó la vaina bajo la nariz y, después de inhalar el dulce aroma, se la ofreció para que siguiera su ejemplo. Hugh enarcó una ceja al hacerlo, y entonces esbozó una lenta sonrisa y asintió. Tom simuló con gestos que servía una bebida caliente y Hugh lo condujo a una de las cocinas más pequeñas, donde la llegada de ambos fue ignorada por completo por dos mozas que estaban atareadas con sus quehaceres.

Tom recorrió la cocina en busca de la despensa fría, la encontró por fin y tomó una jarra de leche cubierta con un paño. Vertió un poco en un cazo que procedió a calentar al fuego; una vez que la leche rompió a hervir, la echó en una taza donde añadió algo de miel. La llevó a la botica, cortó un pedacito de una de las vainas y la machacó ligeramente en el mortero, la añadió a la taza y removió con vigor. No estaba seguro de haber preparado correctamente la bebida, pero el capitán le había hecho algo con una pizca de vainilla y esperaba haber acertado con los sabores. Dado que carecía de dos de los sentidos, los otros estaban especialmente aguzados para compensar.

Sopló para enfriar un poco la bebida, tomó un sorbito y esbozó una gran sonrisa. Era exactamente el mismo sabor dulce y cremoso. Le pasó la taza a Hugh, quien bebió también un sorbito y, acto seguido, tomó un trago más grande. Él también sonrió, y la leche terminó por pintarle una gruesa línea blanca en el bigote mientras iba alternando entre soplar en la taza e intentar tomar tragos más grandes; cuando se dio por satisfecho cogió el trozo de pergamino, se dirigió a un cuaderno que reposaba sobre una mesa de trabajo situada al otro extremo de la sala y copió con esmero la palabra «vainilla». Procedió entonces a tomar las plantas que le había indicado Tom y examinó las hojas, las olisqueó y cortó un pedacito para probarlo. Miró a Tom con una mueca de desagrado y este asintió; él había procedido de igual manera cuando había recibido las plantas, pero no olían ni sabían igual que las semillas de las vainas.

Hugh recogió todas las plantas y le indicó que le siguiera antes de salir por una puerta que, según descubrió Tom, daba a un pasillo salpicado de puertas; todas ellas correspondían a distintas despensas menos la del fondo, que daba al huerto de la cocina.

En la esquina había un huerto medicinal repleto de las hierbas y las plantas que los apotecarios necesitaban para crear sus remedios, y cuya distribución seguía un diseño floral tradicional: cada «pétalo» estaba dedicado a plantas que curaban cierta parte del cuerpo. A un lado había un bancal que parecía consistir en una mezcla de muchas plantas distintas, y fue allí donde se arrodilló Hugh. Tom se arrodilló junto a él y ayudó a sembrar tanto las hierbas aromáticas que había llevado consigo como las plantas de vainilla. Vio que los labios de Hugh se movían y se preguntó si estaría orando para alentarlas a producir una cosecha de las extrañas vainas negras que aportaban aquel sabor dulce tan extraordinario. El capitán que se las había entregado había estado navegando durante un año antes de llegar a Calais, quién sabe en qué puerto del mundo las habría conseguido.

Tom se inclinó hacia delante, sonriente, y deslizó los dedos por las largas hojas de unas plantas situadas al fondo del bancal. Las había reconocido al instante, ya que su madre las había plantado durante toda su vida. Azafrán. Se requería un trabajo arduo para obtener aquella especia tan preciada, una que había aumentado la fortuna de su padre de forma considerable, hasta el punto de hacerle ascender en el

escalafón de la corte. Había pasado de ser un comerciante bien esta-
blecido y un cortesano de bajo rango a un hombre extremadamente
rico que, finalmente, había ocupado un puesto en la corte de la reina
de aquella época. Una ascensión que había terminado por costarle la
vida.

6

Marzo de 1584

La vida en palacio era muy distinta a todo lo vivido por Tom hasta el momento. Requería el mismo trabajo duro, pero ahora no veía a ninguno de sus pacientes. Era Hugh quien atendía a la reina, a las damas de compañía de esta y a los cortesanos, y regresaba después para explicar lo que los aquejaba. Entonces decidían entre los dos cuál era el remedio más adecuado, valiéndose de varios métodos para comunicarse: escribían en la tablilla de cera, indicaban con el dedo los tarros correspondientes y Tom leía los labios de Hugh, lo que resultaba mucho más sencillo ahora que este se había recortado su poblado mostacho. Elaboraban también medicamentos para el personal de palacio; en estos casos, la persona solía aparecer en la puerta abierta de la botica con semblante taciturno o mandaba un mensaje solicitando que Hugh acudiera para evaluar la situación. Tom se dio cuenta de que, a pesar de la suntuosidad de aquel nuevo entorno, su silencioso mundo no había hecho sino empequeñecerse considerablemente, y ello le llevaba a refugiarse en el huerto para cuidar de las plantas siempre que tenía ocasión.

Un día a última hora de la tarde, cuando estaba recogiendo las cosas antes de retirarse a dormir, percibió un movimiento y vio a un sirviente parado en la puerta, diciéndole algo. Hugh ya había ido a acostarse porque le dolía la cabeza, así que estaba solo. Observó los labios del hombre e intentó descifrar el mensaje a partir de las palabras que alcanzaba a comprender… «Reina», «dormir», «tisana». Cogió su tablilla y negó con la cabeza mientras indicaba sus propias orejas y su boca, intentando explicar que no podía oír ni hablar. Escribió entonces lo que había creído entender, ¿su majestad precisaba una tisana que la ayudara a conciliar el sueño?

Al ver que el sirviente asentía, se tomó unos momentos para sopesar la situación. Hugh no había permitido aún que nadie más probara la vainilla, ¿sería prudente dársela a la reina? Aunque, a decir verdad, ¿qué era lo peor que podría llegar a ocurrir? Quizá perdiera su empleo si a la soberana no le gustaba el sabor, pero estaba seguro de poder encontrar otro en la ciudad; además, sabía con certeza que aquella especia no la envenenaría ni le causaría ningún efecto adverso, porque ni Hugh ni él habían sufrido daño alguno al tomarla. El sirviente se puso a golpetear el suelo con un pie, subiendo y bajando el cuerpo con nerviosismo; era obvio que estaba ansioso por cumplir cuanto antes la orden que había recibido.

Con toda la premura posible, Tom calentó leche a la que añadió miel y una cucharadita de vainilla molida, tal y como había hecho días atrás. Las semillitas negras subieron a la superficie cuando sacó el trozo de vaina, Hugh y él ya habían descubierto que aquella capa externa no era comestible. ¿Bebería su majestad algo tan desacostumbrado? La cara de desagrado del sirviente al contemplar la taza no era nada halagüeña, desde luego, así que Tom optó por tomar un sorbito antes de ofrecérsela para que la probara a su vez. Tenía la esperanza de que el hombre accediera a llevársela a la reina tras darse cuenta de que ninguno de los dos había caído fulminado.

La reacción del sirviente ante aquel sabor nuevo resultó ser tan gratificante como cabría esperar; poco después, mientras apagaba la vela de un soplo y se dirigía a su habitación, Tom se preguntó esperanzado si a la reina le resultaría igual de delicioso.

Tom despertó sobresaltado cuando alguien sacudió su hombro enérgicamente. El tenue resplandor de la luz matutina entraba a duras penas por la ventana y, en la difuminada penumbra, lo único que alcanzó a ver fue el rostro de Hugh muy cerca del suyo. Estaba demasiado oscuro para ver lo que su superior estaba diciéndole, así que se levantó de la cama y lo siguió hasta la botica bajo el tenue resplandor de las velas. El suelo de piedra estaba gélido bajo sus pies desnudos, lo único que llevaba puesto era su camisola de lino y empezó a temblar de frío y a dar saltitos de un pie al otro. Se acercó más al vivo y chisporroteante fuego de la chimenea, a la que se habían echado ramas y dos grandes troncos.

Las ventanas, que parecían estar formadas en gran medida por pequeños paneles de cristal, reflejaban la luz crepuscular, lanzándole brillantes destellos.

Hugh alzó la tablilla, que contenía aún las palabras de la noche anterior. ¿Por qué estaba tan agitado? Tom sintió que se le erizaba la piel, ¿acaso había matado a su soberana de forma accidental? Se preguntó si su cuello estaría rodeado en breve por una gruesa y áspera soga, y se lo frotó con las manos de forma instintiva. Asintió con cautela.

—*¿Qué preparaste?* —preguntó Hugh, articulando las palabras con los labios.

Tom señaló hacia la pequeña cocina e indicó entonces el mortero, que contenía aún los restos de la vainilla que había molido.

—*¿Leche, miel?* —preguntó Hugh.

Él asintió antes de arrebatarle la tablilla de un plumazo, borró sus propias palabras de la noche anterior y escribió «¿Reina enferma?» en ella. Estaba intentando calcular cuánto tiempo le quedaba para poder huir, pero, para su asombro y alivio, Hugh negó con la cabeza antes de representar una escena: la reina tomando la leche y, acto seguido, las comisuras de sus labios alzándose para dibujar una gran sonrisa.

Tom comprendió de inmediato que la taza de leche había complacido sobremanera a su majestad, y su acelerado corazón fue recuperando el ritmo normal; al parecer, su vainilla era un éxito y su puesto en palacio estaba asegurado, por lo menos de momento.

7

Junio de 2021

Mathilde estaba durmiendo cuando un golpeteo insistente se
abrió paso en su subconsciente y la arrancó del mundo de los sueños.
La brillante y cegadora luz matutina penetraba por el parabrisas de la
autocaravana, cuyo interior empezaba a caldearse. Apartó las mantas
de una patada y, frotándose los ojos, se inclinó hacia la puerta trasera
y la abrió. Fleur estaba esperando fuera con semblante serio, vestida
con un peto corto de color rosa y una camiseta a juego.

—Mami dice que es hora de desayunar —susurró.

—Vale, *oui*, sí, gracias. —Mathilde asintió y dio un gran bostezo.

Estaba acostumbrada a despertar por sí misma, y no le hacía ninguna gracia que interrumpieran su sueño. ¿Era eso lo que se hacía en
una familia? De ser así, iba a necesitar un tiempo para acostumbrarse.

—Y mami ha dicho… ¡¿Qué tiene de malo la dichosa cama?!
—añadió la niña con timidez—. ¿Tiene algo malo? Yo quería dormir
en ella, pero mami dijo que no.

Mathilde exhaló una pequeña carcajada, ¡seguro que aquello no
formaba parte del mensaje que se suponía que debía transmitirle la pequeña!

—Estoy acostumbrada a dormir aquí. Mira, tengo una cama adosada, se está muy bien.

El interior de la autocaravana era compacto y funcional pese a su reducido tamaño, estaba equipado de arriba abajo con organizadores de madera para almacenamiento.

La niña contempló boquiabierta el habitáculo antes de regresar a toda prisa a la casa.

Mathilde la siguió hasta la cocina, desde donde salía el tentador aroma del desayuno. Se le hizo la boca agua, hacía mucho que no comía nada caliente.

Rachel la saludó con una sonrisa e indicó con un gesto la bandeja que había sobre la mesa, llena a rebosar de sándwiches de crujiente beicon frito que sobresalía de los bordes del pan.

—Sírvete —le ofreció, antes de servir dos tazas de té.

Mathilde no había visto una tetera tan grande en toda su vida, siempre había dado por hecho que no era cierto eso de que los ingleses seguían usándolas para preparar el té; en cualquier caso, lo que necesitaba era café, un café bien fuerte y potente. Tenía una cafetera en la autocaravana, tendría que llevarla a la casa durante su estancia allí.

—¿Al final decidiste dormir en tu autocaravana? —Rachel enarcó las cejas y le dio una taza de té.

Mathilde dirigió la mirada hacia Fleur, quien tenía un reguero de kétchup bajándole por la barbilla y estaba atareada desayunando.

—Estoy más acostumbrada a estar allí, la cama es pequeña. —Se rodeó con los brazos, como intentando explicar la sensación—. No podía dormir en una tan grande.

Además, ¿para qué acomodarse? Se marcharía en cuanto se reuniera con los abogados para hablar de las distintas opciones que tenía, la casa se vendería y el dinero no le iría nada mal. Estando allí, sentada en la luminosa cocina, percibía el peso de la ominosa atmósfera oprimiéndola de nuevo, intentando metérsele bajo la piel. El felpudo de la puerta decía «Bienvenidos», pero aquel lugar no tenía nada de hospitalario. El susurro de vidas pasadas reverberaba en el aire, rozándola.

Rachel llamó al señor Murray en cuanto su reloj dio las nueve en punto. Le ofreció el móvil mientras esperaba a que se lo pasaran, pero Mathilde negó con la cabeza. Entendía el inglés si le hablaban con claridad y podía ver las expresiones que se reflejaban en la cara de su interlocutor, pero le resultaría imposible enterarse por teléfono de asuntos legales. Él ya debía de estar al teléfono, porque oía a Rachel intercambiar exclamaciones y un montón de expresiones tipo «Sí, ¡es realmente increíble!». Esta colgó finalmente minutos después y anunció:

—Esta tarde a las tres, en su despacho de Fakenham. Puedo llevarte si quieres. Tengo que ir al supermercado, podría dejarte allí antes de ir a comprar.

—Gracias, te lo agradecería.

Después de ayudar a Rachel a recoger los platos del desayuno, subió al baño para asearse y vestirse. Aunque le encantaba vivir en la autocaravana, tener agua corriente calentita era una novedad muy grata.

Cuando Mathilde bajó de nuevo a la cocina, Rachel se había vestido también y estaba preparándose una taza de té; al oírla llegar, alzó la mirada y ofreció con tono amable:

—¿Quieres que hagamos un pequeño recorrido por los terrenos? Hay mucho por ver y sería imposible abarcarlo todo hoy, pero podríamos ir empezando.

Mathilde se encogió de hombros. No le había contado que tenía pensado esfumarse en cuanto firmara los documentos pertinentes esa tarde, pero no tenía ninguna tarea pendiente y sería agradable pasear al aire libre; quién sabe, puede que incluso encontrara alguna variedad de planta interesante para su colección. Y hablando de su colección… Buscó en los armarios de la cocina hasta que encontró una jarra, la llenó de agua y salió a toda prisa rumbo a su autocaravana; una vez allí, fue sacando las macetas y colocándolas en el suelo.

—¡Qué bonitas! —exclamó Rachel, que la había seguido—. ¿Qué cultivas? —Se agachó para verlas de cerca.

Estaba claro que en realidad quería preguntar cuál de ellas era marihuana, pero, en ese aspecto, iba muy rezagada respecto a los agentes de la aduana.

—Hierbas aromáticas. *Basilic*, tomillo, *safran*, matricaria… Y estas plantas de aquí son vainilla. Necesitaría un invernadero para ellas,

pero en la parte delantera de la autocaravana hace mucho calor en verano y las pongo a lo largo del *tableau de bord* cuando estoy aparcada.
—Indicó con un ademán el salpicadero, que estaba cubierto de migajas de comida y bolsas vacías de aperitivos—. Uso muchas hierbas medicinales, es útil cuando siempre estás viajando. Es lo que solía hacer mi madre, me enseñó qué plantas usar para cada dolencia.

Los altos setos que cercaban dos lados del patio estaban separados por una abertura, y Fleur ya se había adelantado por el camino que pasaba por ella. Mathilde se apresuró a tomar su cámara antes de seguirla. Frente a la casa se abría una vista despejada: viejas barandillas metálicas hacían guardia ante los expuestos campos llanos que se extendían hacia una zona poblada de juncos; unos juncos con hojas de borde plateado que reflejaban la luz del sol al ondear bajo la brisa, coronados por vainas marrones que se mecían plácidamente. Ligeras pinceladas de nubes blancas surcaban el amplio cielo azul aquí y allá, difuminadas líneas simétricas y rectas que terminaban disipándose bajo el calor matutino. Ella estaba acostumbrada a los campos uniformes e interminables de Francia, donde metálicas torres de alta tensión se alzaban cual soldados imperiales hasta donde alcanzaba la vista, pero lo que tenía ante sus ojos era muy distinto. Aquel paraje estaba salpicado de árboles y de pequeñas arboledas; gruesos y antiquísimos setos se agazapaban entre los pastizales, contemplando los cambios a lo largo de los años mientras sus raíces iban penetrando cada vez más profundamente en la tierra. Aquel paisaje era más sutil, había sido esculpido durante siglos. Arraigado, al igual que los setos, en la eternidad.

Llegaron a un jardín que ahora estaba abandonado, pero Mathilde tuvo la sensación de que alguien lo había cuidado en el pasado con mimo y esmero. Consistía en una amplia extensión de terreno alfombrada de hierba muy crecida y salpicada de amapolas, hierba cana y laureles de san Antonio. Entre los altos tallos alcanzaban a verse también lechos de flores cubiertos de maleza, así como rosales enmarañados y descuidados. Se agachó de forma que la desperfilada parte superior de la vegetación le quedara a la altura de los ojos y tomó varias fotos antes de seguir a Rachel y a Fleur, quienes habían desaparecido tras un rododendro. Deslizó la mano entre las plantas y cerró la mano en un puño, arrastrando las semillas a su paso y dejando que se le escurrieran entre los dedos y que cayeran al suelo, donde terminarían siendo aplastadas bajo sus pies.

El camino se abría ligeramente al rodear unos destartalados establos de ladrillo y conducía después hacia otra parcela de jardín, una incluso más agreste donde zarzales y cardos se disputaban el espacio entre árboles frutales y plantas que ella no reconoció.

—Cuando mis abuelos vivían, esa otra parte de allí era la zona ajardinada ornamental —dijo Rachel—, pero papá solo estaba interesado en sus verduras y al final estaba demasiado pachucho para hacer gran cosa. Aquí estaban los árboles frutales y el huerto. Ahora está hecho un desastre, como puedes ver. Pero eso lo soluciona en un periquete un hombretón fuerte con su desbrozadora.

Miró sonriente a Mathilde, quien asintió mientras pensaba para sus adentros que, por lo que a ella atañía, quienquiera que comprara la casa podría divertirse a sus anchas con aquella tarea.

—Pero esto es genial, ¡ven a echar un vistazo!

Rachel se volvió y la condujo por una pequeña arboleda poblada de hayas y abedules, hasta que finalmente llegaron a un claro en cuyo centro se alzaba una pequeña capilla de piedra. Todavía estaba intacta, la hiedra que cubría una de las paredes trepaba por los aleros y asomaba entre las tejas del techo.

Mathilde exhaló una queda exclamación de sorpresa. Lentamente, de forma instintiva, se llevó la cámara a la cara e hizo una andanada de fotografías. Se movió hacia un lado poco a poco y siguió haciendo algunas más.

—*Incroyable* —susurró.

Un súbito aleteo quebró el silencio a su espalda cuando unas palomas, sobresaltadas por la inesperada presencia humana, emergieron de las copas de los árboles y se alejaron volando entre graznidos. La magia del momento se rompió.

Mathilde se detuvo ante aquellas puertas descoloridas, nudosas y curtidas por el envite de los elementos a lo largo de los siglos; deslizó las yemas de los dedos por la madera y notó su textura rugosa e irregular.

El aire titilaba a su alrededor, a la espera de que ella hiciera algo… Era una especie de tensión expectante, como si el mundo aguardara con el aliento contenido. La recorrió un estremecimiento. Era la misma sensación que la había atenazado en la casa, pero muchísimo más intensa: algo estaba a la expectativa, lleno de anhelo. Giró el macizo picaporte metálico y empujó, pero la puerta permaneció cerrada.

Rachel señaló lo obvio:

—Está cerrada. Si quieres ver el interior, me parece que sé dónde está la llave. Hay un montón de llaves sueltas en un cajón del mueble auxiliar del salón de entrada, te las enseño cuando volvamos; además, tenemos pendiente lo de hacer un recorrido por toda la casa.

—Perfecto, gracias. —A Mathilde le sorprendió que su hermana no hubiera tenido interés en echar un vistazo al interior de la capilla previamente.

Enfilaron sin prisa por un sendero que daba un pequeño rodeo y terminaba conduciendo hacia la casa; en un momento dado, Rachel señaló una granja achatada de tejado rojo que se alzaba entre prados.

—También forma parte de la finca. Es donde viven nuestros tíos, Alice y Jack. Papá no les cobraba alquiler, pero tú decides si dejas que se queden. Esos terrenos forman parte de tu herencia; si el abogado no hubiera podido localizarte en un plazo de doce meses, habrían pasado a manos de la tía Alice.

Mientras circunnavegaban el jardín, Mathilde sintió como si una fuerza invisible la llamara desde un rincón, impeliéndola a acercarse, una sensación persistente justo al borde de su consciencia. No se lo mencionó a Rachel, ya que era plenamente consciente de cómo la veían los demás: extraña y ligeramente sobrenatural. Era mejor guardarse para sí esa clase de sensaciones misteriosas e inexplicables. Se internó sola en la vegetación, la extraña sensación iba ganando intensidad al ir acercándose a la zona en cuestión…, una reverberación eléctrica en el aire, vibraciones que le erizaron el vello de los brazos conforme iban conduciéndola adondequiera que fuese.

La zona no se diferenciaba del resto del jardín. La hierba se disputaba el espacio con altas matas de tupinambo que campaban a sus anchas; tiernos arbustos frutales todavía se las ingeniaban para producir pequeñas pinceladas de verdor, y del extremo de sus ramas colgaban bayas que aún estaban por madurar. Aun así, tenía la certeza de que era allí donde quería estar, de que aquel era el lugar que la llamaba.

Cuando regresaron a la casa y Rachel prosiguió con el «recorrido guiado», Mathilde no tardó en desorientarse. En la sala de estar adyacente a la cocina había unos viejos sofás que se hundían en el centro, además de una televisión moderna. Fleur la encendió de inmediato y se quedó mirando absorta la pantalla, donde una cerdita rosada de voz chillona parecía estar dando órdenes a otros animales.

Al ver las enormes salas para ocasiones formales, no le extrañó que estuvieran usando la pequeña sala de estar. Elaboradas molduras decoraban los altos techos; un gran mirador daba luz al salón principal, que formaba parte de la construcción medieval original; los muebles cubiertos de guardapolvos parecían fantasmales galeones surcando la estancia.

Arriba, en la planta donde dormían Rachel y la niña, había cuatro dormitorios más.

—Y por aquí se sube a las antiguas habitaciones de la servidumbre y al ático. —Rachel abrió una de las puertas que había en el pasillo e indicó un tramo de escalera sumido en la oscuridad—. Pero también hay un montón de arañas, así que he preferido evitar esa parte de la casa. Si quieres echar un vistazo, tendrás que subir tú sola.

Mathilde, que ya había estornudado varias veces por culpa del polvo, optó por declinar aquella invitación. Que el agente de la inmobiliaria subiera a inspeccionar más adelante.

—Aún quedan por revisar muchas cosas de nuestro padre, me vendría bien que me echaras una mano —añadió Rachel, mientras regresaban a la primera planta—. Y quizá te ayude a sentirte más cerca de él, a conocerlo un poco.

Mathilde no sabía si permanecería allí el tiempo suficiente para eso, pero mantuvo la boca cerrada. Siempre era aconsejable no revelar lo que tenía en mente.

Después de mostrarle el cajón que contenía multitud de llaves viejas, Rachel fue a preparar algo de comer antes de que llegara la hora de salir rumbo a Fakenham. Le preguntó con clara intencionalidad si había que planchar alguna prenda de ropa para la cita con el señor Murray, pero Mathilde se limitó a encogerse de hombros y a contestar que no. Se sentía cómoda con sus vaqueros y su camisa a cuadros, y el abogado no tenía ni voz ni voto al respecto.

Echó un vistazo a las llaves. Las había de todo tipo y tamaño, y apostaría algo a que la mayoría de ellas no encajaría en ninguno de los cerrojos de la casa. Había algunas enormes y antiguas que estaban decoradas con parches de herrumbre, lo más probable era que una de ellas fuera la que necesitaba. Decidió que disponía del tiempo justo para probarlas antes de comer, así que las cogió y salió con sigilo por la puerta principal. Aquello era algo que tenía que hacer sola.

Ahora conocía el camino, así que apretó el paso y llegó a la capilla en cuestión de cinco minutos. Habían reaparecido dos palomas que iban picoteando de acá para allá y que se limitaron a observarla en silencio. Fue probando las llaves en el enorme ojo metálico de la cerradura hasta que al final, con la cuarta, se oyó un seco chirrido de metal contra metal. Bastó con menearla un poco para que rotara lentamente y, con el aliento contenido, giró el picaporte y le dio un fuerte empujón a la puerta con el hombro. Esta se abrió unos treinta centímetros antes de que la combada madera quedara encastrada en el suelo, pero fue suficiente para entrar de lado.

Dentro reinaba la penumbra. Las vidrieras estaban sucias, opacas, y una de ellas quedaba totalmente oscurecida por la hiedra que no solo cubría la pared por fuera, sino que había logrado colarse por los huecos de los cristales rotos y descendía también por el interior, intentando adueñarse del lugar. Notaba la capa de polvo y suciedad que cubría las losas de piedra del suelo bajo sus pies y vio la carcasa de un pajarillo sobre uno de los bancos de madera; el altar tan solo era una sencilla mesa de roble y en las paredes había alguna que otra losa funeraria. El lugar olía a cerrado, a antiguos salterios, el aire estaba quieto y preñado de difuntas plegarias. Se preguntó si su padre habría pasado ratos allí sentado, pensando en su madre y en ella. Saber que en realidad seguía vivo, que había estado en aquel rincón de Inglaterra durante todos esos años, hacía que un doloroso vacío reverberara en el hueco de su corazón donde moraba el anhelo de tener una familia. Una familia que había estado allí todo ese tiempo, de haberlo sabido… Cuántos años desperdiciados que no podían recuperarse.

La extraña sensación que la había atenazado antes en el exterior había entrado con ella en la capilla. Era como si alguien estuviera parado junto a ella en silencio, ¿quién sería? Contuvo el aliento y cerró los ojos, pero no pasó nada.

—*Qu'est-ce?* —Su voz susurrante se disipó en medio del denso silencio.

No podía demorarse demasiado y volvió a cerrar la puerta con llave al salir, pero tenía intención de regresar cuando dispusiera de más tiempo. Allí había algo, alguien estaba intentando comunicarse con ella y sentía curiosidad. Mientras regresaba apresuradamente a la casa, oyó a su espalda el susurro de los árboles al rozar unas hojas con otras.

8

Junio de 2021

—¡Pasaré a recogerte en una hora, más o menos! —gritó Rachel por la ventanilla abierta del coche, antes de añadir—: Quédate aquí, por favor. ¡No vayas a explorar por tu cuenta!

El coche se alejó entonces con la solemne carita de Fleur observando por la ventanilla de atrás, y Mathilde se volvió hacia la elegante villa victoriana con doble fachada. A ella le parecía una vivienda, pero junto a la puerta principal de color azul oscuro había una discreta placa que confirmaba que se trataba del bufete de abogados de Murray y Browne.

Cuando le explicó a la recepcionista quién era y que tenía una cita, esta simuló no entenderla con una pésima actuación de actriz de segunda. Vale, puede que no estuviera vestida de punta en blanco, pero se había puesto los zapatos de tela más limpios que tenía y se había recogido su larga cabellera oscura en una gruesa trenza que le caía a la espalda. Sabía que no tenía un acento tan marcado como para que no la entendieran, pero la antipatía de aquella mujer no era nada nuevo y le resbalaba por completo. La gente la prejuzgaba nada más verla, siempre había sido así. Menos mal que no había aparecido en el aparcamiento con su autocaravana; de haberlo hecho, quién sabe si le habrían permitido cruzar la puerta. Miró a la mujer sin parpadear y repitió el nombre de la persona con la que iba a reunirse.

Afortunadamente, el señor Murray fue mucho más cordial y mandó a la recepcionista a por café y pastas. Tenía edad suficiente para ser su abuelo y le simpatizó de inmediato. Era muy poco habitual en ella conocer a alguien con quien se sintiera cómoda al instante, alguien que no la juzgaba ni la miraba con desaprobación, pero aquel hombre la trataba con la misma amabilidad y cordialidad que mostraría sin duda con cualquiera de sus clientes.

Cuando llegó el refrigerio, sostuvo la mirada de la recepcionista mientras tomaba varias galletas con movimientos deliberados.

—*Merci* —dijo con voz edulcorada, antes de tomar un bocado.

El señor Murray le explicó que conocía a su padre desde hacía muchos años, y que sabía bien cuánto tiempo y esfuerzo había dedicado a buscarla. Ella sintió una profunda punzada de dolor por la relación que no había podido llegar a tener con su padre, por todos los años perdidos. Le explicó a su vez en un inglés precario que su madre creía que la bomba lo había matado, por lo que resultaba difícil asimilar que en realidad no había muerto en aquel entonces, que llevaba años buscándolas.

—Tu padre insistió tajantemente en que siguiéramos buscándote para que heredaras Lutton Hall, ya que eras su primogénita —dijo él—. La propiedad lleva años en tu familia. Aunque lamento decirte que no se incluye dinero para las reparaciones necesarias, Rachel heredó todos los activos líquidos. Pero algunos granjeros de la zona pagan un pequeño alquiler por usar los pastos, la finca tiene unas cuarenta hectáreas de terreno. Alice y Jack, tus tíos, viven en Home Farm. No pagan por ello, pero podrías empezar a cobrarles un alquiler si quisieras. Tu padre era muy permisivo con su hermana; la familia entera la consentía mucho, la verdad. Y seguro que existen formas de diversificar para sufragar el mantenimiento de la finca. Solo tienes que firmar unos documentos y es toda tuya, me encargaré de que los del Registro de la Propiedad te envíen directamente la documentación pertinente. —Revisó los papeles de una carpeta que tenía abierta sobre la mesa.

Mathilde sabía que era el momento perfecto para explicar que iba a vender la casa y encomendarle la tarea, pero fue incapaz de abrir la boca y pronunciar las palabras. Decidió esperar un par de días y mandarle un correo electrónico en vez de decirlo en voz alta. Aceptó la pluma que se le ofreció y firmó en la multitud de líneas que él había marcado a lápiz con una cruz.

Cuando Rachel llegó media hora después, ella ya estaba esperando junto a la carretera con un sobre que contenía una copia de la documentación.

—¿Todo solucionado? Has tardado poco —comentó su hermana, mientras esperaba a que se abrochara el cinturón de seguridad—. ¿Qué te ha dicho el señor Murray?

—No mucho. Que la propiedad lleva cientos de años en la familia y que nuestro *papa* quería que pasara a ser mía. Un día no tengo familia y ahora tengo cientos de… —se interrumpió mientras buscaba la palabra adecuada— *fantômes* que forman parte de mí.

—¿Fantasmas, quieres decir? Sí, la verdad es que Lutton Hall ha sido nuestra casa ancestral desde hace mucho, pero no hay fantasmas. Si los hubiera, me habría mantenido lejos de allí.

Mathilde la miró de soslayo y guardó silencio mientras la veía conducir. Puede que Rachel no hubiera visto ningún fantasma, pero no había duda de que había algo —o alguien— oculto tras las sombras en los oscuros rincones, esperando a que ella apareciera. Y tenía la fuerte sospecha de que no se trataba de su padre.

Después, cuando entraron en la casa cargadas con la compra, Rachel indicó las llaves que Mathilde había dejado abandonadas encima del mueble auxiliar del salón de entrada.

—¿Has encontrado la de la capilla? —preguntó, antes de dejar varias bolsas de comida sobre la mesa de la cocina.

Mathilde se puso a meter cosas en la vieja nevera, donde apenas quedaba espacio por culpa del hielo acumulado. Rachel ya había tenido que darle un par de patadas cuando había dejado de funcionar.

—Sí. He ido a echar un vistazo rápido antes de ir al bufete.

—Vaya, ¡habérmelo dicho! —exclamó Rachel—. A mí también me gustaría verla por dentro. ¿Quieres que vayamos juntas a investigar? Cuando era pequeña, siempre nos advertían que no entráramos allí porque era «para rezar, no para jugar». —Marcó las comillas con los dedos—. Pero estoy convencida de que papá entró en su juventud y creo que mi abuelo le daba su uso original, aunque no recuerdo que él mencionara que se celebraban servicios religiosos. Por cierto, lo organizaré todo para que conozcas a nuestros tíos. Estuvieron preguntando por ti, pero les dije que te dieran un día para ir aclimatándote. La tía Alice siempre ha vivido aquí, seguro que tiene más información sobre la capilla.

—Sí, podemos ir juntas. —Mathilde asintió, pero con reticencia.

A pesar del decepcionante interior de la capilla, había algo especial en ella, algo diferente, y se sentía reacia a compartirlo. Se dijo a sí misma que estaba portándose como una necia; al fin y al cabo, Rachel había vivido durante años en aquella casa, así que tenía tanto derecho como ella —quizá incluso más— a recorrer cualquier parte de la propiedad.

Regresaron a la capilla después de cenar. Fleur llevaba una pelota nueva que su madre le había comprado antes en el supermercado, y se quedó jugando fuera de buen grado mientras ellas entraban. Rachel no había olvidado las advertencias que había recibido de niña, y no iba a permitir que su hija pisara aquel lugar hasta cerciorarse de que era seguro.

—Ahora que has hablado con el señor Murray, ¿sabes lo que vas a hacer con la finca? ¿Piensas quedarte? Me gustaría llegar a conocerte bien, eres la hermana que jamás pensé que llegaría a conocer.

—¿Quedarme? *Non*. No. Claro que no, ¿para qué? —Mathilde se dio cuenta de que su respuesta había sonado muy seca, lo supo de inmediato por la cara de desilusión que puso su hermana—. Tengo que viajar por mi trabajo, ya te lo dije.

A pesar de sus palabras, tenía el corazón agitado. Durante toda su vida había anhelado tener una familia, un vínculo de sangre; pero, ahora que los había encontrado, estaba demasiado asustada como para quedarse. La cara abatida de su hermana la llenaba de remordimiento, una emoción incómoda con la que no estaba familiarizada.

—Quizá me quede una o dos semanas —accedió al fin—. Después decidiré lo que hago.

—Gracias —contestó Rachel, con una trémula sonrisa.

El interior de la capilla olía como antes; el aire, denso y cargado de humedad, contrastaba con la fresca tarde de verano del exterior. A diferencia de antes, la extraña sensación de no estar sola no estaba presente; en esa ocasión, el lugar no era más que un viejo edificio ruinoso que necesitaba con urgencia unos puntales de acero y una buena restauración.

—Vaya, es un poco decepcionante, ¿verdad? —Rachel se detuvo en el centro y giró lentamente para mirar alrededor—. Lo único que hay aquí son los bancos y una mesa que supongo que hacía de altar. Pero, qué curioso, ¿por qué enyesaron esta pared y dejaron la piedra desnuda en la de enfrente? —Se acercó a la pared de su izquierda y la golpeó con la palma de la mano. Enarcó las cejas, sorprendida, mientras una lluvia de polvo caía al suelo—. Vaya, no es yeso. Está tapiada, suena a hueco. Qué raro.

—Puede que la pared hubiera empezado a venirse abajo, que se hubiera caído algún trozo… —Mathilde hizo un vago gesto con las manos mientras intentaba encontrar la forma de explicarse.

—¿Te refieres a que podría estar derrumbándose? Sí, supongo que es posible, eso explicaría todas las advertencias para que no entrara en este lugar. Pero hicieron una chapuza si se limitaron a cubrirla con unos cuantos paneles.

—¿Qué es esto? —Mathilde deslizó los dedos por la tabla donde la pintura estaba descascarillándose, y quedó al descubierto una tenue ilustración de color gris claro que iba en diagonal desde la esquina hacia el centro del panel—. Parece una serpiente.

—Sí, es verdad. —Rachel lo observó con atención—. No entiendo por qué dibujarían algo así en una iglesia…, a menos que tenga algo que ver con Adán y Eva, claro. —Consultó la hora en su reloj—. Uy, ¡mira qué hora es! Será mejor que encuentre a Fleur y volvamos a casa. Le he dicho a la tía Alice que venga a eso de las siete y media, podemos preguntarle si sabe algo sobre esto.

Cerraron la puerta y se abrieron paso con dificultad entre las zarzas y los cardos que había junto a la capilla para poder ver el exterior de la pared tapiada, pero parecía idéntica a las demás. Mathilde hundió el dedo en el reseco y desmenuzado mortero, y lo vio caer sobre las hojas del suelo.

Esperó un momento y dejó que Rachel y la niña se adelantaran, quería unos minutos de soledad. Estaba acostumbrada a llevar una vida solitaria, y había tenido que ser sociable en todo momento desde que había llegado el día anterior. Necesitaba hacer una pausa, tener un respiro. Quizá fuera ese el motivo de que tuviera la extraña y persistente sensación de que la observaban, de que alguien había estado esperando a que ella entrara a escena en una obra que protagonizaba sin saberlo. Se sacudió aquella idea de la cabeza, lo más probable era que se sintiera así debido a todo lo que había ocurrido en los últimos tiempos. Después de tantos años de sueños y anhelos, resulta que de repente tenía una familia, otras personas con las que estaba emparentada, y su madre no estaba viva para verlo. No era de extrañar que se sintiera agobiada; tal era su agobio, que estaba imaginando a gente que no estaba allí cuando tenía un montón de familiares nuevos que sí que estaban presentes físicamente.

Siguió a Rachel y a Fleur a paso lento, pero se detuvo frente al jardín y se abrió paso entre la maleza hasta llegar a una valla que estaba rota en algunas zonas donde la madera se había podrido; más allá, un campo de trigo de color verde pálido iba adquiriendo un tono dorado.

—*Papa*, ¿cómo es posible que no supiera que estabas aquí? De repente, ya no sé quién soy, y tú no estás aquí para mostrármelo. ¡Qué distintas tendrían que haber sido nuestras vidas! La senda que habríamos recorrido habría sido otra, pero ahora no sé qué rumbo tomar. —Se frotó los ojos con el dorso de las manos cuando su vista se nubló y el paisaje se volvió borroso.

Oyó a su espalda el sonido de unas ruedas sobre la grava. Arrancó unas flores amarillas de hierba cana de sus erectos tallos y las dejó caer al suelo antes de regresar a la casa, donde esperaba ya su hermana. Estaba lista para conocer al resto de la familia.

9

Marzo de 1584

Tom estaba muy equivocado si creía que no volvería a saber nada de la reina después de preparar aquel remedio para ayudarla a conciliar el sueño. Esperaba que fuera Hugh quien recibiera el mérito por la bebida que su majestad había tomado por costumbre pedir todas las noches, y se daba por satisfecho con ello. Prefería permanecer en las sombras, donde seguía siendo invisible y no se veía obligado a pasar por el interminable proceso de intentar explicar que no podía oír ni hablar. Pero, aunque Hugh se había atribuido todo el mérito por aquella especia dulce y aterciopelada, parece ser que el sirviente que había bajado aquella noche le había contado a una de las damas de la reina que había sido el ayudante del apotecario quien había preparado la bebida. De modo que, de buenas a primeras, se había requerido la presencia de Tom en los apartamentos de Estado.

Al principio había intentado evitar ir, pero Hugh no había tardado en hacerle comprender que uno no podía decirle que «no» a la reina. De modo que respiró hondo y se atavió con una muda de ropa más limpia, aunque las prendas conservaban aún el olor residual de las flores secas de consuelda que había estado moliendo. Se lavó la cara, se peinó y se recortó rápidamente la barba antes de salir tras Hugh.

Sabía que su rostro reflejaba la incredulidad que sentía mientras cruzaban el patio y subían las escaleras que conducían a las estancias principales del palacio. Jamás en su vida había visto un mundo se-mejante. Se encontraban al final de un largo pasillo donde ventanas formadas por pequeños diamantes de vidrio emplomado se alineaban a lo largo de una de las paredes, inundando de luz el lugar. La oscura pared opuesta estaba cubierta de suntuosos tapices compuestos por una miríada de vivos colores que iluminaron su corazón. Qué gran contraste con los tonos oscuros y apagados de su propio mundo. Se acercó a ellos para tocar los lustrosos hilos, pero Hugh lo agarró del brazo y negó con la cabeza. La advertencia le hizo tomar conciencia de que en aquella zona del palacio existían unas normas estrictas que debía aprender. Se llevó las manos a la espalda, agachó la cabeza y mantuvo la mirada puesta en los pies de Hugh mientras caminaban hacia el fondo del pasillo, que desembocó en una esplendorosa galería.

Aquella zona también estaba iluminada por gloriosos ventanales que abarcaban del suelo hasta el techo y que, a diferencia de las ventanas de la botica, estaban límpidos y cristalinos. Los coronaban unos vitrales que proyectaban coloridos haces de luz en la sala. Velas de cera de abeja, encendidas ya a pesar de lo temprano de la hora, creaban una atmósfera azulada y ligeramente cargada de humo que le provocó una ligera irritación de garganta y ganas de toser. Gruesos cortinajes y tapices finamente hilvanados decoraban las paredes, sus lustrosos hilos brillaban bajo la luz de las velas. Los atuendos de los cortesanos deslumbraban en un amplio abanico de vivos colores dignos de un pavo real; vestidos y jubones, todos ellos en tonos brillantes. En un extremo de la sala había una tarima sobre la que se alzaba un gran trono labrado; alrededor de este, unas mujeres conversaban serenamente mientras atendían sus respectivas labores de costura. El trono lo ocupaba una esbelta mujer ataviada con un suntuoso vestido dorado, adornado con un tupido bordado y centenares de perlitas que relucían a la luz de las velas. La prenda parecía casi demasiado grande para alguien de complexión tan menudita, y su cabello pelirrojo le trajo a la mente a su propia madre. Incluso sin la presencia de los numerosos guardias y de los caballeros elegantemente ataviados que pululaban a su alrededor, habría sabido de inmediato que aquella era su reina. Las ganas de toser se intensificaron.

Vio que Hugh echaba a andar hacia ella a paso lento y con la mirada puesta en el suelo. Una espléndida alfombra con un intrincado diseño en tonos azules, verdes y rojos se extendía bajo sus pies, gruesa y suave. Se sintió fascinado, tan solo había oído hablar de semejantes cosas. No apartó la mirada de los pies de Hugh y siguió sus pasos hasta que se detuvieron ante la soberana; al ver que Hugh hincaba una rodilla en el suelo y la saludaba con una profunda inclinación de cabeza, siguió su ejemplo de inmediato.

Cuando se incorporaron de nuevo, se percató del terrible incidente que estaba desarrollándose ante la corte. El protagonista era un hombre que, a diferencia de los cortesanos, tenía un aspecto humilde con ropa oscura de fustán y lana, y en ese momento acababan de lanzarlo de bruces contra el suelo. Tom no sabía lo que se estaba diciendo, pero, viendo los airados aspavientos de la reina, la fuerza con la que apretaba los puños y cómo le relampagueaban los ojos mientras mascullaba algo entre dientes, no había duda de que estaba aterradoramente furiosa. El hombre tenía la cabeza entre las manos, sangre coagulada cubría el hueco de sus inexistentes uñas, su rostro estaba hinchado y ensangrentado. Uno de los guardias lo alzó del suelo sin miramientos y lo sostuvo en pie, ya que el hombre se tambaleó como si le fallaran las piernas. Tom sintió que se le encogían las entrañas de miedo; por una vez en su vida, se sintió aliviado de no poder oír los gritos que, a juzgar por las caras del resto de las personas presentes, debían de ser estremecedores.

La reina señaló finalmente hacia una puerta oculta en un rincón de la sala. Los cortinajes que la cubrían se habían abierto, dejando al descubierto una escalera de piedra hacia la que condujeron al hombre. Lo sujetaban de los pies, con la cabeza arrastrando por el suelo como si ya fuera un cadáver. Tom alcanzó a ver cómo se lo llevaban escalera abajo, con la parte posterior de la cabeza golpeteando contra cada escalón, hasta perderse de vista. Una súbita bocanada de ardiente y amarga bilis le subió por la garganta. Por todos los cielos, ¿qué estaba sucediendo allí?

Hugh y él fueron conminados a pasar en ese momento, y requirió de toda su fuerza de voluntad para contener las ganas de vomitar; cuando se arrodilló de nuevo, vio las gotas de sangre que salpicaban el suelo ante sus ojos.

Centró su atención en la reina, quien estaba hablando con Hugh, y logró identificar algunas palabras que le permitieron entender a grandes rasgos lo que decía. El estado de ánimo de su majestad parecía haber cambiado en un instante, el pobre desdichado al que acababan de llevarse a rastras escasos segundos antes había caído en el olvido mientras la soberana exclamaba con deleite lo mucho que le gustaba aquel sabor avainillado totalmente nuevo para ella e insistía en que los dos apotecarios obtuvieran más.

Se puso en pie y se volvió hacia Tom, quien sintió como si aquellos ojos pequeños y oscuros estuvieran atravesando los suyos para leer todo lo que se le estaba pasando atropelladamente por la mente. Como si sus pensamientos y sus miedos quedaran expuestos ante aquella soberana tan menuda que era la mujer más poderosa del mundo. Empezaron a temblarle las piernas, la supremacía y la seguridad en sí misma emanaban de ella en poderosas oleadas. Ahora que estaban más cerca, podía ver que el pálido maquillaje que cubría su rostro servía para ocultar una tez marcada por la viruela, lo que, sumado a una nariz aguileña, hacía que resultara menos atractiva que el retrato que él mismo había admirado minutos atrás mientras seguía a Hugh por el pasillo.

—*Según me dice mi apotecario, sois vos el responsable de traer esta nueva especia llamada vainilla a mi corte* —dijo ella.

Tom tenía que observar con atención su boca de labios finos mientras la veía hablar; por suerte, parecía sopesar cada palabra por un instante antes de pronunciarla, por lo que no le resultaba difícil entenderla. Se inclinó de nuevo ante ella, y se enderezó para permanecer atento a su rostro.

—*¿Es cierto que no podéis oír ni hablar y que, aun así, entendéis lo que dicen quienes os rodean?*

Tom asintió. Se preguntó qué tendría la soberana en mente, ¿tendría intención de expulsarlo del palacio? Aguardó mientras la veía regresar al trono, el peso del vestido era un lastre poco menos que abrumador para su figura menudita y le dificultaba los movimientos.

Una vez que estuvo aposentada de nuevo en su trono y que sus faldas estuvieron debidamente colocadas a su alrededor (esta tarea la realizó una joven rubia ataviada con un vestido verde grisáceo adornado con sencillos ribetes que había permanecido de pie a un lado), la soberana volvió a dirigirse a él:

—*Me intrigáis, Tom Lutton. No podéis oír, pero sois capaz de entender todo lo que digo. Jamás había encontrado a nadie como vos, me pregunto si podríais ser de utilidad en mi corte. Y no solo porque preparáis una deliciosa bebida para dormir.* —Digirió la mirada hacia Hugh—. *Ambos podéis retiraros.* —Volvió a centrar su atención en Tom y añadió—: *Por el momento.*

Siguiendo el ejemplo de Hugh, Tom fue reculando con los ojos firmemente puestos en el suelo hasta llegar a las puertas; al igual que antes, unos guardias las abrieron para dejarlos pasar. Cuando salió al pasillo, respiró tan hondo como pudo y sintió el fresco aire llenándole los pulmones. Estaba convencido de haber estado conteniendo el aliento en todo momento mientras estaban ante su majestad; a pesar de lo menuda que era, tenía una presencia enorme.

—*No hace falta que te explique por qué debemos evitar contrariar a la reina* —dijo Hugh, pronunciando lentamente las palabras, mientras regresaban a la botica—. *¿Has comprendido lo que estaba ocurriendo cuando hemos llegado? Ese hombre está al servicio del embajador español, Bernardino Mendoza.*

Tom no entendió el mentado nombre a pesar de que Hugh lo repitió dos veces, y al final le indicó con un gesto que prosiguiera.

—*Estaba pasando información de la corte al embajador. Habían urdido un plan para arrebatarle el trono a la reina y reemplazarla por María, su prima católica. La contienda entre ambas existe desde hace varios años. Los españoles desean desesperadamente que nuestra protestante reina Isabel sea depuesta porque la Iglesia católica no reconoció el matrimonio de su madre, Ana Bolena, con su padre, el rey Enrique. La consideran una bastarda sin derecho al trono y afirman que su prima, la reina María, es la legítima heredera. El plan se centraba en un tal Throckmorton que ahora está revelando todos sus secretos, ayudado sin duda por los hombres de Walsingham en la Torre. Se rumorea que Mendoza será expulsado de Inglaterra. Throckmorton será ejecutado, por supuesto, al igual que todos quienes han participado. Incluyendo a ese pobre diablo que acabamos de ver, se vio obligado a involucrarse en el asunto y ahora solo le quedan unas horas de vida.*

Tom se estremeció mientras asimilaba lo que Hugh acababa de explicar. Había considerado un honor estar en la corte, pero el recuerdo de cómo habían tenido que huir a Francia cuando su padre adoptivo había perdido el favor del rey era una clara advertencia de lo precaria que podía llegar a ser aquella situación. Si un mero sirviente recibía la orden de transmitir un mensaje y, viéndose obligado a obedecer, quedaba atrapado de repente en una situación sin escapatoria, cabía plantearse si era prudente permanecer en semejante lugar.

10

Junio de 2021

—No te pareces en nada a tu padre.

La tía Alice dijo aquello con voz ligeramente trémula mientras miraba de arriba abajo a Mathilde, quien tenía la marcada impresión de estar siendo sometida a juicio. Se había preparado mentalmente para mostrarse cordial con su nueva tía a pesar de que eso iba en contra de su actitud habitual, pero había terminado por ponerse a la defensiva de inmediato. En ese momento estaban todos reunidos en la pequeña sala de estar adyacente a la cocina, y Rachel ofreció unas bebidas calientes mientras exclamaba lo feliz que estaba de que Mathilde hubiera aparecido y lo complacido que se habría sentido su padre; la tía Alice, sin embargo, no parecía compartir su alegría.

—Supongo que los abogados harán una prueba de ADN, para confirmar que es ella. —Se volvió hacia Rachel, ignorando por completo a Mathilde, y añadió en voz baja—: Podría ser una suplantadora.

—¡Claro que no! —exclamó Rachel—. ¿No ves que se parece a mí? Y a ti también, la verdad. No hace falta ninguna prueba de ADN. Ya os expliqué que papá estaba buscando en el lugar equivocado, por eso no pudo localizarla en Francia. Pero Mathilde ya está aquí ahora, yo tengo una hermana y tú tienes una nueva sobrina, y eso es maravilloso —añadió lo último con tono acusador, como retando a su tía a llevarle la contraria.

Esta tragó con fuerza y sus labios, delgados y descoloridos, prácticamente desaparecieron en su pálido rostro. Guardó silencio mientras sus dedos giraban con nerviosismo la alianza de boda que llevaba puesta hasta que al final dijo, con voz tirante y aguda:

—Bueno, ¿y qué va a pasar ahora? Todo va a cambiar, somos demasiado mayores para esto.

—Por el amor de Dios, ¡solo lleva veinticuatro horas aquí! —protestó Rachel—. Déjala respirar antes de decidir lo que quiere hacer, entonces sabrás si hay algo que deba preocuparte. —Se apresuró a cambiar de tema—. Por cierto, esta tarde hemos ido a echar un vistazo a la capilla. Mathilde quería verla por dentro.

Alice soltó un largo suspiro y dijo con voz queda:

—Siempre se te advirtió que no entraras allí. —Sus ojos se inundaron de lágrimas y se las secó con un pañuelito ribeteado de encaje que se sacó de una manga—. Esta muchacha no lleva ni cinco minutos aquí y ya está cambiándolo todo. Ese lugar es peligroso, Rachel. Peter te prohibió entrar.

—No hemos visto nada que supusiera un peligro y hemos tenido cuidado. La hiedra se ha colado por una ventana rota, pero ninguna de las paredes parece inestable; de hecho, una de ellas está tapiada con paneles de madera, ¿lo hizo papá?

—No, siempre estuvo así, desde antes de que yo naciera. Tu abuelo nos llevó una o dos veces de pequeños, recuerdo esa pared. Nos dijeron que era un lugar de culto, sagrado, y se nos advirtió que no debíamos entrar allí si no era para rezar. No lo hicimos en aquella época, pero no sabría decir si tu padre estuvo allí más recientemente. Supongo que tapiaron la pared para evitar que se derrumbara.

—Para eso haría falta algo más que unas tablas de madera clavadas en la pared.

Rachel afirmó aquello antes de dirigir la mirada hacia Mathilde, cuyo interés se había avivado al oírlas hablar de la capilla y estaba intentando seguir la conversación. Había sido un día largo y empezaba a dolerle la cabeza.

—En fin, se está haciendo tarde y Fleur tiene que acostarse. —Rachel se levantó de la silla y, de forma claramente fingida, dio un gran bostezo y se estiró.

Mathilde siguió su ejemplo y se puso también de pie; por suerte, sus tíos captaron la indirecta y tomaron sus respectivos abrigos, dispuestos a marcharse.

—Estoy segura de que volveremos a verte pronto. —Alice alzó la barbilla y en sus labios se dibujó una sonrisa que no se reflejó en sus ojos—. Ya hablaremos entonces de lo que piensas hacer con esta casa tan preciada. Sé que tu padre no querría que se vendiera, se retorcería en su tumba. —Le sostuvo la mirada por un segundo más de lo necesario y entonces se marchó a toda prisa, luchando por ponerse su anorak.

En cuanto a Jack, quien apenas había pronunciado dos palabras durante el encuentro, alzó ligeramente una mano y asintió con la cabeza a modo de tibia despedida antes de seguir apresuradamente a su mujer.

Mathilde frunció el ceño mientras los veía marcharse, no acababa de entender lo que había querido decir Alice con aquellas últimas palabras.

Rachel subió entonces a acostar a Fleur, quien no dejó de protestar a pesar de lo cansada que estaba; en cuanto la dejó bien acurrucadita en la cama, se reunió en la cocina con Mathilde y se puso a preparar chocolate caliente para las dos.

Mathilde se sentó a la mesa y la observó en silencio durante un largo momento antes de decir una obviedad:

—No le caigo bien a Alice.

—Seguro que su actitud cambia con el tiempo, es que ha sido todo muy repentino. Sabíamos de tu existencia, pero jamás pensamos que llegaríamos a conocerte. Y ella habría terminado por heredar la finca si los abogados no te hubieran encontrado, es normal que esté mosqueada. Aunque no hacía falta que fuera tan grosera, eso ha sido inaceptable.

—¿Mosqueada?

—Molesta. De hecho, de momento es incluso más que eso, seguro que está asustada porque no sabe lo que le depara el futuro; aun así, eso no es excusa. Quizá se tranquilice cuando se dé cuenta de que vas a quedarte, aunque en un principio solo sea por una o dos semanas.

—Da igual, le caigo mal a casi todo el mundo. No encajo en lo que la gente espera. No pasa nada, estoy acostumbrada. Y no sé si voy a quedarme, la verdad. Estar en una casa día tras día, en el mismo sitio…, no es fácil. Me causa dolor. Necesito viajar de acá para allá, cambiar de vistas. Es lo que he hecho siempre.

—Pero ¡dijiste que te quedarías! —Rachel alzó ligeramente la voz al decir aquello y depositó las dos tazas sobre la mesa con tanta fuerza que el chocolate rebosó por el borde. Agarró un paño viejo y limpió los lechosos charquitos amarronados que se habían formado sobre la mesa—. ¿Cómo es posible que hayas cambiado de opinión tan pronto? Vale, no estás acostumbrada a vivir en una casa; y sí, este lugar es muy grande. Pero has aparecido después de todos estos años para reclamar tu herencia. Por Dios, ¡ni siquiera sabíamos si estabas viva! Nuestro pobre padre se imaginaba lo peor y ahora resulta que ni siquiera eres capaz de decidir si vas a quedarte un tiempo. Hemos estado esperándote durante años, ¿no crees que nos debes eso como mínimo? Somos familia, ¡ese vínculo tiene que contar para algo! —Rachel añadió lo último en tono suplicante.

Mathilde estaba atónita ante aquel súbito arrebato. Solo había tenido en cuenta sus propios sentimientos, como de costumbre, y no había pensado en cómo afectaría a su hermana su aparición; por otra parte, no entendía que Rachel estuviera tan alterada, ya que apenas acababan de conocerse. Tantos años anhelando tener una familia, y resulta que la realidad no se parecía en nada a lo que había imaginado.

—Sí, claro, para ti es fácil decir eso —dijo aquello en voz baja, pero estaba muy equivocada si creía que Rachel no iba a oírla.

—Eres parte de esta familia, ¡eso no lo dudes jamás! —Alargó las manos por encima de la mesa como si quisiera cogerla de las manos—. Sí, tardamos bastante tiempo en encontrarte. Pero ahora ya estás aquí, en tu hogar. No es demasiado tarde para nosotras.

—No fue «bastante tiempo», fue toda una vida —la corrigió Mathilde—. ¡Es demasiado tarde para conocer a mi padre! —Las palabras emergieron con una vehemencia que no pudo reprimir. Tenía el corazón roto desde hacía tantísimo tiempo… Era una fractura permanente en los cimientos de su vida. Y todo lo que había estado reprimiendo, la desdicha que había estado acumulando dentro, empezó a salir por esa grieta—. Y demasiado tarde para tener una infancia en condiciones. Tú creciste aquí rodeada de todo el mundo, de todo esto. Con tus tíos viviendo ahí al lado, con estabilidad y sentimiento de pertenencia. Fuiste muy afortunada, yo no tuve nunca esas cosas. Pasé mi niñez yendo de acá para allá, de un lugar a otro, a veces no teníamos ni un techo. Era invierno cuando hacía frío, verano cuando el mistral soplaba y nos llenaba los ojos de arena y nos ponía el pelo… *rigide*. —Se tiró del pelo a modo de explicación—. Nadie nos aceptaba, no teníamos un hogar ni seguridad. La gente nos evitaba siempre, mi pobre *maman* luchaba constantemente con los demonios que atormentaban su mente. La gente era amable al principio, nos sentíamos bienvenidas. Pero eso no duraba nunca, todos querían que nos marcháramos en cuanto veían cómo estaba *maman*. Éramos refugiadas, forasteras. *Émigrées,* la palabra más solitaria del mundo. —Se levantó de la silla y se dirigió hacia la puerta trasera sin volver la vista atrás—. Muy bien, me quedo. Pasaré aquí el verano, pero nada más. Me largo en septiembre.

11

Junio de 2021

Mathilde se dirigió a su rincón especial del jardín y llenó la regadera en el barril de agua de lluvia. Necesitaba algo de tiempo para reflexionar sobre lo que acababa de ocurrir con Alice y Jack, y para sopesar las palabras de Rachel. Llevaba la vida entera soñando con tener una familia, raíces, un lugar donde se sintiera anclada y sin esa necesidad constante de deambular de un lugar a otro; por un instante, había empezado a preguntarse si lo había encontrado. Tenía parientes de sangre. Pero ¿cuánto tardarían en decidir que era una mala persona? ¿Cuánto tardarían en rechazarla y en pedirle que se fuera de allí? No tenía motivos para creer que ellos iban a ser distintos a los demás. Todo el mundo era igual, eso lo había aprendido gracias a la infancia que había tenido; además, sus recién adquiridos tíos le habían dejado muy claro que no era bienvenida. Y si aquel lugar no era un hogar para ella, un lugar de reposo, entonces no tenía raíces en ningún lado. Había desperdiciado años de su vida anhelando algo que no existía.

Al llegar al lugar donde había dejado sus macetas, las regó nuevamente a conciencia antes de tumbarse bocarriba en el suelo con los brazos cruzados detrás de la cabeza. Oyó el susurrante movimiento cercano de algún animalillo que intentaba huir entre la hierba, espantado por su presencia. El aire del atardecer era cálido y cerró los ojos por un momento, disfrutando del frescor de la hierba bajo su espalda; el veraniego aroma de la vegetación fue sosegando su respiración, su corazón empezó a recobrar el ritmo normal. Se le clavaban en el hombro duros trocitos de prímulas secas, pero moverse habría requerido demasiado esfuerzo en ese momento. Alargó la mano a un lado y tironeó de un puñado de hierba, sintió cómo resbalaban las briznas contra su palma antes de ceder y romperse. Las dejó caer y arrancó otro puñado.

Finalmente fue cayendo el anochecer y ladeó la cabeza para escuchar el chillido de los murciélagos, que surcaban el cielo cazando pequeños insectos. Súbitamente consciente de que no estaba sola, dirigió la mirada hacia la arboleda que tenía a un lado. No había oído nada; quienquiera que fuese —o fuera lo que fuese—, actuaba con gran sigilo.

Permaneció totalmente inmóvil, contuvo el aliento y esperó a que el recién llegado hiciera algún movimiento, tendría que hacerlo tarde o temprano. Entonces, conforme sus ojos fueron adaptándose, le pareció ver una silueta oscura entre las sombras; ¿un ciervo, quizá? La umbría zona situada bajo las tupidas copas de los árboles ya estaba muy oscura a esa hora, solo alcanzó a vislumbrar la silueta indistinta de alguien que estaba de pie y con la cabeza gacha. Entornó los ojos; quienquiera que fuese, se integraba hasta tal punto con la aterciopelada oscuridad que apenas podía verlo. ¿Qué estaría haciendo allí?

—¿Hola? ¿Quién está ahí? —No obtuvo respuesta; de hecho, la persona dio media vuelta y se esfumó cuando ni siquiera había terminado la frase.

Supuso que el desconocido estaría alejándose entre los árboles en dirección a los establos y, sin pensárselo dos veces, se levantó del suelo y rodeó la arboleda a toda prisa con la intención de sorprenderlo al otro lado. Ya había oscurecido mucho y la vegetación estaba muy crecida, no podría alcanzarlo si se internaba entre los agrestes arbustos. Pero, una vez que llegó al otro lado de la arboleda, no lo vio por ninguna parte; siendo sincera consigo misma, debía admitir que no esperaba encontrar a nadie, porque no era la primera vez que veía algo inexplicable: un invitado procedente de otra época. Sí, estaba convencida de que su inesperado visitante era precisamente eso, aunque no tenía ni idea de lo que estaría haciendo en medio del campo.

Oyó a Rachel llamándola desde algún punto cercano a la casa, pero no contestó. Con los hombros encorvados y las manos hundidas en los bolsillos, rodeó la casa procurando no hacer ruido, abrió la autocaravana, entró con sigilo y se cobijó en su cama. Tenía tantísimas cosas dándole vueltas en la cabeza que no podría lidiar con nada más, no podía adaptarse al presente cuando todavía estaba intentando comprender su propio pasado.

A la mañana siguiente, después de una noche de sueño sorprendentemente reparador en su autocaravana, Mathilde apareció temprano en la cocina y descubrió que Rachel y Fleur se habían levantado también. La niña estaba desayunando un cuenco de cereales con lentitud, ajena a las gotitas de leche que le caían de la cuchara e iban a parar a su regazo.

—¿Café? —Miró a su hermana con una sonrisa titubeante.

No sabía qué tipo de recibimiento iba a encontrar después de su arrebato de la noche anterior. Dormir la había ayudado a despejar la mente, era consciente de que no podría culpar a nadie más que a sí misma si Rachel se mostraba fría o distante.

Le revolvió el pelo a Fleur al pasar junto a ella en dirección a un plato con tostadas que había sobre la mesa, tomó una y se la metió en la boca antes de llenar su cafetera con tres cucharadas grandes de café molido. Alzó la taza y miró con expresión interrogante a Rachel, quien sonrió y negó con la cabeza antes de servirse un poco más de té. Puede que fueran hermanas, pero la forma en que se habían criado dictaba firmemente los hábitos de cada una en lo referente a la bebida de primera hora de la mañana.

Mathilde miró a su hermana cara a cara y dijo con sinceridad:

—Perdona, ayer fui demasiado brusca. No fue justo por mi parte.

Rachel alzó una mano para interrumpirla.

—No, no hace falta que te disculpes. No puedo ni imaginar lo abrumada que estarás con todo esto, el impacto ha tenido que ser tremendo. No te preocupes, tranquila. Mira, hemos recibido una carta.

—Le mostró un sobre—. Cuando he bajado esta mañana, he visto que la habían metido por debajo de la puerta. La he abierto porque está dirigida a las dos, pero en realidad te concierne a ti.

Mathilde se quedó inmóvil con la taza de café a medio camino de la boca, pero no dijo nada y Rachel siguió hablando:

—Es de la tía Alice. Ayer debió de desquiciarse al volver a su casa, porque dice que va a tomar acciones legales para una impugnación. Pero no te preocupes, no podrá hacerlo. Yo estaba con papá cuando se redactó el testamento y el señor Murray sabe que todo es perfectamente legal. Aunque la cosa podría ponerse complicada si hay que ir a juicio.

—Espera, ¿amputación? ¿Qué amputación?

Mathilde miró desconcertada a su hermana, quien se echó a reír.

—¡No! ¡Impugnación! Quiere impugnar el testamento, intentar cambiarlo acudiendo al juzgado para pedirle al juez que no seas tú quien herede la casa, sino ella. Pero eso no va a pasar, no te preocupes.

Mathilde encogió los hombros con indiferencia, ya tenía bastante en que pensar sin tener que añadir también a la histérica de su tía; con un poco de suerte, la mujer se mantendría a distancia.

—Bueno, ¿qué planes tienes para hoy? —añadió Rachel, cambiando de tema—. ¿El señor Murray te entregó las escrituras y un plano de la finca?

—No, dijo que eso viene de… no sé quién de la propiedad.

—Ah. Los del Registro de la Propiedad, supongo. Sí, tienen que registrarte como la nueva propietaria, lo más probable es que te manden una copia de las escrituras. Puede que ahí aparezcan los distintos propietarios de este lugar a lo largo del tiempo, depende de la antigüedad de los documentos. Yo tenía pensado seguir revisando las pertenencias de nuestro padre, ¿quieres echarme una mano?

—Sí, gracias, me gustaría mucho. —Mathilde esbozó una amplia sonrisa.

Quería descubrir más cosas sobre su padre, sobre aquel hombre al que había dado por perdido durante casi toda su vida. Si el taxi donde él viajaba hubiera pasado por la zona de la explosión un minuto antes, solo uno, todo habría sido distinto. Ella habría crecido en aquella finca con su *maman*; Rachel no habría nacido, pero a lo mejor habría tenido otros hermanos. Era como un espejo, como contemplar el reflejo de una vida que había estado a punto de vivir.

—Ya he ordenado la ropa de papá, no hay nada que valga la pena ni para beneficencia —dijo Rachel por encima del hombro, mientras salían de la cocina—. Le gustaba llevar puesta su ropa de jardinería mañana, tarde y noche. ¡Era un verdadero desastre! —Rio para sí al recordarlo—. Él solía decir que había tenido que ir trajeado durante años por el trabajo, así que iba a sentirse cómodo después de jubilarse.

Mathilde intentó imaginárselo con una camisa de color caqui remangada y unos holgados pantalones remetidos en unas botas Wellington…, las que había visto junto a la puerta trasera, que parecían estar esperando a que él metiera los pies una última vez.

Rachel la condujo por un pasillito corto y estrecho situado por detrás de la escalera, y finalmente desembocaron en una habitación trasera. No era muy grande, pero estaba inundada de luz gracias a una ventana que daba al extenso huerto cercano a donde ella había depositado sus macetas.

—Este era su despacho. —Rachel extendió los brazos hacia los lados, su voz se quebró ligeramente.

Mathilde la miró y sintió un inesperado escozor en los ojos. Las dos intercambiaron una sonrisa y su hermana le frotó la espalda por un momento, como reconfortando a una niñita. Hubo entre ellas un breve instante de empatía en el que una misma tristeza por la muerte de su padre inundó el corazón de ambas. Emociones compartidas, era la primera vez que Mathilde experimentaba aquella sensación.

A lo largo de las paredes había multitud de caóticos estantes donde montones de libros compartían espacio con los restos polvorientos de la vida de su padre: una taza llena de bolígrafos que proclamaba los encantos de Southwold, cajas contenedoras de documentos, fotografías enmarcadas. Miró a su alrededor intentando no perderse ni un detalle, todo lo que había en aquella habitación formaba parte de él. Cerró los ojos e intentó buscar a ciegas su espíritu, su esencia, alguna prueba tangible de que él aún seguía allí con ellas. ¿Acaso era él la sombría silueta que había vislumbrado bajo los árboles la noche anterior?

—Como puedes ver, no era una persona muy ordenada que digamos —dijo Rachel—. Por suerte, durante los diez últimos años solo hizo vida en la zona posterior de la casa. Todas esas salas para grandes ocasiones que ya te he enseñado han estado cerradas y cubiertas de guardapolvos durante una eternidad.

—Qué escritorio tan bonito. —Mathilde deslizó los dedos por el oscuro tablero de caoba con incrustaciones de cuero.

El macizo mueble, ajado y desgastado por el paso de los siglos, parecía haber brotado del suelo y tener unas profundas raíces enterradas bajo la estructura de la casa.

—Papá guardaba en él las cosas importantes. —Rachel se arrodilló en el suelo, abrió el profundo cajón inferior del pedestal y sacó una recia caja de cartón que depositó sobre el escritorio. La destapó y la inclinó ligeramente para mostrarle lo que había dentro—. Yo ya había visto esto, claro. Es todo lo que papá reunió y guardó sobre ti, sobre tu vida.

Mathilde tomó la fotografía que había encima de todo, en la que una joven pareja sostenía a un bebé con unas montañas como telón de fondo. La apretó contra su pecho y cerró los ojos con fuerza por un momento, decidida a no dejar caer las lágrimas, antes de volver a mirar.

—Somos nosotros, mis padres y yo —susurró—. Es la primera foto que veo de los tres, pero reconozco este vestido. Mi *maman* se lo puso durante años y años. A lo mejor le traía recuerdos de cuando se tomaron esta foto, y se lo ponía como una especie de luto.

La depositó reverentemente sobre el escritorio y fue sacando todo lo demás. Fue extendiéndolo con cuidado hasta crear un mosaico de los primeros doce meses de su propia existencia, aquellos meses que eran un preludio de la vida que tendría que haber tenido.

—Mira, estos recortes de periódico son artículos que nuestro padre escribió cuando vivía en Beirut —dijo Rachel—. Y esto de aquí son anuncios que publicó para intentar localizarte, tanto en el Líbano como en Francia. Al final consiguió encontrar a un empleado gubernamental que confirmó que tu madre había salido del país junto con otros refugiados. —Agarró un mapa doblado que estaba muy manoseado—. Y mira este mapa de Francia, marcaba cada sitio al que iba a buscaros.

—Qué cerca lo tuvimos, si lo hubiéramos sabido... —murmuró Mathilde, mientras contemplaba las zonas marcadas.

—¿Dónde vivíais? —Rachel se colocó junto a ella.

—Por todo este *département*. —Indicó con un gesto la zona de Toulouse—. Nos trasladábamos de un lado a otro constantemente, siempre íbamos de acá para allá. Mi madre decía que era la única forma de estar a salvo. Estaba muy traumatizada por la guerra, por los bombardeos constantes. Tuvo pesadillas durante toda su vida, no podía conservar un trabajo estable. Quedó rota de por vida. Había perdido a mi padre, nuestro hogar, su vida entera, y no llegó a recuperarse jamás. Cuando no se sentía demasiado mal, trabajaba en bares o como recolectora de fruta en verano. Teníamos que ir encontrando lugares donde vivir y siempre eran temporales. A veces nos refugiábamos en cobertizos o en casas abandonadas, alguna que otra vez nos colamos en casas que solo se usaban como lugar de vacaciones. Yo no iba a la escuela siempre; si mi madre estaba pasando por un mal momento, tenía que quedarme con ella. No íbamos vestidas como los demás, no encajábamos. La gente sospechaba muchas veces de nosotras, creía que éramos ladronas. Así que seguíamos deambulando sin echar raíces, no teníamos otra opción. Y entonces, cuando yo tenía dieciséis años, *maman* murió en un incendio. La llama de una vela prendió fuego a una cortina. Yo estaba fuera, encontré la cabaña en llamas cuando volví. He estado sola desde entonces.

—Qué horror, ¡cuánto lo siento! Es increíblemente triste que tuvierais que vivir así. Me alegra que ahora estés aquí, que te hayamos encontrado por fin. Este es tu hogar de aquí en adelante. Por favor, recuerda siempre lo mucho que te quería nuestro padre. —Rachel la rodeó con los brazos.

Mathilde se relajó por un momento y se dejó envolver por la calidez de otro ser humano. Era una sensación a la que no estaba acostumbrada, pero tuvo que admitir para sus adentros que resultaba muy grata.

—No es tan fácil, no puedo cambiar sin más y convertirme en quien no soy —admitió con voz queda—. Viajar, vivir al día sin saber lo que me espera mañana…, esa soy yo, no he conocido otro tipo de vida. —Indicó con un amplio gesto la habitación—. Y es muy tarde para todo esto, no me lo merezco. Ni siquiera recuerdo a mi padre, ¿por qué iba a quedarme aquí?

—¡Porque sí que te lo mereces! —Rachel estrechó el abrazo—. Que hayas tenido las cosas difíciles hasta ahora no significa que tengas que seguir viviendo así, no estás sentenciada a perpetuidad. —Al ver que Mathilde ponía cara de no entenderla, lo expresó de otra forma—. No estás sentenciada de por vida. No estás obligada a seguir con esa vida errante, ahora tienes la oportunidad de empezar de cero. Sí, tus comienzos fueron traumáticos, pero no tienen por qué ensombrecer tu vida entera. ¿No quieres formar parte de una familia?

—Sí que quería, era mi único sueño cuando era pequeña. Pasábamos junto a grandes casas con juguetes en el jardín y me preguntaba cómo sería crecer con *maman* y *papa* y tener un hogar de verdad al que volver cada día, año tras año. Una casa que estuviera siempre en el mismo sitio, un lugar seguro donde anclarte en la tormenta cuando la gente viene a por ti, gritándote que te vayas. Nadie te trataría así si siempre vivieras en una misma casa, ¿verdad? Si hubieras echado raíces.

—Pues déjame entrar, puedo ayudarte —susurró Rachel.

No pudo añadir nada más, porque Fleur la llamó en ese momento desde la sala de estar y, con una mueca de disculpa, salió del despacho.

Mathilde se quedó allí parada, suspendida en el tiempo. Un minúsculo ápice de su angustia se disipó en el aire y sus hombros cayeron ligeramente. Siempre había sentido como un abandono la muerte de su padre; y, aunque esa persistente convicción había resultado estar basada en un malentendido, lo cierto era que había influido en todo, había marcado su vida entera, y no sabía si le sería posible cambiar a esas alturas. ¿Sería capaz de confiar realmente en aquella nueva familia si daba el paso y les abría los brazos?

Se mordisqueó el labio inferior mientras volvía a guardarlo todo con sumo cuidado, pero, cuando cerró la caja y la metió de nuevo en el cajón de donde la había sacado Rachel, oyó que algo golpeaba contra la madera. Metió la mano en el cajón y, tanteando, encontró algo frío y metálico que agarró sin pensárselo dos veces. Tiró con fuerza y sacó un objeto redondeado que pendía de una cadena larga y fina, parecía ser de oro a pesar de estar deslustrado y sin brillo. Le dio la vuelta en la palma de la mano y le vino un recuerdo a la mente: la ilustración de la capilla, el dibujo que Rachel había tomado por una serpiente. Pero se habían equivocado, en realidad se trataba de una cadena con un medallón. Fue en busca de Rachel para mostrarle su inesperado descubrimiento, ¿qué relación habría entre aquel objeto y la capilla?

12

En la tenue penumbra crepuscular, mientras el día iba dando paso a la noche, Tom siguió con su rutina habitual y fue a asegurarse de que las plantas del huerto medicinal tuvieran suficiente agua y a cubrir el pequeño cerco que había construido para la vainilla. La estaba cuidando con tanto esmero como si fuera su propio retoño.

Le encantaba estar al aire libre y siempre se tomaba todo el tiempo posible, en la medida de lo prudente, para pasear sosegadamente por los jardines. Estaba tan familiarizado con el olor característico de cada planta que era como estar entre amigos. Los jardineros y los cocineros sabían que no debían tocar nada, teniendo en cuenta sobre todo que algunas plantas podían ser venenosas si se empleaban de forma incorrecta. El aire era fresco allí fuera, le llegaba el olor del río a pesar de no poder verlo; al otro lado de un portillo situado a un extremo del huerto de la cocina, alcanzaba a ver las flores dispuestas en lechos de los elegantes jardines por donde la reina y su séquito solían pasear cuando hacía buen tiempo. El contraste con el sofocante y oscuro interior del palacio era enorme.

Se enderezó después de arrancar un poco de tomillo y vio a dos hombres que cruzaban el jardín en dirección al portillo. A pesar de la penumbra cada vez más densa y de los ropajes oscuros que vestían, su vista aguda le permitió ver que iban impecablemente ataviados y se dirigían hacia él. Sintió un estremecimiento de inquietud en las entrañas. El sombrío semblante y la confianza suprema que exudaban aquellos hombres, quienesquiera que fuesen, despertaban en él un profundo temor. Se despojó del gorro y, después de saludarlos con una cortés inclinación, se enderezó de nuevo y esperó a que alguno de ellos le hablara.

Fue el más delgado de los dos, un hombre de tez oscura y vestido de negro de pies a cabeza, quien tomó la palabra. Sus blancos dientes resaltaban en la oscuridad mientras hablaba con rapidez, y Tom tuvo que captar algunas palabras sueltas para descifrar lo que decía.

—*Se dice en la corte que sois tanto sordo como mudo, ¿es eso cierto?* —Al ver que Tom asentía, el hombre añadió—: *Pero ¿entendéis lo que digo?*

Tom asintió de nuevo. ¿Acaso no era obvio que le entendía, teniendo en cuenta su respuesta previa?

—*Se me ha informado de que comprendéis lo que dice alguien solo con observar su boca, ¿es cierto?*

Tom titubeó sin saber cómo contestar. No, eso no era cierto si la persona hablaba muy rápido o no se le veía bien la boca, o si se trataba de alguien que no era inglés ni francés. Pero, como no podía explicar todo eso, se expresó mediante señas: extendió una mano con la palma bocabajo y la giró de un lado al otro, intentando hacerles entender que la respuesta era tanto un «sí» como un «no».

—*Según nos cuenta Hugh, ¿vinisteis procedente de Francia?*

Tom se intranquilizó aún más al ver el curso que estaban tomando las preguntas, ya que las relaciones entre franceses e ingleses no eran nada amistosas. Asintió de forma ligeramente titubeante.

—*Entonces, ¿habláis francés? Bien, muy bien. ¿Habéis visto en la corte a alguno de los franceses con los que coincidisteis en el barco?*

Tom no estaba seguro de haber comprendido bien y negó con la cabeza.

—*Excelente. Permitid que me presente. Soy* sir *Francis Walsingham, este caballero que me acompaña es* sir *Cecil Burghley.* —El hombre le entregó un trozo de pergamino donde estaban escritos ambos nombres—.

Trabajamos al servicio de la reina. Su majestad precisa en ocasiones de gente que consiga información para ella, información que se me debe hacer llegar a mí sin divulgársela a nadie más. ¿Comprendéis lo que os digo?

Tom empezaba a hartarse de tanta pregunta, deseó estar en condiciones de plantear unas cuantas a su vez. No estaba ni remotamente seguro de querer trabajar para aquellos dos caballeros. Se sentía satisfecho en el apacible jardín y en la botica, donde solo debía comunicarse con Hugh y sabía manejarse bien. Allí podía disfrutar al menos de una existencia tranquila. Pero no tuvo ocasión de explicar que prefería declinar el ofrecimiento, porque el tal Walsingham siguió hablando:

—*Veo que os asalta la duda, pero creo que no me habéis entendido bien. Atribuiré vuestro titubeo al hecho de no haber podido oír lo que acabo de decir. No soy un hombre al que podáis negaros a obedecer, a menos que deseéis dar por concluida vuestra estancia en Londres mucho antes de lo que esperabais. El Támesis se traga cadáveres casi a diario a su paso bajo el Puente de Londres, donde sus aguas se vuelven negras y agitadas. Tanto maleantes como quienes se niegan a acatar órdenes pueden sufrir un súbito percance al caminar por la orilla, es fácil resbalar en el barro y ser arrastrado por la fuerte corriente. Sería lamentable que algo así os sucediera a vos, Tom Lutton.*

En esa ocasión, Tom había entendido todo lo que había dicho Walsingham. Por no hablar de que la actitud inflexible de aquellos dos hombres que permanecían parados frente a él, su porte erguido e implacable, revelaba incluso más que las palabras. Les sostuvo la mirada a ambos y asintió para expresar su conformidad, pero lo recorrió una ominosa sensación que no presagiaba nada bueno.

—*Perfecto* —dijo Walsingham, con una sonrisa que no se reflejó en sus ojos—. *Como he dicho, podéis sernos de gran utilidad. A veces os pediré que observéis a alguien para ver lo que revela, deberéis anotar vuestras observaciones y entregármelas. Ocultaos entre las sombras..., no, a plena vista. Nadie sospechará de vos, ya que da la impresión de que no podéis oír lo que unos hablan ni susurrárselo después a otros al oído. Podríais resultar ser un espía excepcional. Mantened esta conversación en secreto, os haremos llamar cuando precisemos de vuestros talentos.*

Tom asintió una última vez, hizo una profunda reverencia y esperó a que se marcharan por donde habían llegado. Inhaló el fresco aire nocturno, lo mantuvo en los pulmones tanto tiempo como pudo y lo exhaló lentamente. El propósito de su regreso a Inglaterra no había sido aquel, pero se le había hecho saber con suma claridad que no tenía otra opción si quería permanecer con vida; aun así, mientras regresaba con lentitud a la cocina para ver lo que tenía de cena (las sobras que hubieran quedado en las estancias superiores de palacio), no pudo dejar de pensar en la última frase de *sir* Francis Walsingham, lo de que su incapacidad para oír y hablar era un «talento». Ni una limitación ni una debilidad, sino un talento, algo que valía la pena. Empezó a esbozar una pequeña sonrisa, echó los hombros hacia atrás y caminó un poco más erguido.

13

Abril de 1584

Las plantas que Tom había traído consigo desde Francia seguían igual de lozanas, aunque sus preciadas matas de vainilla no prosperaban tanto como las otras a pesar del cercado que les había construido. Una de ellas estaba floreciendo, y cada día quitaba la tapa de cristal por la mañana y volvía a colocarla por la noche; esperaba que produjera algunas vainas, pero su principal interés era obtener de ella semillas para sembrarlas y cultivar más matas. Le habían enviado de nuevo a los almacenes situados a lo largo de la ribera para intentar conseguir más vainilla, pero la búsqueda había tenido un éxito limitado. Estaban viéndose obligados a dosificar la provisión con la que contaban, que se destinaba exclusivamente a la reina. Si pudieran tener su propio cultivo, no dependerían de que llegara procedente del extranjero.

Estaba trabajando una tarde en la botica cuando recibió una visita. Estaba añadiendo anís y pimienta a una tisana de miel destinada al hijo de uno de los cortesanos, un niño que parecía padecer de putridez de garganta, cuando un movimiento en la puerta le hizo alzar la mirada y vio a una dama parada en el umbral. Era de figura esbelta y parecía poco más que una niña por su tamaño, pero su rostro revelaba que era una mujer adulta…, debía de tener unos treinta años, quizá. Iba ataviada con un vestido en un pálido tono amarillo; su cabello, recogido en una redecilla a la altura de la nuca, era tan negro como los cuervos de la Torre, los que Hugh le había indicado al navegar por el río rumbo al palacio aquel primer día. Interrumpió de inmediato lo que estaba haciendo y la saludó con una profunda reverencia.

Cuando se enderezó de nuevo, el rostro de la mujer estaba iluminado por la sonrisa más dulce que él hubiera visto jamás, sendos hoyuelos se dibujaron a ambos lados de su boca. Sus ojos tenían el claro color lila de las flores de azafrán. Tom se dio cuenta de que estaba hablándole y observó atento su rostro para intentar leer lo que estaba diciéndole, había estado tan atareado admirando su figura que se había perdido las primeras frases. Esperó a que terminara de hablar, y entonces tomó la tablilla con la que se comunicaba con Hugh y la usó para pedirle que repitiera lo que acababa de decir. Se sentía irritado y avergonzado porque, a diferencia de un hombre normal, no siempre podía comprender lo que alguien estaba diciendo.

Por fortuna, ella no pareció molestarse y asintió antes de repetir las palabras con lentitud, dándole la oportunidad de ver bien su boca. Se había pasado la lengua con nerviosismo por sus rosados labios antes de empezar a hablar de nuevo, dejándolos ligeramente brillantes. Se presentó diciendo que era *lady* Isabel Downes, y él la entendió perfectamente en esa ocasión al verla describir el persistente dolor de cabeza que le atenazaba la frente; después de indicarle que tomara asiento en la silla situada junto a la puerta, dejó a un lado la tisana que estaba preparando y se puso a preparar otra para ella. Habría deseado explicarle que el dolor se debía probablemente a los apretados tocados usados por las damas, pero, consciente de que no sería caballeroso mencionar una parte de su vestimenta, echó una pizca de salvia a la mezcla de cilantro y matricaria que estaba moliendo y envolvió el polvo molido resultante en un trocito de papel. Le mostró entonces cómo debía añadirlo a una taza de agua caliente e indicó que, en caso de ser necesario, había suficiente para dos veces.

Entonces, antes de que ella pudiera levantarse de la silla, escribió «Tom Lutton» en la tablilla a toda prisa y se señaló a sí mismo. Se le derritió un poco el corazón cuando ella esbozó una sonrisa y asintió, vio cómo se dibujaban en sus labios las palabras «Adiós, Tom Lutton»;

y entonces, tras despedirse de él con una última sonrisa y con la más breve de las reverencias, se marchó con tanta premura que no le dio tiempo ni de despedirse a su vez con una inclinación de cabeza.

Se sentó en la silla que ella acababa de ocupar, sintió a través de las calzas la calidez que había dejado su cuerpo en el asiento. No pudo reprimir la gran sonrisa que se dibujó en su rostro. Era la mujer más bella que había visto en su vida y se devanó los sesos intentando idear alguna excusa que le permitiera volver a verla, pero la cordura le advertía que era un imposible. Teniendo en cuenta que su vestido estaba confeccionado con la más exquisita lana y que llevaba unos escarpines de seda a juego, debía de ser sin duda una de las damas de la reina, las personas de más elevado rango de todo el reino; mientras que él, por su parte, era el ayudante de un apotecario y dormía en un minúsculo cuartito situado en la parte posterior de palacio. No tenía cabida en el mundo de aquella mujer. En otros tiempos, cuando su padre adoptivo pertenecía a la corte, existía la posibilidad de que siguiera sus pasos a pesar de no poder oír nada, pero todo eso se había perdido décadas atrás cuando su padre había sido torturado hasta morir y habían escapado a Francia.

Tomó una vela y se dirigió a su habitación. Aunque esta fuera poco más que un armario grande, le complacía mucho poder tenerla porque le daba una pizca de privacidad que, para él, tenía un valor incalculable. Encendió los dos tocones de vela de abeja que tenía sobre el baúl. Se había vuelto un experto en hacerse rápidamente con ellos, se desechaban de los candeleros en las plantas superiores y podían ser aprovechados por la servidumbre. Eran muy superiores a las velas de sebo a las que él tenía acceso, y no producían el irritante humo que hacía que los ojos le escocieran y le lagrimearan.

Abrió el baúl que tenía a los pies de la cama y sacó el tríptico que había llevado consigo durante sus viajes por Europa. Abultaba bastante y era pesado, había vivido con el temor de que alguien decidiera que lo quería para sí; por suerte, su constitución recia y musculosa evitaba que la gente buscara pelear con él. Mientras que nadie detectara su sordera, le dejaban más o menos tranquilo, pero la cosa cambiaba mucho en cuanto su incapacidad para oír salía a la luz. Todo el mundo recelaba de quien era distinto, las suspicacias y el miedo afloraban a la superficie con demasiada celeridad. Siempre emprendía de nuevo su camino una vez que se llegaba a ese punto; sin embargo, en ese caso, esperaba poder asentarse y que el palacio se convirtiera en un hogar para él.

Después de extender el tríptico sobre la cama, se arrodilló en el suelo y sostuvo una vela en alto para poder verlo mejor. Cada escena del panel izquierdo, que ahora ya estaba completo, mostraba su vida antes de su regreso a Inglaterra. Sus recuerdos tempranos de días cálidos, de campos de flores de azafrán de color lila titilando bajo la luz de primera hora de la mañana. La noche en que había ayudado a su madre con la devastadora tarea de ocultar en un agujero de cura situado bajo el suelo el cuerpecito de la niña, muerta al nacer, que ella acababa de alumbrar; esa misma noche, poco después, habían huido de su hogar y, bajo el cruento frío invernal, habían emprendido el viaje rumbo a Francia, donde podrían estar a salvo. La casita situada en un pueblo cercano a Lyon donde habían hallado refugio y donde, con la ayuda de la que siempre había sido su fiel amiga y acompañante, Joan, su madre había vuelto a cultivar y a vender su azafrán; donde, tal y como había hecho de niña, había llevado una vida confortable en una comunidad próxima a los monjes. Ahora, el olor del azafrán —su melosa calidez, su penetrante toque especiado— siempre le evocaba el recuerdo de su madre, quien también era una apotecaria experta. Había aprendido muchísimo a su lado mientras ella dibujaba con esmero cada planta y especia que usaban, escribiendo debajo el correspondiente nombre en latín.

De no ser por ella, no habría llegado a ninguna parte. Era una mujer cuyas ejemplares habilidades le habían permitido tener una larga vida y, aunque siempre echaría de menos a su difunto marido, había aceptado lo que le deparaba la vida, como siempre, y había aprendido a ser feliz. Se sentía en paz con su tranquila rutina y con el amor de quienes la rodeaban. Ella le había dado el consejo de que siempre debía seguir respirando y albergando la esperanza de que las cosas acabarían por salir bien.

Él había terminado por recorrer Europa, y durante sus viajes había pintado pequeñas escenas para recordar todo cuanto había visto y hecho; sobre todo después de tener la oportunidad de ver el tríptico que había en el Palacio de Bruselas, ya que dicho tríptico había sido lo que le había inspirado a empezar a crear sus propias ilustraciones. Y ahora que había terminado de ilustrar su viaje hasta Inglaterra (el dibujo final plasmaba el día de su llegada a Dover, con un pequeño barco y una panorámica de los majestuosos acantilados blancos), había llegado el momento de empezar a trabajar en el panel central, de dejar plasmada su vida en la corte. Lo que vieran sus ojos, los olores y la gente, todo cuanto hubiera de traerle aquella nueva vida.

14

Junio de 2021

Mathilde fue a la cocina, le mostró a Rachel el medallón con la cadena y le explicó que lo había encontrado encajado al fondo del cajón.

—Qué raro, es la primera vez que lo veo. —Rachel lo sostuvo en alto, guardó silencio mientras lo veía girar lentamente al final de la cadena—. ¿De dónde habrá salido? —añadió al fin.

—¿Crees que podría ser lo que vimos dibujado en la pared de la capilla? —le recordó Mathilde—. Nos pareció una serpiente, pero podría ser un colgante. Me gustaría echar un buen vistazo a esos paneles de madera, ¿y si intentamos arrancar uno para ver lo que hay detrás?

Le picaba la curiosidad. Tendría cuidado de no hacer nada que pudiera molestar a las almas que moraban en aquel lugar, las almas de personas que no habían llegado a irse jamás. Tenía la fuerte sospecha de que la persona (o lo que fuera) que había visto en el jardín era precisamente eso.

—¡No creo que sea buena idea! —exclamó Rachel con preocupación—. Puede que realmente los pusieran ahí para evitar que la pared se derrumbara.

—Tendré cuidado, no haré nada peligroso.

—No pienso permitir que Fleur se acerque a ese lugar, por si acaso. Así que tendrás que arreglártelas sola.

A la propia Mathilde la tomó por sorpresa la decepción que se llevó al ver que su hermana no iba a acompañarla. Quería compartir con ella la investigación, aquello era algo que las atañía a ambas. Apretó el medallón contra la palma de la mano cuando Rachel se lo devolvió y notó unas cálidas, tenues pulsaciones… No habría sabido decir si procedían de su propio corazón o de aquel objeto.

De camino a la capilla, llenó rápidamente una regadera en el barril de agua de lluvia y regó sus plantas. Las matas de vainilla eran delicadas y deberían estar en un invernadero, una nunca podía fiarse del calor veraniego en Inglaterra. En el jardín había un único invernadero y tenía más paneles rotos que indemnes, el suelo estaba cubierto de afilados trozos de cristal; de hecho, Rachel ya había colocado una cadena con candado en la puerta para evitar que Fleur pudiera entrar. Decidió ir a la ferretería de Fakenham lo antes posible para ver si conseguía un arreglo temporal, o algo de cristal para hacer un propagador; ahora que había decidido pasar el verano allí, valía la pena construir algo más permanente.

Sacó sus herramientas de la parte trasera de la autocaravana y se dirigió a la capilla, llevaba la llave en el bolsillo y se le clavaba en el muslo.

El viento transportaba el suave arrullo de las palomas, que estaban de nuevo entre los árboles llamándose unas a otras, pero abrió la puerta sin prestarles atención y entró en la capilla; ahora que estaba un poco más familiarizada con el lugar, ya no le resultaba tan inquietante, pero hacía un frío intenso y el horrible olor a muerte seguía impregnando el aire. Deslizó los dedos por el dibujo, ahora le pareció obvio que se trataba de un medallón con una cadena que recorría sinuosa el panel de madera y supo sin lugar a duda que estaba destinada a encontrar aquel colgante. Era una señal de que debía seguir investigando. Había algo que estaba alentándola, esperándola. Dejó su mochila en uno de los bancos y sacó el martillo de carpintero; aunque la empuñadura de madera estaba lisa por el desgaste, era el único que tenía y había pertenecido a su madre.

Se acercó a la pared y al examinarla con detenimiento vio que había dos paneles, cada uno de ellos en su respectivo marco. Probó a dar un empujoncito para ver si tenía suerte y alguno de los dos cedía, pero estaban firmemente sujetos. Introdujo las garras del martillo entre el marco y el panel, tiró hacia atrás todo lo que pudo y dio un respingo cuando el restallido de la madera rompiéndose resonó en el espacio vacío.

Su primer intento solo sirvió para sacar el panel un centímetro más o menos, pero eso le bastó para poder hacer palanca y el resto salió más fácilmente; en un momento dado, tuvo que acercar a rastras un banco para subirse a él y tirar de la parte superior del panel, pero este terminó por ceder con un fuerte restallido y logró arrancarlo de la pared.

No habría sabido decir lo que esperaba encontrar…, una pared de piedra desnuda como la que había al otro lado de la capilla, solo que medio derruida. Nada más. Pero lo que había quedado al descubierto tras quitar el panel de madera la dejó sin aliento: en la pared que tenía delante había un marco amplio, macizo y ribeteado de oro que contenía un tríptico compuesto por tres secciones. Las tres eran estrechas, pero la central era más ancha que las dos que la flanqueaban. Estaba cubierto de polvo, apenas alcanzaba a distinguir las diminutas figuras de personas aquí y allá. Era un hallazgo extraordinario, ¿por qué diantre lo habrían tapiado?

Estaba deseando averiguar si había otra obra de arte tras el segundo panel, así que tomó el martillo y se puso manos a la obra. Era más pequeño que el otro y salió con facilidad, pero se llevó una decepción al ver que lo único que había allí era una placa funeraria de piedra que fue incapaz de leer. Se sobresaltó al darse cuenta de que, al parecer, la cadena que serpenteaba por el panel más grande había estado señalando con el medallón hacia ese lado donde estaba la placa.

Se sacó el móvil del bolsillo trasero y tomó varias fotos de ambos hallazgos. Retrocedió entonces unos pasos, ladeó la cabeza y contempló en silencio aquella extraña pintura con su vistoso marco. El corazón le martilleaba con fuerza en el pecho, la sangre le atronaba en los oídos. Algo —o alguien— la había conducido hasta allí, ojalá pudiera comprender lo que estaban intentando decirle. No tenía ni idea.

* * *

Rachel y Fleur estaban terminando de comer cuando Mathilde irrumpió en la cocina por la puerta trasera. Insistió con apremio en que su hermana la acompañara de inmediato para ver lo que acababa de descubrir y, mientras esperaba a que esta terminara de engullir su sándwich a toda prisa, se atareó limpiando y recogiendo la encimera. Estaba tan nerviosa que no podía quedarse quieta.

Al cabo de lo que se le antojaron horas, pero que en realidad no fueron ni cinco minutos, estaban de nuevo en la capilla, cuya puerta estaba entreabierta (antes había salido tan disparada que ni había pensado en cerrarla). Dejaron a Fleur fuera, sentada en la hierba con una bolsa de patatas fritas, y Rachel se quedó boquiabierta cuando entraron y vio lo que la tenía tan entusiasmada.

—¡Increíble! —murmuró—. ¿Qué diantre está haciendo aquí, escondido detrás de ese panel de madera? ¿Por qué querría alguien ocultar algo tan bello? Tiene pinta de ser antiguo, antiquísimo. Habría que limpiar la capa de polvo para verlo mejor, pero yo creo que será mejor que no lo hagamos nosotras. Tendrá que encargarse un profesional, para evitar dañarlo. Pero mira todas esas figuritas humanas formando parte de pequeñas escenas, ¡son increíbles! Es la primera vez que veo algo así. Y mira, en este panel hay llamas.

—Sí, *les feux de l'enfer*. Las llamas del... —Mathilde buscó la palabra adecuada.

—¿Del infierno? —propuso Rachel.

—Sí, eso es, del infierno. En los trípticos religiosos, el tercer panel muestra a gente yendo al infierno. Para asustar a *les pêcheurs*. —Titubeó de nuevo—. ¿Gente mala...?

—¿Pecadores? Vaya, sabes un montón, ¿has estado buscando información?

—No. Pero me crie en Francia, un país católico. He visto trípticos como este en muchas iglesias, ¿cómo encontramos a alguien que pueda darnos más datos?

—No sé, pero procuraré informarme. Puedo empezar por un museo o por la facultad de arte de alguna universidad, ya veremos a partir de ahí. Debe de haber alguien que pueda ayudarnos a través del teléfono o de una videollamada; en todo caso, me parece que deberíamos sacarlo de aquí y llevarlo a la casa, allí estará más protegido y no corremos el riesgo de que lo dañe algún trozo de pared que pueda desprenderse por haber arrancado los paneles. Vamos a tener que llevarlo entre las dos, no me importa ser la que camine de espaldas.

Mathilde hizo varias fotos más al tríptico *in situ* antes de que empezaran a apartarlo de la pared con cuidado. Fue necesario usar de nuevo el martillo, pero lograron quitarlo sin causar ningún daño.

Lo transportaron caminando lentamente, con sumo cuidado, haciendo varias paradas para depositarlo en el suelo y descansar mientras se frotaban los doloridos dedos. Una vez que llegaron a la casa, a sugerencia de Rachel, despojaron un sofá del salón principal del guardapolvo que lo cubría y apoyaron el tríptico en el respaldo.

—Aquí está fuera del alcance de manos demasiado curiosas. —Rachel indicó con la cabeza a Fleur, quien esperaba obedientemente en la puerta.

Mathilde retrocedió unos pasos, ladeó ligeramente la cabeza mientras observaba con atención el tríptico, y entonces se acercó de nuevo para ver mejor la parte superior del marco.

—Aquí hay un escudo, como un... ¿emblema familiar? ¿Lo reconoces?

Rachel negó con la cabeza antes de decir:

—Es un escudo de armas. Papá nunca mencionó que tuviéramos uno, y tengo claro que nunca lo usó. Otra pregunta más para el experto, habrá que esperar. Vamos a preparar un café y nos ponemos manos a la obra, a ver si hay alguno por esta zona; como no encontremos a nadie, no me extrañaría que tuviéramos que llevar este armatoste a Londres, y no me apetece intentar embutirlo en el metro.

Rachel se fue para empezar a buscar al especialista que necesitaban, pero Mathilde permaneció unos minutos más en el salón y entornó los ojos mientras observaba atentamente el panel izquierdo del tríptico. A pesar del polvo que lo cubría, pudo ver con claridad varias pequeñas escenas de gente con atuendos muy antiguos, y se inclinó hacia delante cuando vio algo en la primera imagen de la esquina que le llamó la atención. Lo que en un primer momento interpretó como un remolino negro resultó ser un túnel —un agujero, quizá— con una carita al otro lado. Parecía tan abatida, tan triste... Una fría aura la envolvió en un manto de desolación y, con un estremecimiento, apartó los ojos de la imagen y salió del salón. El cuadro la desasosegaba; sentía que estaba intentando decirle algo, y no estaba segura de querer oírlo.

15

Junio de 2021

—Podríamos tardar unas dos semanas bien buenas en encontrar a un entendido que pueda ayudarnos —advirtió Rachel, mientras tecleaba en el ordenador y consultaba numerosas páginas web—. Yo creo que ahorraríamos tiempo si habláramos con alguien, pero no sé ni por dónde empezar.

Mathilde se encogió de hombros, dejaba en manos de su hermana lo de encontrar a un experto que pudiera explicar por qué un tríptico que hacía que se le erizara el vello había sido ocultado en una capillita de Norfolk. Estaba segura de que guardaba relación con la extraña atmósfera que percibía tanto en la casa como en el jardín, y con las oscuras sombras que veía moverse por el rabillo del ojo cuando estaba sola.

—No olvides que solo estaré aquí un par de meses —le recordó a su hermana.

A decir verdad, también estaba recordándoselo a sí misma, porque era consciente de que ya había algunas hebras del pasado que amenazaban con atarla a aquella casa. Había notado cómo la envolvían y empezaban a apretarse en cuanto había arrancado aquel panel de la pared de la capilla.

—Sí, ya lo sé —contestó Rachel con voz queda—. Estoy intentando no pensar en que te irás tan pronto.

Mathilde sintió una punzada de incomodidad que la llevó a proponer:

—Pero estaba pensando que, como voy a quedarme unos meses, podría volver a ocupar mi habitación, si te parece bien.

—¡Claro que sí! Me encantaría tenerte más cerca. —Rachel le regaló una sonrisa trémula—. Y creo que a papá también le gustaría.

Después de pasar varios días buscando en Internet y haciendo llamadas, Rachel consiguió localizar por fin a un historiador del arte: Oliver Bathurst, quien estaba especializado en arte religioso y que, por suerte para ellas, vivía en el vecino condado de Suffolk, a unos treinta kilómetros de distancia. Rachel llamó al teléfono que le habían facilitado y, tras lanzarle a Mathilde una rápida sonrisa y un gesto de asentimiento para indicar que alguien había contestado al otro lado de la línea, procedió con la consabida explicación sobre el hallazgo de un tríptico antiguo en la capilla de la familia. Sonrió cuando el hombre se ofreció a ir en coche al día siguiente para echar un vistazo; más aún, propuso que le enviara algunas fotografías para hacerse una idea de lo que iba a encontrarse.

Las dos alzaron sus respectivos puños al aire en un victorioso gesto de entusiasmo. Rachel anotó el correo electrónico que él le indicó y, una vez concluida la llamada, admitió mientras regresaban al salón:

—No esperaba encontrar un experto en el condado de al lado. Espero que siga interesado en ver el tríptico cuando le mande las fotos, que no le parezca una vieja falsificación ni algo sin interés.

Mathilde subió a toda prisa a por su cámara, seleccionó la mejor lente para una iluminación artificial de interior y poco después tenía fotografías tanto de los tres paneles como del marco y del escudo de armas, ya que pensó que podrían ser de interés para el tal Oliver. Se las envió junto con las que había tomado del interior de la capilla.

Su hermana se había dedicado mientras tanto a buscarlo en Internet para confirmar sus credenciales y comentó, mientras leía la información que aparecía en la pantalla del ordenador:

—Es profesor en la universidad del condado. Un experto en arte medieval y del Renacimiento. Me parece que hemos tenido suerte.

Oliver mandó una entusiasta respuesta donde afirmaba que se sentía muy intrigado y que estaba deseoso de hablar con ellas al día siguiente.

16

Junio de 2021

Oliver iba a llegar a eso de las nueve de la mañana, así que las dos hermanas se acostaron temprano esa noche. Mathilde se dio cuenta de que tenía ganas de dormir en la casa, disfrutar de una cama doble era toda una novedad.

Se quedó dormida en cuestión de minutos y se sumió en un profundo sueño donde reinaban las sombras. La oscuridad la envolvía y un charquito de luz tenue se alzaba en lo alto, como el sol intentando asomar entre las nubes en un día de niebla. Estaba rodeada de paredes, unas paredes húmedas y muy próximas a ella. Una profunda desolación la atenazaba, la envolvía en un aire desesperado de angustia, de soledad. Un rancio olor a humedad le subía por la nariz y se le metía en los poros. El peor lugar del mundo: una *oubliette*, una estrecha mazmorra construida en las profundidades de la tierra. Detectó un movimiento procedente de arriba, de la luz... Alguien le ofreció algo, ella alzó las manos para tomarlo. Bajó la mirada hacia lo que sostenía en sus brazos y vio lo que parecía ser una muñequita de alabastro que no pesaba casi nada, estaba envuelta en un harapiento pedazo de tela. La depositó cuidadosamente junto a ella en el suelo; era tan preciada para ella, tan pequeñita... Entonces, alzó los brazos y alguien la agarró, tiró de ella y la alzó hacia el titilante resplandor.

Y entonces despertó de golpe y se sentó como un resorte, tenía el corazón desbocado. El sueño había sido tan real que fue un alivio ver que estaba en su propia cama, se estremeció y volvió a tumbarse lentamente. Se dijo a sí misma que no había sido nada fuera de lo común, un mero sueño…, aunque uno que no quería volver a tener jamás. La desolación y la tristeza generadas por el sueño seguían alojadas en su pecho, como un horrible recuerdo que le desgarraba el corazón. Fue quedándose dormida de nuevo sintiendo cómo se balanceaba de lado a lado, notó una fresca brisa en la cara, oyó el murmullo de las olas chocando con el barco donde viajaba; frente a ella se alzaban los acantilados de Dover, unos acantilados enormes y luminosamente blancos que reflejaban el sol que brillaba a su espalda, proyectando su sombra sobre la cubierta.

A la mañana siguiente, Mathilde se levantó temprano y fue a regar sus plantas. Había pasado el resto de la noche despertando cada dos por tres sin poder desprenderse de aquel sentimiento de tristeza, así que era un alivio volver a estar al aire libre. Puede que no hubiera sido buena idea dormir en la casa; sí, no había duda de que la cama era más cómoda, pero en la autocaravana podía relajarse. Nadie intentaba contactar con ella allí. Era casi tan agradable como dormir al aire libre, con el negro cielo nocturno y las estrellas como único manto. De niña había dormido multitud de veces así.

Oliver Bathurst llegó con puntualidad; a las nueve en punto, salpicando grava a su paso, su Mini negro se detuvo junto a la autocaravana. Mathilde, quien estaba observando desde el salón principal, vio su alta figura poco menos que desplegándose al salir del pequeño vehículo, ¿cómo diantre se las ingeniaba para embutirse en un espacio tan reducido? Él se detuvo por un momento y contempló la casa, como tomando nota mental de cada detalle. La propia Mathilde, a pesar de no tener ni idea de arquitectura inglesa, sabía que se trataba de un edificio impresionante con aquel armazón de madera que había soportado los envites del tiempo durante siglos, con las altas y decorativas chimeneas que se alzaban hacia el cielo; por primera vez, sintió una pequeña punzada de placer por el hecho de que aquel lugar le perteneciera ahora. El recién llegado tocó a la puerta y tanto Rachel como ella fueron a abrir, con Fleur siguiéndolas de cerca.

—Hola, encantado de conoceros. —Oliver les estrechó la mano a ambas y entonces, con semblante grave, se agachó para estrechársela también a Fleur, quien le observaba en silencio.

Al verlo de cerca, Mathilde se percató de que aquel hombre no solo medía más de metro ochenta, sino que sus anchos hombros tensaban al máximo la camisa que llevaba puesta. No se parecía ni por asomo al profesor vejete y desastrado que habían imaginado Rachel y ella; no había ni rastro de la chaqueta de *tweed*, el chaleco y las pantuflas que había dibujado para hacer reír a su hermana. Seguía siendo un misterio para ella cómo era posible que un hombre así pudiera caber en un coche tan pequeño. Encabezó la marcha hacia el salón y notó que él observaba con interés las paredes, admirando el interior del antiguo edificio.

—¡Increíble! —exhaló él con estupor al ver el tríptico, que seguía apoyado en el sofá. Se sacó un monóculo del bolsillo y se inclinó hacia delante, acercándose todo lo que prudentemente pudo, y fue examinándolo con detenimiento centímetro a centímetro—. ¿Dónde decís que lo encontrasteis?

Fue Rachel quien contestó.

—En la capilla, una privada para los habitantes de la casa. El cuadro estaba escondido detrás de un panel de madera. Podemos llevarte a que la veas luego, si quieres.

Mathilde estaba parada a un lado con los brazos alrededor del cuerpo, observando en silencio mientras él examinaba el cuadro, y sonrió para sus adentros al oírle tararear algo en voz baja. No tenía ningún problema en esperar a que él terminara de ver todo cuanto fuera necesario, pero Rachel fue más impaciente.

—Bueno, ¿qué opinas? ¿Es tan antiguo como parece? ¿Y qué me dices del escudo de armas que hay en el marco? ¿Podría pertenecer al propietario original del cuadro?

—A primera vista, calculo que podría datar del siglo XVI; del XV, quizá. Si puedo recoger muestras de la pintura y del marco para hacer una datación por carbono, lo sabremos con certeza. Sigue el mismo estilo que Hieronymus Bosch, el Bosco; todas estas figuritas humanas de las distintas escenas me recuerdan a su *Jardín de las delicias*. Pero, aunque el estilo es similar, esta obra es mucho más tosca. Podría ser un facsímil, por supuesto; la datación nos dará la respuesta, pero, teniendo en cuenta cómo lo encontrasteis, parece poco probable. —Examinó el escudo de armas situado en la parte superior del marco—. Tiene el león inglés coronado de los Tudor... justo aquí, ¿lo veis? Y una corona en la parte superior. Se consideraba traición que se incluyera en un escudo de armas, a menos que perteneciera al monarca o que el monarca lo decretara; de hecho, este parece ser el emblema real, lo que podría indicar que el tríptico perteneció en su momento al soberano. Quizá por eso lo escondieron, porque había sido robado. Si uno quería conservar la cabeza sobre los hombros, tendría que aguantarse las ganas de enseñárselo a la gente para fardar.

Sus propias palabras le hicieron tanta gracia que estalló en carcajadas, y a ellas se les contagió la risa.

—¿Te apetece un café mientras te llevamos a ver el sitio donde lo encontramos y hablamos de los siguientes pasos a seguir? —propuso Rachel.

Él parecía reacio a alejarse del tríptico, pero tomó unas fotos y anunció que estaba listo para ir a la capilla.

—Si os parece bien, tomaré las muestras que he mencionado antes. Puedo hacerle una limpieza muy básica aquí, pero huelga decir que una restauración completa solo podrá hacerse más adelante en la facultad de arte de la universidad, una vez que sepamos lo que tenemos entre manos. También podría hacerse en una galería de arte o en un museo, si lo preferís. En cualquier caso, es un hallazgo muy interesante. Es posible que hayáis descubierto una verdadera obra maestra.

Salieron rumbo a la capilla con sus respectivas tazas de café, y Oliver soltó un suave silbido entre dientes al verla.

—Qué increíble, tener algo así en tu propia propiedad. Construida con piedra de la zona, así que lleva aquí tanto tiempo como la casa, puede que incluso más. ¿Se ha usado como lugar de culto?

—Lleva años sin usarse —admitió Rachel—. Le pregunté a mi tía, quien vivió aquí de niña, pero me dijo que nadie había entrado en los últimos tiempos. Y no le hizo ninguna gracia que nosotras lo hiciéramos, la verdad. Si quieres preguntarle algo, ahora vive en la granja que hay en la finca.

—¿Desde cuándo pertenece la casa a la familia?

—Quién sabe, pero está claro que desde hace mucho; según mi padre, ha sido nuestra durante generaciones.

Mathilde sintió una punzada de tristeza mientras escuchaba la conversación; a diferencia de su hermana, ella no iba a poder preguntarle nada a su padre. Había infinidad de cosas que querría saber, pero jamás tendría la oportunidad de plantearle esos interrogantes.

El sol entraba por las mugrosas ventanas y la suciedad incrustada filtraba la luz, creando suaves haces. En ellos danzaban las motas de polvo suspendidas en el aire, que se habían levantado por la corriente que habían creado ellos al entrar.

Oliver se acercó a la pequeña alcoba mientras miraba alrededor con ojos llenos de asombro, y se detuvo junto a ellas frente a la pared donde habían encontrado el tríptico.

—Qué lugar tan fabuloso, ¡imagínate tener esto a la vuelta de la esquina! Debía de tener un aspecto precioso cuando estaba en uso. ¿Fue aquí donde lo encontrasteis? Según me habéis dicho, estaba detrás de un panel, ¿verdad?

—Sí, este de aquí. —Mathilde indicó el panel de madera más grande, que seguía apoyado en un banco junto con el más pequeño—. El medallón y la cadena que ves dibujados en él los tenemos en la casa. Y esto también estaba tapado. —Indicó la placa funeraria que estaba montada en la pared.

Oliver avanzó un paso para verla más de cerca y dijo, pensativo:

—¿Por qué estarían ocultas ambas cosas? No puedo leer lo que pone aquí, pero algún colega mío de profesión podría echarle un vistazo para ver si obtenemos alguna pista. Está claro que hay un nombre escrito, como cabe esperar en una placa funeraria.

—¿Cuál es el siguiente paso? —preguntó Mathilde, cuando volvieron a salir al aire libre.

—Tomaré unas muestras para analizarlas, tal y como hemos quedado. Y entonces, si os parece bien, volveré con unos pinceles de limpieza para eliminar una buena parte de la mugre y poder ver mejor las ilustraciones. —Las miraba sonriente mientras hablaba.

Mathilde, con su metro setenta y ocho de estatura, no estaba acostumbrada a tener que mirar hacia arriba cuando hablaba con alguien, pero en ese momento se dio cuenta de que tenía la cabeza un poco inclinada hacia atrás para poder mirarlo a la cara. Le gustaba la sonrisa franca y abierta de aquel hombre, sus rectos dientes blancos y las arruguitas que flanqueaban sus ojos azules.

—Sí, vuelve otro día —contestó, sonriendo a su vez.

Poco después estaba viéndolo alejarse en su Mini por el camino de entrada, y se sorprendió al darse cuenta de que sus propios labios no habían perdido aún la sonrisa.

17

Julio de 1584

Tom había olvidado prácticamente el tema de Walsingham. Estaba muy atareado con el trabajo, cuidando de sus plantas e intentando atisbar alguna que otra vez a Isabel, quien a veces paseaba por los jardines cuando él estaba en el huerto medicinal; de hecho, daba la impresión de que ella coincidía en estar allí a la misma hora que él cuando hacía buen tiempo. Después de que la dama visitara la botica, él pensaba a menudo en la sonrisa que le había regalado, y su corazón latía acelerado. Atesoraba los momentos en que la veía desde la distancia, pero sufría sabiendo que no podía aspirar a nada más.

Hugh seguía preocupado por la escasez de vainilla. Dado que la reina había empezado a exigir que más y más cremas y tartas se endulzaran con aquel sabor que tanto le gustaba, Tom salió con él una mañana a recorrer los almacenes tanto de Wheatsheaf como de Baynard Castle para intentar comprar más. Cuanto antes tuvieran un cultivo propio, mucho mejor.

Mientras la chalana (las pequeñas embarcaciones que transportaban pasajeros por el río) avanzaba lentamente por el Támesis rumbo a la ciudad, Tom contempló lo que le rodeaba con interés. El río estaba repleto de barcos de todo tipo, desde los pequeños similares a su chalana hasta navíos enormes que permanecían anclados a la espera de que les llegara el turno de atracar en el muelle de la Aduana, donde se descargaría la mercancía. En la otra orilla, el pueblo de Rotherhithe se agazapaba entre los cenagosos campos salpicados de ovejas; pequeñas casas de madera con espirales de humo alzándose hacia el cielo se agrupaban alrededor de una solitaria iglesia; el agua, turbia y de un color gris peltre, salpicaba al golpetear contra la chalana y le humedecía las calzas de punto.

Un único mercader pudo proporcionarles algo de vainilla, uno que no había podido venderla porque desconocía por completo para qué se empleaba. Hugh y él le compraron encantados el voluminoso paquete de vainas, que habrían de bastarles por un tiempo, y le explicaron que podría cobrar un precio muy suculento si llevaba más al palacio.

Tom acababa de guardar el preciado premio bajo su jubón cuando Hugh le indicó que le siguiera con un ademán de la mano; al parecer, había algo que quería ver. Él asintió, encantado con aquella oportunidad de pasar unas horas alejado del trabajo, y le siguió a paso rápido por las calles de la ciudad. Se percató de que las personas que tenía alrededor se dirigían en la misma dirección; más aún, el gentío era cada vez más denso. Resultaba difícil seguir a Hugh entre la multitud y se preguntó a dónde iba todo el mundo.

El gentío se detuvo al fin ante un amplio espacio abierto y rodeado de altos olmos frondosos; el denso follaje danzaba bajo la brisa mientras una fina lluvia cubría como un gris manto a todos los que permanecían allí parados, esperando algo. Se dio cuenta de que estaban en Tyburn, tenía delante un cadalso de madera sobre el que se alzaba una horca que oscilaba ligeramente bajo el viento. Se abrió paso con dificultad entre el gentío, se detuvo al llegar junto a Hugh y le dio un par de pequeños codazos mientras le miraba con las cejas enarcadas.

—*Van a ahorcar a alguien.* —Hugh escenificó una soga alrededor del cuello.

Tom asintió, eso ya lo había deducido por sí mismo. Lo que le extrañaba era que hubiera semejante multitud. Señaló a la gente que los rodeaba y volvió a mirarlo con semblante interrogante.

—*Es un traidor* —explicó Hugh—. *Throckmorton.* —Repitió el nombre más lentamente—. *Te expliqué que planeaba asesinar a nuestra reina, ¿te acuerdas? Pues ahora va a recibir su castigo.*

Tom no entendió buena parte de todo aquello, habría que esperar a estar de vuelta en el palacio con la tablilla de cera.

Permaneció allí, parado entre toda aquella gente que aguardaba expectante, y le bastó con ver los rostros que le rodeaban para ver cuánto estaban disfrutando del espectáculo mientras el prisionero era conducido a rastras hasta el cadalso. Vio que un sacerdote empezaba a rogar por su alma, pero estaba seguro de que, aun suponiendo que fuera capaz de oír, las palabras de aquel hombre habrían quedado enmudecidas por la algarabía de los espectadores, que se empujaban y se zarandeaban conforme su entusiasmo iba acrecentándose. En cuestión de minutos, subieron al hombre a una elevada banqueta y le pusieron la soga alrededor del cuello; el verdugo pateó la banqueta con su recia bota y dejó suspendido en el aire al prisionero, cuyo cuerpo se sacudió y danzó mientras la soga se apretaba y le estrujaba la vida. Tom sintió que se le revolvía el estómago y, aunque todos los que le rodeaban (hombres, mujeres, incluso niños) siguieron mirando con fascinación, él bajó la mirada hacia la hierba que tenía bajo los pies. Notó en la garganta el fragante aroma de la vainilla que permanecía bajo su jubón.

Salió entre empellones del gentío y se quedó atrás de todo, allí pudo respirar mejor y esperó a que las náuseas se disiparan. La gente empezó a marcharse poco a poco; varios minutos después, sintió que Hugh le tocaba el brazo y emprendieron el camino de regreso al río para tomar una chalana y volver al trabajo. Por una vez en su vida, se alegró de no poder oír, ya que no quería hablar sobre lo que acababa de presenciar. No alcanzaba a entender por qué a la gente le resultaba entretenido ver cómo mataban a otro ser humano.

Una vez que estuvieron de vuelta en la botica, Hugh tomó la tablilla de cera y escribió una breve explicación sobre los motivos por los que aquel ajusticiamiento era tan importante: el condenado había colaborado con los católicos españoles e ingleses para arrebatarle el trono a la reina, y los espías de la soberana habían encontrado pruebas que demostraban su culpabilidad. Tom empezó a tomar conciencia de lo importante que era el trabajo que desempeñaba Walsingham, y de por qué sería una peligrosa insensatez contrariarlo. Estaba convencido de que el más pequeño error bastaría para provocar el enfado de aquel hombre, y no quería terminar balanceándose al extremo de una soga. Las náuseas de antes lo recorrieron de nuevo.

18

Agosto de 1584

Tom se arrodilló al borde de una sección de tierra recién labrada, arrancó los brotes superiores de una planta de menta y sonrió satisfecho al inhalar el intenso aroma, que evocaba la promesa de una fértil abundancia. Se giró al notar un movimiento por el rabillo del ojo y vio a *lady* Isabel, estaba inclinándose a recoger briznas de la abundante lavanda que crecía alrededor tanto del huerto medicinal como del de la cocina. Ella le saludó con una inclinación de cabeza al percatarse de que estaba mirándola, y él se levantó del suelo a toda prisa y respondió con una reverencia mientras se frotaba las manos en el jubón, intentando limpiarse la tierra. Esperaba que ella diera media vuelta y continuara con sus quehaceres, pero, para su sorpresa, la vio acercarse sonriente, como si hubiera ido a los jardines con la esperanza de verlo.

—*Buenos días, Tom Lutton* —lo dijo pausadamente, sus vibrantes ojos parecían estar iluminados desde dentro.

Él hizo otra reverencia y esperó a que siguiera hablando.

—*Como podéis ver, estoy seleccionando flores de lavanda para secarlas y elaborar pomas aromáticas, ¿podríais ayudarme?*

Tom era consciente de lo preciadas que eran aquellas pomas: unos recipientes perforados de plata u oro que se llenaban con flores y especias aromáticas, y que se empleaban para ocultar los malos olores que solían acumularse en el interior de las casas.

Nada habría podido complacerlo más que acompañarla por los jardines, caminando sosegadamente mientras seleccionaba para ella las mejores flores. Estaba convencido de que ella había buscado su compañía a propósito; cuando sus miradas se encontraron por un instante, albergó la esperanza de que la atracción que sentía fuera mutua, aunque sabía que era un sentimiento condenado al fracaso. La diferencia abismal de sus respectivas posiciones en la sociedad era una vasta brecha que los separaba.

Habría pasado el día entero caminando junto a ella de buen grado, pero, en un momento dado, *lady* Isabel le dio un toquecito en el brazo. Se giró al verla señalar hacia atrás y oteó a un pequeño paje que se acercó hasta detenerse frente a él. Su incapacidad para percatarse de si alguien caminaba lentamente hacia él desde atrás era una preocupación constante. Podía notar las vibraciones cuando alguien caminaba por un suelo seco y duro, o por uno de interior formado por tablas de madera. Pero la hierba húmeda y tierna absorbía todos los indicadores que podrían servirle de advertencia. Miró con una sonrisa al joven paje, un muchacho de rostro travieso con un casquete de lustroso cabello oscuro coronándole la cabeza, y este respondió a su vez con una breve sonrisa tras un ligero titubeo; teniendo en cuenta su cara de preocupación, resultaba fácil imaginar lo que debían de haberle contado: que el hombre que no podía hablar ni oír era un monstruo. El muchacho se inclinó ante Isabel antes de volverse de nuevo hacia él para indicarle con un gesto que lo siguiera, así que, tras despedirse de la mujer junto a la que habría preferido permanecer con una pesarosa sonrisa de disculpa seguida de una inclinación de cabeza, siguió al paje hacia el palacio.

Una vez dentro, recorrieron numerosos pasillos antes de subir por una escalera que los condujo a lo que parecían ser los apartamentos de Walsingham. Contempló admirado la magnificencia que lo rodeaba, troquelados motivos en rosa y gris decoraban los techos abovedados. Al entrar en la estancia encontró a Walsingham sentado tras un gran escritorio y, siguiendo su indicación, ocupó una silla adyacente. Se sentó en ella despacio, deslizando las palmas de las manos por aquella tela tan suave como las pieles de los topos que cazaban los jardineros.

Walsingham se dio unas palmaditas en su propia rodilla para que le prestara atención, y él dejó de mirar alrededor y se centró en observarlo para captar lo que le decía.

Walsingham procedió a explicar los motivos por los que lo había hecho llamar:

—*Tengo un trabajo para vos.*

Pronunció las palabras lentamente, con cuidado, y Tom asintió. Resultaba mucho más fácil comprenderle, ¿habría estado practicando? No pudo evitar notar lo blancos que parecían sus dientes en comparación con la oscuridad de su tez. Había coincidido con algún que otro moro durante sus viajes por el continente, pero era la primera vez que encontraba a uno de rango tan elevado.

—*Quiero que asistáis al banquete que se celebrará esta noche. Debéis manteneros entre las sombras, tras los invitados. Vuestra presencia debe pasar inadvertida, ¿comprendido?*

Tom asintió con lentitud. Sabía lo que Walsingham estaba diciéndole, pero ignoraba lo que se esperaba de él. Frunció el ceño mientras bajaba el dorso de la mano por su cuerpo, y entonces enarcó las cejas en un gesto interrogante. Walsingham lo miró con ojos inquisitivos, y finalmente asintió al descifrar lo que quería decir:

—*Tenéis razón. No podéis estar presente en la corte ataviado de semejante forma, ni siquiera entre las sombras. Os disfrazaremos de sirviente, serviréis jarras de cerveza y os mezclaréis entre el gentío que acudirá a intentar ver a su majestad.*

Hubo una pausa mientras Tom intentaba entender a qué se refería con lo de «disfrazaremos», pero Walsingham se lo aclaró con algo de mímica. Esbozó una débil sonrisa. Esperaba poder quedarse con la ropa nueva, la que llevaba ya estaba muy raída y desgastada.

—*Quiero que observéis.* —Le entregó un trozo de papel donde estaba escrito «conde de Leicester».

En cuanto Tom asintió, Walsingham le arrebató el papel de las manos y lo lanzó al fuego que seguía ardiendo en la chimenea a pesar de la calidez del día. El papel se encendió con un fogonazo anaranjado y desapareció para siempre.

—Yo estaré sentado junto a él, así que oiré todo cuanto diga a menos que le susurre algo al oído a su majestad, pero podré evaluar lo bien que entendéis lo que dicen los demás solo con observarlos. ¿Entendéis lo que os digo?

Tom había captado lo suficiente para entender lo que se esperaba de él: se iban a poner a prueba sus habilidades. Asintió con la cabeza y, al ver que Walsingham le indicaba con un ademán que se retirara, se levantó como un resorte de la silla y se inclinó en una reverencia antes de salir del despacho. Le habría gustado permanecer allí para explorar con mayor detenimiento las distintas estancias y los cuadros (unos enormes de ilustres batallas míticas con macizos marcos ornamentados, coronados por el emblema real), pero la orden había sido clara: debía marcharse de inmediato.

El pasillo al que salió no era el mismo por el que había entrado antes, este estaba más oscuro porque tan solo estaba iluminado por la escasa luz que entraba por una ventana situada a medio camino. En las paredes, tapices iban alternando con un revestimiento de paneles de madera, lo que contribuía también a crear aquella atmósfera oscura e inquietante. Lo recorrió un escalofrío. Percibía la etérea presencia de los fantasmas de quienes habían contrariado a la reina (o a alguno de los consejeros de esta), sentía cómo pasaban junto a él en una nube de melancólicos lamentos. No tenía deseo alguno de unirse a aquel pesaroso grupo, por lo que no tenía más opción que acatar las órdenes que se le habían dado.

Horas después, cuando empezó a notar el olor a carne asada procedente de las cocinas, Tom supo que no tardaría en servirse la cena en los salones de palacio. Había llegado el momento de mezclarse con los demás sirvientes. Logró explicarle a Hugh que se le necesitaba en otro lado, y este se limitó a asentir y a indicarle que se fuera. Los hombres de Walsingham ya le habían informado de que, de allí en adelante, Tom trabajaría para su señoría cuando fuera preciso hacer uso de sus peculiares habilidades.

Antes de salir a desprenderse bajo el caño de agua de la mugre y el sudor acumulados durante la jornada, encontró sobre su cama un uniforme nuevo: el que usaba la servidumbre de la reina, uno de un intenso color rojo decorado con la rosa de los Tudor. Nunca antes había tenido un atuendo tan elaborado como aquel, y mucho menos tan colorido; toda la ropa que poseía era práctica y resistente, tosca y marrón. Salió a toda prisa con un trozo de jabón cáustico y se aseó tan bien como pudo, lavándose el pelo con aquella agua tan fría que lo dejó sin aliento al manar del caño y caerle directamente sobre la cabeza.

Se suponía que el uniforme debía quedar holgado, pero le quedaba ligeramente ceñido alrededor del torso. Una vida entera de trabajo duro había dado como resultado un físico musculoso y unos hombros anchos; en comparación, los siervos reales no solían estar tan fornidos a menos que pertenecieran a la guardia. Pero no debería suponer ningún problema si no respiraba demasiado hondo. Fueron precisos varios intentos hasta que logró embutir los pies en las botas de cuero. Le apretaban los dedos de los pies, pero, con algo de suerte, encontraría un buen punto de observación que le permitiría quedarse quieto y evitar andar. Después de pasarse las manos por el pelo para alisarlo y adecentarlo en la medida de lo posible, salió en dirección al salón de banquetes; y entonces, tras pertrecharse con una de las muchas jarras de cerveza que estaban dispuestas a lo largo de una mesa de tablones, entró junto con los demás sirvientes.

Por unos largos segundos, mientras miraba a su alrededor maravillado, olvidó por completo el motivo de su presencia en aquel extraño ambiente. El despacho de Walsingham lo había dejado impresionado, pero no era nada en comparación con la grandiosidad del lugar donde se hallaba en ese momento. Cientos de velas inundaban de luz el salón, creando sombras que danzaban por las paredes y se alzaban hacia el techo como intentando escapar. El ambiente era asfixiante debido a los cuerpos apelotonados de quienes esperaban ver a la reina o granjearse la atención de los allegados de esta; el calor humano se sumaba al del gran fuego que ardía en una chimenea que parecía tan grande como su dormitorio, y la sensación era opresiva. Al ver el movimiento constante de la boca de la gente, se sintió agradecido de no poder oír el bullicio de las conversaciones, sus sentidos no habrían soportado semejante sobrecarga; de hecho, bastó con el olor a comida, el abrumador tufo corporal y el calor para que estuviera a punto de salir a empellones de allí para regresar a los más oscuros y frescos confines de la botica.

Pero tenía una tarea que debía llevar a cabo, y debía ponerse manos a la obra. Ahora tenía claro que decirle que no a Walsingham sería como decírselo a la mismísima reina, y había visto con sus propios ojos cuál sería el castigo para semejante afrenta. Jarra de cerveza en mano, empezó a circular entre el gentío hasta llegar al frente de todo. Las mesas soportaban a duras penas el peso de la comida dispuesta sobre ellas: lustrosos y jugosos gansos, una bandeja de pequeñas aves cantoras, platos llenos a rebosar de verduras bañadas en espesas salsas de olor penetrante. La gente sentada alrededor comía con fruición, los cuchillos se hundían en gruesas porciones de carne, los jugos chorreaban sobre la ropa. Desde donde estaba gozaba de una amplia visibilidad y alcanzaba a ver a la reina, quien, acompañada de su séquito, ocupaba una larga mesa situada sobre una plataforma. Tenía frente a ella un engalanado cisne asado cuya carne, tirante y tostada, había sido revestida de plumas; la rodeaban platos de fruta, gelatinas, pasteles y cremas. Él no había visto jamás semejante cantidad de comida y le sonaron las tripas al oler las fragancias que emanaban de las mesas, atormentándolo.

Por suerte, el lugar donde se había apostado era perfecto para observar a los importantes dignatarios que compartían mesa con su majestad. Reconoció a Walsingham y a Leicester, y sus labios esbozaron una sonrisa involuntaria cuando recorrió con la mirada la hilera de comensales y vio a Isabel. Ella no se había percatado de su presencia…, lo que no era de extrañar, por supuesto; ¿por qué habría de hacerlo? Al fin y al cabo, no esperaba que él estuviera en el salón. Permaneció allí plantado, contemplándola mientras sostenía una jarra de cerveza que derramó dos veces sobre sus botas, y olvidó por un momento la tarea que tenía entre manos.

Isabel llevaba un atuendo de damasco azul claro con una rígida gorguera blanca de la que emergía su elegante cuello; el corpiño ceñía su cintura, las anchas mangas estaban decoradas con perlitas y ribeteadas de lazos del mismo tono verde de su tocado francés. Conversaba con la dama que estaba sentada junto a ella, y en ese momento echó la cabeza hacia atrás mientras reía por algo. El corazón le dio un brinco en el pecho al verla cerrar los ojos entre risas. Apenas la conocía, pero jamás había sentido por nadie lo que sentía por ella. ¡Qué no daría él por tomarla en sus brazos y sentir aquella risa recorriéndolo!

Apartó los ojos con esfuerzo y dirigió la mirada hacia el lugar donde estaba sentado el conde de Leicester, quien en ese momento estaba comiendo. Arrancaba la carne de un hueso con unos dientes grandes y fuertes, parecía un animal. Cabía preguntarse por qué le profesaba tanto afecto la reina; según le había contado Hugh, corrían rumores en la corte de que su majestad lo desposaría algún día. Frunció el ceño al verlo limpiarse la boca con una servilleta, no podía leer los labios de una persona que se cubriera la boca. Pero Leicester depositó entonces la servilleta sobre la mesa y se volvió hacia la reina.

—*Majestad, tengo entendido que se ha preparado un entretenimiento excelente para la velada. Ha llegado un grupo ambulante de cómicos enmascarados, se comenta que tienen un espectáculo de lo más divertido que no querréis perderos.*

—*Por supuesto, lo esperaré con ansia. ¿Habéis probado esta tarta?*

Tom golpeteó el pie contra el suelo en señal de frustración, no estaba obteniendo nada jugoso para Walsingham. Si bien aquello no era más que una prueba para demostrar que podía interpretar correctamente lo que alguien decía, la conversación era tan anodina que le habría bastado con inventar algo similar y pasar la noche entera en su cama. En ese preciso momento, el propio Walsingham inclinó la cabeza hacia Leicester y se giró ligeramente, aunque no lo suficiente como para ocultar su rostro.

—*Hay noticias de que Paget ha sido visto en Reims* —dijo.

—*Sí, a mí también me han llegado* —asintió Leicester—. *Pero ¿sabemos con quién piensa encontrarse allí?*

—*Aún no, pero espero averiguarlo pronto. Mis espías están vigilándolo.* —Walsingham se puso en pie sin más y, tras hacer una inclinación en dirección al trono, se alejó de la mesa.

Tom vio que recorría con la mirada los rincones más apartados del salón y, deduciendo que era muy posible que estuviera buscándolo a él, se quedó totalmente inmóvil. Pero, a pesar de que no movió ni un músculo, sintió que los oscuros ojos de aquel hombre se clavaban en los suyos, supo en un relampagueante instante que lo había reconocido. Al ver que Walsingham inclinaba de forma casi imperceptible la cabeza para indicar que lo había visto y que procedía a marcharse, dejó la jarra en una mesa auxiliar que tenía a su espalda y se dispuso a regresar a su habitación, deseoso de despojarse de la apretada túnica y de las incómodas botas. No estaba seguro de cuáles habían sido todas las palabras empleadas, pero tenía la certeza de poder anotar lo que se había dicho de forma que Walsingham comprendiera el mensaje. Sus ojos buscaron de nuevo a Isabel. Fue como si ella fuera consciente de su presencia, porque sus miradas se encontraron y, por un momento, no existió nadie más en el salón. Sintió la sangre corriéndole como un torrente atronador por las venas. Al verla enarcar ligeramente una ceja, no pudo evitar que una tímida sonrisa se dibujara en su rostro. Cabía esperar que Walsingham hubiera dejado de observarlo. La exquisitez de Isabel opacaba el brillo de las velas que iluminaban el salón, ¿qué habría llevado a la reina a decidir tener en su círculo más cercano a una dama que eclipsaba con creces su propia belleza?

Tal y como esperaba, Tom fue llamado a comparecer ante Walsingham a la mañana siguiente y, ataviado con su atuendo de trabajo, siguió al secretario que había sido enviado a buscarlo. Lo condujo al mismo despacho de la vez anterior y, una vez que lo dejó a solas con Walsingham, este le indicó que se acercara y preguntó:

—*¿Y bien?*

Tom empleó primero la mímica para reproducir la conversación entre su majestad y Leicester sobre el entretenimiento preparado para la velada. Entonces señaló al propio Walsingham y, combinando la mímica y las señas, explicó que había comprendido lo que se había hablado. Tuvo que escribir tanto «Reims» como «Paget» y, aunque sabía que la ortografía no era correcta, su interpretación complació a Walsingham, quien sonrió y asintió. Tom había repetido casi con total exactitud lo que se había hablado, pero, dado que no podía oír ni hablar, nadie sospecharía jamás que pasaba información.

—*Vos, amigo mío, seréis el espía perfecto. Un recabador de información. Los escoceses y los españoles verán frustrados todos los planes que estén urdiendo, porque tenemos a un sigiloso apotecario trabajando para nosotros.*

Su boca se ensanchó en una gran sonrisa, pero Tom atisbó un brillo de malevolencia en sus ojos. La situación en la que se encontraba hizo que una gélida y ominosa sensación le erizara la piel.

19

Junio de 2021

A pesar de lo temprano de la hora, el sol ya calentaba bastante cuando Mathilde salió de casa; llevaba su cámara colgada al cuello, y se sentía reconfortada por aquel peso tan familiar. No tenía ningún destino concreto en mente, pero estaba saturada de tantos humanos, vivos y muertos, y de las confusas vibraciones que creaban. Dichas vibraciones reverberaban en el aire, erizándole el vello.

Al llegar al final del camino de entrada, vio al otro lado el cartel indicador de un sendero y recordó que Rachel había comentado que conducía al pueblo situado a kilómetro y medio por la carretera. Cruzó la valla y enfiló por allí.

Dado que apenas había llovido en las últimas semanas, el suelo estaba seco y levantaba polvo a su paso. Se encontraba junto a la zona cenagosa que había visto desde la casa, altos juncos le rozaban el brazo. El río que alimentaba aquella ciénaga debía de estar cerca, pero sabía lo imprudente que sería internarse entre los juncos para ir a buscarlo; aunque el sendero estaba seco, aventurarse a alejarse de él suponía arriesgarse a no pisar tierra firme. La advertencia de Rachel no había sido necesaria, ella sabía perfectamente bien que aquel lodo que apestaba a sulfuro podía tragarte y arrastrarte hacia la muerte. Cualquiera que hubiera vivido tantos años al aire libre como su madre y ella se tomaba muy en serio los caprichos de la naturaleza, ya que esta siempre estaba a un paso de matarte. Si no era el terreno lodoso, entonces podían ser las plantas y bayas venenosas o un tiempo desapacible; había visto a reses alcanzadas por un rayo y no era un espectáculo nada agradable. La madre naturaleza podía ser tu amiga o una poderosa enemiga, y era mejor estar siempre ojo avizor.

Se arrodilló en el suelo, enfocó la cámara a través del juncal para tomar varias fotografías de los altos y recios tallos perdiéndose en la distancia, y prosiguió con su paseo. El sendero salía de la zona cenagosa y se internaba en una pequeña arboleda donde encontró a una pareja entrada en años que había salido a pasear a su West Highland terrier. Este echó a correr hacia ella en cuanto la vio, ladrando y moviendo la cola, y lo acarició y jugueteó con él hasta que los dueños lo llamaron. Se sorprendió al ver que la saludaban con la mano, pero devolvió el saludo. No estaba acostumbrada a que la gente la tratara con cordialidad, y había oído decir que los ingleses eran fríos y poco amigables. Prosiguió su camino sintiéndose más animada. En aquella zona umbría hacía más fresco; el sol se filtraba a través de las hojas y danzaba en el suelo cual luminosas luciérnagas. Permanecía atenta por si encontraba alguna planta que pudiera servirle para sus medicinas herbales, y al ver unas exuberantes matas de malva arrancó algunas de las delicadas flores y se las metió en el bolsillo de la chaqueta.

El parque del pueblo estaba prácticamente desierto. Tan solo vio a una mujer joven que estaba parada junto al estanque con un niño en una sillita de paseo; parecía estar pasándole trozos de pan para que se los lanzara a los patos, que graznaban y batían las alas expectantes, pero de repente le arrebató el pan al niño, exclamó: «¡Noooo! No te lo comas, ¡es para los patos!», y se encargó de lanzarlo ella misma al agua. Aquello se repitió varias veces mientras ella los observaba, pero la mujer perseveró en su empeño de que el niño diera de comer a los patos.

Cruzó el parque en dirección a la iglesia del pueblo, una edificación pequeña y achaparrada construida con la misma piedra de color claro que la capilla de Lutton Hall; tenía una torre normanda circular y estaba ligeramente apartada de las casas. Mientras tomaba unas cuantas fotos desde el pórtico, mirando en dirección a la maciza puerta

111

principal de madera, se le ocurrió que a lo mejor podría encontrar en el cementerio alguna pista sobre los propietarios de Lutton Hall. La tarea sería más fácil si Oliver o alguno de sus colegas de profesión lograran descifrar el nombre que aparecía en la placa funeraria de la capilla…, aunque, a decir verdad, eso no era algo que debiera interesarla, ya que iba a marcharse de allí en un par de meses.

Hizo algunas fotos más mientras paseaba sin prisa por el cementerio. Contempló las lápidas antiguas recubiertas de líquenes de color verde grisáceo, que habían ido inclinándose precariamente conforme el paso del tiempo erosionaba el terreno que las sostenía; altas briznas de hierba crecían a sus anchas desde hacía mucho. No quedaban ancestros que se encargaran de cuidarlas, aquellos que se fueron y quedaron en el olvido. Su presencia sobresaltó a un mirlo que alzó el vuelo desde las colgantes ramas de una haya cercana, chillando alarmado. No habría sabido decir lo que buscaba, pero la calma y la paz de los muertos hicieron que sus hombros fueran relajando ligeramente su habitual postura rígida y encorvada. En aquel lugar no la juzgaba nadie.

Llegó finalmente a las tumbas más recientes, sus lápidas de granito no habían perdido el brillo y en muchas de ellas había jarrones con flores depositadas con esmero y cariño. No le resultaban tan interesantes como las tumbas de quienes habían vivido siglos atrás y se limitó a mirar distraída los nombres al pasar, pero algo le llamó la atención y se detuvo a mirar con más detenimiento. Una tumba bastante reciente tenía una sencilla cruz de madera y, a lo largo del *patibulum* horizontal, estaba labrado lo siguiente: «Peter Lutton. 14 de marzo de 1949–8 de febrero de 2021. Padre y abuelo amoroso, te echamos de menos». Su padre, era la tumba de su padre. Qué tonta, no se le había pasado por la cabeza que pudiera encontrarlo allí ni se le había ocurrido preguntarle a Rachel dónde estaba enterrado. Bueno, pues ahora ya lo sabía. Se arrodilló en la hierba y se quedó mirando la tumba en silencio. No había nada que decir y, sin embargo, estaba todo por decir; tanto, que no sabía por dónde empezar. Alargó la mano hacia la hierba que crecía alrededor del pequeño montículo, arrancó algunas briznas y las dejó caer al suelo, donde habrían de secarse y descomponerse como el cuerpo que reposaba bajo la tierra.

Antes de que pudiera abrir la boca, una voz interrumpió sus pensamientos:

—No sé qué crees que estás haciendo, pero ¡ya puedes dejarlo tranquilo!

Era la tía Alice, parecía haber salido de la nada y estaba parada al otro lado del muro del cementerio. ¿Cuánto tiempo llevaba observándola?

—¿No te basta con haber aparecido de buenas a primeras para quedarte con lo que no te pertenece por derecho propio? ¿También tienes que adueñarte del lugar de descanso de mi hermano? Hemos pedido asesoramiento legal y no vas a ganar, ¡que te quede bien claro! Me aseguraré de que la finca pase a ser mía, el miembro de su familia que sí que estuvo a su lado.

—Es la tumba de mi padre, tengo todo el derecho a estar aquí y visitarlo. Vendré y hablaré con él cuando me plazca.

—Rachel me dijo que solo vas a quedarte una semana, ¡yo diría que ya va siendo hora de que te marches ante de que alguien más se moleste! —La cara de Alice iba adquiriendo un pálido tono amoratado.

—Que yo sepa, la única que se ha molestado con mi llegada eres tú. Y mis planes han cambiado, me quedaré hasta septiembre. Debo organizar unas cosas ahora que estoy aquí. —Mathilde sostuvo la mirada de aquellos ojos oscuros idénticos a los suyos y no se dejó amilanar.

Hubo una pausa en la que Alice movió la boca como si estuviera entonando un hechizo. Entonces, sosteniendo su bolso frente a sí con ambas manos, dio media vuelta y se marchó apresuradamente por el parque. Su cuerpo bajito, enfundado en un vestido de algodón con estampado floral, oscilaba ligeramente de lado a lado mientras se movía, y Mathilde se incorporó hasta sentarse sobre los talones mientras la seguía con la mirada.

Se puso de pie y caminó a paso lento hacia el pórtico de entrada, afectada por el altercado; para cuando llegó al pórtico, Alice ya estaba al otro extremo del parque y terminó por perderla de vista. Cada vez más indignada, cruzó el parque y enfiló por el sendero en dirección a Lutton

Hall. Se metió una mano en el bolsillo y jugueteó con las llaves de la auto-caravana, hasta la última fibra de su cuerpo vibraba con la pulsante necesidad de largarse de allí y no regresar jamás; con la otra mano, tironeó airada de la punta de las adelfas que crecían junto al camino y arrancó algunas hojas. La animosidad de su tía la descomponía. Durante todos aquellos años, a lo largo de toda su vida, había anhelado con desesperación tener una familia, un lugar al que poder considerar como su hogar, estabilidad y amor; y ahora resulta que su propia tía, una persona de su misma sangre, estaba volviéndose en su contra, tal y como había hecho siempre todo el mundo. *Plus ça change.*

20

Septiembre de 1584

Mientras se acercaba al despacho de Walsingham, Tom notó algo extraño en el ambiente. El pasillo solía estar desierto salvo por algún que otro cortesano o algún sirviente atareado con sus quehaceres. Había en él demasiados rincones oscuros donde reinaban las sombras, donde alguien podría acordar un encuentro clandestino o intercambiar información privada antes de desvanecerse con sigilo. Conspiraciones y traición, todavía no le habían asignado ni una sola tarea y ya empezaba a pensar como un espía.

Al ver que los dos guardias apostados en la puerta cruzaban sus alabardas para prohibirle el paso, deseó poder vestir como un cortesano y no tener siempre aspecto de lo que era, un sirviente.

Uno de los guardias alzó una mano y tocó a la puerta con los nudillos, alguien abrió desde dentro y Tom alcanzó a ver que había más guardias en el interior; al cabo de un momento, dejaron de cerrarle el paso y se le permitió entrar. Comprendió de inmediato el motivo de aquella seguridad añadida al hincar una rodilla en el suelo ante la reina, quien estaba sentada junto a la chimenea en la silla que él mismo había ocupado con anterioridad. El enorme vestido de la soberana, terciopelo blanco adornado con cientos de pequeñas joyas azules, se extendía a su alrededor; tanto era el espacio que abarcaba, que cabía sorprenderse al ver que el calor del fuego no lo hubiera deshecho ni quemado.

Obedeció de inmediato cuando Walsingham le indicó con un ceñudo gesto que se retirara a un rincón de la estancia antes de proseguir con su conversación con la reina. El lugar donde se situó lo dejaba parcialmente oculto tras los guardias, y era perfecto para observar mientras los dos hablaban; mejor dicho, mientras la reina hablaba y Walsingham asentía con semblante grave.

—*¡Esta situación se está volviendo intolerable!* —dijo ella. Tenía una expresión ceñuda muy poco atractiva en el rostro, sus finos labios habían desaparecido casi por completo—. *Según informan vuestros espías, los españoles están arreciando su campaña para poner a la reina María y su herética fe en el trono, y devolver Inglaterra a los brazos de Roma. Debemos detenerlos. Incluso en estos momentos me decís que están urdiendo nuevos planes para una invasión española y hacerme asesinar.* —Hubo una pausa en la que parecía estar escuchando lo que decía Walsingham—. *No puedo ordenar que sea ejecutada, recordad que se trata de mi prima. Por eso la he mantenido cautiva durante estos últimos dieciséis años. Ejecutarla supondría enfrentarnos tanto a los españoles como a los franceses, los católicos que tanto empeño tienen en hacerse con nuestro ilustre país. ¡Debéis hallar con premura a esos conspiradores!*

Se puso en pie tras pronunciar aquellas últimas palabras, y todos los presentes se arrodillaron ante ella. Tom notó la corriente que la pesada puerta dejó entrar al abrirse; el borde inferior del vestido, adornado con un elaborado bordado de flores azules y rojas, pasó ante sus ojos en un amplio arco antes de desaparecer de la vista; el suelo vibró bajo las botas de los guardias, que la siguieron con paso marcial. Él no se movió de donde estaba hasta que notó un toque en el hombro, y al alzar la mirada se encontró con un Walsingham que lo miraba con una sonrisa ligeramente burlona en el rostro. El hecho de que sonriera ya era muy inusual de por sí.

—*Como sin duda os habréis dado cuenta, su majestad se siente cada vez más preocupada por los enemigos que se acumulan a sus puertas.*

Tom no sabía si había entendido toda la conversación, pero estaba bastante seguro de haber captado la idea general de lo que se había dicho. Las siguientes palabras de Walsingham así lo confirmaron.

—La única forma de mantener a salvo la Corona es eliminar la amenaza que supone María, reina de los escoceses, y mandarla ajusticiar. Pero su majestad se niega a permitirlo. De modo que, a menos que Burghley y yo podamos convencerla, tendremos que seguir librando batalla y exponiendo las conspiraciones que la pongan en peligro.

Walsingham le explicó lo que quería de él rápidamente, hablando y escribiendo alguna que otra palabra en un pergamino. Debía seguir a un hombre que sospechaban que podría estar involucrado en una conspiración, e informar después de todo cuanto viera: con quién se había encontrado el hombre y lo que se había hablado. Esto último era tarea fácil, siempre y cuando el individuo en cuestión no se percatara de que estaban vigilándolo; el problema radicaba en que Tom no tenía ni idea de quiénes eran unos y otros, solo podría describir el aspecto físico de alguien. Pero dio la impresión de que su nuevo superior se daba por satisfecho con eso: le indicó que esa tarde estuviera ante las puertas de palacio a las siete en punto, y que sería conducido a una taberna donde se esperaba que el objetivo estuviera bebiendo. Tom asintió, parecía una tarea bastante simple.

Antes de que se fuera, Walsingham lo miró a los ojos y dijo, pronunciando bien cada palabra:

—No cometáis ningún error. Sería lo último que hicierais.

Tom no tuvo claro si se refería a que sería lo último que hiciera como espía, como sirviente en la corte… o antes de desaparecer en el río; a juzgar por la torva mirada de Walsingham, la última opción parecía la más probable. Se le entregó una faltriquera con unas monedas para la cerveza y recibió orden de retirarse.

Mientras se dirigía a toda prisa hacia la puerta por la que había llegado a los apartamentos de Estado procedente de las escaleras traseras, vio un grupito de damas acercándose en dirección contraria. Conversaban entre ellas y dio la impresión de que no se habían percatado de su presencia entre las sombras. Consciente de que no tendría tiempo de alcanzar la puerta antes de que sus caminos se cruzaran, optó por quedarse con la espalda pegada a la pared y esperar a que pasaran de largo.

Conforme fueron acercándose, se dio cuenta de que una de las tres era *lady* Isabel y su boca dibujó como por voluntad propia una sonrisa. Se apresuró a hacer una profunda reverencia hasta que pasaron; obviamente, *lady* Isabel había abandonado su recolecta de flores. Vio el fluido movimiento de las faldas de las tres rozando el patrón de espinapez del suelo de madera antes de enderezarse de nuevo, y se aventuró a lanzarles una rápida mirada. El mero hecho de ver la parte posterior de su cabeza, aquel lustroso cabello negro, bastó para llenarlo de felicidad. Y entonces fue como si su deseo hubiera sido concedido: ella giró la cabeza lo suficiente para que sus rosados labios apuntaran hacia él y pudiera ver su hermosa sonrisa. Había bajado la mirada como si estuviera escuchando atentamente lo que le decía una de sus acompañantes, pero estaba convencido de que su sonrisa estaba dirigida a él y lo recorrió una cálida oleada de dicha. Entre ellos no podía existir nada más que algún encuentro ocasional. Ella era una de las confidentes de la reina de Inglaterra; él, por su parte, no era más que el ayudante del apotecario de su majestad, un hombre que permanecía oculto en una oscura y polvorienta botica situada en el otro extremo de palacio. Estaba totalmente prohibido que existiera cualquier vínculo entre ellos, los separaba una distancia tan vasta como el mar que él había surcado; aun así, incluso aquellos atisbos fugaces de una sonrisa ocasional iluminaban su vida entera.

Aquella tarde, vestido con su atuendo habitual para no llamar la atención en la taberna, Tom se dirigió a las puertas de palacio; una vez allí, se le acercó un individuo que llevaba una vestimenta similar a la suya, aunque, siendo como era un hombre que notaba hasta el más mínimo detalle de los movimientos y las características de la gente, supo de inmediato que se trataba de un caballero disfrazado de plebeyo: su porte, sus uñas limpias y sus suaves manos blancas lo delataban. No era de extrañar que Walsingham precisara de alguien capaz de pasar desapercibido entre la servidumbre y las clases inferiores.

Navegaron río arriba en una chalana que los conducía a Black-friars. Había una fuerte llovizna en el aire por las nubes bajas, que parecían agacharse para rozar la blanca espuma de las agitadas aguas. El farolillo situado junto al barquero oscilaba de lado a lado. Tom se aferró al borde de la embarcación y sintió contra los dedos la áspera madera del casco, estaba seguro de que jamás llegaría a acostumbrarse a los frecuentes trayectos en barco que los londinenses consideraban algo cotidiano. Después de bajar a tierra, recorrió las estrechas y oscuras callejuelas con cuidado de no dar un traspié en los resbaladizos adoquines de pedernal. De algunas ventanas emergía el titilante resplandor de unas velas. Llegaron a la taberna The Magpie, entraron y fueron engullidos por el gentío que abarrotaba el sofocante lugar. A juzgar por la gruesa y compacta capa de paja que cubría el suelo, estaba claro que el tabernero se limitaba a echar la nueva sobre la antigua, por lo que estaba tan sólida y rígida como las tablas de madera que había debajo. Prácticamente podía ver el movimiento de los pequeños bichos que moraban en aquella capa vegetal, alimentándose de la cerveza que se derramaba. El tufo rancio que ascendía del suelo se entremezclaba con el de los cuerpos sudorosos, la cerveza y el humo de pipa. No apartó los ojos de su cómplice hasta que notó un pequeño codazo en las costillas y le vio indicar con un movimiento de cabeza casi imperceptible a un hombre, uno robusto y bastante joven. Tenía barba y una rebelde mata de pelo negro, y llevaba puesto un gorro negro de terciopelo. Debía de tratarse sin duda del tal William Parry.

Walsingham no le había dado demasiados detalles (quizá empezaba a resultarle frustrante el esfuerzo añadido que se requería para comunicarse con él), lo único que sabía era que debía vigilar a su objetivo e informar después sobre lo que había visto: si se había encontrado con alguien y, en especial, lo que se había hablado. Lo cierto era que le sorprendía ver a un hombre tan finamente ataviado como Parry en una taberna tan tosca como aquella. Se dio cuenta de repente de que el caballero que lo había conducido hasta allí se había marchado; se había esfumado sigilosamente sin perturbar siquiera el aire que lo rodeaba, como por arte de brujería, y sabía que él mismo tendría que ingeniárselas para desaparecer de igual forma si despertaba las sospechas de alguien.

Obtuvo una jarra de cerveza y se apostó cerca de la chimenea, ya que era un buen lugar desde donde observar a su presa. Estuvo a punto de derramar su bebida cuando un pestilente individuo que ya había tomado más cerveza de la que debería chocó con su brazo, pero, dado que no podía protestar por lo sucedido, se limitó a retroceder un poco más para internarse entre las sombras que reinaban en el rincón, cerca de la pared. Allí había menos gente y podía seguir observando.

Parry estaba de jolgorio con sus compañeros de mesa. Estos eran muchos al principio, pero fueron retirándose uno a uno de forma paulatina. Tom alcanzaba a leerle los labios lo suficientemente bien para saber que se limitaba a saludar a todo el mundo, parecía un hombre cualquiera con la barriga llena de cerveza tras una ardua jornada; aun así, a pesar de tener una jarra en la mano, apenas se la llevaba a la boca. Aunque daba la impresión de estar medio ebrio, en realidad no era más que una farsa. Aquel hombre estaba tan sobrio como él mismo y, a juzgar por las fugaces miradas que lanzaba continuamente hacia la puerta de la calle, parecía estar esperando a alguien. Estaba claro que no iba a bastarle con leer los labios de la gente en aquel juego de espías, también tendría que leer el lenguaje corporal de las personas y permanecer atento al escenario circundante. Echó un rápido vistazo alrededor y tuvo la certeza de no estar siendo vigilado a su vez. Era invisible.

La puerta de la calle se abrió de nuevo, dando entrada a dos hombres con el cabello perlado de lluvia que salpicaron a todo el que estaba cerca al sacudir sus respectivos mantos. El más alto de los dos tenía su rubio pelo aplastado contra la cabeza tras despojarse de su apretado gorro para sacudir la lluvia; en su poblada barba había destellos rojizos y en un lado de la cara tenía una irregular cicatriz que subía desde la nariz hasta el nacimiento del pelo. Su cómplice era mucho más bajo y parecía joven; apenas había cicatrices surcando su rostro, su barba era desigual y corta. Tom fijó su atención en el movimiento de sus bocas y reconoció algunas de las palabras malsonantes que salían por ellas. Sonrió para sus adentros. Los dos recién llegados era las personas a las que Parry —y, por consiguiente, él mismo— había estado esperando, no había duda de ello. Aunque iban vestidos como toscos trabajadores y nadie más se fijaría en ellos, él veía con claridad que no era más que un disfraz. No se sentían cómodos con el áspero cáñamo y uno de ellos se pasaba un dedo por el cuello de la camisa con frecuencia, lo más probable era que no estuviera acostumbrado a no llevar nada que no fuera de la más fina batista. O puede que se comportara así por nervios. O por ambas cosas.

Se quedaron junto a la chimenea unos minutos sin prestar atención a Parry, aunque estaban junto a él. Cuando Tom empezaba a preguntarse si sus sospechas estarían equivocadas, vio que uno de los hombres decía algo:

—*Salgamos al patio, estaremos más tranquilos.*

A juzgar por cómo lo dijo, sin mover apenas los labios, era obvio que estaba intentando evitar alertar a cualquiera que pudiera estar escuchándole subrepticiamente, pero no podía engañar a un hombre sordo que había pasado toda su vida leyendo los labios, los rostros y el lenguaje corporal de la gente.

Procurando no llamar la atención, los dos recién llegados pasaron por detrás de Parry en dirección a una puerta trasera que Tom no había visto hasta el momento. Estaba reprendiéndose para sus adentros por no haber prestado una mayor atención al lugar cuando vio que su presa se levantaba y seguía los pasos de los dos hombres. Sin pensárselo dos veces, sosteniendo la jarra con fuerza para no salpicar a nadie, avanzó con cautela entre la gente en dirección a la puerta. Quería ver a dónde se dirigían y lo que hablaban, pero debía asegurarse de no ser visto a su vez.

Aprovechando que uno de los clientes de la taberna pasaba junto a él con brusquedad y cruzaba la puerta, se situó tras él como si estuvieran juntos. Salió a un patio oscuro, vio que la lluvia había arreciado… y tuvo que apartarse apresuradamente hacia la izquierda para evitar ser salpicado, ya que el hombre al que había seguido se había puesto a orinar contra la pared de buenas a primeras. Frunció la nariz con desagrado; en ocasiones, tener un sentido del olfato tan desarrollado como el suyo no era nada agradable. Fingió que se ponía a orinar también y escudriñó el patio con la mirada en busca de sus tres objetivos, cabía esperar que no hubieran salido meramente a aliviarse. El brillo de la luna le permitió ver que uno de los dos recién llegados le pasaba a Parry un paquetito que este procedió a meterse en un bolsillo del manto, pero no había luz suficiente para verles bien los labios y descifrar lo que hablaban; al cabo de un momento, Parry regresó al interior de la taberna mientras sus dos cómplices salían por la puerta trasera que daba al callejón que discurría entre los edificios.

Aguardó unos segundos y, después de rodear con cuidado el charco cada vez más grande que iba formándose alrededor de los pies del individuo que se había puesto a orinar, volvió a entrar en la taberna. Parry ya estaba marchándose y se apresuró a seguirlo, pero, para cuando logró abrirse paso entre un bullicioso grupo de corpulentos individuos en plena jarana y salió por la puerta, no lo vio por ninguna parte. Seguía lloviendo y la luz de la luna se reflejaba en el suelo mojado; las gotitas rebotaban en la superficie de la desierta calle, caían de las terrazas que sobresalían sobre su cabeza. Encorvó los hombros, se encasquetó bien el gorro para cubrirse las orejas y echó a andar en dirección al río. Esperaba encontrar algún barquero que estuviera dispuesto a navegar en aquella noche tan desapacible y lo llevara de vuelta a palacio. Aquella no era la vida que había imaginado cuando había decidido encaminarse a Londres, pero no había forma de evadirla. Estaba atrapado en la red de Walsingham y marcharse de palacio significaría no volver a ver a la mujer más hermosa que había visto en su vida. Todavía no estaba preparado para renunciar a ese placer.

21

Junio de 2021

Cuando Mathilde regresó a Lutton Hall, Rachel y Fleur estaban preparando tortitas en la cocina, que estaba inundada por el humo azulado que emanaba de la sartén.

—Me preguntaba dónde estarías —dijo su hermana con una sonrisa—. Tu autocaravana seguía aquí, así que supuse que habrías salido a dar un paseo. ¿Quieres unas tortitas?

—No. —Al cabo de unos segundos, como dándose cuenta de que había sido una respuesta muy seca, añadió—: Gracias. —Sin añadir ni una palabra más, abrió un armario y sacó la cafetera.

—¿Estás bien? —Rachel depositó otra tortita en el plato de Fleur y, después de pasarle la crema de chocolate y un cuchillo, se acercó a Mathilde y le puso una mano en el brazo para que se quedara quieta por un momento—. Es obvio que te pasa algo.

Mathilde soltó un suspiro y le explicó lo mejor que pudo lo sucedido en la iglesia.

—No sabía que nuestro padre estaba allí, ha sido una sorpresa. Y no he causado ningún daño.

—¡Claro que no! —dijo Rachel—. Tienes tanto derecho como ella a estar allí y presentar tus respetos. Yo creo que la habrá cogido desprevenida verte allí, todavía está asimilando tu aparición. No sé lo que le pasa, de verdad que no. Siempre ha sido una mujer de armas tomar, pero nunca se había mostrado tan hostil. Dale tiempo, esperemos que vaya calmándose.

Rachel se distrajo entonces con Fleur, quien estaba poniéndose perdida y embadurnando la mesa de chocolate en sus intentos por untar la tortita, y se apresuró a ir a ayudarla; poco después, al ver que Mathilde se disponía a subir con su café a la planta de arriba, añadió:

—Ah, ¡casi se me olvida! Oliver ha llamado hoy para avisar de que llegará a media mañana, tiene los resultados de la datación del tríptico y quiere limpiarlo un poco para verlo mejor. Le he dicho que no hay problema por nuestra parte.

—Sí, por supuesto —asintió Mathilde. Sus labios esbozaron una sonrisa casi imperceptible mientras cruzaba la casa y subía a su habitación; puede que su día hubiera empezado fatal, pero la cosa iba mejorando.

Mathilde estaba en el jardín con su cámara cuando llegó Oliver. Esa mañana le parecía más seguro contemplar el mundo a través de una lente, a un paso de distancia de la realidad. Estaba echando un vistazo a sus plantas y se alegró al ver que les habían salido brotes nuevos, parecían sentirse a gusto en el cálido verano inglés. Incluso las de vainilla tenían algunos, pero debía estar especialmente atenta a ellas para intervenir en el proceso de germinación a su debido momento.

Notó un movimiento a su derecha y vio a Fleur en el extremo opuesto del jardín. Su pelo rubio asomaba apenas por encima de la vegetación como si de un tierno brote nuevo se tratara, una vida que estaba comenzando y floreciendo entre las plantas. De todas las personas a las que había conocido desde su llegada a Inglaterra, la niña era con quien empatizaba más. Resultaba agradable ser tratada con cordialidad por los demás, sentirse bien recibida (menos en el caso de la tía Alice), pero tenía la impresión de que Fleur era quien se parecía más a ella. No estaba preparada para entregar ni un ápice de sí misma libremente hasta tener la certeza de que era seguro hacerlo;

su semblante era cauto, hermético, una pantalla que la propia Mathilde reconocía y comprendía. Se acercó a ella haciendo mucho ruido a su paso de forma deliberada, pisando con fuerza entre la maleza para no sobresaltarla.

La niña, que se había agachado para observar algo que había en el suelo, alzó la cabeza por un momento al oírla acercarse, y entonces volvió a bajar la mirada hacia el camino; cuando Mathilde se detuvo a su espalda, anunció:

—Oruga. —Señaló con el dedo hacia una oruga peluda que avanzaba lentamente por los viejos adoquines marrones.

—Seguro que quiere comerse todas estas plantas. —Mathilde indicó con la mano los lechos de plantas, donde todavía quedaban algunas tenaces hortalizas entre las zarzas.

Fleur asintió antes de decir:

—El abuelo las cuidaba, le gustaban las plantas.

—¿Estas de aquí? ¿Cuidaba estas? Son hortalizas. —Por si no la entendía debido al acento, añadió—: Para comer.

Se sintió feliz imaginando a su padre allí, atendiendo aquellas plantas, y se acrecentó aún más la afinidad que sentía con la niña. Esta asintió de nuevo, manteniendo los ojos firmemente puestos en la oruga, y Mathilde se llevó la cámara a la cara con lentitud. Presionó el obturador con suavidad, tomando varias fotos de su absorto rostro; exuberantes esparragueras servían como telón de fondo, creando un vívido contraste entre el intenso color verde de las hojas y la rubia cabellera que coronaba la solemne carita de la pequeña. Se preguntó cómo se sentiría una al tener tan pocas preocupaciones en el mundo. No podía recordar ni una sola vez en la que no estuviera mirando constantemente por encima del hombro, a la espera de que un nuevo peligro inminente apareciera súbitamente en el horizonte.

Una voz a su espalda interrumpió sus pensamientos. Era Rachel, llamándola desde la puerta trasera de la casa:

—Mathilde, ¡ha llegado Oliver!

Se dirigió hacia allí precedida por Fleur, quien corrió a contarle a su madre que había encontrado una oruga.

Cuando Mathilde entró poco después en el salón principal junto a su hermana, quien portaba una bandeja con tazas de café y un paquete de galletas, el invitado ya estaba atareado con el tríptico, pero se incorporó al oírlas llegar y la saludó con una cálida sonrisa. Ella sintió que el estómago le daba un brinco de lo más extraño y no pudo reprimir una tímida sonrisa. Evitó deliberadamente sentarse junto a él en el sofá y optó por un sillón, pero, por suerte, él no dio indicación alguna de haber notado su reticencia y procedió a explicar de inmediato lo que había averiguado:

—Tengo excelentes novedades. El tríptico data de mediados o finales del siglo XVI, tal y como yo sospechaba. Se ha analizado la pintura, pero los resultados reflejan algunas anomalías porque algunas muestras tienen un componente químico distinto al de otras. Eso indica que las ilustraciones se realizaron en sitios distintos, es muy posible que en países distintos. Les he mostrado las fotos que tomé a varios expertos en arte medieval, pero ninguno de ellos ha reconocido el estilo. Es similar al del Bosco, pero, en cierto sentido, más cándido. Es posible que se trate de una copia o de un facsímil. Pero lo más interesante de todo es esto. —Oliver se levantó e indicó el escudo de armas situado en el centro de la parte superior del tríptico—. Este escudo de armas no pertenecía a vuestros antepasados ni a quienquiera que pintase esto, porque era de la soberana; de Isabel I, para ser precisos. Increíble, ¿verdad?

Rachel alzó una mano para interrumpirlo y exclamó, boquiabierta:

—Espera, ¿qué? ¿Estás diciendo que esto pertenecía a la reina? ¿Lo robaron y lo trajeron a Lutton Hall?

—Quién sabe. Si fue así y pudiera demostrarse, no hay duda de que el Gobierno lo reclamaría. Pero tendrían que demostrarlo; en caso contrario, es vuestro. Aunque el escudo de armas en sí es otro elemento que confirma que el tríptico pertenece a ese periodo. Si os parece bien, haré una limpieza rudimentaria, a ver si después podemos ver mejor lo que tenemos entre manos. Estoy en contacto con expertos de todo el mundo, así que es posible que recibamos más información. —Las miró esperando su respuesta.

—Sí, por supuesto —asintió Rachel—. ¿Y la placa funeraria que también estaba oculta?, ¿tienes algún dato sobre ella?

—Aún no, pero podríamos ir a examinarla más detenidamente otro día.

—Buena idea. En fin, ¿qué necesitas para limpiar?

Rachel se levantó, dispuesta a ir a buscar lo que hiciera falta, pero Oliver alzó una mano para detenerla.

—Tengo todo lo que necesito. —Indicó la bolsa de tela que tenía a sus pies—. Pero, si tenéis algunas toallas viejas, me vendrían bien. No quiero manchar nada. Aunque iré con mucho cuidado, así que seguro que no hago ningún estropicio.

Y hétela allí de nuevo, aquella sonrisa que hacía que Mathilde sintiera un extraño calorcillo bajándole por el cuerpo. Después del desastroso comienzo que había tenido su jornada, el pequeño respiro que había tenido gracias a Fleur y la actitud abiertamente amistosa de Oliver habían conseguido que su ánimo mejorara un poco.

Cuando Rachel se fue a preparar la comida acompañada de Fleur, Mathilde se sentó en el mismo sillón de antes, cruzó sus largas piernas y metió los pies bajo el cuerpo, a la espera de ver lo que salía a la luz gracias al proceso de limpieza del tríptico. Se sacó el móvil del bolsillo, buscó a Isabel I en la Wikipedia y se puso a leer lo que ponía sobre aquella reina que podría haber tenido algún tipo de conexión con su nuevo hogar. Sintió una ligera perturbación en el aire y se giró para ver si había alguna ventana abierta, pero todas estaban cerradas. Algo había alterado la atmósfera, una gélida sensación le recorrió los brazos y se los frotó con fuerza.

El tríptico reposaba ahora sobre la gran mesa chapada en nogal, que todavía estaba cubierta con un guardapolvo. Rachel había insistido en que estuviera bien protegida porque se trataba de una antigüedad, y la había cubierto también con un grueso paño de fieltro sobre el que Oliver había montado un caballete.

—Solo es una limpieza preliminar —explicó él—. Más adelante podrá llevarse a cabo una restauración profesional, una casa de subastas o un museo pueden encargarse de eso. Recuerda que no debes tocarlo, por favor. Las grasas y el sudor de las yemas de los dedos podrían dañarlo. El lugar donde llevaba tanto tiempo oculto ha ayudado a preservar los pigmentos de las pinturas, pero pronto empezará a degradarse. También es mejor que mantengáis cerradas las cortinas del salón cuando yo no esté aquí, para que tampoco lo dañe el sol.

Mathilde fue lanzándole alguna que otra mirada fugaz de vez en cuando mientras él trabajaba, los dos permanecieron en silencio. Se dio cuenta de que colocaba la lengua entre los dientes cuando estaba concentrado, y ese pequeño detalle la hizo sonreír; era un hábito que no tenía nada fuera de lo común, pero que le hacía más humano. En un momento dado, él alzó la mirada de repente al notar que estaba observándolo y sus ojos se encontraron. Ella sintió que el corazón iba a salírsele del pecho.

—Ven a ver.

Él dijo aquello con una sonrisa que dibujó unas arruguitas en las comisuras de sus ojos, los ojos del azul cielo más intenso que ella había visto en su vida. Como los que aparecían en las ilustraciones de los libros infantiles, pero que nunca encontrabas en la vida real.

—¿Seguro que no voy a estorbar? —Se sentía avergonzada porque la había pillado observándolo.

Habría querido salir a la carrera del salón, pero estaba demasiado interesada en la tarea que él tenía entre manos.

—Segurísimo. Pero quédate a cierta distancia detrás de mí, para no crear corriente si te mueves. No quiero que el aire arrastre alguna de las partículas que estoy intentando quitar a una sección que ya he limpiado.

Mathilde se levantó del sillón y fue rodeando el salón pasando entre los muebles, cubiertos aún por guardapolvos, hasta llegar a una de las ventanas; apoyada en el marco, observó por encima del hombro de Oliver mientras este pasaba un fino pincel por la superficie del cuadro con suma delicadeza.

Finalmente, él se puso de pie y le indicó que se acercara.

—He avanzado bastante. —Le mostró el panel de la izquierda, que ahora estaba considerablemente más claro que los otros dos—.

Pero hará falta una restauración en condiciones para mostrar los colores con su verdadera intensidad. Me parece que todas estas escenas están relacionadas, como si fuera el viaje de alguien.

Mathilde se acercó un poco más para poder verlo mejor. Era plenamente consciente del calor corporal de Oliver, del almizclado olor que exudaba mezclado con una cálida y especiada loción para después del afeitado.

—¿Has vivido aquí toda tu vida? —preguntó él, mientras se inclinaba hacia el tríptico y proseguía con su tarea—. Es una casa increíble, la verdad.

—*Non*, no.

Ella le explicó someramente lo que había ocurrido en las últimas semanas: le habló de la carta que la había llevado a aquella casa; de cómo había descubierto que lo que le habían dicho a su madre sobre el fallecimiento de su padre en Beirut no era cierto; de los años que él había pasado buscándolas, si ellas lo hubieran sabido…

—Madre mía, debe de ser difícil digerir todo eso. Debes de tener la cabeza hecha un lío. —Se giró ligeramente para que sus miradas se encontraran.

Ella sonrió y asintió.

—Una familia totalmente nueva y saber que aquí estaba la infancia que tendría que haber tenido, la que no pude vivir.

—¿Qué piensas hacer ahora?, ¿vas a quedarte a vivir aquí? —Oliver había reanudado la limpieza del tríptico mientras hablaba.

—No, aunque Rachel está deseándolo…, pero no, tengo que seguir viajando. Solo pasaré aquí el verano. —Mathilde hizo una pequeña pausa antes de continuar. Intentó cambiar de tema y, al mismo tiempo, distraerse de la atracción que sentía al tenerlo tan cerca—. ¿Qué más puedes decirme sobre el tríptico? ¿Tienes idea de qué artista lo pintó o de cómo llegó hasta aquí? —El aire reverberaba a su alrededor, se preguntó si él también lo notaba.

—Aún no. Y, para serte sincero, es posible que no lleguemos a saberlo nunca. Pero espero que podamos averiguar algo más una vez que esté bien limpio. Tengo que indagar más, puede que alguno de mis colegas de universidades extranjeras haya visto algo similar. Bueno, deja que lo cubra y que te eche una mano para cerrar las cortinas, tengo que irme ya.

Mathilde sintió una punzada de decepción al oír aquello, pero se recordó a sí misma que él solo estaba allí por el tríptico.

Cerrar las cortinas resultó ser una tarea difícil y los dos terminaron riendo mientras batallaban con ellas. Cuando el último par se cerró y el salón quedó sumido en la penumbra, Mathilde estuvo a punto de caer de bruces, pero Oliver detuvo la caída y la ayudó a enderezarse. Ella sintió el calor de sus manos abrasándole la piel, sus respetivos pechos estaban a un suspiro de distancia. Alzó la cabeza y él le sostuvo la mirada por un momento con aquellos ojos claros, pero entonces la soltó y exhaló una pequeña carcajada mientras se frotaba las manos en los pantalones.

—¡Menos mal que no tenéis que abrirlas y cerrarlas cada día! —Su voz sonaba ligeramente ronca, retrocedió un poco a toda prisa.

Había habido un relampagueo de atracción magnética entre ellos y Mathilde estaba segura de que él también lo había sentido.

Mucho después de cerrar la puerta principal y de que el sonido del coche de Oliver se desvaneciera, el acaloramiento seguía calando más y más hondo en su cuerpo.

22

Septiembre de 1584

Tom no se sorprendió cuando Walsingham lo mandó llamar a la mañana siguiente de su visita a la taberna. Llegó un paje con una nota donde se le indicaba que no acudiera a los habituales apartamentos de palacio, sino a la residencia familiar de los Walsingham en Seething Lane. De modo que partió hacia allí, sujetando firmemente en la mano un mapa que le había dibujado uno de los secretarios. Llevaba también una faltriquera llena de monedas para intentar comprar algo de vainilla en los almacenes de mercancías de los muelles de Queenhithe, ya que les quedaba de nuevo una cantidad escasa; aunque cuidaba con esmero las plantas que había traído consigo, había sido incapaz de hacerlas florecer. No tenía ni idea de cómo ni cuándo saldrían las flores, pero había algo que sabía con certeza: a menos que eso ocurriera, resultaría imposible cultivar las vainas negras repletas de semillas que producían ese cremoso y dulce sabor que ahora era tan preciado para los cortesanos y, por supuesto, para su majestad. Los deseos de la reina eran órdenes, eso era algo que él no había tardado en comprender.

El tiempo no había mejorado durante la noche e intentó caminar ceñido a los edificios para cobijarse bajo los salientes pisos superiores, pero, después de estar a punto de volcar un cubo de orines e inmundicia que aguardaba a que pasara el recolector nocturno de desechos, optó por ir por medio de la calle. No fue una decisión carente de riesgo: el caballo de un carro que transportaba agua, asustado por algún ruido que él no pudo oír, chocó con él al moverse bruscamente hacia un lado, por lo que no solo estuvo a punto de salir volando, sino que quedó empapado. Se percató de que la gente lo miraba con extrañeza y supuso que habían estado alertándole a gritos que se apartara. No era la primera vez que resultaba herido por no poder oír; todavía tenía una profunda cicatriz bajo el pelo, vestigio de cuando unas tejas se habían desprendido de un tejado y le habían caído encima. A menudo podía saber de antemano que iba a ocurrir algo gracias a la reacción de quienes lo rodeaban, pero eso no era posible si se encontraban tras él. Se frotó el hombro y, tras consultar de nuevo su mapa, pasó junto a la iglesia de San Olave y acortó por el cementerio. Se detuvo a beber del caño de plomo que había en el muro de la iglesia, donde la gente podía abastecerse de agua, y prosiguió entonces hacia Seething Lane, una calle amplia y arbolada. Knollys Inn se alzaba frente a él, aquella era una zona donde había menos gente y casas mucho más grandes; las enormes estructuras de roble estaban rellenas de majestuosos ladrillos rojizos, nada tenían que ver con los pálidos entramados de cañizo de las pequeñas y apiñadas viviendas de las zonas humildes. Tal y como sucedía en todas las ciudades, existía una gran brecha entre ricos y pobres.

No tardó en encontrar la residencia de Walsingham; como cabía esperar de un hombre de confianza de la Corona, se trataba de una mansión de aspecto señorial. Hugh le había explicado previamente que Ursula, la esposa de Walsingham, era hija de Cecil Burghley, el tesorero de la reina. Eso no le vendría nada mal al estatus social de nadie.

Las salas eran espaciosas y estaban razonablemente bien iluminadas, a pesar de lo pequeñas que eran las ventanas. Las tablas del suelo estaban alfombradas de paja y hierba seca; suntuosos tapices y coloridos cuadros de lo que parecían ser héroes de la mitología griega adornaban las paredes. Un sirviente lo condujo a un salón presidido por un enorme escritorio de ornamentada madera labrada. Dos de las paredes estaban cubiertas de estantes repletos de documentos, cartapacios y legajos; entre todos ellos había también algunos libros encuadernados en grueso cuero repujado, volúmenes que descansaban tumbados en los estantes como si alguien los hubiera dejado allí por un momento y no hubiera retomado su lectura…, alguien que estaba atareado con numerosos asuntos, un hombre cuya vida estaba consagrada a proteger a su soberana.

—¿*Y bien?* —le preguntó Walsingham, desde la maciza silla de madera situada tras su escritorio.

Tom se dio cuenta de que no tenía asiento donde aposentarse, así que se limitó a entregar el papel donde había escrito todo lo que había visto. Su intención inicial era redactar un informe detallado, pero, una vez que se había sentado junto a la pequeña lumbre de la botica con una pestilente vela de sebo, con la gélida ropa mojada pegada a la piel, estaba desesperado por escribirlo todo con la mayor celeridad posible. A lo largo de los años, su escritura se había vuelto similar a su lenguaje de señas: una palabra podía comunicar una frase entera, era un sistema mucho más condensado que el habla. Había recordado levantarse temprano y simplificarlo donde fuera necesario hasta conseguir un documento que pudiera ser comprendido por cualquiera, para poder presentarlo ante su nuevo superior.

—*Bien hecho* —dijo Walsingham, pronunciando las palabras pausadamente—. *Esta forma de escribir me resulta muy interesante y estoy complacido con vuestro trabajo. Tendré más tareas para vos en el futuro; por el momento, sin embargo, podéis retiraros.* —Rebuscó en un cofrecito de madera que tenía sobre el escritorio y le lanzó una moneda.

Tom la atrapó al vuelo antes de despedirse con la mano, y esperó a dar media vuelta antes de mirarla fugazmente. Era un cuarto de ángel, eso sí que lo compensaba por haber pasado la noche en una inmunda taberna y haberse visto obligado a caminar por las peligrosas calles bajo una lluvia helada. Sonrió para sus adentros y se dirigió a los almacenes donde Hugh le había sugerido que intentara comprar más vainilla.

Tom solo pudo encontrar una pequeña cantidad de vainilla. Pasó horas yendo de un comerciante a otro en los almacenes de los malolientes muelles, donde la inmundicia de las calles de Londres iba a desembocar al río. Al acercarse al Puente de Londres, con sus amplios arcos extendiéndose sobre el ancho río —los edificios de madera que se alzaban por encima eran tan altos que tuvo la impresión de que podrían desplomarse de un momento a otro, precipitándose hacia la fuerte y agitada corriente—, vio a unos guardias sacando un cadáver del agua. Al pasar por debajo de las cabezas ensartadas en picas, apartó la mirada de la cruenta escena: los pájaros habían dado buena cuenta de los ojos, dejando las cuencas vacías; la tirantez de la piel había dejado al descubierto los dientes, creando un rictus permanente. Después de presenciar la ejecución de Throckmorton y de que Hugh le explicara los peligros constantes que acechaban a la reina, entendía que Walsingham quisiera que los sangrientos restos de los conspiradores fueran exhibidos en las puertas de la ciudad o allí, en el puente, como advertencia disuasoria. No muy lejos de allí se encontraba la Puerta de los Traidores, la entrada de la Torre que nadie deseaba cruzar; casi nunca había viaje de retorno, y ver aquellas cabezas serviría sin duda para que los prisioneros recordaran lo que les deparaba el destino.

Un sol opaco intentaba por fin asomar entre las nubes, su luz se reflejó en la piedra caliza que tenía bajo sus pies y tuvo que entrecerrar los ojos, cegado por un momento. A juzgar por la posición del sol y por los gruñidos de sus propias tripas, ya había pasado la hora de comer y todavía debía encargarse de una tarea personal, una que sería mucho más placentera gracias a la moneda que llevaba en el bolsillo. Viró en dirección oeste y se encaminó hacia el prácticamente destruido chapitel de la Catedral de San Pablo, que había sido alcanzado por un rayo y ya no se alzaba por encima de los edificios circundantes.

Las calles de los alrededores de la gran catedral estaban muy concurridas. El hedor del mercado de pescado le revolvió el estómago, por lo que al final decidió no saciar su apetito con una empanada de carne. Siguió sin detenerse hasta llegar a la enorme plaza, que era un hervidero de actividad repleto de ajetreados encuadernadores, mujeres comprando, predicadores que leían tratados religiosos en voz alta con un celo y un fervor que resultaban evidentes sin necesidad de oírlos.

Permaneció ojo avizor mientras se abría paso entre el gentío; eran numerosos los pilluelos callejeros de piernas flacas y pies desnudos que circulaban entre la gente, a la espera de una oportunidad de hacerse con algo que pudiera ayudarlos a obtener su siguiente comida. Buena parte de las tiendas de la zona eran librerías e imprentas, pero estaba convencido de que encontraría allí lo que buscaba. Su estómago se negó a ser ignorado una vez que se alejó del olor a pescado, de modo que le compró una empanada caliente de carne a un vendedor ambulante y entonces enfiló por Paternoster Row, donde no tardó en ver una tienda que vendía tintas, plumas… y pinturas.

Para cuando Tom regresó a la botica, ya era media tarde y Hugh estaba ceñudo. No debía de sentirse nada complacido por la larga ausencia de su ayudante, sus músculos estaban visiblemente tensos mientras molía algo en el mortero. Las velas ardían bajo los frascos de cristal del alambique, donde hervía un líquido amarillento que desprendía un desagradable gas. Tom identificó al instante el olor a flores molidas de consuelda y aceite de enebro. Le mostró la escasa vainilla que había logrado comprar a Hugh, quien hizo una mueca ante aquella cantidad tan irrisoria. Era imperioso conseguir un cultivo propio, pensó Tom para sus adentros mientras se despojaba de su jubón. Se dirigió entonces a su habitación para dejarlo allí, junto con las pinturas que tenía en el bolsillo.

Una vez de vuelta en la botica, ayudó a verter en una jarrita de barro el líquido que Hugh acababa de preparar. Este tomó entonces la pequeña tablilla de notas que empleaban para comunicarse cuando no tenían a mano la de cera y no bastaba con leer los labios o emplear gestos, y escribió que Cordelia Annesley, una de las damas de la reina, estaba aquejada de una fuerte tos, y que Tom debía llevar el remedio a la sala recoleta. Hugh tenía frecuentes problemas de pulmón y había renunciado casi por completo a subir escaleras cuando podía mandar a su ágil ayudante a realizar la tarea. Tom no se molestaba por ello; de hecho, disfrutaba con la oportunidad de contemplar la lujosa opulencia de los salones reales, donde todo relucía. No era de extrañar que la reina estuviera mucho más cerca de Dios que sus súbditos.

Había estado anteriormente en la sala recoleta y sabía cómo llegar hasta allí. Pasó entre múltiples grupos de guardias apostados en los pasillos mientras se dirigía hacia los aposentos privados de la soberana. Nunca sabía con certeza si ella estaría presente, pero, por si acaso, sacó un trapo que llevaba en el bolsillo y se limpió la cara por si tenía algún resto de hollín o de mugre después de pasar la mañana recorriendo las calles.

Al llegar a la puerta de la sala, alzó la jarra para mostrársela a los dos guardias que custodiaban la puerta; sabedores de que no podía hablar, estos se limitaron a asentir antes de abrirle la puerta. Justo al pasar, vio que uno de ellos decía «el apotecario» y no pudo evitar sonreír y preguntarse qué opinaría Hugh al respecto; quizá, dado que este ya no se aventuraba a subir en los últimos tiempos, la gente no era consciente de que seguía trabajando para la reina.

Para su sorpresa, la sala no estaba ocupada por un grupo de damas bordando, tocando el laúd o disfrutando de una partida de naipes, tan solo se hallaban presentes dos mujeres. Dedujo que una de ellas debía de ser su paciente y, en efecto, la dama en cuestión tomó la medicina y se apresuró a retirarse por una puerta del fondo, dejándolo a solas con un guardia y con la otra dama, que permanecía sentada. La mujer más hermosa de palacio…, no, ¡de toda Inglaterra! En su rostro se dibujó una pequeña sonrisa mientras contemplaba a Isabel, sus ojos se iluminaron de dicha. Habría querido permanecer allí durante horas, mirándola, pero ya había entregado la medicina y sabía que el guardia estaba esperando a que se retirara. Se despidió con una profunda reverencia de Isabel —quien había permanecido totalmente impasible a pesar del brillo chispeante de sus ojos y respondió a su vez con una ligera inclinación de cabeza—, y procedió entonces a salir de la sala con el corazón palpitándole con fuerza en el pecho.

El pasillo que minutos antes estaba silencioso y desierto se había convertido en un hervidero de actividad. Habían aparecido numerosos cortesanos que, cual pavos reales, revoloteaban de acá para allá con sus ostentosos atuendos: jubones de damasco y seda en vistosos colores; mangas abullonadas con acuchillados por los que asomaban los forros, aportando un contraste de tonalidades; los blancos cuellos de lechuguilla recién almidonados. Él estaba preguntándose qué habría llevado semejante bandada de caballeros a un lugar que estaba desierto poco antes cuando el motivo quedó patente: los recién llegados se apartaron a ambos lados e hincaron una rodilla en el suelo para dar paso a la reina, quien avanzaba por el pasillo.

Caminaba despacio, sosegadamente, como si Dios estuviera observando cada uno de sus movimientos. Como si estuviera siendo escudriñada y debiera mostrarse sin tacha alguna ante sus súbditos y su Dios. Su mano, adornada con varios anillos (cada uno de ellos con una gran piedra preciosa engarzada), reposaba en el brazo extendido del conde de Leicester, quien la acompañaba; un elaborado y tupido bordado adornaba su túnica, una prenda dorada incrustada de tal cantidad de pequeñas y rutilantes joyas que evocaba los verdes terrenos reales por la mañana: reluciendo bajo la luz del amanecer, poco menos que cegadores, con una pesada capa de escarcha decorando hasta la última hoja y flor de invierno. Tom permaneció inclinado junto con los demás a su paso, sintiendo de forma casi palpable cómo contenían el aliento quienes lo rodeaban; por un lado, desearía no pasar desapercibido, pero estaba totalmente deslumbrado. Alzó ligeramente los ojos y vio pasar de largo los escarpines de seda de la soberana, decorados con perlas y bordados con hilos de oro.

Esa noche, después de cenar, Tom recogió rápidamente los restos de la esclarea con la que había estado preparando un ungüento para el ojo de uno de los mozos de cocina, que apenas podía ver por él debido a lo hinchada que tenía la cara. No había anochecido aún y tenía intención de añadir una escena nueva a su tríptico. Sabía con exactitud lo que quería plasmar: la belleza de cierta dama que le había arrebatado el corazón.

Se puso a limpiar la mesa de trabajo con un cepillo de áspero pelo de caballo, y no se dio cuenta de que no estaba solo hasta que una pequeña y blanca mano se posó en su manga para detenerle el brazo. Soltó el cepillo, sobresaltado, y al volverse la vio allí, como si pensar en ella hubiera servido para materializarla. Los ojos de *lady* Isabel, aquellos ojos de un suave color lila enmarcados por unas espesas pestañas oscuras, lo miraban chispeantes.

—*Me resulta muy difícil hablar cuando hay otras personas presentes* —dijo ella—. *Y nuestros caminos no se cruzan con frecuencia en los apartamentos reales.*

Tom asintió, aunque no entendía por qué había acudido a verlo para explicar lo que él ya sabía. La amargura por la situación de ambos era como una dura piedra que estaba alojada en su pecho a toda hora y le impedía respirar. El espacio que separaba sus respectivas vidas era vasto, aunque cada vez estaba más convencido de que la atracción que sentía era recíproca. Las siguientes palabras de ella confirmaron sus sospechas y avivaron la llamita de esperanza que albergaba en su corazón.

—*Encontrémonos mañana en el jardín, a las nueve de la noche. ¿Os parece bien?*

Tom la miró sorprendido, pero asintió.

—*Habrá oscurecido lo suficiente para evitar ser vistos por la guardia nocturna. Podremos estar a solas.* —Ella había estado aferrando las manos de Tom con las suyas y, después de apretárselas una última vez, se marchó sin más.

El aroma a agua de rosas que dejó tras de sí era la única indicación de su presencia y Tom se apoyó en la mesa mientras permanecía allí, desconcertado, con la mirada puesta en el vacío umbral de la puerta. Los dos sabían que cualquier posible relación entre ellos era inapropiada e imposible y, sin embargo, *lady* Isabel había buscado la forma de que tuvieran un encuentro. Él no le veía futuro alguno a aquella situación, pero eso le traía sin cuidado en ese momento. Tenía claro que acudiría al jardín a esperarla.

Todavía disponía de tiempo para comenzar a añadir una nueva escena a su tríptico con las pinturas que había comprado, así que, mientras el sol empezaba a descender hacia el horizonte más allá de la ventana, encendió varias velas y se puso manos a la obra.

Eran tantas las cosas que quería plasmar…: lo acontecido desde su llegada a la corte, el nuevo papel que desempeñaba, las tareas que ahora querían que llevara a cabo; aunque debía expresarlo con vaguedad por si su obra llegaba a ser descubierta algún día, ya que la reina tenía enemigos que habían pasado a ser suyos ahora que llevaba a cabo labores de espionaje para ella; aun así, su obra era un relato pictórico de su propia vida y era importante incluirlo todo. Jamás podría contarle a nadie sus vivencias, así que aquella era la mejor forma de dejarlas plasmadas.

Entonces pensó en cierta joven dama en cuya compañía había estado escasos minutos atrás, y una sonrisa iluminó su rostro. Abrió su caja de pinturas, seleccionó algunos colores y se puso a pintar.

23

Junio de 2021

Mathilde no acababa de entender las emociones que Oliver había despertado en su interior, y pasó el resto del día sin poder concentrarse en nada. Previamente había tenido algunas aventuras pasajeras, ya que su vida errante se prestaba a relaciones breves que podía dar por terminadas antes de que fuera el hombre en cuestión quien lo hiciera. No permitía que se creara una cercanía con nadie.

Tras una cena tardía acompañada de una botella de vino, Rachel y ella decidieron ver una película. Después, cuando aparecieron los títulos de crédito, su hermana subió a acostarse sin dejar de rezongar sobre el final tan implausible y ella optó por ir a prepararse una bebida caliente.

Calentó leche en un cazo, la vertió en una taza justo antes de que arrancara a hervir, raspó el interior de la vaina de vainilla que había sacado del tarro que tenía en el alféizar de la ventana, y añadió las semillas a la taza junto con un poco de miel. Esta última la había encontrado en la despensa y era de esas de producción industrial que vendían en los supermercados, no tenía nada que ver con el denso y glutinoso néctar dorado que compraba en Francia en mesas colocadas a la entrada de alguna finca. Aquella no tenía el aroma de un cálido y dulce heno, de unas flores de lino que evocaban a unas rechonchas y satisfechas abejas bien saciadas de polen.

Taza en mano, salió de la cocina en dirección a la escalera para subir a su habitación, pero se detuvo por un momento en la entrada del pequeño vestíbulo adyacente al pasillo que conducía a las salas para ocasiones formales.

De forma impulsiva, abrió la puerta del salón principal y la dejó de par en par, de modo que entrara la luz del pasillo y no hubiera necesidad de encender la lámpara. Los muebles se alzaban en la penumbra cubiertos por los guardapolvos, proyectando fantasmagóricas sombras en el suelo y las paredes.

Se acercó al tríptico y permaneció a unos pasos de distancia para verlo más claramente bajo el tenue resplandor que se había permitido como única iluminación. La anticuada bombilla del pasillo lo bañaba con pálidos haces de luz. Ya había examinado el panel izquierdo con Oliver horas antes y dirigió su atención al del centro, evitando en todo momento poner la mirada en el tercero. A ser posible, no tenía intención de examinarlo jamás por muy interesado que estuviera Oliver en él. Estar frente a las llamas que se plasmaban allí bastaba para hacerla temblar de miedo…, le ardían los pulmones, le escocían los ojos y se le aceleraba la respiración, la imagen revolvía recuerdos que tenía enterrados en lo más hondo de su ser.

De modo que optó por centrarse en un grupo de escenas situadas en la esquina superior derecha del panel central. Había un palacio de pálida piedra caliza con torres y multitud de ventanas, se parecía a un *château* que había visto de niña y se preguntó si, al igual que ella misma, aquella obra tendría su origen en Francia. Eso explicaría las escenas de una travesía por mar. Junto al palacio aparecía una mujer joven de la que solo se mostraban la cabeza y los hombros, y se sintió atraída de inmediato por ella. El artista la había captado volviéndose hacia él y solo se veía la mitad de su cara, pero estaba sonriendo y sus ojos eran de un color lila vibrante e inusual. Oliver tenía razón al decir que los colores se habían preservado increíblemente bien gracias a que el tríptico había permanecido oculto tras el panel de la iglesia (en cuanto a los motivos por los que estaba allí, seguían siendo un misterio). No pudo evitar devolverle la sonrisa a la joven mujer, en cuyos ojos había una mirada cálida y amorosa que emergía del cuadro y cautivaba a quien la veía.

Bebió un sorbito de su taza de leche, que ya empezaba a enfriarse, y se dio la vuelta con intención de dirigirse a su habitación. Estaba recorriendo con la mirada el resto de la sala cuando vio una silueta en la oscuridad de un rincón; más negra, más sólida que las sombras en las que moraba. Parpadeó y volvió a mirar, pero, fuera lo que fuese lo que acababa de ver —o lo que creía haber visto—, se había esfumado. No quiso esperar a ver qué —o quién— más estaba allí con ella y se marchó tan rápido como pudo, procurando no derramar la leche. Corrió escalera arriba, subiendo los escalones de dos en dos.

La leche caliente tuvo el efecto deseado y, a pesar de la adrenalina, logró autoconvencerse de que lo que había creído ver no habían sido más que imaginaciones suyas después de un largo día. Se preguntó si su padre estaría intentando hacerle saber que todo estaba bien, intentando decirle que no se preocupara. Su madre siempre había sentido un gran respeto hacia lo que ella llamaba *les esprits*, el fino velo entre los vivos y los muertos. Se tumbó bocarriba en la cama y contempló el techo, a la espera de que la venciera el sueño.

Estaba parada entre las sombras de una gran sala iluminada por centenares de velas y llena de gente. Tenía miedo, los latidos atronadores de su corazón reverberaban por todo su cuerpo. Olía a humo, la sensación era opresiva y la empeoraba aún más aquel silencio absoluto que ahora le resultaba tan familiar. Sentía el movimiento de su propio pecho al respirar hondo y exhalar el aire, pero no hacía sonido alguno. Sostenía en la mano una jarra de cerveza. Tenía los ojos puestos en dos hombres sentados frente a ella en una tarima: uno era un caballero delgado y de tez oscura que vestía un jubón negro y un gorro del mismo color, con una gorguera blanca alrededor del cuello que aportaba el único toque claro; estaba diciéndole algo al caballero que estaba sentado junto a él, uno alto y atractivo de constitución recia y cabello oscuro. Se encontraban al fondo de la cavernosa sala repleta de gente sentada tras largas mesas de madera, comiendo. Aunque no oía la conversación de los dos hombres ni ningún otro sonido, sabía lo que estaban hablando.

Sus ojos viajaron entonces hacia la mujer que estaba sentada junto al hombre de pelo oscuro, una dama delgada y pelirroja de tez clara que mantenía la espalda bien erguida y cuyo vestido parecía estar incrustado de lo que parecían ser miles de gemas que relucían bajo la luz de las velas. La mujer giró la cabeza, sus miradas se encontraron por un momento... Despertó sobresaltada y se enderezó de golpe en la cama, todo en un mismo movimiento.

Bajó los pies al suelo y permaneció sentada en el borde de la cama, dejando que el frío del suelo le subiera por las piernas para cerciorarse de que estaba despierta. En el mismo instante en que su mirada se había encontrado con la de aquella mujer, se había dado cuenta de que estaba mirando a la reina Isabel I. Se recordó a sí misma que solo había sido un sueño, pero la desconcertaba que hubiera parecido tan real; más aún, ¿cómo era posible que hubiera entendido lo que hablaban los dos hombres si no estaba lo bastante cerca ni oía sonido alguno? Pero los sueños no eran más que el cerebro asimilando lo ocurrido a lo largo del día, ¿verdad? Solo eso. Las personas del tríptico vestían de forma similar a las de su sueño, así que tenía sentido.

Se tumbó de nuevo en la cama y se cubrió la cara con las manos. Le habría gustado bajar a prepararse otra taza de leche, pero prefería no deambular por la casa en la oscuridad después de lo ocurrido en el salón.

Mathilde despertó temprano después de unas horas escasas de sueño inquieto; después de vestirse y de desayunar unas tostadas a toda prisa, salió por la puerta trasera y rodeó la casa en dirección a su autocaravana. No vio a Rachel ni a Fleur. La televisión estaba silenciosa y enfurruñada al ver que la niña no había puesto aún los estridentes dibujos animados que solían tenerla pegada a la pantalla, aquellos tan extraños donde unos animales luchaban contra el crimen.

Los juncos asomaban en la distancia por encima de la espectral capa de niebla que cubría la ciénaga, parecían estar suspendidos en el aire. Prometía ser un día caluroso. Encendió el motor de su autocaravana con nerviosismo, porque no estaba segura de si arrancaría después de pasar dos semanas inmóvil. Se sintió aliviada cuando soltó un pequeño restallido y cobró vida. Tenía que alejarse de aquella casa.

Recordó que había decidido conseguir un propagador o algún tipo de invernadero portátil, y salió rumbo a un vivero que había visto en las afueras de Fakenham el día de la reunión con el señor Murray. Llegó justo cuando estaban abriendo, y al ver la miríada de modelos disponibles no supo cuál elegir. Sus techos de cristal reflejaban el sol y tuvo que entornar los ojos mientras permanecía allí plantada, intentando decidirse. De pronto oyó una voz a su espalda.

—¿No tienes ya espacio suficiente en esa casa enorme?

Se volvió y se encontró cara a cara con Oliver. Sonreía de oreja a oreja y tenía los ojos risueños, como si sus propias palabras le hubieran hecho gracia, y ella le devolvió la sonrisa mientras sentía que se le aceleraba el corazón. ¿Cuándo había sentido semejante oleada de placer al ver a otro ser humano? Nunca, al menos que ella recordara (y mucho menos desde la muerte de su madre, claro). Su propia reacción la desconcertaba, pero era innegable. Tenía las mejillas encendidas de placer, esperaba al menos no estar tan ruborizada como se sentía.

—Sí, dentro de la casa hay espacio de sobra, pero en el exterior tengo plantas que no sobrevivirán a un verano inglés.

—¡Pero si hace un tiempo fantástico! —Él extendió los brazos como si quisiera recoger la luz matutina y mostrársela—. No siempre tenemos veranos tan buenos.

—Sí, esto es agradable, pero tú mismo acabas de admitir que puede que no dure mucho. Tengo que proteger algunas de mis plantas, solo necesito algo pequeño que me dure hasta el otoño.

Hala, ya lo había dicho. Se había asegurado de que Oliver no olvidara que su estancia allí no era más que un paréntesis temporal, aunque la verdad era que debía recordárselo a sí misma tanto como a él. En cuanto las hojas de los árboles empezaran a caer al suelo, ella estaría navegando de nuevo a bordo de un ferri para retomar su vida itinerante, esa en la que no le debía nada a nadie y le bastaba con confiar en sí misma, en sus propios instintos. Una vida en la que podía ser autosuficiente y sentirse segura.

—¿Por cuál vas a decidirte?

Oliver había hecho una pequeña pausa antes de añadir aquello, como si no hubiera oído lo que ella acababa de decir…, aunque estaba claro que lo había oído perfectamente.

—Este no está mal. —Mathilde indicó un invernadero adosado de plástico que podía construirse contra una pared—. Puedo poner ladrillos o piedras en la base para sujetarlo bien, hay un montón por los terrenos. Lo dejaré allí cuando me vaya. —Muy bien, había soltado otra indirecta sutil. Aunque no había sido precisamente sutil, la verdad.

Oliver cogió el paquete que contenía el invernadero plegado y se encargó de llevarlo hasta una de las cajas. Mathilde estaba pagando cuando se dio cuenta de que él no llevaba ninguna compra.

—No has comprado nada —le dijo.

Él se llevó una mano a la cabeza.

—¡Se me ha olvidado! Te llevo esto a la autocaravana y vuelvo. Quería una planta para mi abuela, después voy a ir a visitarla a la residencia donde vive. Le encantan los pelargonios y los que cultivan en este vivero están muy bien, por eso he venido. ¿Quieres que te ayude a montar esto? Podría dejarme caer por tu casa después de comprar la planta, y echarte una mano.

—Gracias, me vendría muy bien.

Mathilde supuso que lo de «dejarse caer» no era en sentido literal y dedujo el significado por el contexto general de sus palabras. Por mucho que su vocecita interior le advirtiera que aquello no era buena idea, por mucho que le recordara que no iba a quedarse a vivir allí, no podía reprimir las ganas de volver a verlo.

Él contempló el interior de la autocaravana con cara de sorpresa después de depositar allí el paquete.

—Vaya, ¡no sabía que esto estuviera tan bien montado! —Indicó la cama adosada, así como los armarios de madera y los estantes donde ella lo almacenaba todo durante sus viajes.

Menos mal que había quitado algunos cojines y toallas de en medio, y que la cama no era el habitual barullo de sábanas y colcha. Todo estaba mucho más ordenado que de costumbre.

—Aquí es donde vivo. —Lo dijo como si aquello fuera explicación suficiente y cerró las puertas sin contemplaciones.

Se marchó en la autocaravana después de quedar con él en verse en la casa; para cuando se dio cuenta de la sonrisa tontorrona que había tenido en la cara todo el rato, ya estaba a medio camino de allí. No solo iba a contar con algo de ayuda para montar el invernadero (lo que le vendría muy bien, ya que las instrucciones estarían en inglés), sino que también iba a poder hablar con él sobre los sueños que estaba teniendo. Y sobre la incómoda sensación que tenía a veces de que alguien la observaba, aunque... ¿la observaba o estaba intentando decirle algo? No habría sabido decirlo con certeza, pero era una sensación que la ponía nerviosa.

Cuando llegó a la casa, Rachel y Fleur estaban jugando en el jardín con un bate de críquet y una pelota.

—¿A dónde has ido? —le preguntó su hermana.

—A comprar un pequeño invernadero para mis plantas. —Mathilde oyó el sonido de ruedas sobre la grava y añadió—: Me he encontrado a Oliver en el vivero, se ha ofrecido a venir a ayudarme.

—Después te enseñaré dónde están guardadas las herramientas de jardinería de papá, a él le habría encantado que las usaras.

Mathilde sintió en los ojos el escozor de las lágrimas y contestó, con una emocionada sonrisa:

—Gracias, me encantaría.

Mathilde y Oliver tardaron una hora escasa en montar las piezas y colocar la cubierta de plástico transparente, y entonces colocaron la estructura pegada a la pared posterior del establo y aseguraron la base con piedras y trozos de pedernal; una vez completada la tarea, ella fue a por sus plantas de vainilla y las colocó en el interior del invernadero.

—Ah, ¿estas son las flores demasiado valiosas como para depender de nuestro sol inglés? —Oliver se agachó para verlas mejor y deslizó los dedos por las lustrosas hojas.

—Sí. Vainilla, un tipo de orquídea. Originaria de México, así que necesita mucho calor. Estas están floreciendo tarde, no ha hecho suficiente calor para ellas. Mira, ¿ves los pequeños brotes que hay aquí? Cuando se abran, tendré que juntar las flores para que germinen y crezcan las vainas. A las abejas europeas no les gustan, así que hay que hacerlo manualmente.

—Qué cosa tan rara —comentó él, observándolas con detenimiento—. Qué increíble puede ser a veces el mundo vegetal, ¿verdad?

—Sí. Me encanta estar aquí, en el huerto de mi padre. —Mathilde indicó con un amplio gesto el huerto lleno de maleza que se extendía ante ellos—. Pensar que todas estas plantas comenzaron siendo unas semillas que él cuidó para que crecieran y se hicieran altas y fuertes.

—Tal y como habría hecho contigo si te hubiera encontrado, ¿verdad? —dijo él con voz suave—. De pequeño, pasé horas ayudando a mi abuelo en el jardín. Mi abuela y él vivían en la costa de Norfolk, mis hermanos y yo pasábamos los veranos allí. Cuando tuvimos edad suficiente, nuestros padres nos dejaban allí y solo venían a vernos los fines de semana. Campábamos a nuestras anchas, a veces desaparecíamos el día entero. —Se rio para sí al recordar aquellos tiempos—. Podíamos pasear por la playa, ir a ver las focas. ¡Qué tiempos aquellos! A menudo me quedaba a trabajar con mi abuelo en el huerto y el jardín, ayudando con lo que hiciera falta. No hay nada como el olor de la tierra recién cavada, ¿verdad?

—Parece que tuviste una infancia preciosa. —La voz de Mathilde se quebró ligeramente—. Yo no he tenido nunca un terreno donde poder cultivar plantas sabiendo que voy a quedarme el tiempo suficiente para verlas crecer, para recoger las flores o comer las hortalizas.

—Pero ahora sí que lo tienes. Si no te marchas después del verano, puedes cultivar tus propias plantas y ayudarlas a crecer. ¿Por qué no te lo planteas? Sabes que Rachel está deseando que te quedes.

Mathilde contuvo el aliento y le sostuvo la mirada mientras él le pasaba un brazo por los hombros y la acercaba a su cuerpo. La apretó por un momento contra su pecho y ella notó bajo la mejilla los fuertes y constantes latidos de su corazón; se sintió a salvo, segura. Le

147

parecía notar el roce de sus labios en el pelo, pero él debió de pensar que acababa de pasarse de la raya porque se apartó de ella y le frotó enérgicamente la parte superior de los brazos antes de soltarla.

—Eh… ¿Quieres un café o un vaso de agua? —dijo ella, cambiando de tema a toda prisa. Se frotó los pantalones con las manos y bajó la mirada al suelo; aunque le ardían las orejas, sentía un frío y un vacío muy extraños ahora que no la rodeaban sus fuertes brazos.

—Sí, por favor. Algo bien frío. —No mostraba ni una pizca de la incomodidad que estaba sintiendo ella—. ¿Podría volver a examinar de cerca tu tríptico? Tengo mi monóculo en el coche.

—*Oui*, claro, por supuesto. —Era la excusa perfecta para tenerlo allí un ratito más. Todavía no le había contado lo de sus sueños y quería evitar que se marchara de inmediato para ir a ver a su abuela.

Una vez que entraron en la casa, Mathilde llevó las bebidas al salón donde estaba el tríptico y abrió un poco las ventanas. Las motas de polvo que se habían alzado en el aire quedaron iluminadas por el haz de luz, inundando la sala como champán brotando de una botella agitada, y se alegró de haber tenido la precaución de cubrir el tríptico con un guardapolvo para evitar que se ensuciara.

—Es realmente increíble —dijo Oliver. Estaba inclinado sobre el panel de la izquierda, examinando la miríada de escenas.

—Tuve un sueño extraño relacionado con él. —Lo soltó sin más, no sabía cómo explicárselo sin que sonara a idiotez—. Más de uno, de hecho. Cada vez es como si reviviera una de las escenas del tríptico. —Indicó la del barco—. Esta de aquí, por ejemplo. Fue como cuando vine de Francia en el ferri, pero estaba navegando en un barco antiguo como este. Y anoche estaba en un palacio como este, observando a unas personas. Todo estaba en silencio y vi a tu reina, a Isabel I, y ella me miró a mí. —Sonaba absurdo incluso a sus propios oídos y no quiso mencionar el primer sueño que había tenido, el del agujero negro y desolador que aparecía en la esquina superior del primer panel. La recorrió un estremecimiento—. Y anoche me pareció ver un fantasma aquí mismo, mientras estaba viendo el cuadro.

Oliver se enderezó y se volvió a mirarla.

—Todo el mundo tiene sueños raros de vez en cuando, pero la mayoría de la gente no ve fantasmas. Cuéntame más.

Mathilde le relató lo que había pasado la noche anterior; mientras lo hacía, se dio cuenta de lo implausible que sonaba todo. Él debía de estar pensando que era una extranjera histérica que se imaginaba cosas. Por el amor de Dios, ¿por qué estaba intentando explicarle hasta qué punto la había asustado aquel sueño? ¡Si ni siquiera tenía las palabras adecuadas en inglés para describir cómo se había sentido! Aterrada, viéndose arrastrada a un mundo que parecía tan real como aquel en el que vivía. Quizá fuera mejor que no pudiera explicarse bien, así no corría el riesgo de que él no quisiera volver a verla nunca más.

—Lo más probable es que haya una explicación para lo que viste —le aseguró él—, aunque mucha gente cree en los fantasmas. Puede que los sueños sean el resultado de toda la agitación emocional que tienes encima últimamente. Descubrir a una familia que ni sabías que existía, saber que tu padre no falleció años atrás, heredar una casa de repente. Todo esto está a años luz de la vida a la que estás acostumbrada, es normal que te pase factura.

Mathilde asintió pensativa, sin apartar los ojos del cuadro que tenía frente a ella. Sabía lo que había visto, no había sido cosa de su imaginación. Y estaba convencida de que los sueños que había tenido estaban relacionados con las inquietantes sensaciones que percibía en aquella casa. Alguien o algo estaba intentando comunicarse con ella, explicarle algo. Y estaba relacionado con el tríptico.

Los dos hicieron ademán de terminar de echar hacia atrás el guardapolvo al mismo tiempo, y las manos de ambos se rozaron por un instante. Ella apartó la suya como si se hubiera quemado, se la metió en el bolsillo y dejó que él llevara a cabo la tarea. Aquel hombre la descolocaba, pero no podía evitar gravitar hacia él: era una polilla que danzaba hacia la brillante luz que él irradiaba.

24

Octubre de 1584

Tom estaba esperando en el jardín, tal y como se le había indicado. El aire estaba quieto, la oscuridad lo envolvía como un manto. Estaba inmóvil con la espalda apretada contra uno de los muros de palacio, atento a cualquier posible movimiento, girando la cabeza de un lado a otro mientras sus ojos escudriñaban los jardines que se extendían ante él. No sabía si se trataría de alguna especie de trampa, especialmente después de realizar su misión de espionaje, y quería ver si se acercaba alguien.

Varios minutos después atisbó una silueta oscura que cruzaba lentamente el jardín. La luna estaba situada por detrás del edificio y le permitía ver los movimientos de aquella persona: daba pasos cortos y ligeros, avanzando con suma cautela. Una suave brisa nocturna trajo consigo el aroma a rosas y flores de manzano, y supo al instante que se trataba de ella. Salió de su escondrijo, pateando deliberadamente las piedras del suelo para alertarla de su presencia.

En cuestión de segundos estuvieron frente a frente. Alcanzaba a distinguir apenas la silueta de sus facciones en la penumbra, vio cómo sus labios esbozaban una sonrisa y se movían al hablar. Ella tomó su mano, tenía una piel cálida y suave como el terciopelo. Tom no veía lo bastante bien como para comprender lo que ella estaba diciéndole; aunque hubiera llevado consigo una vela, sería demasiado peligroso encenderla, ya que cualquiera podría descubrir aquel encuentro clandestino. Negó con la cabeza. No podía descifrar las palabras que pronunciaban sus labios y, aunque ella había empezado a mover también las manos, seguía sin poder entenderla. Asintió cuando ella se señaló a sí misma antes de señalarlo a él, pero la siguiente parte de la explicación parecía consistir en movimientos de brazo sin sentido alguno junto con lo que fuera que estaba diciéndole. Sintiéndose frustrado, se encogió de hombros, extendió los brazos, sacudió la cabeza y señaló el oscuro cielo, tachonado ahora de las primeras estrellas de la noche; en el horizonte, una fina franja anaranjada se aferraba aún a los rescoldos del día. Quizá no hubiera sido tan buena idea que el encuentro se produjera en el exterior a aquella hora crepuscular. No sabía si ella le habría entendido, ya que no podía verle la boca.

Ella agachó la cabeza y la sacudió con lentitud por un momento, y entonces le dio un abrazo y se marchó sin más. Tom aguardó allí durante media hora, preguntándose si aparecería de nuevo, hasta que se dio cuenta de que su espera era en vano. Regresó a la puerta lateral por la que había salido con sigilo a los jardines, volvió a su habitación, se sentó en la cama y apoyó la cabeza en las manos. Su sordera había vuelto a arrebatarle algo especial. Dudaba mucho que ella le lanzara sonrisas o cálidas miradas cuando sus caminos se cruzaran de nuevo. No había cambiado nada. Puede que su buen físico y su apostura le granjearan la sonrisa de alguna muchacha bonita, pero, en cuanto esta se percataba del arduo trabajo que suponía intentar comunicarse con alguien que no podía oír ni hablar, terminaba por desaparecer como la niebla matutina. Estaba destinado a permanecer solo para siempre.

Despertó a la mañana siguiente con dolor de cabeza, había dormido de mal talante y con el ceño fruncido. Se dirigió con esfuerzo a la botica, donde avivó las llamas de la lumbre y procedió a prepararse una tisana de matricaria y manzanilla para aliviar el dolor. En un momento dado, Hugh llegó con algo de pan y queso junto con un plato de fruta y una jarra de cerveza, y se limitó a depositarlo todo en el suelo junto a él tras lanzar una breve mirada a su sombrío semblante.

Consciente de que no podía pasar el día entero lamentándose del catastrófico encuentro del día anterior, Tom dio buena cuenta del desayuno que le había llevado Hugh antes de ponerse en pie. Procedió entonces a ayudar en la preparación de un ungüento destinado a aliviar las llagas de una dama que estaba postrada en cama debido a su avanzada edad, y que tiempo atrás había sido una de las damas de la reina.

Estaba tan atareado trabajando, machacando las hierbas para conseguir una pasta sin grumos, que no se percató de la presencia de Isabel en el umbral de la puerta. Estaba absorto en su trabajo, con las mangas subidas y dejando al descubierto unos musculosos antebrazos tensados por el esfuerzo que estaba realizando, y ella apareció súbitamente allí, junto a la mesa de trabajo, un poco inclinada hacia delante para aparecer en su campo de visión. Sobresaltado y ligeramente horrorizado, retrocedió a toda prisa y se inclinó ante ella de forma automática. ¿Acaso había acudido a burlarse o a advertirle que no volviera a acercarse a ella tras la embarazosa situación del día anterior?

Su corazón empezó a serenarse un poco al ver que ella estaba mirándolo sonriente. Centró su atención en sus perfectos labios rosados cuando ella empezó a hablar pausadamente.

—*No creo que un encuentro nocturno sea beneficioso para nosotros.* —Se dio cuenta de que él no parecía entender la palabra «beneficioso» y buscó una alternativa—. *Útil.*

Tom asintió y aguardó a que ella dijera que debían mantenerse alejados el uno del otro. Que los cauces de sus respectivas vidas debían mantenerse bien alejados, tal y como dictaban sus respectivos rangos.

—*Quizá podríamos intentar encontrarnos al amanecer* —propuso ella—. *¿Mañana en el mismo sitio?*

Estaba tan atónito ante semejante giro de los acontecimientos que solo pudo asentir con deleite, intentando no parecer entusiasta en exceso. Pero esperaba que ella viera brillar en sus ojos el placer que sentía al saberla dispuesta a correr el riesgo de tener otro encuentro con él.

—*Hasta mañana, entonces.* —Dio media vuelta y se fue con rapidez tras pronunciar aquellas palabras.

Tom la vio alejarse con la cabeza bien alta y la espalda erguida por el pasillo. Arrastraba tras de sí la pequeña cola de su vestido, una suntuosa prenda de color burdeos adornada con un tupido bordado. Tenía los andares de una mujer segura y fuerte, que vivía sin dudas ni titubeos.

Prosiguió con su trabajo, pero una amplia sonrisa iluminaba ahora su rostro. Hugh había salido de la botica en cuanto había llegado Isabel, como si hubiera recibido alguna indicación secreta que al propio Tom le había pasado desapercibida, pero regresó poco después y lo miró con las cejas enarcadas en un claro gesto interrogante. Él se limitó a mover la cabeza de lado a lado lentamente, indicando que no quería —o no podía— dar explicaciones.

25

Julio de 2021

Saboreando el fresco aire matutino, Mathilde caminaba a través de los campos en dirección a la ciénaga y al río que discurría más allá. El suelo empezaba a tener una ligera pendiente, la hierba cada vez era más basta. A su izquierda veía la distante granja de Alice y Jack, alzándose entre prados, custodiando todo lo acontecido en el pasado; bajo su tosco tejado, los tragaluces parecían oscuros y suspicaces ojos contemplando el transcurrir de la vida. Mathilde alzó su omnipresente cámara y tomó una fotografía tras otra, con el pálido cielo azul como perfecto telón de fondo. Le pareció ver un movimiento tras una de las ventanas, pero supuso que no era más que el reflejo de un roble que danzaba bajo el viento frente a la casa.

Se detuvo al borde del juncal y se puso en cuclillas, la hierba de aquella zona estaba húmeda y no quería arrodillarse en ella. Aquel era su último par de vaqueros limpios y todavía no le había pedido a Rachel que le enseñara a usar la lavadora, una antiquísima que permanecía agazapada en un rincón del cuartito auxiliar anexo a la cocina. Emitía un ruido estrepitoso cuando llegaba al centrifugado, unos fuertes ruidos giratorios y golpeteos que habrían hecho que su madre se encogiera de miedo y se cubriera la cabeza con los brazos; por suerte, se habían ido de Beirut cuando ella todavía era muy pequeña y no recordaba los sonidos de la guerra.

Sus pensamientos se vieron interrumpidos por un pájaro que trinó entre los altos juncos que se alzaban ante ella. Tendría que apartarlos un poco para poder ver el río, aunque se oía alguna que otra salpicadura en el agua que la hizo sospechar que podría tratarse de un pájaro o un animalillo disfrutando de su apartada y segura vida... Aislado, oculto de depredadores dispuestos a salirse con la suya sin contemplaciones. Ella se había visto arrastrada a una vida como esa, y pensar en su madre trajo de vuelta todos aquellos recuerdos. Siempre huyendo, siempre yendo de acá para allá. Ahora que era adulta comprendía que su madre estaba demasiado aterrada como para permanecer mucho tiempo en un sitio, su estado mental era muy precario después de vivir con bombas cayendo día y noche. Había aprendido a ocultarse, a resguardarlas a ambas del peligro antes de salir huyendo. Habían huido a Francia, donde la vida sería más sosegada. Solo que no había podido desprenderse de los angustiosos recuerdos que la torturaban. Y, cada vez que parecía que estaban asentándose en un sitio, algún lugareño inventaba un rumor o lanzaba una acusación sobre el estilo de vida poco convencional que llevaban y se veían obligadas a irse del lugar, a emprender la marcha de nuevo. Aquello las había roto por dentro.

Tomó varias instantáneas del sol filtrándose a través de los juncos, creando un ondulante juego de moteadas sombras. Hubo un súbito relampagueo azul cuando algo dio en el agua y esta brilló como un rutilante diamante, lanzándole juguetones destellos, antes de aquietarse de nuevo. Se puso de pie y estiró las acalambradas piernas. No servía de nada darle vueltas al pasado. Todo lo que se había perdido, todo cuanto había deseado en la vida, había estado allí durante todo ese tiempo, al otro lado del mar, sin que ella lo supiera; quién sabe, puede que ese vacío abismal que siempre había tenido en su vida pudiera llenarse gracias a su recién hallada familia, que pudiera llegar a tener al fin una vida plena. Quizá, solo quizá, lograría cerrar con ellos la herida abierta que tenía dentro. Tironeó del extremo de las plantas y dejó caer las semillas al suelo mientras regresaba a la casa con semblante ceñudo y ojos pensativos.

155

* * *

Mathilde había terminado por ceder ante la insistencia de Fleur y había accedido a dejarla tomar algunas fotos con su cámara, así que salieron juntas a dar un paseo después de comer. Era la primera vez que la niña conectaba con ella de verdad, y no quería echarlo a perder.

—¡Procurad no alejaros mucho! —les advirtió Rachel mientras se calzaban las botas—. A veces cuesta ver dónde empieza el terreno pantanoso.

—Sí, tranquila, tendremos cuidado —le aseguró Mathilde.

Conocía bien los peligros que acechaban en los llanos terrenos de la zona. Sabía que el agua subterránea se filtraba por la tierra y se acumulaba en viscosas y profundas capas de lodo, un lodo en el que podías quedar atrapada y hundirte en un abrir y cerrar de ojos. Tomó a Fleur de la mano y la miró sonriente. Su propio padre era el abuelo de aquella niña, las dos compartían la misma sangre. *Parentes*, familia.

Fleur encontró una mariposa en cuanto llegaron al huerto, una blanca con las puntas de las alas de un verde color claro y salpicada de aterciopeladas pinceladas negras. Manteniendo la pesada cámara colgada de su propio cuello, Mathilde se agachó sin hacer ruido, acercó a Fleur hacia sí y le pasó la cámara por encima de la cabeza para incluirla en el círculo formado por la correa.

Con su cálida espalda apoyada en el torso de Mathilde, la niña miró a través de la lente y apretó el botón rojo, tal y como ella le había enseñado. El chasquido del obturador sobresaltó a la mariposa, que se alejó con su errático vuelo entre las florecidas plantas de patata.

—*Papillon* —le dijo Mathilde—. En francés, *papillon*. —Le mostró la foto en la pantalla posterior de la cámara.

La niña sonrió encantada ante su propia obra antes de agacharse para salir de debajo de la correa. Mientras ella correteaba de acá para allá por el jardín, a la búsqueda de nuevas cosas que fotografiar, Mathilde aprovechó para tomar algunas fotos de su carita y sus rubias trenzas asomando entre la crecida vegetación. Su relación con la niña iba estrechándose de forma muy natural, pero sentía que todavía

156

existía una barrera que la separaba de Rachel. Ambas actuaban con cautela, tanteando el terreno, intentando forjar un vínculo que llegaba con muchos años de retraso. Ese vínculo iba desarrollándose con lentitud, pero por lo menos había algo que las dos tenían en común: ser hermana de alguien era nuevo para ambas.

Fleur y ella terminaron por llegar a la capilla. La puerta estaba cerrada de nuevo por insistencia de Rachel, quien había alegado que alguien podría colarse dentro y que había que tener mucho cuidado con los forasteros itinerantes. Mathilde había sentido que la sangre empezaba a hervirle en las venas al oír aquello, y la propia Rachel se había dado cuenta de lo que acababa de decir en cuanto las palabras salieron por su boca. Su hermana sabía perfectamente bien que su madre y ella habían tenido que recurrir a eso muchas veces cuando estaban pasando una mala época, que habían tenido que buscar cobijo en casas o edificios abandonados para protegerse del mal tiempo o del frío; por suerte, en el sur de Francia no nevaba casi nunca, pero las noches podían llegar a ser muy frías. Por no hablar de cuando tenías que resguardarte en algún sitio cuando el mistral soplaba y te llenaba los ojos de arena. Ella le había confiado a su hermana aquellas vivencias, había intentado explicarle el tipo de vida que había llevado, pero verla soltar ese comentario como si nada había bastado para hacerla dudar de si Rachel podría llegar a comprenderla de verdad algún día.

Al ver que Fleur, exhausta, se apoyaba en la pared de la capilla con las piernas extendidas y los pies bien plantados en el suelo para evitar deslizarse hacia abajo, le tomó unas cuantas fotos más. El sonido del obturador alertó a la niña, pero, en vez de seguir el ejemplo de la mariposa y esfumarse, miró hacia la cámara. El sol la iluminaba desde atrás, convirtiendo su rubio cabello en un brillante halo dorado alrededor de su cabeza. Sonrió con timidez y ella capturó la imagen al instante, había quedado guardada digitalmente para siempre.

—¿Hora de merendar? —le propuso.

Su sobrina asintió, se apartó de la pared y se adelantó trotando hacia la casa, pero ella se tomó un momento para contemplar el silencioso edificio. Seguía sin saber el porqué de esa especie de fascinación que el tríptico parecía ejercer sobre ella ni por qué el medallón la había conducido hasta él, ayudándola a encontrarlo en aquel escondrijo de la pequeña capilla. Pero estaba convencida de que aquel cuadro intentaba decirle algo.

Cuando regresó a la casa, se le cayó el alma a los pies al entrar en la cocina y ver que tenían visita: las dos personas que menos le apetecía ver. Alice y Jack estaban sentados a la mesa con sendas tazas de café, parecían un par de gárgolas de ceñuda cara pétrea.

—Ah, ¡aquí estás! Tenemos visita. —El tono animado de Rachel sonaba de lo más falso.

—Sí, ya lo veo. —Mathilde llenó un vaso de agua y lo apuró en un par de tragos, unas gotitas de condensación que se habían formado en el cristal cayeron sobre su camiseta. Dejó su cámara sobre la mesa, se llevó una mano a la cadera y preguntó sin más—: ¿Qué queréis?

—Sabemos lo que estás tramando, ¡hemos venido a decirte que no sigas por ahí! —Alice le lanzó aquellas palabras como si fueran letales esquirlas de cristal.

Mathilde enarcó las cejas y miró a Rachel con desconcierto, no tenía ni idea de a qué se refería aquella mujer. Jack, quien casi nunca pronunciaba palabra, se limitó a asentir. Su pelo se alzó y cayó al compás de su cabeza, expresando conformidad a su vez.

—¿Qué creéis que trama? —preguntó Rachel.

Mathilde se sintió admirada al verla mantener un tono de voz sereno y modulado. No era de extrañar que su hermana fuera profesora de primaria, tenía la habilidad de apaciguar una situación.

—Esta mañana la he visto haciendo fotos de la finca, de nuestra casa —contestó Alice con indignación—. Espiándonos, ¡igual que cuando me la encontré en el pueblo! Está deseando llamar a los de la inmobiliaria para que se pongan a tasarlo todo, apuesto a que el viejo Danny Jones estará frotándose las manos solo con pensar en la comisión que se va a llevar. Sabes que hemos ido a ver a nuestro abogado. La granja es nuestro hogar y vamos a impedir que heredes este lugar, así que no te molestes en ir a por tus cartelitos de «Se vende». ¡No nos vamos de aquí!

Los dos parecían muy satisfechos de sí mismos, como si tuvieran una escalera real en una partida de póquer y les diera igual que todo el mundo se enterara.

Mathilde los miró sin entender nada, ¿de qué estaba hablando su tía?

—Sí, esta mañana hice algunas fotos —admitió—. A eso me dedico, soy fotógrafa. Las vendo a agencias, así me gano la vida. Pero, aunque esta mañana no estaba fotografiando vuestra casa para venderla, alguien vendrá a hacerlo en septiembre cuando me marche y ponga la finca en venta. —Se sintió mal diciéndolo en voz alta; aunque no era más que la pura verdad, se le constriñó el pecho.

—Y os equivocáis con lo del testamento —apostilló Rachel—. No vais a conseguir nada con todo eso, yo estaba con mi padre cuando lo redactó. Se habló de la granja y él decidió que no quería dividir la finca, dejó perfectamente claro que quería que Mathilde la heredara en su totalidad y que podría hacer con ella lo que quisiera. Sí, es verdad que habría pasado a ser vuestra si mi hermana no hubiera sido localizada en un plazo de doce meses, pero, en lo que a mí respecta, estoy muy contenta de tenerla por fin aquí. Esta es su casa.

Mathilde se volvió a mirarla, sintió el escozor de las lágrimas mientras asimilaba lo que acababa de oír. No pudo disimular la sonrisa que fue asomando a su rostro y sintió que los dedos de Rachel aferraban los suyos por debajo de la mesa. Tenía a alguien de su parte.

Mathilde estaba tumbada en su cama con las cortinas abiertas. La brillante luz de la luna que entraba por las ventanas iluminaba la colcha y dibujaba una línea blanca a lo largo de sus piernas y su plano estómago, hasta llegar a sus pechos. Deseó tener su cámara a mano, pero la había dejado sobre la mesa de la cocina. Qué lástima, habría conseguido una gran foto.

Tenía el portátil en la cama junto a ella, estaba buscando información sobre Isabel I. Le parecía de lo más interesante el tema de las conspiraciones entre aquellos que habían seguido siendo católicos y los que se habían adherido a la nueva fe protestante de la reina. El catolicismo había sido prohibido y una persona podía morir ajusticiada por sus creencias, pero, con el apoyo de los españoles, los «herejes» lo arriesgaron todo para intentar que ocupara el trono la católica prima de la reina: María, reina de los escoceses. Para evitar que le arrebataran el trono, la reina Isabel la tuvo confinada en un castillo durante años. Se urdieron muchos planes para liberarla y hacerla ascender al trono, aunque para ello hubiera que asesinar a Isabel.

De modo que un país se había visto dividido porque, aunque rezaban al mismo Dios, optaban por hacerlo de formas distintas. Igual sucedía con las guerras del Líbano, su país natal. Nada cambiaba en realidad, siempre lo mismo. Apagó el portátil, cerró los ojos y fue cayendo en los cálidos brazos de Morfeo.

Estaba rodeada de gente, aguantando empujones y zarandeos. La sala estaba poco iluminada, a lo largo de las paredes había candelabros con velas que se apagaban y danzaban mientras la puerta se abría y se cerraba cada dos por tres. Estaba en una taberna y la envolvía un profundo silencio. Un tufo horrible (sudor rancio, cerveza con un intenso olor a levadura) le dio náuseas. En la chimenea ardían varios troncos que en ese preciso momento tenían un brillo rojizo y se desmoronaron, uniéndose a la capa de ceniza gris. Recorrió el lugar con la mirada hasta que sus ojos se posaron en un hombre que estaba hablando con otro, tenían las cabezas muy juntas y ambos lanzaban miradas furtivas a su alrededor constantemente. Al ver sus labios se dio cuenta de que, una vez más, a pesar de no poder oír nada, entendía lo que estaban hablando. Salieron con disimulo por una puerta trasera y vio que un tercer hombre salía tras ellos. Los siguió sin pensárselo dos veces, el corazón le latía con tanta fuerza en el pecho que pensó que ellos podrían oírlo cuando salió a un patio húmedo y oscuro. Estaba chispeando, la lluvia cubrió al instante su piel como un húmedo manto, alguien pasó por su lado con un empellón y se puso a orinar en la pared. Frunció la nariz con desagrado. Los tres hombres a los que había estado vigilando estaban intercambiando un paquete, el cual pasó de un manto a otro con un movimiento sutil y prácticamente imperceptible. Aquel tercer hombre regresó al interior de la taberna, mientras que los otros dos salieron del patio por la puerta trasera que daba a un callejón. Entró de nuevo en la taberna, intentó abrirse paso entre el gentío. Pero el hombre, fuera quien fuese, había desaparecido.

Despertó sobresaltada. Tenía la cara húmeda —no habría sabido decir si se trataba de sudor o de la fina llovizna del sueño— y el corazón seguía latiéndole a toda velocidad. La luna había ido alzándose en el cielo y su luz había ido desplazándose por la habitación, en el rincón oscuro que había junto a la pared le pareció ver la silueta de alguien sentado en la silla donde ella solía dejar tirada su ropa. Una sombra silueteada en la oscuridad. Un rostro, iluminado apenas por la luz de la luna, giró la cara hacia el otro lado. Parecía estar profundamente sumido en sus pensamientos, finamente tallado como una estatua e igual de inmóvil. Frío como el mármol. Ella soltó una exclamación ahogada, se inclinó hacia el lateral de la cama, tanteó frenética hasta que logró encender la mesita de noche. La habitación estaba desierta. Sabía que lo estaría, pero también sabía que lo que había visto no habían sido imaginaciones suyas. Algo o alguien había estado allí, no tenía ni la menor duda de ello. Igual que aquella tarde en la que estaba fuera con sus plantas, junto a la arboleda. Rachel le había asegurado que Lutton Hall jamás había estado habitado por fantasmas, que nadie había comentado haber visto algo raro. Fuera lo que fuese, había estado esperándola a ella. Alguien del pasado. El velo que separaba ambos mundos se había entreabierto y había dejado que se colara por allí, solo por un momento.

26

Julio de 2021

—Hoy vamos a ir a Wisbech para ver a Andrew, es un buen punto intermedio y hay una cafetería bastante agradable y un parque de juegos. ¿Quieres venir con nosotras? —dijo Rachel, mientras untaba de mantequilla una tostada y la cortaba en tiras para Fleur.

La niña estaba hundiendo la cuchara en un huevo escalfado y goterones de yema bajaban ya por la cáscara y por la huevera, acumulándose en el plato.

—No, gracias. —Mathilde estaba acostumbrada a estar sola, sabía que tener algo de soledad por un ratito le iría bien para apaciguar su alma—. Es mejor que los tres paséis algo de tiempo juntos.

Añadió aquello para intentar suavizar el golpe y siguió preparándose un café, pero se quedó inmóvil por un momento al pensar en lo que acababa de decir. Hasta donde le alcanzaba la memoria, era la primera vez en su vida que decía algo para hacer sentir mejor a otra persona, la primera vez que anteponía los sentimientos de alguien a los suyos propios. Era un sentimiento extraño, pero que no le resultaba desagradable. Justo entonces, Fleur hundió la cuchara en el huevo con tanta fuerza que la huevera salió despedida y se rompió en varios pedazos al estrellarse contra el suelo, salpicándolo todo de huevo. El griterío que se formó quebró la tranquila atmósfera y bastó para que a Mathilde le dieran ganas de soltar algún que otro

162

expletivo desagradable por la boca. Subió a su cuarto a toda prisa antes de que se le escaparan.

El buen tiempo que habían disfrutado en los últimos tres días amenazaba con llegar a su fin. El cielo seguía estando azul, pero su resplandor había sido reemplazado por un tono cerúleo más apagado que presagiaba lluvia. En el horizonte, unos amenazadores nubarrones de color gris oscuro se cernían sobre la ciénaga, apilándose unos sobre otros en una especie de partida de Jenga atmosférica. El aire estaba denso y quieto, difícil de respirar, como una advertencia de lo inevitable. Mathilde salió a regar sus plantas (solo faltaban unos días escasos para la fertilización de las de vainilla) y las moscas de tormenta fueron un incordio constante, había tantas que debía de tener hasta los pulmones llenos de ellas; de hecho, Rachel se había quejado el día anterior de que se había encontrado una metida en el sujetador cuando se lo había quitado para ducharse.

Decidió capturar aquel cambio de tiempo con la cámara. Regresó a la casa a toda prisa, tomó la bolsa de la cámara, enfundó los pies en las Converse y salió rumbo a la ciénaga, tomando fotos de las distantes nubes a lo largo del camino. Una pequeña ráfaga de viento sacudió la vegetación que la rodeaba, y entonces volvió a reinar la quietud; al llegar al borde del juncal, se dio cuenta de que el lugar estaba extrañamente silencioso en comparación con la última vez que había estado allí. Los acobardados pájaros permanecían silenciosos, a la espera. El sol había quedado tapado por las nubes, que iban adquiriendo el color de un oscuro moratón; parecían tan bajas que extendió la mano hacia ellas como si quisiera tocarlas.

Giró a su izquierda y echó a andar por un estrecho sendero que bordeaba la ciénaga. Era la primera vez que iba en esa dirección, pero si tomaba el camino de la derecha terminaría cerca del jardín trasero de Alice y Jack y prefería evitar una nueva confrontación con ellos. Aquel sendero terminó por llevarla a un viejo camino rural bastante seco y polvoriento. El paso de vehículos había dejado profundas roderas que flanqueaban una franja central alfombrada de una hierba muy crecida, daba la impresión de que llevaba mucho tiempo en desuso. Puede que su padre hubiera pasado por allí en su coche de camino al río.

Enfiló por allí con la esperanza de que la condujera a la carretera, que habría de llevarla de vuelta a la casa. Los edificios seguían estando a la vista (una de las ventajas de estar en terreno llano), y aprovechó para tomar unas fotos. Vista desde la distancia, con su autocaravana oculta tras los árboles y el techo de la capilla asomando un poco más allá, la casa parecía atemporal, como si fuera una escena sacada del pasado. Se imaginó a sí misma quinientos años atrás en aquel mismo punto del camino (un camino que, muy probablemente, ya existía cuando se construyó la casa), contemplando su hogar. Un hogar que perduraba, una declaración de solidez, un momento capturado por siempre en el tiempo. El suave tono amarillento de las paredes estaba oscurecido por el gris plomizo del cielo, pero la casa no mostraba ningún miedo. Vidas y tormentas podrían ir y venir, pero Lutton Hall permanecería allí, capeando todos los temporales.

Sopló otra ráfaga de viento cálido, las hojas del arbusto que tenía al lado se agitaron con mayor apremio. El aire, afilado y caliente, le recordaba al mistral del sur de Francia: aparecía de la nada y llenaba de polvo hasta el último rincón, haciendo que tanto animales como cualquier persona con dos dedos de frente se apresuraran a buscar cobijo. Pero seguro que allí no pasaba lo mismo, se aseguró a sí misma, mientras el viento iba cobrando más fuerza y se oía a su espalda un sonido sordo y retumbante que hizo vibrar el suelo; al fin y al cabo, Inglaterra no sufría las violentas inclemencias meteorológicas de su país natal. Aun así, apretó el paso. Empezaba a pensar que no había escogido un buen momento para salir a pasear.

Un brillante relámpago iluminó las nubes que tenía a su espalda, seguido de cerca por un retumbante trueno que la sobresaltó un poco. Encorvó los hombros meros segundos antes de que grandes goterones de lluvia empezaran a caer en el camino de tierra, haciendo saltar los granitos de arena. Se apresuró a guardar su preciada cámara en su bolsa y, sujetándola bajo el brazo para impedir que le golpeteara contra la cadera, echó a correr hacia un cobertizo viejo y destartalado que se atisbaba un poco más adelante. Sostuvo su cárdigan por encima de la cabeza para intentar protegerse de la lluvia, pero la prenda ondeaba bajo el viento y sirvió de poco.

Las puertas del cobertizo estaban cerradas, pero no tenían cerrojo ni candado alguno. Bajo el envite de una lluvia que arreciaba cada vez más, introdujo los dedos en el estrecho espacio que quedaba entre las dos puertas, abrió una de ellas de un tirón y entró a toda prisa en aquel seco refugio. El golpeteo de la lluvia contra el techo de acero galvanizado era ensordecedor, pero al menos tenía la suerte de que no hubiera goteras.

Miró alrededor y vio algunos herrumbrosos aparejos de labranza rodeados de hierbajos. Daba la impresión de que llevaban siglos allí, olvidados, deshaciéndose lentamente e integrándose en la tierra. Miró hacia el cielo y se preguntó cuánto tiempo iba a tener que permanecer allí, esperando a que pasara la tormenta. Otro relámpago fue seguido por un trueno casi de inmediato, lo que indicaba que ya la tenía encima; con un poco de suerte, no tardaría en alejarse.

Al final, tal y como esperaba, la tormenta fue pasando de largo y la lluvia empezó a amainar un poco. Cuando el tamborileo en el techo fue perdiendo intensidad, se percató de otro ruido: un pequeño chirrido agudo, como si algo sin engrasar estuviera balanceándose de un lado a otro bajo el fuerte viento.

No tardó en oírlo otra vez, pero con mayor claridad, y supo de inmediato lo que era. No se trataba de una bisagra oxidada ni mucho menos. Se puso de rodillas, apoyó la mejilla en el suelo y miró bajo la maquinaria que había al fondo...; en efecto, no se había equivocado. Unos ojos la miraron fijamente a su vez, unos azules cuyo dueño emitió de nuevo aquel sonidito agudo.

—Hola, *petit chat* —murmuró.

Chasqueó la lengua y movió los dedos para intentar atraerlo, pero el gato —una cosita negra, por lo que alcanzaba a ver— no se movió. Miró alrededor, como si esperara encontrar a la madre de buenas a primeras o, al menos, alguna explicación lógica que aclarara por qué estaba escondido allí. Tenía que encontrar la forma de atraparlo para poder verlo mejor. Su *modus operandi* habitual cuando intentaba fotografiar algún animal era atraerlo con comida, pero lo único que tenía era un plátano que había metido en su bolsa al salir de la casa. Vio un palo largo y fino, y, tras rebuscar en su bolsillo tan silenciosamente como pudo, sacó un viejo pañuelo y procedió a atarlo en uno de los extremos. Empezó a mover el improvisado juguete de un lado a otro hasta que al final, cuando ya empezaba a dolerle el brazo, una negra patita peluda emergió y soltó un manotazo. ¡Su estratagema empezaba a funcionar! Lentamente, con mucha cautela, alargó el brazo para agarrar su cárdigan, que estaba secándose encima de una vieja carretilla; cuando el gatito empezó a envalentonarse y emergió al fin de su escondite, lo cubrió con la prenda y lo alzó del suelo a toda velocidad.

El pequeño fardo empezó a revolverse ferozmente al instante. Las patitas empujaban en todas direcciones, las afiladas uñas atravesaban la tela, un maullido lastimero y terriblemente agudo inundó el cobertizo. Después de apartar la tela un poquitín para que no tuviera la cara tapada, Mathilde salió como una exhalación de allí sujetando contra su cuerpo a su cautivo, que no dejó de retorcerse mientras ella corría de vuelta a casa.

En cuanto llegó a la cocina dejó al pequeño prisionero peludo en el suelo y sacudió ligeramente el cárdigan para liberarlo, con cuidado de no recibir un zarpazo. Sus brazos eran testimonio de lo afiladas que tenía las uñas, estaban llenos de arañazos perlados de gotitas de sangre. En cuanto quedó libre, el animal salió disparado hacia el rincón oscuro más cercano: se cobijó bajo la vieja nevera de la esquina. Mathilde chasqueó la lengua y, después de lavarse los brazos con agua fría bajo el grifo y de secárselos con un paño de cocina, puso en el suelo un cuenco de agua y otro con algo de atún que encontró en uno de los armarios. No sabía si su visitante tenía edad suficiente para alimentarse con comida sólida y esperaba no encontrar el atún en el suelo más tarde, regurgitado, pero esperaba que lo tentara a salir de debajo de la nevera; por otra parte, era consciente de que habría que llevarlo al veterinario, pero, dado que su dominio del inglés no era lo bastante bueno como para ir sola, tendría que esperar a que volviera Rachel.

Su hermana no regresó tan pronto como ella esperaba. A las cuatro de la tarde le envió un mensaje de texto diciendo que un árbol se había caído en Swaffham durante la tormenta, y que había decidido dar media vuelta y volver a Peterborough para pasar la noche en casa. Bromeó diciendo que Mathilde podría disfrutar de algo de paz, pero esta se dio cuenta de repente de que pasar el día sola no había sido tan agradable como esperaba. Había pasado la vida entera buscando las sombras para ocultarse en ellas, hallando solaz en la soledad; y, de buenas a primeras, pasar una noche sola no sonaba nada relajante... ni tranquilo, pensó, cuando un pequeño maullido procedente de debajo de la nevera le recordó la presencia de su nuevo invitado. Lo dejó allí con los dos cuencos (estratégicamente colocados junto a la nevera para tentarlo) y subió a toda prisa a ducharse y a quitarse aquella ropa mojada.

Para cuando llegó la hora de acostarse, el gatito seguía sin reaparecer. Era reacia a dejarlo escondido durante toda la noche por si escapaba a otro rincón de la casa, así que cerró todas las puertas excepto la que daba a la pequeña sala de estar y se preparó una cama improvisada en el sofá. Apagó la luz y yació en silencio en la oscuridad, aguzando el oído para ver si le oía beber agua o comer.

La casa iba asentándose al caer la noche, pero los habituales sonidos habían dejado de inquietarla y ahora estaba acostumbrada a los crujidos y los chirridos de las tablas del suelo y las tuberías. Poco después de la medianoche, oyó el suave sonido de un cuenco rozando el suelo; con mucho sigilo, fue a gatas hasta la puerta de la cocina, se asomó con cautela... y allí estaba el gatito, casi invisible en medio de la oscuridad, junto a uno de los cuencos.

—Hola, Sombra —susurró, antes de regresar al sofá sin hacer ruido para cobijarse bajo las mantas.

27

Octubre de 1584

Tom apenas pudo conciliar el sueño aquella noche, le preocupaba despertar demasiado tarde y no llegar a tiempo al encuentro. Resultaría más difícil pasar inadvertido al amanecer, con multitud de sirvientes atareados preparando el palacio para una nueva jornada y sin el manto de la noche como protección; aun así, se dirigió a la puerta exterior que ya había usado anteriormente en alguna ocasión. En la zona clásica de los jardines había también algunas hierbas aromáticas, y tanto Hugh como él las obtenían de allí si escaseaban las del huerto medicinal. De modo que salió por allí, pertrechado con una cesta para que pareciera que estaba desempeñando sus labores de apotecario. Las nubes eran pálidas y raídas, conservaban aún el tono rosado de la noche mientras iban dispersándose en el cielo; los altos y fortificados muros del palacio se cernían sobre él y no pudo evitar alzar la mirada hacia las ventanas. El sol del amanecer se reflejaba en ellas y no tenía forma de saber si habría alguien observándolo desde allí. Había espías por todas partes, nadie estaba a salvo.

Al ir acercándose al punto donde se habían encontrado la vez anterior, a pesar de que todavía estaba un poco oscuro, vio que ella ya estaba allí, esperándolo, envuelta en un largo manto oscuro con un tupido cuello de piel de ardilla. Apretó el paso y lanzó una mirada por encima del hombro para asegurarse de que estaban completamente solos.

—*Esto es mucho mejor, ¿verdad?* —susurró ella, sonriente.

Tom asintió y contestó, empleando gestos de las manos:

—Peligroso. No puede vernos nadie.

—*En ese caso, debemos buscar un lugar de encuentro más privado.* —Enarcó las cejas, como preguntando si le parecía bien.

Él se preguntó por un momento si se trataría de algún truco, de una broma cruel. No sería la primera vez que alguien usaba su sordera para burlarse y divertirse con amigos. Pero Isabel poseía mucho arrojo y seguridad en sí misma, estaba acostumbrada a obrar según sus propios deseos. Y era tan exquisita que el riesgo merecía la pena. Apenas podía creer que una mujer tan bella y de buena cuna como ella estuviera interesada en un hombre que no podía oír ni hablar, en el mero ayudante de un apotecario, pero no estaba dispuesto a dejar pasar aquella oportunidad.

De modo que asintió y contestó mediante señas:

—¿Dónde?

—*En la casa que poseo en Cordwainer Street.*

Él lanzaba constantes miradas por encima del hombro de Isabel, atento a la posible aparición de algún guardia, y eso hizo que se perdiera algunas de sus palabras a pesar de que ella hablaba de forma muy pausada. Frunció el ceño y negó con la cabeza. Había entendido lo de la casa, pero no el lugar. Le indicó que lo escribiera.

Ella asintió y le dio unas palmaditas en el brazo al decir:

—*Os haré llegar una misiva con uno de los pajes.*

Lo miró con una sonrisa y Tom sintió que se hundía en las profundidades de aquellos vibrantes ojos de color lila. Ella se marchó sin más, bordeando el jardín y manteniéndose cerca del muro, y terminó por desaparecer de la vista al doblar una esquina del edificio.

Tom regresó a la puerta, recogiendo a su paso unas flores de lavanda y depositándolas en la cesta. No estaba seguro de haberla entendido bien del todo, ¿había dicho que tenía una casa de su propiedad? ¿Por qué habría de vivir en la corte si poseía una casa propia allí mismo, en la ciudad? Esperaba tener la oportunidad de averiguarlo en breve.

* * *

Ese mismo día, a última hora de la tarde, un paje llegó a la botica. Era un muchacho menudo y parecía más joven que los otros que trabajaban en palacio, llevando a cabo todo tipo de tareas mientras aprendían las normas y los reglamentos para convertirse en cortesanos. Parecía atemorizado al verse en las habitaciones de la servidumbre, que distaban mucho de los aposentos y galerías a los que estaba habituado. Tom sonrió para tranquilizarlo. El niño dirigió la mirada hacia Hugh, quien debía de haberle dicho algo, y procedió a mostrar en alto una carta lacrada antes de contestar. Estaba de perfil y resultaba difícil leerle los labios, pero Tom vio la palabra «Lutton» y dio un paso al frente justo cuando Hugh estaba señalándolo con el dedo.

El paje hizo una inclinación al entregar la carta, y él la aceptó con idéntica solemnidad y se inclinó a su vez; al ver que el niño temblaba ligeramente, como si tuviera miedo, se preguntó qué clase de historias horribles estarían circulando ya sobre él. Ese tipo de rumores terminarían por obligarlo a marcharse de allí, como de costumbre. Alguien asociaba con el diablo o con brujería su incapacidad para oír y hablar; se decretaba que su presencia era un mal presagio cuando alguien caía enfermo, y se le exigía que se marchara. La historia de siempre. El paje dio media vuelta y se fue a toda prisa, sin volver la vista atrás.

Tom abrió la carta y la leyó rápidamente por encima.

Poseo una casa en Cordwainer Street. Puedo explicar más cuando estemos allí. Iré a visitarla esta noche, su majestad ha concedido su permiso para que me ausente tres días de la corte. Por favor, venid mañana por la noche si os resulta posible y podremos conversar con mayor tranquilidad.

Tom se guardó la carta en el bolsillo del jubón. No sabía dónde se encontraba aquella calle, pero Hugh se había criado en la ciudad y lo sabría sin duda; aunque, por otra parte, no deseaba que su amigo supiera el porqué de su interés en aquel lugar. Aquel encuentro secreto era tan peligroso como cualquiera de los que pudiera encomendarle Walsingham.

Tuvo una súbita idea y se dio una palmada en el muslo en un gesto de satisfacción. Sí, por supuesto, ese era el método perfecto para averiguar la ubicación de la casa: le haría creer a Hugh que se trataba de otra misión de espionaje y le pediría abiertamente que esbozara un plano. Su amigo daría por hecho que la carta procedía de Walsingham y no haría ninguna pregunta al respecto. De modo que se acercó a él con su tablilla de cera y le explicó su dilema.

Hugh conocía la calle que le había indicado Tom, quien salió de palacio al día siguiente con un detallado plano en el bolsillo y se dirigió a toda prisa hacia el muelle donde numerosas chalanas se mecían en el agua, a la espera de transportar a los oficiales de la corte que tenían asuntos que atender en la ciudad. La quietud reinaba en el cálido atardecer… como si el mundo contuviera el aliento, expectante, y el tiempo estuviera pausado. Todavía no había caído la noche. El sol, bajo en el cielo, bañaba con su brillo anaranjado los edificios de la ciudad en la distancia y se reflejaba en las agujas de las torres de las iglesias, que se alzaban hacia el cielo como lanzas de fuego.

Llevaba en la mano un trozo de papel con el nombre de la calle, lo había copiado de la carta de Isabel para que nadie pudiera leer lo que ella había escrito. Uno de los barqueros asintió al verlo llegar y bajó los grasientos escalones que conducían a las aguas oscuras que golpeaban el lateral del muelle. Tom bajó tras él y subió con agilidad a la pequeña chalana, que se meció de un lado a otro. Se sentó rápidamente y emprendieron el trayecto río arriba. Iban a favor de la corriente y los remos cortaban con facilidad el agua, que estaba tan quieta y lisa como el cristal. El avance de la embarcación causaba una ligera corriente de aire que le llevó a encasquetarse mejor su gorro de terciopelo. El barquero era un hombre entrado en años concentrado en su tarea y, por suerte, no intentó darle conversación, por lo que se libró de la inevitable escena en la que tenía que gesticular y señalar sus propios oídos para indicar que no podía comunicarse.

No tardó en encontrar la casa que buscaba, ya que Hugh había dibujado un plano detallado. Se planteó buscar la puerta trasera debido al estado de su propia ropa, pero, dado que había sido invitado por la señora de la casa, fue directo a la entrada principal y tocó con firmeza.

El sirviente que abrió la puerta no se mostró nada complacido al verlo y le indicó con un gesto que se marchara, pero él permaneció allí sin saber cómo explicar que *lady* Isabel lo estaba esperando. Por suerte, ella apareció en el salón de entrada en ese preciso momento y el sirviente se apartó a un lado de inmediato para dejarlo pasar, aunque el desdén que se reflejaba en su rostro no desapareció.

El salón era grande y oscuro, una larga sala que abarcaba casi por completo aquella planta inferior. Los paneles de las paredes, decorados con pliegues en relieve, reflejaban tanto la multitud de velas encendidas como el fuego que, a pesar de la calidez de la noche, ardía vivamente en la amplia chimenea de piedra pulida. El techo estaba ornamentado con molduras nervadas entre las vigas, rematadas por una clave con la forma de la rosa de los Tudor; dicha rosa también estaba presente en el friso de yeso con motivos de espiral que recorría el borde superior de la pared. Había varios bancos y un baúl a lo largo de las paredes, así como dos sillas colocadas junto a la chimenea. Fue allí donde Isabel le indicó que tomara asiento antes de servir dos copas de vino, uno dulce que él probó mientras intentaba ocultar su nerviosismo. En la esquina más apartada, una doncella cosía con la cabeza inclinada sobre su labor.

—*Esta es mi casa.* —Isabel hablaba pausadamente, iluminada lateralmente por la luz del fuego. Resultaba mucho más fácil ver su rostro así, tenía los labios lustrosos y oscurecidos por el vino—. *Estuve casada con un cortesano, pero falleció apenas seis meses después de nuestras nupcias. Era mayor que yo y enfermó. Esta casa pasó a ser mía, aunque debo permanecer en la corte por decreto de la reina. Era una de sus damas antes de que mi difunto esposo, sir Geoffrey Downes, se prendara de mí y pidiera mi mano en matrimonio. Mis padres no siguen con vida, así que no había nadie que pudiera oponerse. Excepto yo misma, por supuesto, pero la decisión no estaba en mis manos. Y entonces, en cuestión de meses, él ya había fallecido, pero ahora disfruto de algo de independencia por ser viuda y él era bastante acaudalado, afortunadamente. Su hijo de un primer matrimonio heredó el título y la finca familiar, pero me legó esta casa en su testamento. Y ahora poseo un lugar donde poder refugiarme cuando el revuelo y el ruido de la corte son excesivos, y me siento afortunada por ello.*

Tom estaba intentando asimilar todo aquello. Sabía que debía de tratarse de una mujer de buena cuna para ser una de las damas de la reina, pero, por si fuera poco, poseía su propia fortuna y una gran casa en la ciudad de Londres. Mientras que él, en cambio, no era más que un pobre apotecario que ni siquiera podía oírla hablar, que no sabía cómo sonaba su voz ni llegaría a saberlo jamás. No alcanzaba a comprender por qué se sentía atraída hacia él, pero ya estaba demasiado involucrado como para detener aquello. Ella había capturado su corazón.

—Esta casa es magnífica —escribió en su tablilla—. No sabía que fuerais propietaria de todo esto ni que hubierais estado casada.

—*Esos detalles carecen de relevancia ahora. Pero nos resultará mucho más fácil encontrarnos aquí en vez de hacerlo a escondidas en palacio, con la preocupación constante de ser descubiertos. No podremos vernos con frecuencia aquí porque debemos evitar despertar las sospechas de la reina, pero, si digo que tengo asuntos que atender, suele permitir que me ausente de la corte por unos días o una semana. En esta ocasión tan solo me ha concedido tres días porque el viernes partimos hacia Westminster, donde permaneceremos varias semanas.*

Tom sintió que el alma se le caía a los pies. Ni Hugh ni él habrían de viajar junto con el séquito de la reina, ya que esta llevaría consigo a su médico personal y se acudiría a los apotecarios de la zona en caso de ser necesario. Quizá tardara semanas en volver a ver a Isabel, y la mera idea lo llenó de tristeza. Sus emociones se reflejaron en su rostro y ella se dio cuenta de inmediato.

—*Volved el miércoles por la noche, debo regresar el jueves a la corte para ayudar con los preparativos del viaje. Así podremos ir conociéndonos mejor. A mi regreso de Westminster, solicitaré permiso para pasar unos días más aquí. Me gustaría saber más de vos, Tom Lutton, estoy convencida de que tenéis una historia que aún está por contar.*

Ella le sonrió con tanta dulzura que Tom sintió que un cálido deseo le tensaba las entrañas. No había visto semejante belleza en toda su vida, su rostro de facciones delicadas tenía una piel rosada que se asemejaba a los pétalos de rosa que él recogía en los jardines. Lo que más deseaba en su vida era estar allí, en aquella casa, con ella. No le importaban lo más mínimo las posibles consecuencias que podría haber si se descubrían sus encuentros clandestinos, estaba en el cielo y le rogaba a Dios que lo considerara merecedor de aquella mujer. Todo aquello era demasiado bueno para ser verdad y, en esos casos, siempre terminaba por suceder algo que lo estropeaba. Lo recorrió un ominoso estremecimiento y se le erizó el vello de la nuca. Se estaba fraguando algo que no hacía presagiar nada bueno, estaba convencido de ello.

28

Julio de 2021

Mathilde despertó al oír que alguien tocaba a la puerta principal y se levantó, medio dormida aún. Se disponía a ir a ver quién era cuando oyó un segundo toque, pero procedente de la entrada más habitual: la puerta trasera.

—Sí, ¡un momento! —exclamó, mientras se ponía a toda prisa los pantalones de deporte.

Cruzó la cocina a toda prisa, iba descalza y el suelo estaba helado. Buscó al gatito con la mirada y no vio ni rastro de él, pero los dos cuencos estaban vacíos.

Reconoció al instante la familiar silueta de Oliver a través de la sucia ventana de la puerta trasera. Abrió lo mínimo imprescindible, lo agarró de la camisa y lo hizo entrar por el estrecho espacio antes de apresurarse a cerrar de nuevo. Pero aquellos escasos segundos habían bastado para que notara lo suave que era aquella camisa vaquera, una prenda descolorida que tenía pinta de haber pasado por infinidad de lavados.

—¿Qué haces aquí? —le preguntó sin más.

—Vaya, qué recibimiento tan cálido… o no —dijo él en tono de broma.

Ella no le encontró la gracia a su comentario, se limitó a mirarlo ceñuda y lo hizo pasar apresuradamente a la cocina antes de cerrar la contrapuerta. Oliver se sorprendió al ver que todas las puertas estaban cerradas, ya que solían estar abiertas.

—¿Pasa algo? ¿Por qué estamos encerrados aquí? ¿Tienes a un hombre escondido arriba? —El tono de broma se había esfumado de su voz.

—¡Uf! *Stupide.* —Mathilde hizo una mueca—. Lo que tengo es un gatito. Lo encontré ayer y no quiero que se escape.

—¿Lo encontraste? ¿Dónde?

—Es... —Buscó la palabra adecuada—. *Sauvage.* Silvestre.

—Ah, ¿salvaje? ¿Estás segura?

—Sí, muy segura. —Se subió las largas mangas de su camiseta para mostrarle la miríada de arañazos que tenía.

—Vaya. Sí, puede que tengas razón. ¿Dónde está?

—No lo sé. Pero las puertas han estado cerradas durante toda la noche, así que debe de estar por aquí. Y no queda nada de la comida que le dejé. —Indicó los dos cuencos vacíos—. Se escondió debajo de la nevera, a lo mejor se ha metido ahí otra vez.

Mathilde se arrodilló y escudriñó el oscuro espacio. Oliver se arrodilló junto a ella, sacó su móvil y encendió la linterna para iluminar el polvoriento suelo. Al fondo de todo, agazapado y cubierto de pelusa, el gatito los observaba con los ojos iluminados por la luz de la linterna.

Mathilde agitó los dedos para intentar atraerlo y dijo, con voz melosa:

—Hola, Sombra. Gatito, ven aquí...

—¿Sombra?

—Sí. Es negro, así que se llama así.

—Mira, no va a salir mientras nosotros estemos aquí, mirándolo y enfocándolo con la linterna del móvil. Tienes que comprar algunas cosas básicas para él, sube a vestirte y buscamos una tienda de animales. —Oliver se levantó del suelo, abrió la puerta que daba al salón de entrada y la empujó con suavidad en dirección a la escalera—. Voy a aprovechar para echarle una ojeada rápida a tu tríptico. —Cerró la puerta de la cocina tras de sí y se alejó en dirección al salón principal.

Mathilde lo encontró allí cuando bajó veinte minutos después, con el pelo húmedo aún. Se lo había recogido en un moño y sus altos pómulos quedaban expuestos para variar, en vez de ocultos tras una cortina de pelo. No se percató del brillo de interés que apareció en los ojos de Oliver al verla entrar, ni de cómo la miró de soslayo mientras ella se acercaba y se detenía a su lado frente al tríptico.

—¿Has descubierto algo más? —le preguntó ella.

—Aún no, pero he venido para ver si podía seguir limpiándolo. Perdona, tendría que haber llamado antes. Me ha surgido un día libre de improviso y tenía muchas ganas de estar aquí, así que me he subido al coche sin pensarlo dos veces. Por cierto, ¿has tenido más sueños raros o visiones?

Mathilde asintió e indicó una de las escenas del tríptico, la de la sala oscura que parecía estar repleta de gente.

—Sí, estuve aquí. Hacía calor, el lugar estaba abarrotado y olía a cerveza. Y a humanos. —Frunció la nariz al recordar el desagradable olor, y procedió a explicarle el resto de la escena y el intercambio que había presenciado.

—Qué extraño. La verdad es que parece que estás soñando con cada una de las escenas, pero seguro que un psicólogo podría dar una explicación racional; no sé, algún tipo de sugestión que te ocurre después de estar mirando el cuadro.

Mathilde asintió y se esforzó en vano por evitar que sus ojos se desviaran hacia las llamas del último panel, no quería soñar con eso. Sus recuerdos eran demasiado reales y, si los dejaba salir del hermético armario de su mente donde los tenía guardados, jamás lograría meterlos de nuevo allí. Si salían a la superficie, su mundo se haría pedazos a su alrededor.

El interior del Mini de Oliver estaba inmaculadamente limpio y Mathilde respiró aliviada; menos mal que no habían optado por ir en su autocaravana, porque la parte de delante era un estercolero. La limpiaba de vez en cuando, pero solo cuando la tierra que dejaban sus botas y los restos de comida (migajas que caían cuando comía bocadillos o bolsas de patatas fritas durante sus viajes) excedían incluso sus irrisorios estándares. No quería que Oliver viera su peor cara, aunque no habría sabido decir por qué le importaba tanto.

La llevó a un gran centro de productos para mascotas situado en las afueras del pueblo. Pasó su antebrazo por el respaldo del asiento del pasajero (un antebrazo fuerte, bronceado... y desnudo, porque se había remangado la camisa) al dar marcha atrás para aparcar en una de las plazas libres. Él giró la cabeza para mirar hacia atrás, y Mathilde sintió que la recorría una oleada de calor al percibir el cálido y especiado aroma de su loción para después del afeitado. El reducido espacio parecía demasiado apretado de repente y, en cuanto le vio echar el freno de mano, se desabrochó el cinturón de seguridad y bajó del coche a toda prisa.

En cuanto a Oliver, si notó algo raro, no hizo ningún comentario al respecto. Se apeó a su vez del coche y dijo sin más:

—Vamos, aquí encontraremos de todo para Sombra. —Fue a por un carro y se dirigió hacia la parte posterior de la tienda, donde había un cartel con la foto de un gato.

Poco después estaban llenando el carro con todo lo necesario. Mathilde optó por no comprar una cama especial porque tenía un presupuesto limitado, pero, una vez seleccionados el bebedero, el comedero y una caja de sobres de comida, se pararon en la sección de juguetes. Sonrió de oreja a oreja mientras echaba un vistazo al colorido surtido que tenía ante sí. En un momento dado, Oliver intentó explicarle qué era la hierba gatera y se produjeron unos momentos de confusión, pero ella comprendió finalmente a qué se refería (gracias a que él usó el traductor del móvil). Añadió al carro un ratón relleno de la hierba en cuestión, además de una varilla con una serpiente de peluche colgante que podría servirle para conseguir que el gato saliera de debajo de la nevera.

Cuando tuvieron las compras en el maletero del coche, Oliver propuso comprar algo de comida en el supermercado de al lado y disfrutar juntos de un pequeño pícnic.

—Vale, pero tendrá que ser rápido —contestó ella—. Hemos dejado a Sombra solo en la casa.

Oliver la llevó a un merendero situado a la orilla de un pequeño río, ocuparon una de las mesas y se pusieron a comer lo que acababan de comprar. Seguía haciendo mucho calor a pesar de la tormenta del día anterior y tenían el sol justo encima, su luz moteada penetraba entre las hayas y dibujaba danzantes sombras en el suelo; el aire estaba preñado del zumbido de las abejas volando entre las ortigas que tenían a su espalda; al otro lado del río había una garza parada, como una silenciosa estatua de piedra contemplando el agua.

—Me gustaría que me hablaras más de tu niñez, de cómo era tu vida —dijo él en un momento dado.

Mathilde estaba observando a la garza y tardó un largo rato en contestar.

—Sentía temor buena parte del tiempo. Y era cansado tener que ser la adulta cuando no era más que una niña. Ahora me siento rara quedándome una temporada en un mismo sitio, estoy acostumbrada a ir de un lado a otro.

—Pero supongo que no siempre fue así, ¿no? Imagino que de pequeña vivirías en una casa durante algún tiempo, cuando estabas en edad escolar.

—Casas, caravanas, cobertizos… Aprovechábamos cualquier posible refugio. Pero nunca nos quedábamos por mucho tiempo, así que mi educación no era muy regular.

Lo dijo con una sonrisa, era la treta que solía emplear para evitar muestras indeseadas de compasión. Detestaba que se compadecieran de ella y sabía que la conversación iba encauzada en esa dirección. En lo más hondo de su ser, todavía podía sentir aquel terror incipiente de cuando notaba que el estado de su madre estaba fluctuando de nuevo y los lugareños empezaban a darse cuenta de su comportamiento. Su madre salía huyendo y se escondía, a menudo terminaba metiéndose en propiedades ajenas; donde fuera, en cualquier pequeño hueco donde poder refugiarse de las bombas que ella seguía oyendo a pesar de que ya no caían a su alrededor. Ahí era cuando la gente empezaba a señalarlas con el dedo y había llegado el momento de marcharse.

—¿Solo tenías a tu madre? ¿No tenías hermanos?

—No, estábamos solas. Siempre deseé tener un hermano o una hermana, alguien con quien compartir la carga. Y ahora descubro que sí que tengo una, y un padre que estaba buscándome y que podría haberme quitado todo el peso de los hombros. Mi infancia habría sido totalmente distinta, habría estado a un mundo de distancia de la que tuve en realidad y mi madre habría tenido acceso a la ayuda que necesitaba con tanta urgencia. —Empezó a restregar la hierba con el pie, creando un pequeño surco en la tierra. Desvió con destreza la conversación para no tener que seguir hablando de sí misma—. Oye, dijiste que tenías hermanos, ¿verdad?

—Sí, Simon y Miles. Son gemelos y menores que yo. Mis padres creían que no podían tener hijos y me adoptaron siendo un bebé, tenían treinta y tantos años. Pero, cuando la tinta del certificado de adopción apenas había terminado de secarse, resulta que mi madre descubrió que estaba embarazada. ¡Menuda sorpresa! Total, que se vio de buenas a primeras con tres críos revoltosos. —Soltó una pequeña carcajada.

—¿Piensas alguna vez en tus padres biológicos? —preguntó ella.

—Ya no. Los localicé cuando tenía veintipocos años por curiosidad, pero no mostraron interés ni después de tantos años. Los dos eran personas con problemas, la verdad es que fue una suerte para mí escapar por los pelos de ese entorno y que me adoptaran papá y mamá. Tú y yo somos parecidos en ese sentido, ¿verdad? Nuestras vidas comenzaron con una especie de huida.

Mathilde no había visto las cosas desde ese punto de vista, pero asintió pensativa mientras consideraba sus palabras. Y entonces, de buenas a primeras, se puso de pie y se sacudió el trasero de sus vaqueros.

—¿Nos vamos? Quiero ir a ver cómo está Sombra. —Le lanzó una breve sonrisa para intentar suavizar aquel final tan abrupto de la conversación.

Oliver se levantó y empezó a recoger la mesa, pero no dejaba de mirarla con preocupación. Mathilde tenía los postigos de su corazón cerrados a cal y canto, y era obvio que él estaba intentando tantearlos. Pero sus emociones estaban enterradas tan hondo que ni siquiera ella misma sería capaz de encontrarlas..., suponiendo que quisiera hacerlo.

Cuando el coche se detuvo frente a la casa en el patio de grava, vieron que Rachel y Fleur ya estaban allí. Preocupada por si habían asustado al gatito, Mathilde dejó que Oliver se encargara de la compra y entró a la carrera.

El golpeteo de sus pasos en el suelo de madera resonó en el desierto salón de entrada mientras corría hacia la puerta de la cocina, que seguía cerrada. Al entrar vio a Fleur en el suelo, maullando mientras caminaba a cuatro patas; en cuanto a Rachel, estaba vaciando unas bolsas de la compra que tenía sobre la mesa, y la saludó con una sonrisa antes de preguntar:

—¿Lo del gato era broma? Porque Fleur lleva un cuarto de hora intentando encontrarlo, pero no ha hecho ni un solo ruido ni le hemos visto el pelo.

Mathilde negó con la cabeza mientras el corazón empezaba a martillearle con fuerza, ¿habría muerto el pobre animal mientras ella estaba comiendo fuera, perdiendo el tiempo? Bajó la mirada hacia los cuencos que había dejado en el suelo, el del agua estaba vacío. Se arrodilló junto al escondite del gatito, lo iluminó con la linterna... y soltó una larga exhalación de aire, aliviada, al ver aquellos familiares ojos azules mirándola con cautela. Notó un movimiento a su lado, Fleur había apretado la carita contra el suelo junto a la suya para echar un vistazo. Le llegó el olor a fresa del champú de la pequeña, sintió en la cara la caricia de unos suaves mechones de pelo, y contuvo el impulso de abrazarla con fuerza contra sí. Lo que sentía por aquellas dos personas que compartían su ADN era algo totalmente nuevo para ella. Aquel vínculo despertaba en su interior un sentimiento de protección, y un amor que no sabía reconocer por tratarse de algo desconocido por completo.

—Mira, aquí está. —Su voz sonó un poco ronca y carraspeó para aclararse la garganta—. Decidí llamarlo Sombra porque es negro y le gusta esconderse aquí debajo, en la oscuridad.

La puerta de la cocina se abrió en ese momento y Oliver entró medio tambaleante, cargado con la multitud de bolsas de la tienda de animales. Rachel se apresuró a ir a ayudarlo y dijo, en tono de broma:

—¿Estás segura de que no se te ha olvidado nada? Por cierto, ¿dónde lo encontraste?

—Ayer salí a dar un paseo. —Mathilde se incorporó hasta sentarse sobre los talones, y explicó que se había visto sorprendida por la tormenta y se había refugiado en el cobertizo—. Le di algo de comida porque está muy delgado, y me parece que ahora es mío. Puede quedarse conmigo en mi autocaravana.

—Vale —dijo su hermana, que no parecía demasiado convencida con aquel plan—. Pero para poder llevarlo a Europa tendrás que ponerle un montón de vacunas y obtener la documentación necesaria.

—Eso no es problema. —Mathilde agitó la mano, como apartando aquellas objeciones—. Sí, hay que vacunarlo, pero nadie sabrá que lo tengo porque estará escondido.

No se dio cuenta de que Rachel enarcaba una ceja y le lanzaba una mirada dubitativa a Oliver antes de optar por dejar el tema.

—¿Va a salir de ahí debajo? ¡Quiero jugar con él! —dijo Fleur, que todavía tenía la mejilla pegada al suelo.

—Olvídate de jugar con él si es un gato salvaje, te arañaría —le advirtió su madre—. Ven a sentarte, tienes que merendar. Si sale de ahí debajo, tienes que dejarlo tranquilo. ¿Entendido?

Fleur asintió con cara mohína.

—A lo mejor juega contigo cuando esté más acostumbrado a estar con vosotras —le dijo Oliver, para intentar animarla.

Mathilde vació en el comedero uno de los sobres de comida mientras él se encargaba de llenar el bebedero de agua, y entonces terminaron de sacar todo lo demás de las bolsas; mientras preparaban el arenero, Rachel frunció la nariz con desagrado y se dio la vuelta.

En cuestión de minutos, Sombra había salido con cautela de su escondite y, mientras lo observaban con el aliento contenido, se acercó al comedero y se puso a comer.

—¡Ooooh! —susurró Fleur—. Mamá, ¿puedo tener un gatito?

—No, ni hablar.

Rachel miró ceñuda a Mathilde, pero esta no se dio ni cuenta. Estaba demasiado atareada contemplando aquella cosita negra, que tenía el pelaje salpicado de parches grises por la pelusa que llevaba años acumulándose debajo de la nevera.

Después de comer y de beber un poco de agua, Sombra se alejó ligeramente de su escondrijo con cautela, investigando su nuevo entorno. Mathilde alargó la mano lentamente hacia el ratón de juguete que había comprado y, procurando no hacer ningún movimiento repentino para evitar asustarlo y que volviera a cobijarse bajo la nevera, lo empujó hacia él. Sombra se puso alerta en cuanto vio que el juguete se movía, y entonces dio un saltito con las patas tiesas hacia su presa antes de abalanzarse sobre ella. Fleur soltó una risita de deleite.

—Yo creo que sería mejor no hacerle caso, y que vaya acostumbrándose a nuestra presencia —propuso Rachel—. En un rato me pondré a preparar pasta para la cena, ¿os apuntáis? —Miró a Mathilde y a Oliver con ojos interrogantes.

—Yo no, gracias —contestó él—. Ya es hora de que vuelva a casa. En los próximos días espero recibir noticias de unos compañeros de Londres con los que contacté por lo del tríptico, os llamaré en cuanto sepa algo. —Revolvió el pelo de Fleur con la mano y le lanzó a Rachel una sonrisa de despedida antes de salir de la cocina.

Mathilde lo acompañó a la puerta principal y se detuvo en el umbral para despedirse de él.

—Gracias por ayudarme hoy, y por el pícnic.

—Lo he pasado muy bien. —La miró con una sonrisa franca que hizo desaparecer casi por completo las arruguitas de expresión que flanqueaban sus ojos.

A ella le resultaba inconcebible la idea de poder actuar así, tan abiertamente, permitiéndose mostrar los sentimientos con toda libertad.

—Y gracias por hablarme de tu pasado —añadió él—. Sé que no debe de haber sido fácil para ti.

—No pasa nada. —Mathilde intentó fingir indiferencia—. Como bien dices, ha quedado en el pasado. —Bajó la mirada y dio una patadita a una hierba que crecía junto a la puerta.

—En ese caso, quizá haya llegado el momento de dejar de permitir que ese pasado nuble tu presente. —Posó un dedo bajo la barbilla de Mathilde, la instó a alzarla para que lo mirara y enarcó las cejas, a la espera de su respuesta.

Ella esbozó una fugaz sonrisa pesarosa mientras negaba con la cabeza, y él depositó un suave beso en su pelo antes de dar media vuelta para dirigirse hacia su coche.

Mathilde retrocedió unos pasos y cerró la puerta; poco después, oyó que el vehículo se ponía en marcha y se alejaba.

—Adiós —dijo, con voz queda. Demasiado tarde.

29

Octubre de 1584

Dado que las visitas a Isabel habían quedado suspendidas por el momento, Tom sacó sus nuevas pinturas y poco después estaba usándolas para añadir algunas de las muchas escenas que había visto en Londres. En un principio, no supo si sería buena idea añadir también la ejecución de Throckmorton, pero sabía que aquel día había supuesto un episodio importante que había marcado los inicios de su vida en la ciudad y de su trabajo clandestino para Walsingham. Un episodio que mostraba el posible desenlace del trabajo de los espías. Pintó las apiñadas casas de la ciudad, las oscuras y serpenteantes callejuelas a los pies de los edificios, la ropa tendida en las altas ventanas; pintó también a la gente... Eran tantos y tantos los londinenses que vivían en aquellas casas, personas cuyos mundos se entrelazaban mientras intentaban sobrevivir en aquella existencia que les había caído en suerte; los aprendices que corrían por las calles de forma tan atropellada que prácticamente derribaban a quien se les pusiera delante, las mujeres con sus hijos hambrientos. ¿Qué sabían todos ellos de conspiraciones para asesinar a su soberana, si dedicaban su existencia entera a intentar mantener con vida a sus respectivas familias? Sus pensamientos habían tomado un cauce sombrío, oscuro; para intentar suavizar las imágenes que estaba plasmando en su obra, incluyó flores de vainilla y follaje como decoración alrededor de las distintas escenas.

Replicó también la multitud de plantas que Hugh y él cultivaban en el huerto medicinal, que había sido ampliado. A las hierbas habituales que necesitaban para elaborar sus remedios se habían sumado también los bulbos de azafrán que había plantado a finales de primavera, y que no tardarían en florecer. El panel izquierdo del tríptico ya estaba salpicado de aquellas florecillas de color lila, así que no era necesario añadir más. Uno de los primeros recuerdos que albergaba en su mente era el de los campos de azafrán que se extendían alrededor de la majestuosa mansión de Norfolk que había sido su hogar; recordaba cómo ondulaban bajo la suave brisa como las olas del mar mientras el cálido sol otoñal bañaba su rostro. Aunque su madre adoptiva había seguido cultivando aquella especia tras la desesperada huida a Francia para escapar de los soldados del rey, no había sido en cantidades tan grandes, y solo contaba con la ayuda de sus hijos y de sus amistades para cosecharla. Era un trabajo muy arduo. Pero el olor intenso y metálico del azafrán que habían dejado atrás permanecería grabado por siempre en la mente de Tom, y estaba deseoso de que llegara el momento de recoger su propia cosecha.

Lamentablemente, las plantas de vainilla que estaba intentando cultivar no habían dado ningún fruto. A pesar de sus exquisitas y bellas flores, no habían producido vainas ni semillas, por lo que se vio obligado a recorrer de nuevo los almacenes de los muelles para intentar encontrar mercaderes cuyos barcos hubieran traído suministros procedentes de Venecia o Calais.

No transcurrió mucho tiempo hasta que fue llamado a acudir de nuevo al despacho de Walsingham en palacio. No podía evitar sentir cierto orgullo por el hecho de poder servir a la reina de aquella forma, pero, por otro lado, sentía preocupación; quién sabe a dónde lo enviaría Walsingham en esa ocasión y los peligros en los que podría verse envuelto, las misiones que se le encomendaban ahora eran arriesgadas y era obvio que Walsingham lo consideraba indispensable.

Cuando entró en el familiar despacho, encontró a Walsingham sentado a solas tras su escritorio, escribiendo algo. Ejecutó una reverencia, se enderezó y aguardó instrucciones. Walsingham no alzó la mirada de lo que fuera que estaba escribiendo con trazos rápidos —su pluma iba del tintero al pergamino y viceversa a una velocidad sorprendente— y se limitó a indicarle con un gesto la silla acolchada situada junto a la chimenea, así que se dirigió hacia allí y se sentó con precaución. Siempre se sentía incómodo estando ataviado con sus desaliñadas ropas de trabajo y su delantal de apotecario en un entorno tan opulento.

La luminosa y cálida estancia contrastaba con los grises nubarrones del exterior, que lanzaban alguna que otra andanada de lluvia contra las ventanas, como exigiendo que se les permitiera entrar. Pero el mal tiempo no era rival para las numerosas velas de cera de abeja que estaban encendidas. ¿Quién necesitaba la luz del sol, teniendo a su disposición semejante cantidad de velas? No había tantos cuadros ni tapices como en otras zonas de palacio, pero no era de extrañar que Walsingham, un hombre austero que solía ir ataviado con una sobria vestimenta negra, tuviera un despacho que reflejaba su frío carácter. El mobiliario era escaso, pero destacaba un oscuro y largo cofre ornamentado situado a lo largo de una de las paredes, una pieza de roble macizo cuya parte frontal estaba decorada con un friso labrado con figuras de animales. La casa que Walsingham poseía en Seething Lane resultaba más acogedora (quizá fuera por insistencia de su esposa, Ursula), pero en ese despacho no era necesario añadir nada más al sencillo revestimiento de lustrosos paneles de madera que brillaba bajo la luz de la lumbre. Un ratoncillo gris de cola y patitas rosadas pasó corriendo a lo largo de la pared de enfrente, ajeno a la presencia de los dos humanos, centrado en su propia misión.

Poco después, Walsingham completó el mensaje que tenía entre manos. Agitó una salvadera de plata para dejar caer una capa de arena secante sobre las palabras que acababa de escribir, y procedió entonces a sellar la misiva. Tomó la barra de lacre que estaba derritiéndose al calor de una vela y, dejando un reguero de gotitas sobre el escritorio, la acercó al pergamino doblado y vertió un poco de lacre antes de aplicar su sello. Un joven paje entró entonces en la estancia, era el muchacho menudito al que Tom había visto con anterioridad. Los miró con nerviosismo y se acercó a tomar la carta con los hombros encorvados y rígidos, asintiendo a tanta velocidad que dio la impresión de que su cabeza podría salir volando. Debía de temer lo que podría suceder si no cumplía de inmediato las órdenes de su señoría y, después de tomar la carta a toda prisa, reculó hacia la puerta ejecutando una sostenida reverencia y salió de la estancia en un santiamén. Tom habría deseado poder ofrecerle una sonrisa de aliento, pero el muchacho no había apartado la mirada del suelo; una vez que le vio desaparecer por la puerta, se volvió de nuevo hacia Walsingham y descubrió que este estaba observándolo, a la espera de que sus miradas se encontraran.

—*Tom, ¿por qué venís ataviado con esos andrajos viejos?* —le dijo, pronunciando cada palabra con lentitud—. *Debéis vestir con mayor propiedad cuando subáis a los apartamentos oficiales, ¿qué pasaría si coincidierais con la reina en algún pasillo? Creerá que sois un mendigo que ha entrado a hurtadillas en palacio, evadiendo a la guardia.*

Tom no supo cómo contestar. Dado que la librea que le había sido entregada en un principio había desaparecido de su habitación tan misteriosamente como había aparecido, lo único que tenía para ponerse era su vieja y remendada ropa. Por eso se aseguraba de llevar siempre puesto el delantal. Quizá habría sido oportuno quitárselo antes de acudir a ver a Walsingham, pero, al recibir aviso de que se requería su presencia, se había apresurado a subir cuanto antes..., en parte porque estar en aquella zona de palacio significaba tener una mínima posibilidad de ver a Isabel. Sospechaba que ella seguía aún en Westminster, pero no había día en que no albergara la esperanza de saber de su pronto regreso.

—*¿No tenéis nada más pulcro?*

Walsingham preguntó aquello después de una pausa, como si hubiera estado aguardando antes de caer en la cuenta de que Tom no iba a poder darle una respuesta (no sin emplear para ello multitud de señas con las manos, con lo que era improbable que Walsingham comprendiera la explicación).

Tom sacudió la cabeza, les sería mucho más fácil comunicarse si se empleaban preguntas que requerían un «sí» o un «no» como respuesta. Walsingham frunció el ceño y abrió la boca para decir algo, pero volvió a cerrarla y se dirigió a una puerta integrada en los paneles de madera de la pared que tenía a su espalda. Salió por allí y reapareció varios minutos después con unas calzas de lana de color claro, un elegante manto azul de velarte y un gorro. Este último estaba en mucho mejor estado que el que Tom llevaba puesto, en el lateral conservaba una garbosa pluma caída con las puntas de las barbas pegadas unas a otras.

—*Estas prendas deberían quedaros bien. Pertenecían a alguien que no estaba actuando debidamente hacia su soberana, no iba a necesitarlas en el lugar al que se dirigía.*

Tom se estremeció, no era difícil imaginar cuál sería el «lugar» en cuestión. Pero se sintió agradecido de recibir aquella ropa elegante que no habría podido permitirse jamás con su sueldo de apotecario.

—*Hay alguien a quien deseo presentaros esta noche* —añadió Walsingham.

Alargó la mano hacia una tablilla de cera que siempre mantenía cerca cuando hablaba con él, escribió en ella un nombre valiéndose de una pluma roma y la giró para mostrárselo a Tom. Este se encogió de hombros al leer el nombre. Kit Marlowe, ¿se suponía acaso que debía conocerlo?

—*Es un dramaturgo de Christchurch, y tiene algunas amistades muy útiles en el teatro. Están vigilando a algunos de los espías de la reina María y debemos averiguar más al respecto. Espero descubrir los secretos que guardan, pero quiero que vos oigáis todo lo que no se guarden para sí, valiéndoos de vuestra habilidad para leer los labios. Los hombres a los que debemos permanecer atentos son aquellos que se ocultan entre las sombras, es ahí donde se encuentra la verdad.*

Tom asintió. No había entendido lo de «Christchurch», pero, aparte de eso, había captado la idea general. Abrió los brazos a ambos lados y enarcó las cejas a modo de pregunta, no sabía dónde habría de encontrarse con el tal Kit Marlowe. Walsingham tomó un trozo de pergamino, mojó la pluma en el tintero, escribió «Posada Bell» junto con una fecha y una hora, y se lo entregó. Tom lo leyó y asintió.

—*Acudid al encuentro con vuestra ropa nueva* —indicó Walsingham, señalando las prendas en cuestión.

Tom se dio cuenta de que se le estaba invitando a retirarse, así que se levantó de la silla y ejecutó una profunda reverencia antes de salir de la estancia de forma similar a como lo había hecho el paje veinte minutos atrás. Lanzó una breve mirada por encima del hombro justo antes de que la puerta se cerrara, y vio que Walsingham ya se había olvidado por completo de él y estaba escribiendo algo en un pergamino.

30

Octubre de 1584

La noche acordada para el encuentro con Kit Marlowe, Tom consiguió pan, queso y unos higos en la cocina y se conformó con una cena rápida en su habitación. Habría de bastarle con eso. Tenía por costumbre cenar junto con los demás sirvientes, pero no disponía de tiempo para ello. En una de las dos grandes lumbres que ardían en la cocina había una enorme olla negra donde hervía un guiso que, por una vez, desprendía un apetecible olor a venado; lamentaba perder aquella oportunidad, pero no podía hacer nada que pusiera en riesgo los planes de Walsingham.

Se puso su ropa nueva y deslizó los dedos por un par de botas de cuero, bruñidas y lustrosas, que habían aparecido sobre su cama junto con dos camisas blancas con un sencillo bordado negro en el cuello. Tenían muchos menos remiendos que las suyas y estaban elaboradas con una fina batista mucho más suave que el lino al que estaba acostumbrado. No había vestido nada de tanta calidad desde niño, eran frescas y tersas al tacto.

Las examinó con detenimiento, especialmente atento a posibles restos de sangre. Tenía la sospecha de que tanto aquellas prendas de ropa adicionales como su nuevo manto azul tenían la misma procedencia, y le preocupaba dónde se habrían usado por última vez. Pero olían a limpio y no encontró ninguna mancha desagradable.

Cuando estuvo ataviado de pies a cabeza con su nueva vestimenta, sintiéndose más gallardo que nunca, salió con sigilo por una puerta lateral y se dirigió al muelle con intención de tomar una chalana que habría de llevarlo río arriba. Le pareció gracioso ver que los guardias no solo no lo detenían, sino que lo tomaban por uno de los caballeros de la corte e inclinaban la cabeza a su paso. Se dio cuenta de que su atuendo lo convertía en un hombre distinto; con la cabeza en alto y paso firme, se dirigió hacia las pequeñas embarcaciones que se mecían en las agitadas aguas del Támesis.

Aunque solo debía recorrer media milla, iban contra corriente y la navegación no era tarea fácil en la zona central del río. Veía al sudoroso barquero batallando por manejar los remos, soltando sin duda multitud de imprecaciones mientras avanzaban con lentitud. Llegaron finalmente al embarcadero de Drinkwater y subió con sumo cuidado los resbaladizos escalones, que estaban cubiertos de oscuras algas verdes. Lo último que quería era manchar su atuendo nuevo.

Enfiló por la callejuela que conducía a Pudding Lane y se dirigió entonces hacia East Cheap. Los carniceros y los mataderos de la ciudad se encontraban en aquella zona, y lo asaltó el penetrante olor metálico de la sangre. En el exterior de los edificios colgaban las carcasas y las piezas descuartizadas, como si estuvieran asándose ya al fuego, creando densos y oscuros charquitos de sangre que iba coagulando en el suelo.

Cuando encontró finalmente el Bell Inn Theatre, se acercó a un hombre que estaba haciendo rodar unos barriles en el exterior del edificio y, tras alzar una mano para llamar su atención, le mostró el papel donde Walsingham había escrito el nombre de Marlowe. El hombre asintió y señaló hacia una puertecita que quedaba casi oculta en la pared oscura. Entonces dijo algo, pero, dado que se giró de nuevo hacia los barriles de cerveza antes de terminar de hablar, Tom no alcanzó a descifrar sus palabras y se limitó a dirigirse hacia la puerta indicada. Titubeó por un momento. El viejo Tom (el de verdad) llamaría y esperaría a que alguien acudiera a abrir. Pero ¿qué haría aquella nueva versión de sí mismo? Sería más decidido, no tenía por qué esperar a que le permitieran entrar. Por primera vez en su vida, estaba vislumbrando cómo se sentía uno cuando estaba a un nivel de igualdad respecto a los demás, y paladeó aquella grata sensación. Después de tocar a la puerta, la abrió sin más y entró en el oscuro interior.

El oscuro pasillo donde se encontraba Tom tenía una puerta al fondo, iluminada por una única vela que ardía junto a ella en un candelero de pared. Se dirigía hacia allí cuando la puerta se abrió de repente y un hombre se detuvo en seco en el umbral, sorprendido al verlo allí. Tom vio que sus labios se movían, pero era imposible leerlos bajo una luz tan escasa. Se llevó la mano al bolsillo para sacar la carta que le había dado Walsingham y, al ver que el hombre se volvía a hablar con alguien que tenía a su espalda, se acercó con cautela y le entregó la carta. Esperaba que no estuvieran a punto de ensartarlo con una espada.

El hombre rompió el sello y su actitud cambió de inmediato en cuanto leyó el mensaje, esbozó una sonrisa que suavizó sus facciones y le dio un aspecto más amistoso. Entonces se hizo a un lado y lo invitó a entrar en la sala con una inclinación de cabeza, señalándose a sí mismo y articulando «Kit Marlowe» con los labios.

Tom no estaba acostumbrado a recibir un tratamiento semejante y se preguntó qué habría dicho Walsingham respecto a él.

Por suerte, la habitación estaba más iluminada que el pasillo por el que había entrado, el techo era elevado y gruesas velas ardían en candeleros dotados de altas columnillas metálicas en espiral. Había un grupo de hombres sentados, algunos de los cuales tenían papeles en la mano. El caballero que le había invitado a pasar se acercó a la chimenea, tomó un tronco y lo echó para avivar el mortecino fuego. Una pequeña nube de chispas ascendió hacia el tiro y se extendió por el hogar, que ya estaba cubierto por una gruesa capa de aterciopelada ceniza gris.

El hombre procedió entonces a presentarlo ante los demás. Para Tom era mucho más fácil leerle los labios en aquella sala bien iluminada y reconoció tanto su propio nombre como el de *sir* Francis

193

Walsingham, además de «no puede oír ni hablar» (eran palabras que estaba acostumbrado a leer con frecuencia) y «ayudarnos con nuestras labores al servicio de la reina». Estaba claro a qué «labores» se refería; si Walsingham lo había enviado a ese lugar, se trataba sin duda de una misión para recabar información y aquellos hombres formaban parte de la red de espionaje de Walsingham (una red muy extensa, a juzgar por lo que había visto hasta el momento).

Los hombres se volvieron a mirarlo y uno de ellos preguntó:

—*¿No podéis oír nada en absoluto?*

Tom sonrió y negó con la cabeza, pero el hombre se levantó de su silla con pesadez y se acercó a él. Su rostro tenía el tono rubicundo de un hombre dado a la bebida. Era bajito y flaco, tenía unos brazos largos que se balanceaban cuando se movía y la forma en que estaba flexionando los dedos no presagiaba nada bueno.

—*¿Cómo es posible que hayáis entendido mi pregunta si no podéis oír?*

Le apestaba el aliento. Sus pútridos dientes amarronados, engastados en unas encías pálidas y tumefactas, eran claramente visibles mientras se encaraba con Tom, quien se vio obligado a retroceder un paso. Topó contra una mesa que tenía a su espalda y sintió que el borde se le clavaba en los muslos.

Pero Kit debió de decir algo, porque el hombre giró la cabeza hacia un lado como si estuviera escuchando algo; al cabo de unos segundos, retrocedió un poco y alzó las palmas de las manos en señal de disculpa antes de decir:

—*¿Podéis leer todo cuanto digo?* —Indicó su propia boca y le dio una firme palmada en la espalda.

Tom sintió como si acabaran de propinarle un palazo; por suerte, Kit se había desplazado hacia un lado, lo que le permitió ver lo que decía: estaba explicándole al hombre, al que llamaba Richard, su habilidad para leer los labios.

Se sintió un poco incómodo al convertirse en el centro de todas las miradas. Observó a su vez a aquel grupo de desconocidos, atento a sus reacciones, y vio como todos ellos empezaban a sonreír y a asentir mientras escuchaban las explicaciones de Kit. Este procedió entonces a revelar el motivo por el que Walsingham les había enviado a Tom, quien comprendió entonces lo que ocurría. Se encontraba en presencia de los Hombres de la Reina, un grupo de teatro que actuaba para su majestad y que recorría los condados representando distintas obras. ¿Quién mejor que él para acompañarlos? Un espía silencioso que podría vigilar a ciertos caballeros que se sospechaba que podrían estar al servicio de María Estuardo. Todos ellos se volvieron hacia él tras escuchar las explicaciones de Kit y lo miraron con aprobación, viéndolo bajo un nuevo prisma. Todos le sonreían al darse cuenta de que era uno de ellos, alguien con una doble identidad.

Kit se encargó de ir presentándoselos uno a uno. Para sorpresa de Tom, Richard resultó ser el payaso estrella de la *troupe* y lo demostró de inmediato: rodó de espaldas por la habitación hasta chocar con una silla. A Tom se le daba bien recordar nombres y caras, y no tardó en saber con exactitud quién era quién. Kit le pasó una jarra de cerveza antes de indicarle que tomara asiento, y todos movieron sus respectivas sillas para incluirlo en el círculo que formaban a su llegada.

—*Vamos a emprender un viaje.* —Kit le mostró un mapa que estaba extendido sobre una pequeña mesa central—. *Debemos visitar ciertos lugares indicados por Walsingham.* —Señaló varias poblaciones de Staffordshire y Shropshire, cerca del lugar donde estaba confinada la reina María—. *Algunas de estas casas eran católicas y existen sospechas de que podrían seguir siéndolo. Mientras nosotros actuamos, vos podréis observar a la gente y leer lo que dicen, para descubrir así las posibles traiciones que estén urdiéndose.*

Tom se preguntó por cuánto tiempo habría de ausentarse. Hugh se sentiría molesto, precisaba de su ayuda en la botica y sus constantes desapariciones para encontrarse con Walsingham ya habían motivado quejas y malas caras a pesar de que ninguno de los dos tenía más opción que acatar órdenes. Y, por otro lado, también estaba Isabel, por supuesto. Quizá se viera obligado a ausentarse durante semanas e incluso meses, le dolía el corazón solo con pensar en que no la vería durante todo ese tiempo. Ella iba a regresar en breve de Westminster, ¿y si se olvidaba de él? Aunque solo habían podido encontrarse en privado unas cuantas veces escasas, creía esperanzado que ella correspondía a sus sentimientos; aun así, quizá no fuera realista albergar la esperanza de que un humilde asistente de apotecario, un hombre que no podía oír ni hablar, pudiera tener una relación cercana —no, más que eso: casarse— con una de las damas de la reina. Siendo viuda, tenía más libertad para casarse con un hombre de su propia elección, pero lo más probable era que eligiera a alguno de los cortesanos que rodeaban a la soberana. Había multitud de nobles solteros entre los que poder elegir, caballeros ricos y de exquisita educación que poseían tanto dinero como una elevada posición en la corte.

Cuando quedó decidida la ruta que iban a tomar para viajar al norte y la reunión concluyó, Kit le dijo que regresara al teatro a la semana siguiente. Añadió también que le conseguiría un caballo, y Tom se sintió sumamente agradecido por ello; después de recorrer Francia y Bélgica a pie, no deseaba volver a realizar otro viaje similar. Sus pies se habían ablandado y no quería estropear sus botas nuevas.

Después de despedirse de sus nuevos conocidos, se marchó y regresó al muelle a paso lento. No tenía prisa porque Hugh no sabía a qué hora podría regresar y, llevado por un súbito impulso, siguió por Cheapside hasta llegar a la Lonja Real. El edificio de pálida piedra gris, pizarra y cristal había sido construido por trabajadores flamencos y se erigía entre las construcciones circundantes, coronado por su magnífico saltamontes dorado. Lo había visto el día de su llegada a Londres, y sabía que era el lugar al que debía acudir; a pesar de tratarse de una estrategia arriesgada, no tenía nada que perder, pero tenía mucho que ganar...; todo, podría llegar a ganarlo absolutamente todo.

Una vez dentro del edificio, se detuvo por un momento en medio del bullicio de gente para mirar alrededor. Un patio porticado albergaba a multitud de mercaderes y vio los coloridos rollos de sedas y terciopelos de los atareados merceros, el intercambio constante de oro y mercancías. En la planta superior había una galería donde había tiendas diversas: había desde libros y jaulas hasta armaduras, así como apotecarios preparando remedios para las dolencias de la vida. El dulce olor del poleo molido llegaba desde allí. Se dirigió a la pequeña tienda de un orfebre y procedió a entrar. No le gustaba tratar con comerciantes porque el habitual intercambio de explicaciones le resultaba demasiado confuso, pero en esa ocasión no tenía alternativa. El hombre le dijo algo al verlo entrar, pero no alcanzó a leerle los labios porque estaba atareado contemplando el interior del pequeño establecimiento, que estaba repleto de todas las fruslerías y joyas imaginables. Le llamó la atención un reluciente collar de oro y rubíes que reposaba en una almohadilla de terciopelo, parecía tan pesado que cabía preguntarse si la dama que lo luciera alrededor del cuello sería capaz de mantener la espalda erguida. Su mirada se posó entonces en un pequeño medallón que pendía de una larga cadena, una pieza de oro con un adorno de filigrana. La cuestión era si podría permitirse comprarlo. Llevaba su faltriquera oculta bajo la ropa y atada al cuerpo de modo que quedara bajo el brazo, pegada a la piel. No era visible bajo la camisa y, en teoría al menos, pasaría desapercibida en caso de que fuera atacado por maleantes. Siempre la llevaba encima, ya que no confiaba en los demás sirvientes de palacio.

Señaló el medallón y el orfebre lo tomó de la peana de madera donde estaba expuesto y lo depositó sobre el mostrador. Gracias al manto azul y al resto de ropa elegante que le había facilitado Walsingham, se le estaba dando un trato mucho mejor al que recibiría si fuera ataviado como acostumbraba hacerlo. Tomó el medallón y lo examinó con detenimiento, deslizando las yemas de los dedos por el intrincado grabado que decoraba la dorada superficie, y entonces lo dejó de nuevo sobre el mostrador y enarcó las cejas para indicar que quería saber el precio. Hizo también un gesto con la mano, simulando que escribía, y señaló sus propias orejas mientras negaba con la cabeza. Esto último solía bastar para que la gente entendiera que no podría oír una respuesta, y también funcionó en esa ocasión. Tras rebuscar bajo el mostrador, el orfebre sacó un trozo de pergamino y una pluma y escribió el precio: cinco ángeles de oro. Era el doble de lo que Tom esperaba tener que pagar, pero sabía que incluso allí, en la tan afamada Lonja Real, habría algo de margen para negociar. Aunque estaba por verse la dificultad de semejante empresa, teniendo en cuenta que no podía hablar.

Negó con la cabeza, tachó la cifra y escribió lo que quería pagar. El orfebre frunció el ceño y escribió otra cifra a su vez. Este ir y venir de pergamino y pluma duró unos dos minutos, pero alcanzaron por fin una cifra con la que ambos se dieron por satisfechos. Tom entregó el dinero que había estado ahorrando y se guardó el medallón. Poco después, mientras caminaba a buen paso en dirección al muelle donde las embarcaciones permanecían a la espera de llevar a los pasajeros río abajo o río arriba, podía sentirlo golpeteando con suavidad contra su cuerpo, notaba el frescor de su dura superficie contra la piel. Un plan iba tomando forma en su mente, una manera de comprobar si Isabel correspondía sus sentimientos y existía la posibilidad de un futuro compartido, tal y como él anhelaba tan fervientemente. Era una temeridad que podría echar a perder todo lo que había entre ellos, pero tenía que intentarlo; si no lo hacía, moriría con esa duda imperecedera.

31

Mathilde estaba plantada delante del tríptico, contemplándolo con expresión ceñuda. Sentía que cada vez la llamaba con más fuerza, entretejiendo multitud de lazos a su alrededor, pero seguía sin tener ni idea de lo que quería de ella. El estilo era similar al del Bosco, pero mucho menos pulido; era más que improbable que uno de sus estudiantes hubiera creado algo así. Por otro lado, no había duda de que las pequeñas escenas que lo componían estaban relacionadas entre sí, ya que en algunas de ellas aparecían las mismas personas. Debía de ser el relato de la vida de alguien.

A paso lento, pensativa, fue rodeándolo hasta colocarse justo detrás. Tal y como cabía esperar, la parte posterior del marco era mucho más sencilla, sin la ornamentada decoración de delante: simple madera de color claro que conservaba aún su áspera superficie y las astillas de la época isabelina. Oliver le había hecho un esbozo rápido del árbol genealógico de los Tudor, así que era plenamente consciente de lo antiguo que era aquel cuadro y sabía en qué era de la historia de Francia se enmarcaba. Había leído un libro sobre Catalina de Médicis y la masacre de San Bartolomé donde se hablaba brevemente de los Tudor, eran tiempos sangrientos a ambos lados del canal.

Se sintió culpable al ver que el tablero posterior se había desprendido ligeramente en una de las esquinas, había sido demasiado brusca al quitar el tríptico de la pared de la capilla. A lo mejor había dañado la esquina del marco con el martillo sin darse cuenta. Dio un empujoncito con el talón de la mano para intentar que la parte desprendida encajara de nuevo en su sitio, pero masculló una imprecación al ver que se salía incluso más que antes.

Sintió curiosidad por comprobar si podía ver la verdadera parte posterior de los paneles a través del pequeño agujero, y se inclinó a echar un vistazo. En cuanto Oliver lo viera, insistiría en que un profesional se encargara de volver a cerrarlo para preservar la integridad del tríptico. Él iba a llegar en cuestión de horas, así que esa podría ser su única oportunidad.

Cerró un ojo y acercó la cara todo lo que pudo con cuidado, no quería arriesgarse a tocarlo y que cayera al suelo. No pudo ver nada porque la sombra de su propia cabeza oscurecía la abertura, así que se sacó el móvil del bolsillo trasero de los vaqueros y encendió la linterna para iluminar el interior. La parte posterior del tríptico era tosca; tal y como había comentado Oliver, la madera empleada no era de la mejor calidad. Su mirada se detuvo al detectar algo un poco más abajo... tenía pinta de ser un papel o un trozo de tela, de color claro.

Metió los dedos por el agujero y, usando los dos primeros a modo de pinzas, intentó agarrar el objeto, pero estaba fuera de su alcance. A lo mejor se había deslizado hacia abajo cuando habían movido el tríptico. Sacó la mano, estaba claro que iba a necesitar unas pinzas de algún tipo. ¿Dónde podría encontrar algo que le sirviera? Se acordó de repente de los alicates estrechos de cabeza larga que tenía en su autocaravana y fue a por ellos a toda prisa.

Tuvo que rebuscar un poco en su caja de herramientas, pero logró encontrarlos y regresó corriendo a la casa. Los introdujo con cuidado en la abertura y pudo sacar con facilidad el objeto, que resultó ser un papel. Era tan increíblemente fino que contuvo el aliento por miedo a que una mera exhalación bastara para deshacerlo. Limpió la capa de polvo que cubría el otro extremo de la mesa y lo depositó con cuidado sobre la lustrosa superficie barnizada a la francesa.

Daba la impresión de que había estado doblado por la mitad, donde había quedado marcada una línea amarronada. No quería tocarlo sin unos guantes de algodón; Oliver siempre se ponía unos antes de tocar el cuadro, y aquel objeto parecía mucho más frágil. Lo observó de cerca, pero fue incapaz de descifrar lo que ponía; fuera lo que fuese, se había desvanecido con el paso de los años. Al otro extremo del salón, las cortinas se agitaron ligeramente a pesar de que no había ninguna corriente. Alargó la mano hacia su móvil, que seguía sobre la silla donde lo había dejado tirado con la linterna encendida, y llamó a Oliver para informarlo del descubrimiento.

Se llevó una desilusión al oír que saltaba el contestador automático. Estaba tan nerviosa y emocionada que fue incapaz de recordar las palabras necesarias en inglés, y terminó mezclando aquel idioma con el francés mientras explicaba atropelladamente lo que había encontrado. Esperaba que él comprendiera a qué se refería con *cache*. Después fue a la cocina en busca de Rachel para contarle la noticia.

Oliver devolvió la llamada al cabo de una hora. Rachel estaba tan entusiasmada como ella (aunque había bromeado diciendo que seguramente se trataba de una lista de la compra del siglo XVI), y las dos se alegraron cuando él prometió que iría tan pronto como le fuera posible.

—Podría ser la pista que buscábamos —les dijo, mientras quedaba en ir después de comer—. Puede que nos diga por qué estaba escondida en la capilla semejante obra de arte.

Mathilde se sintió agradecida al verlo tan interesado en el tema. Se dio cuenta de que todavía disponía de dos horas antes de que él llegara y decidió aprovechar para ir a trabajar al huerto. Tenía intención de ampliar la zona donde estaban sus plantas y quería empezar a limpiar la tierra de alrededor, aquella zona era la única que parecía ser inmune a esa sutil sensación de expectación contenida que merodeaba insidiosa por el lugar.

Cuando asomó la cabeza por la puerta de la sala de estar para decirle a Rachel dónde estaría cuando llegara Oliver, esta se levantó de inmediato.

—Espera, te dije que te enseñaría dónde están las herramientas de papá.

Mathilde asintió encantada y la siguió hasta un destartalado cobertizo de madera situado detrás de la casa al que nunca había prestado demasiada atención. Abrió la puerta y, nada más entrar, inhaló profundamente el cálido olor a creosota y a la tierra seca que permanecía adherida a las herramientas que tenía delante. Alargó una mano y deslizó los dedos por el mango de una pala, estaba liso por el uso continuado a lo largo de los años. Una cálida brisa sopló junto a ella, acariciándole la cara.

—Son muy especiales —susurró. Sabía que, si se volvía a mirar, la persona que encontraría a su espalda no sería Rachel, sino su padre.

—Úsalas. —Rachel le pasó un brazo por la cintura y le dio un afectuoso apretón—. A él le habría encantado saber que estás disfrutándolas.

Mathilde se reclinó contra el hombro de su hermana con una sonrisa en el rostro; al cabo de un largo momento, agarró la pala y cruzó el jardín en dirección al rincón que tanto le gustaba. Había llegado el momento de sacar sus plantas de las macetas y plantarlas en el huerto. Un fragmento de permanencia.

Estaba rodeada de broza y de las plantas que su padre había cuidado con esmero, era un vínculo con su propio pasado que sentía con especial intensidad en aquel lugar. Él había cavado aquel terreno, había aireado aquella tierra que llevaba allí desde siempre; tal y como había hecho antes su abuelo, y todos los ancestros que los habían precedido. Una generación tras otra sintiendo cómo aquella fértil tierra se deslizaba entre los dedos, oliendo aquel húmedo aroma lleno de potencial. Rachel estaba emparentada con ella por lazos de sangre y podía hablarle de sus familiares difuntos, pero todo eso no eran más que datos sobre personas que ya estaban muertas, que se habían convertido en polvo bajo la tierra del pequeño cementerio que había visitado. Ella quería saber qué costumbres y peculiaridades tenían, las características distintivas de cada uno de ellos. Esas eran las piezas que faltaban en el rompecabezas que conformaba su padre. ¿Qué era lo que veía en la tele?, ¿leía el periódico?, ¿insistía en que todas las comidas se sirvieran en la mesa? Iba a tener que empezar a hacer más preguntas. Detalles como esos eran los que anhelaba saber, pero Rachel no se daría cuenta de por sí. Iba a tener que ser más abierta al respecto con ella.

Hundió la pala en la tierra húmeda y se puso a cavar mientras pensaba en qué más podría plantar. Un petirrojo descendió volando hasta posarse justo delante de donde estaba, atento a si aparecía algún gusano en la tierra recién removida, y lo miró sonriente mientras una sensación de calma la cubría como un manto. Sintió por un momento que ya había estado antes en aquel lugar, aunque sabía que eso era imposible. Los fantasmas de sus ancestros se agolpaban tras ella, erizándole el vello de la nuca con un aliento que había muerto mucho tiempo atrás.

Después de lavarse las manos para quitarse la tierra que se le había quedado incrustada bajo las uñas, Mathilde comió con rapidez y esperó a que Oliver llegara. Había dejado el papel sobre la mesa y, al darse cuenta de repente de que era una soberana estupidez hacer eso en una casa donde una niña de cinco años campaba a sus anchas, fue a toda prisa al salón para asegurarse de que estuviera indemne. Por suerte, estaba tal y como lo había dejado: sobre la mesa, delgado y delicado como una hoja muerta, casi transparente. Se sentó en el brazo de una silla situada junto a una ventana; desde allí podría ver llegar a Oliver, y al mismo tiempo custodiaba aquel documento que podría resultar ser valioso.

A las dos y diez lo vio llegar por el camino de entrada, avanzando lentamente. Había bastantes baches, su hermana lo pasaba fatal cada vez que una rueda pasaba por uno y el coche daba una sacudida; en cuanto a ella, apenas los notaba en la autocaravana, ya que esta estaba preparada para circular por terrenos accidentados en caso necesario. Aunque Oliver solo se había retrasado diez minutillos, había ido poniéndose cada vez más nerviosa pensando que no iba a presentarse, tamborileando con los dedos en el brazo de la silla conforme iban pasando los minutos y su frustración iba en aumento. Fleur lo adoraba y estaba deseando verlo, sobre todo porque él solía llevar caramelos en los bolsillos; la niña no paraba de brincar de un pie al otro con nerviosismo, y cada dos por tres iba corriendo a la sala de estar para mirar por las ventanas.

Mathilde le oyó tocar a la puerta, pero su sobrina se le adelantó: en un periquete estaba allí, alzándose de puntillas para llegar al pomo, y abrió con una sonrisa de oreja a oreja antes de anunciar:

—¡Estábamos mirando por la ventana para verte llegar!

Mathilde sintió que se ruborizaba, ¡qué vergüenza! Sí, puede que fuera cierto, pero no quería que Oliver se enterara. Pensó para sus adentros que las niñas de cinco años deberían mantener a veces la boca cerrada.

Él se sacó una bolsa de gominolas de un bolsillo y, después de dársela a Fleur y de indicarle que se la llevara a Rachel, siguió a Mathilde hasta el comedor; una vez allí, se sacó dos inmaculados pares de guantes nuevos del otro bolsillo. Le entregó uno de los pares a ella y, una vez que ambos tuvieron las manos enguantadas, se detuvo frente al tríptico y preguntó:

—¿Qué es lo que has encontrado? No he entendido bien tu mensaje; quizá sería mejor que usaras un solo idioma al hablar, en vez de varios a la vez.

Mathilde vio el brillo travieso de sus ojos y se dio cuenta de que estaba bromeando con ella, así que no se lo tomó como una crítica.

—Estaba aquí, en la parte de atrás. —Le mostró la abertura que había entre el marco y el tablero posterior—. Mira qué agujero tiene, me parece que se lo hice yo al quitarlo de la pared de la capilla. Estaba pensando en cómo arreglarlo con unos clavos… —Se interrumpió cuando la mano de Oliver salió disparada y le agarró el brazo.

—Por favor, ¡dime que no has estado clavándole clavos a esto! —exclamó él, horrorizado.

Antes de que Mathilde pudiera contestar, Rachel los interrumpió al entrar con una bandeja que contenía tres humeantes tazas de café.

—Oliver, tendrías que dejar de comprarle caramelos a mi hija. —Depositó la bandeja sobre una delicada mesita auxiliar cuyas patas tenían un aspecto tan frágil que era un milagro que pudiera soportar el peso—. Pero gracias. Está la mar de contenta con un puñado de gominolas y su zoo de juguete, así que he podido escapar para ver lo que os traéis entre manos aquí. Mathilde, ¿dónde está el papel que has encontrado?

—Parece tan frágil y viejo que no quiero tocarlo. —Mathilde se dirigió al final de la mesa e indicó el papel con un gesto de la mano—. Lo que hay escrito tiene la letra muy pequeña y está casi borrado, pero podría ser una carta.

Oliver sacó su monóculo y se inclinó para examinarlo.

—No sabría decir si está en inglés. —Su aliento bastó para mover ligeramente el papel y se incorporó antes de seguir hablando—. Parece taquigrafía.

Rachel asintió, pero Mathilde puso cara de desconcierto y se encogió de hombros. Sí, su dominio del inglés iba mejorando, pero todavía había algunas palabras que no entendía y eso era algo que él debía tener presente. Miró a uno y otra con las cejas enarcadas, a la espera de una traducción.

—Mira. —Rachel le enseñó su móvil. Había buscado una foto donde aparecía una sección de taquigrafía, los signos y los renglones.

—¡Es como si un insecto hubiera pasado por encima de unas gotas de tinta y se hubiera puesto a bailar sobre el papel! —exclamó Mathilde—. ¡No hay quien lo entienda!

—Es cuestión de aprender —afirmó Oliver—. Y es mucho más rápido a la hora de escribir que usar palabras completas. Muchas secretarias lo usaban para tomar notas que transcribían después, supongo que podría decirse que es una especie de código. —Su voz fue apagándose mientras hablaba, parecía pensativo—. Un código… Pues claro, ¡eso es! —Se dio cuenta de que las dos se miraban una a otra con cara de no entender nada—. Creo que esto podría ser un mensaje cifrado. Solo hay que averiguar lo que pone, descifrar el código.

—Ah. ¿Y nos dirá dónde están las joyas y el oro de la familia? —preguntó Rachel con interés.

Oliver la miró sin saber si estaba bromeando o no, y al final preguntó a su vez:

—¿Se perdieron?

—No, al menos que yo sepa. —Rachel esbozó una gran sonrisa—. Pero estaría bien encontrar algo así. ¿Por qué escribieron un mensaje cifrado y lo escondieron aquí? Imagina que no hubiéramos encontrado el tríptico, la nota no habría llegado a descubrirse jamás. Y ahora ni siquiera podemos descifrarla, a mí me parece una pérdida de tiempo.

—Quizá la escondieran ahí para que nadie pudiera encontrarla —dijo él—. Si resulta ser tan antigua como este cuadro, del siglo XVI, podría ser imposible descifrarla. En aquellos tiempos solían pasar información a través de mensajes cifrados, así planificaban el asesinato de monarcas como la reina Isabel y organizaban todo tipo de traiciones, como la conspiración de la pólvora.

Mathilde tampoco entendió lo último y su hermana se puso a explicar vete tú a saber qué sobre el cinco de noviembre y unos fuegos artificiales, pero se centró en examinar el papel mientras la oía hablar de fondo. El monóculo de Oliver estaba sobre la mesa y lo alzó para poder ver mejor el mensaje (o carta). La parte metálica todavía estaba ligeramente cálida después de que él lo tuviera encajado en la cuenca del ojo, y a ella le gustó sentir aquella calidez contra su propia piel.

—Aquí hay algo más, mira. —Se enderezó y le pasó el monóculo a Oliver antes de retroceder un poco para dejarle espacio—. Entre las líneas de «taquigrafía» hay unas letras de un color marrón muy claro, como si hubiera un segundo mensaje en el mismo papel.

—¡Madre mía! —Él había apoyado las manos a ambos lados del documento y se agachó un poco más para poder verlo mejor, permaneció por un momento con la cabeza inclinada hacia delante.

—¿Qué pasa? —preguntó Rachel, alarmada.

Mathilde empezó a ser presa del pánico al ver que él no contestaba, y dijo con voz suave:

—¿Oliver...?

—Se ven dos líneas separadas de escritura porque esto es un palimpsesto. Se ha añadido un escrito con algún tipo de tinta invisible rudimentaria entre las líneas del mensaje cifrado original, por eso tiene un color mucho más claro. La tinta ha ido volviéndose más visible poco a poco con el paso de los años. Tengo que llevárselo a alguien que pueda examinarlo debidamente. Tengo un conocido en Oxford que podría ayudarnos, voy a llamarlo ahora mismo.

—¿Es necesario? —dijo Mathilde—. No sé si quiero meter a más gente en esto. El papel estaba escondido aquí, así que está relacionado con esta casa y con alguien que vivió en ella. Me parece que esa persona quiere que descubramos lo que estaba intentando decir; mejor dicho: quiere que yo lo descubra. —Era la primera vez que admitía ante ellos que sentía cómo las fuerzas del pasado intentaban transmitirle un mensaje—. ¿Podríamos investigarlo? Pero voy a necesitar que me ayudes.

Esto último se lo dijo a Oliver sin ser consciente de lo mucho que había cambiado la expresión de su rostro al volverse a mirarlo. El entusiasmo que la embargaba había iluminado su semblante, borrando la persistente tristeza que él veía allí con tanta frecuencia.

—Lo siento, Mathilde, pero esto es demasiado complicado para mí. —Tomó su mano entre las suyas—. Necesitas un experto en la materia. Yo soy un historiador del arte común y corriente, pero te hace falta un especialista.

Depositaron la carta en una carpeta de terciopelo oscuro que Oliver llevaba consigo y fueron a la cocina para hablar de los siguientes pasos a seguir. Mathilde solo escuchaba a medias mientras sentía cómo los lazos que la unían al tríptico y a Lutton Hall iban apretándose más. Eran unos finos lazos de seda que se enroscaban a su alrededor, apretando y retorciendo todos y cada uno de los nervios de su cuerpo.

32

Octubre de 1584

Tom estaba intentando idear la forma de hacerle llegar un mensaje a Isabel diciéndole que necesitaba verla. Siempre había sido ella quien había propuesto un encuentro y, desde que se había enterado de que la reina y su séquito habían regresado de Westminster, había recurrido a visitar a diario el rincón del jardín donde se habían visto anteriormente. Tenía la esperanza de que ella acudiera también cuando se le presentara la oportunidad.

Un día antes de la fecha prevista para el inicio de su viaje al norte, salió con sigilo por la puerta lateral como de costumbre y avanzó pegado al muro; y entonces, para su sorpresa y deleite, vio un manto de viaje verde que reconoció al instante. Y vio aquel rostro. El rostro que amaba, ahora lo sabía con certeza. El fresco aire de la mañana, afilado por la llegada del otoño, agitó su ropa mientras apretaba el paso. Ella esbozó una amplia sonrisa al verlo, sus ojos brillaron de placer. Sin pensárselo dos veces, la rodeó con sus brazos y la estrechó contra su cuerpo; si ella rechazaba su afecto, sabría que sus aspiraciones estaban destinadas al fracaso. Era un riesgo que estaba dispuesto a asumir.

Lo embargó un profundo alivio cuando Isabel le rodeó la cintura con los brazos y reposó contra su cuerpo. El calor que emanaba de ella fue penetrándolo a través de la ropa y sintió cómo le bajaba por el cuerpo y le llegaba al corazón, al mismo centro de su ser. La vio exhalar, notó cómo subían y bajaban sus senos; cuando ella alzó la cabeza para mirarlo, el hoyuelo que se dibujaba junto a su boca lo sedujo y no pudo evitar besarlo.

—*Os he echado de menos* —le dijo ella.

Tom asintió, se señaló a sí mismo y puso cara de tristeza. Ella soltó una risita que reverberó a través de sus cuerpos. Y ahora se veía obligado a darle las malas noticias. Gesticulando y empleando multitud de señas, logró explicarle que debía partir junto a los Hombres de la Reina y viajar por los condados del norte.

—¿*Walsingham?* —preguntó ella, articulando el nombre con la boca.

Él asintió, consciente de que Isabel comprendía que no tenía más opción que emprender aquel viaje; aun así, muy en el fondo, se sintió complacido al ver la decepción que apareció en su rostro. Ese era el momento preciso que necesitaba para declarar sus sentimientos.

La instó a alzar la barbilla para que sus miradas se encontraran, y señaló con el dedo su propio corazón antes de señalarla a ella. Su cara de sorpresa le dijo que había comprendido el mensaje. Al ver que asentía con lentitud y se señalaba a sí misma, el corazón empezó a palpitarle con tanta fuerza que se preguntó si ella podría oírlo. Bajó los brazos, retrocedió medio paso, se metió una mano en el bolsillo y sacó el medallón que había comprado. No albergaba la menor duda de que ella comprendería que se trataba de un regalo de compromiso, la cuestión era si lo aceptaría. Contuvo el aliento. Puede que ella se sintiera atraída por él, incluso que lo amara; pero eso no tenía por qué determinar en absoluto a quién elegiría por esposo.

Ella se cubrió la boca con una mano en un gesto de sorpresa mientras contemplaba el medallón. Segundos después, lo aceptó y lo alzó con cuidado por encima de la cofia de lino y del vestido. Le llegaba a la altura de la cintura gracias a la larga cadena y se apresuró a meterlo como buenamente pudo bajo la ropa: apartó de su cuello la rígida gorguera de linón, blanca como la nieve, e introdujo el medallón bajo el vestido por allí, tironeando del corpiño hasta que consiguió hacerlo bajar por su cuerpo. Él sonrió mientras la observaba, le complacía saber que su regalo de compromiso estaba tan cerca de la piel de su amada... y a salvo de miradas indiscretas, que era sin duda lo que la había llevado a ocultarlo a toda prisa. Esperaba que ella comprendiera el significado de aquel regalo, lo que le había motivado a dárselo. Supo que así era al verla llevarse la mano al corazón.

Se puso alerta al detectar un movimiento al fondo del jardín, en la zona donde el terreno iniciaba el descenso hacia el río. Alguien podría aproximarse en breve y estaban expuestos a la vista de cualquiera. Estaba amaneciendo y el sol asomaba entre las nubes, bañándolos con haces de luz que teñían de color dorado las hojas de las plantas y se reflejaban en las calmas aguas del río.

—*Escribiré* —prometió Isabel.

Él asintió y se señaló a sí mismo con el dedo para indicar que también intentaría mantenerse en contacto. Aunque, a decir verdad, no estaba seguro de si tendría mucho que contar, teniendo en cuenta que sus labores de espionaje eran un secreto letal. Literalmente, ya que estaba arriesgando su vida. Y esa vida, una que no había sido importante para nadie hasta ese momento, podría estar adquiriendo importancia ahora.

La siguió con la mirada mientras ella se alejaba apresuradamente hacia la puerta que empleaba siempre durante sus encuentros. Mantuvo los ojos puestos en su figura y grabó en su memoria hasta el último detalle de su cuerpo hasta que ella desapareció por la puerta. Pero él permaneció donde estaba y siguió contemplando el lugar que ella ocupaba segundos antes, como si la silueta de su cuerpo hubiera quedado grabada en el armazón del tiempo. ¿Aguardaría Isabel su regreso? Era probable que su viaje por el norte durara meses, y ella estaba rodeada todos los días de galantes y apuestos cortesanos que podían ofrecerle mucho más que él. Caballeros que podrían susurrarle palabras de amor al oído, que no se veían obligados a gesticular para poder comunicarse. Si eso ocurría, se le rompería el corazón. Lentamente, pensativo, dio media vuelta y regresó a su habitación para terminar de empacar sus cosas de cara al largo viaje que tenía por delante. ¿A dónde lo llevaría en esa ocasión su vida errante? No sabía si regresaría al palacio ni si volvería a ver a Isabel.

33

Octubre de 1584

Tal y como se le había indicado, Tom se presentó en el teatro al día siguiente con sus pertenencias embutidas en un par de alforjas de cuero. Además de las ropas elegantes que le habían entregado, llevaba también multitud de rollitos de papel que contenían las hierbas medicinales que usaba con más frecuencia, así como ungüentos que necesitarían sin duda tras largas jornadas a caballo.

Kit estaba esperándole en compañía de dos miembros de la *troupe*, se reunirían con los demás más allá de Holborn. Kit lo miró de arriba abajo y puso cara de desaprobación al ver su sencillo atuendo; tomó sus alforjas sin decir palabra, sacó el manto azul y le indicó con un gesto que se lo pusiera.

Tom no pudo por menos que admitir para sus adentros que, una vez ataviado con la fina y elegante prenda, sintió que podía caminar con la cabeza en alto y seguro de sí mismo. El manto resaltaba su presencia y, aunque siempre había intentado evitar llamar la atención, lo cierto era que le gustaban aquellas nuevas sensaciones.

—*Mucho mejor*—le dijo Kit, antes de llevar a cabo una improvisada actuación.

Primero imitó a un Tom ataviado con su viejo jubón y los hombros encorvados, un hombre que se ocultaba detrás de su propia sombra. Irguió entonces los hombros al simular que se ponía el manto azul e incluso añadió unos andares garbosos, aunque el propio Tom estaba seguro de que jamás había andado de esa forma.

—*La vestimenta refleja la identidad de un hombre* —añadió con una sonrisa—. *Las apariencias son fundamentales.* —Se volvió entonces hacia los caballos, que esperaban pacientemente, pero no sin antes repetir varias veces aquella última frase mientras asentía para sí.

Una vez sobre sus respectivas monturas, emprendieron la marcha en dirección a Newgate. Tom llevaba mucho tiempo sin montar a caballo, pero había pasado su niñez cabalgando a pelo por los prados de Francia y no tardó en estar en sincronía con los movimientos del animal. El golpeteo de los cascos contra el suelo reverberó por su cuerpo cuando pasaron a un medio galope y alzó el rostro al viento, un viento frío y vigorizante que azotaba su pelo contra la piel. Había llovido la noche anterior, y el fresco aroma de la vegetación húmeda que quedaba aplastada bajo los cascos de los caballos le recordó cuánto adoraba formar parte de la naturaleza y del campo. Sabía que había sido extremadamente afortunado al conseguir un trabajo de semejante prestigio en palacio, pero allí solo atendía el huerto medicinal. Echaba de menos los espacios abiertos como aquel en el que se encontraba en ese momento.

El buen ánimo inicial terminó por esfumarse durante el trayecto hasta Oxford, su primer punto de destino. Después de encontrarse con el resto del grupo, oscuros nubarrones empezaron a asomar en el horizonte y la lluvia no tardó en caer, copiosa y persistente. Los árboles chorreaban gruesas gotas que empapaban el pelo de Tom, deslizándose por su cuello en regueros que le bajaban por la cara y le caían por la barbilla. Los caballos iban al paso, ellos también parecían desolados al avanzar entre charcos por el suelo enlodado. Tom daba unas palmaditas de aliento al suyo de vez en cuando, pero no estaba seguro de si servía de algo. John Singer iba montado detrás de Kit y conducía de las riendas a su propia montura, que cojeaba después de meter la pata en un hoyo y los seguía cabizbajo. Encontraron a su paso pequeñas aldeas con chozas agrupadas alrededor de prados donde pastaban algunos animales, construcciones sencillas con tejados de paja que chorreaban agua. El aire jugueteaba con el humo que salía de las chimeneas. Tom sintió un alivio enorme cuando, después de un sinfín de jornadas de viaje donde las únicas paradas habían sido en posadas tan toscas como incómodas, llegaron por fin a su primer destino.

Según había explicado Kit, existía la sospecha de que el anfitrión era papista y apoyaba a la reina de los escoceses, y Tom tendría por misión permanecer atento a todo lo que se hablara allí. Los demás miembros del grupo se encargarían de causar la distracción necesaria y, con un poco de suerte, él podría averiguar si realmente había algo turbio en aquel lugar. Tendría que hacerse pasar por un sirviente de la *troupe* para no levantar sospechas, así que, muy a su pesar, cambió de nuevo el elegante manto por su viejo jubón, volviendo así a la posición que estaba acostumbrado a ocupar en la vida; tal y como había señalado Kit, sintió que sus hombros caían al instante.

La actuación de la compañía tuvo éxito, y tanto la familia como los invitados que habían acudido a disfrutar del entretenimiento fueron embriagándose y soltando la lengua cada vez más conforme fue transcurriendo la velada. Tom se había situado a un lado del escenario con la excusa de ayudar con el vestuario y la utilería, era una ubicación perfecta para observar al público. Ya había sido presentado ante el anfitrión, quien había olvidado por completo su presencia en cuanto se había dado cuenta de que era un mero sirviente, además de sordo; tal y como había predicho Walsingham, se había vuelto poco menos que invisible.

En un momento especialmente bullicioso y lascivo de la representación que provocó la hilaridad de todos los presentes, incluidas las damas, Tom vio como el anfitrión se volvía hacia el hombre que estaba sentado junto a él y le decía, con toda claridad:

—*Contamos con la presencia de un sacerdote jesuita que oficiará la misa por la mañana. Podéis asistir con vuestra estimada esposa, si así lo deseáis.*

Su interlocutor enarcó las cejas al oír aquello y contestó:

—*Deberíais ser precavido, hay extraños presentes.* —Lanzó una mirada hacia los artistas.

Tom se apresuró a doblar una capa que había sido descartada del escenario, empezaron a arderle las mejillas al sentir encima el peso de la mirada de los dos hombres. Esperó a que miraran en otra dirección y volvió a observarlos atentamente.

—*No os preocupéis* —dijo el anfitrión—. *Esos hombres no pueden oírnos en medio de semejante algarabía, ¡terminarán por levantar a los muertos con tanto bullicio! Y su sirviente es sordo, tampoco puede oírnos. Podemos hablar sin temor.*

—*¿El sacerdote del que habláis vive aquí?* —El hombre había tomado un trozo de pan que había sobrado de la cena y estaba deshaciéndolo en migajas que se esparcían por la mesa—. *Terminaréis en la horca si alguien lo descubre.*

—*Podría terminar allí por muchas cosas más. Pero sí, el hermano John vive en la torre oeste, hay un habitáculo bajo las escaleras que conducen a la sala superior. Tuvimos que ocultarlo allí seis meses atrás, cuando el conde de Leicester decidió venir a visitarnos.*

—*¿Habéis recibido noticias de los españoles? ¿Hay información sobre cómo vamos a lograr que nuestra verdadera y legítima reina ocupe el trono que ha de serle arrebatado a esa usurpadora, hija ilegítima del difunto rey?*

—*Aún no, pero estoy convencido de que ya falta poco. Y nadie sospechará nada.*

«Qué equivocados estáis», pensó Tom para sus adentros, mientras metía la capa doblada en el saco del utillaje. Cabía preguntarse qué más estaría urdiéndose en aquella casa, pero seguro que Walsingham tenía sus propios métodos para sacar a la luz la verdad. A pesar de que después de presenciar la muerte de Throckmorton había evitado repetir la experiencia, en una ocasión había tenido la mala fortuna de toparse con una ejecución mientras iba de camino a uno de los almacenes del puerto. El hombre que estaba en la horca había pasado por el potro en más de una ocasión y no podía ni tenerse en pie debido a todos los huesos que tenía rotos, parecía un saco que había sido arrastrado por un caballo. Al recordar aquella escena que le había revuelto el estómago, por un instante lo asaltó la duda respecto a si debía informar sobre lo que acababa de averiguar, pero se recordó a sí mismo que su lealtad hacia la reina debía estar por encima de todo; al fin y al cabo, su propia amada formaba parte del séquito real, y la seguridad de la soberana era de primordial importancia.

Horas más tarde se encontraba por fin en el granero, sentado en el jergón que le habían entregado para dormir. A diferencia de los miembros de la *troupe,* que se alojaban en el ático situado en la planta superior de la casa, él iba a pasar la noche en aquella pequeña construcción que no ofrecía la comodidad a la que se había acostumbrado en los últimos tiempos. Bajo la escasa luz que entraba por la ventana, sacó un libro que le había entregado Walsingham y, deslizando dos dedos entre el lomo y las páginas, sacó una fina hoja de papel que había ocultado allí con aquel propósito en mente. En medio de la oscuridad, iluminado por el pequeño tocón de una vela que parpadeaba bajo la corriente que entraba por debajo de la puerta, empezó a escribir una carta empleando un código. El mensaje estaba dirigido a Walsingham y, después de ocultarlo en el lugar que se le había indicado, se aseguraría de que fuera enviado a Londres cuando hicieran la siguiente parada en una posada. Una vez completada su tarea oficial, escribió también unas líneas para Isabel. Esperaba que la carta pudiera llegarle sin percance alguno; en caso de llegar a Londres junto con la otra, era más que probable que Walsingham la interceptara, y cabía la posibilidad de que decidiera no entregarla. Por ese motivo, había sido cauteloso y no había mencionado en ningún momento el medallón, el regalo de compromiso que ella había aceptado.

El viaje por los condados duró diez semanas en total; para cuando regresaron a Londres, faltaba poco para Navidad. El tiempo se había vuelto mucho más frío en el transcurso del viaje y, mientras recorrían las últimas millas a caballo, cristalitos de hielo se le acumulaban en la barba y crujían en sus secos labios. El ungüento calmante se le había terminado dos semanas atrás, al igual que la mayoría de los remedios que había llevado consigo; en cuanto los demás habían descubierto que los tenía, habían empezado a acudir a él constantemente con todo tipo de dolores y molestias. El problema más habitual eran los malestares después de pasar la noche excediéndose con la bebida.

El viaje había resultado ser poco productivo después de la información recabada al principio, con una única excepción: una de las últimas casas donde habían estado albergaba a un invitado especial. Tom lo había reconocido de inmediato, y el lenguaje corporal de Kit le indicó que este también sabía quién era. Sus sospechas se confirmaron segundos después, ya que Kit buscó su mirada y señaló al hombre con un pequeño ademán de la cabeza. Él asintió a su vez, un pequeño gesto casi imperceptible para indicar que comprendía la situación. No era la primera vez que vigilaba a aquella persona y esperaba fervientemente que no lo reconociera, porque se trataba de William Parry. Walsingham no iba a sentirse nada complacido al saber de la visita de aquel hombre a una prominente familia católica, y decidió esperar a poder transmitirle aquella información en persona.

Durante el trayecto de regreso a Londres, no pudo desprenderse de una preocupación que lo turbaba: no había recibido ni una sola carta de Isabel en todo aquel tiempo. Dado que estaban viajando de un lado a otro constantemente, era difícil hacerles llegar la correspondencia, y habían sido varios los miembros de la *troupe* que se habían quejado al no recibir noticias de sus respectivos hogares. Cuando bajó por fin de la pequeña embarcación que los había conducido hasta el palacio, lo hizo atenazado por los nervios y la incertidumbre, ya que no sabía lo que podría estar aguardándole. Con sus alforjas a cuestas, se dirigió a paso lento hacia la puerta lateral que conducía a la botica y a su hogar.

34

Julio de 2021

Mathilde se incorporó en la cama como un resorte y soltó una exclamación ahogada. Buscó a tientas a su izquierda hasta que logró encender la lamparita de noche y miró a su alrededor esperando notar algún cambio, pero la habitación seguía tal y como estaba cuando se había acostado: la ropa que había arrojado con dejadez sobre una silla, los vaqueros que había dejado en el suelo después de quitárselos a tirones, la revista que había estado leyendo antes de dormirse y que seguía junto a ella en la cama.

Había tenido otro sueño perturbador, y aferró las sábanas con manos sudorosas mientras esperaba por un momento a que el corazón recobrara su ritmo normal. Se tumbó lentamente de nuevo, pero no apagó la lamparita. La claridad de los sueños parecía estar intensificándose, pero seguía sin comprender su significado. Lo único que sabía era que estaban relacionados con el tríptico y que estaban acrecentando esa aura de espera expectante, de intriga. Un horror subyacente. ¿Estarían relacionados también con la carta que había encontrado? La primera parte del sueño había sido la más vívida.

Estaba en un jardín impregnado del aroma de la lavanda y las rosas que la rodeaban, y la recorrió un estremecimiento. Apenas había empezado a clarear, las nubes nocturnas iban rindiéndose ante el nuevo día; el sol irrumpió entonces entre las nubes, empezó a iluminar el cielo con franjas doradas. Se apoyó en el muro que tenía a su espalda, sintió el tacto áspero y húmedo de aquellas piedras de color claro, estaban frías y se metió las manos bajo los sobacos para intentar calentárselas.

Permanecía atenta a la esquina del edificio que tenía enfrente, y su espera se vio recompensada al fin cuando apareció una mujer joven que se acercó manteniéndose pegada al muro hasta detenerse frente a ella. La mujer le regaló entonces una sonrisa preciosa que parecía competir con el sol, una sonrisa que iluminó su rostro entero y llenó sus ojos de calidez. La vio decir algo y, como de costumbre, a pesar de no poder oír nada, sabía de alguna forma que la mujer estaba hablando de un viaje.

Se metió la mano en el bolsillo y la cerró alrededor de un objeto que tenía allí, algo frío y metálico. Lo sacó y se lo ofreció a la mujer, quien se cubrió la boca con la mano y abrió los ojos como platos antes de decir, con una sonrisa: «¿Para mí?». Ella asintió y la mujer se pasó por encima de la cabeza la larga cadena de la que pendía un medallón dorado que procedió a meter apresuradamente bajo la gorguera de fino linón que rodeaba su delicada garganta. El medallón desapareció bajo la tela, y ella maniobró y tironeó del corpiño que ceñía su torso hasta que consiguió hacerlo bajar por su cuerpo; se dio unas palmaditas en el estómago, donde parecía haber quedado alojado. Bajo su vestido, una prenda de tela rígida adornada con un tupido bordado, se apreciaba apenas un pequeño bulto. La mujer tomó sus manos y dijo algo que Mathilde no alcanzó a comprender, pero sintió el roce de unos labios fríos y suaves contra los suyos y entonces estaba despierta y tumbada en su cama con el corazón desbocado y la sensación de una piel fría contra la suya.

Bajó la mirada hacia sus propias manos, unas manos suaves y de dedos largos. Sabía con total certeza que había sostenido con ellas el medallón, el que había encontrado en el escritorio de su padre, el que estaba dibujado a lo largo del panel de madera tras el que habían ocultado el tríptico. El hombre que rondaba sus sueños, quienquiera que fuese, estaba intentando decirle algo, explicar el misterio.

Ojalá pudiera comprenderle. ¿Quién era aquel desconocido con el que soñaba cada dos por tres?

Totalmente desvelada, con los ojos abiertos de par en par, no dejaba de darle vueltas al sueño; había algo en él que le resultaba familiar, pero ¿el qué? El lugar no le sonaba de nada, y la mujer tampoco.

Acababa de ver al pintor del tríptico entregándole un medallón —su medallón— a aquella joven mujer. Ahora sabía sin lugar a duda que la persona con la que había estado soñando, el hombre cuya identidad asumía de noche, era el artista que había creado aquel tríptico que se encontraba en el salón. El tríptico que, por algún motivo que aún estaba por descubrir, alguien se había encargado de esconder en la capilla. Sentía la presencia de aquel hombre emanando en oleadas del cuadro, como si hubiera estado esperándola para poder relatar su historia. Él se había valido del medallón para conducirla al tríptico y, posteriormente, a la nota oculta. ¿Por qué ella? ¿Qué estaba intentando decir aquel hombre? Más aún, ¿por qué había esperado tanto tiempo para hacerlo?

35

Diciembre de 1584

Los preparativos para las fiestas navideñas estaban en su punto álgido, y Tom tuvo que ponerse a trabajar sin descanso en cuanto estuvo de regreso en la botica. Tal y como sospechaba, Hugh estaba molesto por haberse visto obligado a trabajar sin ayuda durante tantas semanas, por lo que le encomendó la mayor parte de las tareas que requerían un arduo trabajo manual y se apropió de las que podían realizarse al calor de la lumbre. También lo mandaba a por leña varias veces al día, para que la botica conservara una temperatura cálida. Tom no estaba en posición de quejarse; a decir verdad, no le importaba estar fuera recogiendo hierbas medicinales (cubiertas ahora de una inmisericorde escarcha blanca que convertía la tierra en una superficie dura e intratable), porque eso podría darle la oportunidad de ver a Isabel. Las plantas de vainilla se habían quedado fuera durante su ausencia, expuestas a las temperaturas invernales; al ver que estaban casi muertas, las había llevado a la botica con la esperanza de que pudieran salvarse.

Finalmente, después de la abstinencia de Adviento y del implacable menú a base de gachas (a las que se sumaba algún que otro pescado si tenían suerte), Tom despertó la mañana de Navidad en su habitación, tan oscura y sombría como siempre. Bajó de la cama y, tras cubrirse los hombros con las cobijas a modo de manto, con el aliento que emergía de su cuerpo formando heladas nubecillas frente a su rostro, se acercó a mirar por la ventana; tal y como sospechaba, una gruesa capa de nieve cubría ahora tanto el suelo como el alféizar. Todavía estaba demasiado oscuro para poder ver los nubarrones de un gris amarillento que sabía que estaban allí, cerniéndose sobre el blanco paisaje, dejando caer pequeños copos que se agitaban bajo el viento antes de formar los ventisqueros que iban acumulándose ya contra muros y setos. A juzgar por el grosor acumulado contra su ventana, daba la impresión de que la nevada no amainaría en breve, y lo recorrió un escalofrío. No tendría oportunidad de encontrarse con Isabel mientras el tiempo siguiera así, ya que las pisadas en la nieve los delatarían de inmediato.

Se puso su jubón de invierno encima de la camisola y las calzas con las que había dormido, sonrió agradecido al sentir el calorcillo de la tupida capa de franela con la que estaba forrado. Lo primero que hizo al llegar a la botica fue insuflar algo de vida a las brasas de la lumbre, que estaban a punto de apagarse por completo. Echó también unas ramitas y poco después, al calor de un fuego vivo e intenso, se puso a organizar unos tarros y a deambular de acá para allá sin saber con qué ocuparse. Hugh y él habían trabajado con ahínco (bueno, había sido él quien se había encargado de casi todo) para asegurarse de estar bien abastecidos de medicinas durante las festividades de Navidad y Año Nuevo. Los remedios para los problemas gástricos y los dolores de muelas serían especialmente necesarios, lo sabía por experiencia; con un poco de suerte, apenas tendría trabajo durante aquellos próximos doce días de festividades en los que el bullicio y la jarana irían en aumento y se serviría por fin abundante comida apetecible. Se le hizo la boca agua solo con pensarlo.

Llevaba días percibiendo el delicioso olor de las cálidas especias y la carne asándose al fuego, la grasa chisporroteaba bajo el calor de las llamas e inundaba las habitaciones de los sirvientes con un delicioso aroma.

Hugh llegó al cabo de un rato, terminando de ajustarse aún la ropa; al ver que se soplaba las manos y las extendía hacia el fuego para calentarlas, Tom enarcó las cejas y se acercó al tarro que contenía el ungüento de jengibre y romero para tratar los sabañones. A su amigo le hizo gracia la ocurrencia, y la risa sacudió sus hombros; al parecer, el resentimiento que sentía por su prolongada ausencia se había disipado gracias a las festividades. Junto con los demás sirvientes que no iban a tener que trabajar durante las fiestas, los dos cruzaron entonces el patio para comer en las largas mesas comunitarias que se habían dispuesto en el gran salón, y que consistían en unos largos tableros colocados sobre caballetes. El corazón empezó a martillearle en el pecho. Esa sería la oportunidad perfecta para ver a Isabel, aunque fuera de lejos. Después de aquellas semanas en las que no había mantenido ningún tipo de correspondencia con ella, no sabía si seguiría albergando algún sentimiento hacia él, y se sentía temeroso de averiguarlo.

Pero al final no habría de esperar demasiado: a media mañana, la celebración se vio interrumpida cuando todos los presentes se pusieron en pie de repente antes de hacer profundas reverencias. Había llegado la reina. Tom sintió las vibraciones de los trompeteros reales, pero el hecho de no haberlos oído provocó que se rezagara ligeramente respecto a los demás y se levantó apresuradamente del banco donde estaba sentado. Esperaba que nadie se hubiera dado cuenta.

Todo el mundo empezó a erguirse por fin al cabo de cinco minutos, y él siguió su ejemplo. Su mirada recorrió de inmediato el grupo que ocupaba ahora la mesa principal. La reina estaba flanqueada por Leicester, como de costumbre, y por Burghley. Walsingham también formaba parte del séquito.

Sus ojos se posaron por fin en la persona que buscaba. Ella estaba buscándolo a su vez con la mirada, pero había demasiada gente y Tom no podía llamar la atención por miedo a que alguien se percatara. Mantuvo los ojos firmemente puestos en ella, saboreó su belleza como si fuera un hombre famélico. Parecía un poco acalorada, lucía un tupido vestido que parecía estar elaborado con velarte en un color verde oscuro que contrastaba con las mangas blancas, adornadas con cintas verdes. El danzante resplandor anaranjado de la chimenea —la cual estaba decorada con guirnaldas de hiedra con ramitas de lustroso acebo salpicadas de bayas rojas, y en la que ardía un enorme tronco navideño cerca de donde ella estaba sentada— iluminaba el contorno de su rostro y realzaba aún más su belleza. Su cabello era visible alrededor de la cara bajo un pequeño tocado que cubría la parte posterior de su cabeza.

Justo cuando estaba perdiendo la esperanza de establecer contacto visual con ella, sus ojos se encontraron a través del abarrotado salón. Sintió que el calor de su mirada le abrasaba la piel, el mundo entero desapareció a su alrededor. La gente apiñada a lo largo de la mesa que ocupaba, el tufo subyacente que aparecía inevitablemente cuando había multitud de personas en tan estrecha cercanía; los juglares que bailaban por el salón, bromeando con los fascinados espectadores; el dulce sabor de las ciruelas confitadas que había estado comiendo, la sensación pegajosa en los dedos debido al almíbar. Todo pasó a un segundo plano.

Alguien podría estar mirándolo en ese momento y debía ser cauto, pero no pudo contener la gran sonrisa que se dibujó en su rostro cuando sus miradas se encontraron. Isabel lanzó una fugaz mirada alrededor para asegurarse de que nadie estuviera observándola, y entonces sonrió a su vez. Fue como si el sol iluminara el salón entero con su resplandor, tanto la nieve que seguía cayendo como los nubarrones grises del exterior se habían disipado. Ella alzó la mano hacia la gorguera que remataba su vestido y deslizó los dedos por ella, permitiéndole vislumbrar por un instante el brillo de una cadena de oro. El corazón de Tom se llenó de júbilo mientras lo recorría una poderosa oleada de alivio. Ella seguía siendo suya, no había duda posible; todavía llevaba puesto el collar de compromiso. No sabía qué había ocurrido con la correspondencia durante los últimos meses, pero eso ya no tenía ninguna importancia.

Anhelaba con desesperación echar a correr hacia la mesa principal y tomarla entre sus brazos, pero lo único que conseguiría con ello sería que lo echaran de las festividades navideñas y, muy probablemente, quedarse sin casa ni empleo. No podía arriesgarse a cometer semejante estupidez. ¿Cómo iba a ingeniárselas para concertar un encuentro mientras el suelo estuviera cubierto de aquella capa de nieve? Iba a tener que esperar a que fuera Isabel quien tomara la iniciativa de contactar con él, ojalá que la espera no fuera demasiado larga.

El día de Navidad prosiguió de aquella forma. El tronco navideño ardió en la chimenea, continuaron la música y las danzas. Tom notaba las vibraciones de la música, pero no podía unirse al baile porque desconocía por completo el ritmo; en cualquier caso, estaba de lo más cómodo allí sentado, disfrutando de los mazapanes y los frutos confitados que aparecían en bandejas con regularidad y de la fuerte cerveza que circulaba por la mesa. Para cuando la gente empezó a retirarse, apenas podía mantener los ojos abiertos y regresó a su habitación tambaleándose debido a toda la bebida que había consumido.

La lumbre de la botica solo conservaba un pequeño resplandor y reinaba la oscuridad cuando entró, sujetándose a cuanto mueble encontraba a mano para guiar sus temblorosas piernas. Supo de inmediato que no estaba solo. Lo envolvió el suave aroma de la lavanda, su calidez se acercaba sinuosa por el aire para juguetear con sus sentidos. Allí había alguien más. Vio el movimiento de las sombras cuando Isabel emergió del oscuro rincón donde había estado esperando. Ella le rodeó el cuello con los brazos, enfundados aún en terso velarte, apretó el cuerpo contra el suyo. Tom inhaló su fragancia, empleando una fuerte mano para sostener aquella delicada cabeza contra su propio pecho mientras le pasaba el otro brazo por la espalda para apretarla aún más contra sí. No quería soltarla jamás. Sentía el corazón de ella latiendo contra su propio pecho, el rítmico movimiento de sus senos al respirar. Bajó la cabeza y la besó. Estaba ahogándose en ella y no quería volver a moverse en toda su vida.

Ella retrocedió finalmente al cabo de un largo momento y, después de sacar una fina mecha de madera de un cazo que reposaba junto al mortecino fuego, buscó una llamita y encendió la vela que debía de haber traído consigo para tener algo de luz. El resplandor iluminó su rostro desde abajo y danzó sobre el contorno de sus delicadas facciones; aunque la oscuridad seguía ocultando sus ojos, la tenue luz permitió que Tom viera sus labios, que estaban henchidos y teñidos de un intenso tono rosado por sus besos.

—*Os he echado de menos* —dijo ella—. *No sabía dónde debía mandar mis cartas, temía que alguien descubriera nuestra amistad.*

Tom asintió. Al menos había intentado mantenerse en contacto, era un alivio saberlo.

—Yo también os he echado de menos. —Gesticulaba con torpeza y deseó haber ejercido más templanza con la cerveza, pero dio la impresión de que ella lo entendía de todas formas.

—*Llevo puesto vuestro medallón.* —Se lo sacó por el cuello—. *Permanece siempre junto a mi corazón.*

Tom asintió sonriente. Posó la palma de la mano sobre su propio pecho, y entonces la posó sobre el de Isabel. Esta le cubrió la mano con la suya y añadió:

—*Sé que nuestras vidas han seguido caminos distintos y que se considera inconcebible que podamos estar juntos debido a mi rango, pero estoy dispuesta a arriesgarlo todo con tal de que así sea. No hay nada que desee más en este mundo que estar junto a vos por siempre. Y, si Dios así lo quiere, formar una familia juntos.*

Tom se quedó mirándola con asombro, estaba convencido de haberla entendido mal. Que ella compartiera sus mismos anhelos iba más allá de lo que habría podido esperar. Tomó sus manos y las besó con delicadeza antes de apretarlas contra su propio corazón.

—*No puedo abandonar la corte durante las navidades* —explicó ella—. *Pero ¿podríais acudir a mi casa una vez pasada la noche de Reyes? No podemos seguir así, debemos hacer algo.*

Él no alcanzó a entender cuáles eran sus intenciones, pero había captado el significado general de sus palabras. Aunque no estaba seguro de haber entendido bien, ¿sería posible que estuviera hablando de matrimonio? Era más de lo que había imaginado, muchísimo más.

—*Os enviaré una nota para haceros saber la fecha exacta* —añadió ella.

Tom asintió antes de inclinarse para besarla una vez más. Y entonces se quedó solo, viendo alejarse por el pasillo la vela que ella llevaba consigo hasta que fue engullida por la oscuridad.

Por mucho que Tom estuviera disfrutando de las fiestas navideñas y de los grandes fastos de un palacio real recibiendo el nuevo año, aquellos doce días se le hicieron eternos. La comida y la cerveza empezaron a dejarle un regusto amargo en la boca mientras aguardaba con impaciencia a que la vida regresara a la normalidad, y poder encontrarse con Isabel. Tal y como esperaba, había tenido que entregar multitud de remedios para estómagos revueltos debido a los excesos con la comida. Se sabía que la reina comía muy poco, pero había vuelto a pedir los preparados que calmaban el dolor de muelas tras excederse con el mazapán; dicho dolor la mantenía despierta hasta altas horas de la noche, por lo que también había necesitado unos tónicos que la ayudaran a conciliar el sueño. Dado que las existencias de vainilla empezaban a ser escasas, solo se empleaban para preparar remedios destinados a la soberana. Todavía faltaba mucho para el buen tiempo primaveral, que permitía que los barcos cargados de mercancías empezaran a llegar de nuevo procedentes de Venecia y Amberes. Él desearía poder cultivar aquellas preciadas vainas con sus propias plantas de vainilla, pero no había tenido suerte y su única esperanza era que dieran frutos cuando llegaran temperaturas más cálidas; en fin, al menos había podido salvarlas llevándolas a la botica para protegerlas del frío del exterior.

El mensaje que esperaba llegó por fin a mediados de enero, cuando la nieve se había derretido parcialmente. Isabel había recibido permiso para regresar a su casa y le mandó una nota a la botica antes de partir, pidiéndole que acudiera a verla ese mismo día o lo antes posible.

Le preocupó el apremio que percibió en sus palabras. Sabía que Hugh no accedería a que se esfumara justo cuando estaban atareados reponiendo las medicinas que habían usado durante las festividades, pero estaba decidido a acudir a Cordwainer Street en cuanto se le presentara la más mínima oportunidad.

Aprovechando que Hugh le había visto leer rápidamente la nota y guardarla con disimulo en el bolsillo, esa misma tarde fue a su habitación y regresó poco después ataviado con su elegante manto azul. Se encogió de hombros en un gesto de disculpa e indicó mediante señas que Walsingham requería de nuevo su presencia. Hugh no contestó apenas y, aunque Tom se sintió un poco culpable por mentir a un amigo, no tenía más opción que hacerlo. Lo arriesgaría todo con tal de ver a Isabel.

Había pocas chalanas en el muelle. Los barqueros aguardaban de pie formando un pequeño grupito, fumando en pipas de arcilla y estampando los pies en el suelo para intentar entrar en calor. Tom sostuvo en alto un papel donde estaba escrito el nombre del muelle al que quería ir y subió a una de las pequeñas embarcaciones. Casi todos los barqueros lo conocían a esas alturas y uno de ellos se apartó del grupo, subió a su vez, agarró los remos y condujo la chalana hacia el centro del río.

Aunque no hacía mal tiempo, no había calidez alguna en el sol que brillaba en un cielo tan descolorido que parecía prácticamente blanco. Era preferible a los nubarrones amarillentos que dejaban caer la incesante nieve, pero el aire que respiraba seguía estando tan helado que se le quedaba alojado en la garganta y le quemaba la punta de las orejas mientras avanzaban con lentitud por el agua, que estaba tan lisa y lustrosa que parecía un mar de resbaladiza seda donde se reflejaba el pálido cielo. Tenía tanta prisa por ver a Isabel que había olvidado su gorro.

La puerta principal de la casa se abrió de par en par en cuanto pisó el umbral y la vio allí parada, esperando con una gran sonrisa en el rostro. Ella se inclinó a tomarlo del brazo e instarlo a entrar en el cálido salón de entrada y entonces lo besó, pero se echó hacia atrás de inmediato y exclamó:

—*¡Qué frío!*

Tom asintió y la condujo a la chimenea; después de sentarse, la acomodó en su regazo. Estaba en el cielo, no quería volver a moverse nunca más. Pero ella tenía otras ideas.

—*Tenemos que hablar.*

Él enarcó las cejas y aguardó a que continuara.

—*Deseo contraer matrimonio y, si Dios quiere, llegar a tener una familia más adelante. Es mi mayor deseo. Niños correteando por la casa y un esposo a mi lado.*

Tom la apretó contra sí y depositó un beso en su coronilla antes de enmarcar su rostro entre las manos. Se señaló a sí mismo y asintió. Él compartía por completo ese deseo.

—*No podemos seguir así* —añadió ella.

Él sintió que el alma se le caía a los pies. ¿Acaso había fingido sentirse complacida al verlo y le había hecho ir hasta allí con la única intención de informarle de que aquella extraña relación secreta había terminado? Pero eso podría habérselo dicho mediante una carta, ¿no? Hizo ademán de levantarse e intentó que se pusiera en pie, pero ella se resistió y alzó una mano para detenerlo.

—*Esperad a que termine de hablar, necesito decir esto. Os amo, Tom Lutton, y deseo pasar el resto de mi vida junto a vos. Eso solo será posible si contraemos matrimonio. La reina entrará en cólera al saber que nos hemos casado sin su permiso, pero estoy dispuesta a correr ese riesgo. ¿Y vos?*

Tom estaba atónito ante lo que estaba leyendo en sus labios, se preguntó si lo habría interpretado mal. Asintió lentamente, se levantó sin soltarla y los pies de Isabel se elevaron en el aire cuando él empezó a girar en jubilosos círculos con ella entre sus brazos. Notó las carcajadas de su amada contra el pecho.

Cuando la depositó finalmente en el suelo de nuevo, ambos permanecieron inmóviles por un momento mientras esperaban a que la sala dejara de dar vueltas a su alrededor. Ella se acercó a un escritorio que había en un rincón y sacó un papel.

—*Le pedí al sacerdote de St. Mary Aldermary que leyera las amonestaciones, podemos contraer matrimonio mañana mismo. ¿Podéis estar en la iglesia a las diez de la mañana?*

Tom asintió, lleno de dicha. ¡Por supuesto que podía! Tan solo debería evitar a Hugh durante veinticuatro horas, para no tener que inventar otra mentira sobre su paradero. Isabel le tomó la mano y lo condujo a un saloncito situado junto a la puerta principal donde se habían dispuesto unas viandas y una jarra de dulce hipocrás. Sentados al calor del fuego, comenzaron a planear su futuro compartido.

Al final, escabullirse de palacio a la mañana siguiente no resultó ser tan difícil como Tom temía. Se levantó temprano y avivó el fuego antes de completar unas cuantas tareas que Hugh había iniciado la noche anterior: filtró algunas sustancias medicinales y dejó que otras siguieran solidificándose. No vio ni rastro de su amigo, así que aprovechó la oportunidad; después de dejar en la tablilla de cera una nota ambigua diciendo que se requería su presencia en otra parte, se abrigó con su manto y en esa ocasión recordó ponerse el gorro antes de dirigirse apresuradamente al muelle.

Estaba esperando a las puertas de la iglesia junto al sacerdote cuando llegó Isabel, eran las diez en punto. La vio acercarse exudando seguridad en sí misma, con aquellos andares decididos que la caracterizaban. Sartas de perlas asomaban entre su largo y lustroso cabello oscuro, entrelazadas con las trenzas que le nacían en las sienes. Iba ataviada con un vestido que no le resultaba familiar, elaborado con damasco de color verde claro, y llevaba sujeto a la cintura un ramito de lavanda seca. Avanzaba hacia la iglesia frente a cuyas puertas habría de oficiarse la ceremonia precedida de su doncella de compañía, quien sostenía ante sí una rama de romero decorada con cintas.

Cuando Isabel se detuvo junto a Tom, este sintió el calor que emanaba de su cuerpo. La miró a los ojos y sonrió, intentando transmitirle todo el amor que le profesaba. Una adoración que lo elevaba a unas cumbres cuya existencia ni siquiera habría podido imaginar. A pesar de los peligros que pudieran surgir debido a su trabajo de espionaje a las órdenes de Walsingham, estaría eternamente agradecido a aquel viaje que lo había llevado a Londres.

Los dos se volvieron hacia el sacerdote y este tomó la palabra, pero Tom no supo lo que estaba diciendo porque alzó el rostro para sentir la fría brisa que agitaba su pelo y la falda de Isabel. Le llegaba el aroma del ramito de lavanda que ella llevaba en la cintura, así como el tenue perfume del agua de rosas que había empleado para asearse; lamentablemente, podía oler también al sacerdote, quien desprendía un tufo desagradable que habría preferido que le pasara desapercibido. Percibía hasta el último detalle, excepto uno que habría tenido un gran valor para él. No podía oír al sacerdote uniéndolos ante Dios.

Cuando vio que el hombre lo miraba y le dirigía un pequeño gesto de asentimiento, supo que había llegado su momento; no podía confirmar sus votos con palabras, así que iba a tener que emplear sus propios signos.

Avanzó un paso y rodeó a Isabel con los brazos antes de retroceder de nuevo y tomar su mano. Se sacó del bolsillo el anillo que ella le había dado el día anterior y, después de ponérselo, se llevó la mano a su propio pecho y la alzó hacia el cielo. Entonces, para indicar que viviría con ella hasta el día de su muerte, posó los índices en sus propios párpados y los cerró; para finalizar, fingió que cavaba un agujero con el talón del pie y, tirando de una inexistente cuerda, fingió que hacía sonar una campana para indicar el toque de difuntos.

Abrió los ojos y bajó la mirada hacia los de Isabel, que estaban inundados de lágrimas contenidas. Sintió el frío contacto de la alianza de matrimonio contra la mejilla cuando ella enmarcó su rostro entre las manos y, poniéndose de puntillas, procedió a besarlo. El sacerdote se volvió entonces hacia las puertas de la iglesia y los condujo al interior para realizar las plegarias.

36

Julio de 2021

Mathilde intentó explicarle a Rachel que había soñado con el medallón, pero no tardó en darse cuenta de que su hermana no estaba prestando demasiada atención a lo que estaba diciéndole.

—Me duele una muela, he pasado casi toda la noche despierta. —Se llevó una mano a la mejilla—. Es una especie de martilleo en la mejilla, ¡me está matando! Me tomé un paracetamol, pero no ha servido de nada.

—Puedo prepararte un remedio —le ofreció Mathilde—. Una pasta que hay que ponerse en la encía que te duele, va muy bien.

—¡Probaré lo que sea! —afirmó Rachel, con cara mohína—. Voy a tener que llamar al dentista en cuanto abran, ¿podrás cuidar de Fleur si me dan hora para hoy? Tendré que ir y volver de Peterborough, y seguro que no deja de quejarse en el coche. Es más de lo que puedo soportar hoy.

—Claro que sí, no hay problema. Nos divertiremos juntas, ¿verdad? —Miró a la niña, quien asintió con solemnidad.

—¿Podemos salir con tu cámara?

Después de decirle que sí, Mathilde fue a su autocaravana a por los ingredientes para preparar el remedio que su madre le había enseñado para calmar el dolor de muelas; estaba elaborado a base de tomillo y clavo, y era un anestésico instantáneo que adormecía el dolor.

Añadió unas semillas de vainilla para eliminar el sabor amargo que dejaba en la boca.

Rachel apareció al cabo de un rato con la mano aún en la mejilla, se la veía sorprendida.

—Oye, esto funciona muy bien —dijo—. Me han dado hora a media tarde, así que no llegaré a tiempo para una cena temprana. ¿Te las arreglarás bien? Puedo preparar algo y dejarlo en la nevera, si quieres. Y me gustaría aprovechar para pasar después por casa y ver a Andrew. Igual estoy siendo caradura por ir mientras tú estás cuidando de Fleur, pero el dentista está a cinco minutos escasos de mi casa.

—No hay problema, puedo preparar algo de cena para las dos. —Mathilde no terminaba de acostumbrarse a aquellas «cenas tempranas» a eso de las siete de la tarde, ella no solía cenar tan pronto.

A la una de la tarde, salió a la puerta a despedir a su hermana junto con Fleur, que se aferraba a su mano con fuerza. Esperaba que la niña no notara los fuertes latidos de su corazón, que parecían reverberar por todo su cuerpo debido a la enorme responsabilidad que suponía cuidarla durante unas horas. Nunca antes se había hecho cargo de otro ser humano. Cuidar de Sombra ya era la mayor responsabilidad que había asumido en toda su vida, y eso que el gato ya era muy independiente; básicamente, se paseaba por la casa y aparecía en la cocina cuando quería comer o pedir algo.

—¿Salimos ya con tu cámara? —preguntó Fleur.

—Más tarde. Como hace sol, yo creo que la noche estará despejada y hay luna llena. ¿Salimos después para hacerle fotos?

—¡Vale! —La niña regresó de inmediato a la sala de estar para seguir jugando con un cohete espacial y un cerdito de plástico.

Mathilde pensó para sus adentros que lo de hacer de niñera parecía más fácil de lo que había imaginado mientras la seguía hasta la sala, pero la paciencia de su sobrina no tardó en agotarse y tuvo que ingeniárselas para mantenerla entretenida durante las horas que quedaban hasta la cena. Habría querido contarle a Oliver lo de su sueño y que se había dado cuenta de que existía algún vínculo entre el tríptico y el medallón, pero él le había dicho que iba a verse con un historiador especializado en la época de los Tudor para hablar acerca del cuadro y de la nota; intentó llamarlo de todas formas, pero tenía el teléfono apagado. Decidió dejarle un mensaje de voz, pero este consistió básicamente en una sucesión de balbuceos entrecortados porque no encontraba las palabras adecuadas en inglés. Al final se rindió y colgó mientras mascullaba una sarta de imprecaciones en francés; en fin, seguro que él la llamaría en cuanto oyera el mensaje.

Al ver que Fleur empezaba a bostezar después de la cena (que había consistido en una tortilla, gofres de patata y un yogur), Mathilde empezó a replantearse su decisión de no acostarla a su hora habitual. Pero, o mucho se equivocaba, o esa noche se podría presenciar un fenómeno maravilloso sin alejarse demasiado de la casa, y quería compartirlo con aquella sobrina con la que tenía un vínculo que cada vez se fortalecía más; un vínculo entre ella misma, su pasado… y su futuro.

Empezaba a caer la noche. Llamaron a Rachel y Fleur habló tanto con ella como con su padre. Cuando Mathilde se puso al teléfono y su hermana prometió regresar en breve, ella le aseguró que estaba a punto de acostar a Fleur mientras, al mismo tiempo, lanzaba a la niña una teatral mirada ceñuda y se llevaba un dedo a los labios, indicando silencio.

Su sobrina se cubrió la boca con las manos para sofocar sus risitas y, una vez terminada la llamada, preguntó:

—¿En serio tengo que acostarme ya? Dijiste que saldríamos con tu cámara, pero ahora está oscuro fuera. —Empezaron a temblarle los labios y se le llenaron los ojos de lágrimas.

—¡Es la mejor hora para salir! —le aseguró Mathilde—. Ve a por tus zapatillas de deporte, trae también un jersey por si hace frío.

La niña soltó una exclamación de entusiasmo y corrió escalera arriba; Mathilde, mientras tanto, se puso sus propias botas y ajustó la lente de la cámara a la oscuridad nocturna.

—Tú te quedas aquí —le dijo a Sombra, que estaba restregándose contra sus piernas y arqueando el lomo—. Volveremos pronto.

El rocío nocturno había humedecido la tierra, pero, tal y como había vaticinado, la noche estaba despejada y la luna brillaba con fuerza. Eran las condiciones perfectas. Hicieron una parada en la auto-caravana para pertrecharse con una linterna grande que tenía allí, y entonces echaron a andar por el patio delantero cubierto de maleza. Fleur permanecía fuertemente agarrada a su mano mientras ella le indicaba las polillas que se acercaban a la luz de la linterna y los murciélagos que revoloteaban por encima de sus cabezas; en un momento dado, se detuvo y le indicó un silencioso búho que sobrevolaba el campo que tenían a su izquierda. Planeaba a baja altura, con unos movimientos pausados y fluidos que se contradecían con la vigilancia constante de sus ojos oscuros.

Cuando llegaron al lugar que Mathilde tenía en mente, se sentó entre la crecida maleza y Fleur la imitó de inmediato; la vegetación era tan alta, que poco menos que desapareció.

—Hemos venido a ver hadas, así que no podemos hacer ruido —susurró Mathilde. Al ver que su sobrina la miraba con los ojos como platos y asentía en silencio, añadió—: Mira esos juncos de ahí delante. —Ojalá sucediera lo que esperaba, era cuestión de suerte incluso cuando existían las condiciones adecuadas.

Cuando llevaban sentadas en silencio unos cinco minutos, Fleur fue impacientándose y empezó a moverse con nerviosismo. Y fue entonces cuando Mathilde vio una… y otra, seguidas de más.

—¡Mira! —Indicó las luces azules que flotaban en el aire sobre la ciénaga que se extendía ante ellas—. Son hadas, *fées*. ¿Las ves?

No hacía falta preguntar, la niña había exhalado un quedo «¡ooooh!» cuando habían empezado a aparecer. Mathilde ajustó la lente de su cámara y tomó varias fotos de los gases que ascendían de la ciénaga y danzaban ante ellas. Parecían hadas y así era como prefería llamarlas, aunque también se las conocía popularmente como «velas fantasmales». El folclore era macabro en muchas ocasiones.

Giró la cámara con lentitud para fotografiar la imagen que realmente quería captar: la cara maravillada de la niña al contemplar el espectáculo, su perfil bañado por la pálida luz azulada de la luna. Sintió un estallido de amor hacia aquella niñita y sus propias emociones la sorprendieron. Cuántos años perdidos sin saber que formaba parte de aquella familia, y ahora debía aferrarse a ella con todas sus fuerzas. Lo que su padre le había dado no era una simple casa, sino una oportunidad de vivir.

En un momento dado, cuando empezaron a tener frío por estar sentadas en el suelo húmedo, Mathilde propuso regresar a la casa para tomar un chocolate caliente.

Aquello captó de inmediato la atención de Fleur y las hadas quedaron en el olvido.

—¿Con nata y nubes? —preguntó, mientras regresaban a la casa guiadas por la luz de la linterna.

Mathilde contempló aquella carita alzada que la miraba con ojos expectantes y confiados. No sabía si sería capaz de alejarse de aquella niñita. Otro lazo más se coló en su interior y se enroscó alrededor de su corazón para atarla aún más a Lutton Hall, a su familia.

—Pues no sé… Supongo que sí, si es que encontramos algunas.

Las dos estaban en pijama y disfrutando de sus respectivas tazas de chocolate con nata (lamentablemente, no habían encontrado nubes) cuando se oyó el sonido de unas ruedas sobre la grava. Rachel entró poco después por la puerta trasera y, nada más verlas, exclamó:

—¡Qué hace usted levantada tan tarde, señorita? —Depositó un beso en la cabeza de Fleur y miró ceñuda a Mathilde, que estaba sentada al otro lado de la mesa—. ¿No estabas a punto de acostarla cuando hemos hablado por teléfono? ¡Hace cuatro horas de eso!

—¡Hemos ido a buscar hadas en la oscuridad! ¡Hemos visto un montón! —exclamó Fleur con entusiasmo.

—Pues ya es hora de acostarse —contestó Rachel con firmeza, antes de llevársela a la planta de arriba.

Mathilde tuvo la impresión de que le esperaba una reprimenda cuando su hermana volviera. Se le pasó por la cabeza aprovechar para escabullirse a su habitación antes de que volviera a bajar, pero llegó a la conclusión de que era un esfuerzo inútil. Si no recibía la reprimenda en ese momento, la recibiría al día siguiente. Alzó a Sombra del suelo y hundió la nariz en su suave pelaje negro.

—Creía que eras más sensata, la verdad —dijo Rachel, en cuanto entró de nuevo en la cocina—. ¿Cómo se te ocurre salir a deambular por ahí en medio de la noche con mi hija? ¡Ahora querrá hacerlo cada dos por tres! No me apetece acercarme a la ciénaga, terminar siendo tragada por el lodo y desaparecer para siempre.

—Ha sido una aventura con su tía. —El mero hecho de decir esta última palabra la hizo sonreír, era como admitir en voz alta aquella relación que jamás había pensado que llegaría a tener—. Y siempre tengo claro dónde está el borde de la ciénaga, no hemos corrido ningún peligro. Hemos ido a ver los gases del pantano, en Francia se conocen como *les fées*. Le he dicho que eran hadas. Quería hacerle unas fotos a la luz de la luna. Sabía que le gustaría verlas y esperaba que por una vez se quedara quieta el tiempo suficiente para poder tomar unas fotos.

Alargó la mano hacia su cámara por encima de la mesa, y se puso a ver las fotos en la pantalla trasera. La verdad era que habían quedado preciosas, estaba muy contenta con el resultado.

Su hermana se quedó asombrada cuando se acercó a ella y se las mostró.

—¡Vaya! Impresionante, son las fotos más bonitas que he visto de mi hija. Has captado a la perfección las emociones que refleja su cara. Qué inocente se la ve, y esos ojos maravillados... Son unas fotos realmente increíbles.

—Me siento satisfecha con el resultado. —Mathilde fue a enjuagar su taza en el fregadero.

—Pero sigo sin perdonarte por tenerla despierta hasta tan tarde, mañana será una pesadilla inaguantable. —Rachel sonrió a pesar de sus palabras.

Mathilde se limitó a encogerse de hombros y a asentir. Le dio las buenas noches y se dispuso a subir a acostarse, pero se acordó del dolor de muelas justo antes de salir de la cocina y le preguntó al respecto.

Su hermana hizo una mueca antes de contestar.

—Me han tenido que empastar la muela, me duele un poco ahora que ha pasado el efecto de la anestesia. ¿Ha quedado un poco de esa pasta que has preparado?

Para Mathilde era una satisfacción poder ayudar con sus conocimientos sobre remedios naturales, y le dio el bote de plástico que contenía la tintura antes de darle las buenas noches de nuevo y subir a su habitación.

Echó un vistazo a su móvil antes de acostarse y vio que tenía un mensaje de texto de Oliver donde este se disculpaba por no haber contestado a su llamada y prometía hablar con ella a la mañana siguiente. Se quedó dormida en cuestión de segundos con una sonrisa en la cara; en esa ocasión, ningún sueño se coló en su subconsciente.

37

La semana posterior a la boda fue maravillosa. Se aislaron en la casa de Isabel y no vieron a nadie aparte de Anne, la doncella, y el puñado de sirvientes que Isabel tenía a su servicio. Ninguno de ellos aprobaba al nuevo señor de la casa y disimulaban a duras penas el desdén que sentían ante su patente procedencia humilde. Tom había mandado un mensajero a la botica excusándose por no poder acudir a trabajar, alegando que estaba indispuesto y no deseaba transmitir ninguna enfermedad. Hugh había aceptado de buen grado que se mantuviera alejado, ya que cualquier posible enfermedad conllevaba más trabajo para él si llegaba a extenderse entre los habitantes de palacio.

Pasaban los días recorriendo el jardín, donde Tom planeaba crear un huerto medicinal propio que nada tendría que envidiar al que usaba en Greenwich. Se dio cuenta de repente de que, después de pasar la mayor parte de su vida deambulando de acá para allá, ahora podía echar raíces por fin, como las plantas que cuidaba con tanta devoción. Tenía intención de plantar allí sus plantas de vainilla.

De noche yacían en el lecho, uno de madera labrada con dosel extremadamente cómodo donde dormía como nunca, y hacían el amor tras los cortinajes que los ocultaban. Puede que no pudiera susurrar palabras al oído de su amada, pero podía demostrarle su amor con sus otros sentidos; empleando el gusto y el tacto. Era un placer llevarla a sensuales cumbres que ella jamás habría creído posibles. Aunque se veía obligado a retomar sus funciones al servicio de la reina, estaba decidido a regresar a la casa con la mayor frecuencia posible, aunque solo fuera para yacer en aquel lecho. Sentía una paz y una sensación de bienestar que no había experimentado jamás; incluso de niño lo acompañaba un miedo constante a perder a sus seres amados, la sensación de no estar a salvo. Se había sentido fuera de lugar.

No había podido aceptar del todo el hecho de que las personas a las que consideraba su familia no lo eran en realidad; en algún lugar del mundo tenía una madre y un padre de verdad, puede que incluso otros parientes: primos, tías, tíos. No encajaba en ningún sitio y, después del asesinato de su padre —bueno, su padre adoptivo— y de la subsiguiente huida a Francia, no había vuelto a sentirse a salvo. Aunque se habían asentado en una cómoda finca y su madre ganaba con sus cultivos de azafrán dinero suficiente para disfrutar de una existencia plácida y tranquila, él había vivido en la espera constante de que la vida le diera un nuevo mazazo.

A los catorce años había empezado a trabajar como aprendiz del apotecario del lugar, pero para entonces ya había adquirido todos los conocimientos necesarios gracias a las enseñanzas de su madre, quien era una experta en la preparación de medicinas. Empleando ilustraciones, ella le había relatado su propia niñez y cómo la habían instruido los monjes que vivían cerca del hogar donde había nacido. Él había partido rumbo a París, y de allí había viajado a Amberes en una búsqueda constante de un lugar de reposo, un lugar al que poder considerar como su hogar y donde poder formar parte de su propia familia. Cuando había subido a bordo de aquel barco en Francia, tenía en mente viajar a Norfolk para buscar a la familia que lo había perdido —o abandonado— tantos años atrás, pero las circunstancias lo habían conducido a Londres y ahora tenía una esposa y una vida feliz. Puede que no hubiera encontrado sus raíces, pero se sentía más que satisfecho con el rumbo que había tomado su vida.

* * *

Ni Tom ni Isabel esperaban la respuesta que recibirían por la noticia de sus nupcias cuando regresaron a palacio. Ella debía informar a la reina antes de nada y le explicó que no debía decirle a nadie ni una palabra al respecto hasta entonces. Según compartió con él, sabía que la conversación no sería fácil; al fin y al cabo, si hubiera solicitado primero el permiso de la soberana, era improbable que esta hubiera dado su aprobación al esposo que había elegido. En teoría, el hecho de ser viuda debería darle libertad para decidir por sí misma —al fin y al cabo, la primera vez se había desposado con un hombre que había sido elegido para ella—, pero eso no se aplicaba a las personas cercanas a su majestad. Para ser alguien que no quería contraer matrimonio, esta última era realmente proclive a interferir en los compromisos de los demás. No era de extrañar que Isabel siempre mantuviera oculto su medallón.

Tom empezó a sospechar que algo no andaba bien poco después de la cena, cuando un joven paje llegó a la botica. Tenía el rostro acalorado porque había ido corriendo, e intentó transmitirle jadeante el mensaje que se le había confiado. Él observó su boca para intentar leerla, pero el muchacho hablaba entrecortadamente mientras intentaba recobrar el aliento y resultaba imposible comprenderle. Se volvió hacia Hugh, quien estaba triturando unas agallas de quejigo en el mortero, y esperó a que se lo explicara.

Hugh interrumpió su tarea mientras escuchaba al paje con la cabeza ladeada, y entonces se volvió hacia Tom con las cejas enarcadas y semblante boquiabierto.

—¿*Te casaste durante tu ausencia después de Año Nuevo?*

Tom sintió que el corazón se le aceleraba. No le gustaba nada el cariz que estaban tomando los acontecimientos, un sudor frío empezó a perlarle la nuca mientras el miedo empezaba a adueñarse de él. Asintió lentamente, observando la cara de Hugh con atención para que no se le escapara ni el más mínimo detalle.

—*Hay un revuelo en los apartamentos de Estado, la reina desea que subas de inmediato. Yo de ti me cambiaría de ropa, y rápido.* —Indicó el delantal y el jubón de Tom, que estaban salpicados de tinta.

Después de despojarse a toda prisa del primero y de lanzarlo hacia un taburete, Tom fue corriendo a su habitación y se atavió con sus mejores calzas de color claro y con el manto azul. Regresó a toda prisa a la botica mientras intentaba alisar las prendas con las manos (estaban arrugadas después de permanecer guardadas en un espacio apretado), y encontró al paje dando saltitos de un pie al otro en su afán por conducirlo a las estancias superiores.

Hugh lo tomó del brazo antes de que pudiera marcharse y preguntó:

—*Espera, ¿con quién te has casado para que su majestad quiera verte?*

Tom sonrió y sus ojos relucieron de orgullo a pesar de la preocupación que lo atenazaba. Tomó su tablilla de cera, escribió el nombre de Isabel y se lo mostró a Hugh.

—*¿Una de las damas de la reina? ¿Acaso eres un completo idiota? Antes de la hora de la cena estarás en las mazmorras, ¡espera y verás!*

Tom sintió que se le descomponía el estómago ante la mera idea de verse en unas condiciones tan oscuras y sórdidas, cuando el hecho de poder ver le resultaba tan vital para poder comunicarse; aun así, aceptaría con gusto el castigo si Isabel estaba a salvo. Se volvió hacia la puerta y salió tras el paje.

Por una vez, se sintió agradecido de no poder oír los sonidos de la cámara real, porque supo al instante que estaba sumida en el caos. Había personas corriendo de acá para allá, acaloradas y nerviosas; y en medio de todo aquel alboroto se encontraba la reina, cuyo semblante había perdido su palidez habitual y había adquirido un poco favorecedor tono morado que chocaba con su cabello anaranjado. Estaba gesticulando airada y su boca abierta parecía estar soltando un chillido permanente mientras gotitas de saliva salían volando en todas direcciones. Vio a Burghley limpiando con discreción algunas que habían caído en su jubón. Buscó a Isabel con la mirada, pero no había ni rastro de ella. Las damas de compañía de su majestad se refugiaban temerosas en un rincón; en su prisa por huir de la ira de la soberana, habían dejado sus labores y un laúd abandonados en el suelo. Había otros objetos dispersos por la sala, como si los hubieran lanzado en un arranque de furia.

Tom hizo una profunda reverencia. Esperaba que su presencia hubiera pasado inadvertida, pero no tuvo esa suerte. Mantuvo los ojos firmemente puestos en sus propios zapatos y vio que aún tenían algunos restos de barro, esa mañana había estado atendiendo el huerto medicinal. ¡Cuánto desearía estar ahora en aquel refugio de calma, en compañía de las plantas! Finalmente, cuando alguien le propinó un empujón en plena espalda que lo obligó a avanzar un paso para evitar caer de bruces, se enderezó de nuevo.

La reina ocupaba de nuevo su trono y casi todos los sirvientes y las damas estaban saliendo a toda prisa de la sala. Otro empujón en la espalda lo impulsó hacia el trono, avanzó un poco más e hincó una rodilla en el suelo. No sabía con certeza lo que ocurría, pero no había duda de que no se trataba de nada bueno y algo de sumisión añadida podría favorecerlo…, aunque parecía poco probable, la verdad. Miró hacia la izquierda al detectar un movimiento por el rabillo del ojo y reconoció el bajo del vestido de su esposa, el que lucía esa mañana cuando habían salido juntos de la casa de Cordwainer Street para regresar a palacio. Se enderezó de nuevo lentamente hasta que pudo verle el rostro…, estaba surcado por las lágrimas, tenía los ojos enrojecidos e hinchados. La sangre le corrió por las venas como un torrente atronador y dio un paso hacia ella, pero fue en ese momento cuando se percató de que estaba flanqueado por varios de los guardias de la reina y un brazo salió disparado para detenerlo. Ahora estaba muy confundido. Su esposa mantenía la mirada fija en la soberana, así que siguió su ejemplo.

Al principio resultó difícil entender lo que se les decía —se les vociferaba— a ambos; al ver por la expresión de su cara que no la entendía, la reina recurrió a Burghley, quien se encargó de traducir aquella diatriba en palabras que él pudiera leer en sus labios. No tardó en darse cuenta de la gravedad del asunto. Isabel sabía que al ser viuda tenía el derecho de desposar a un hombre de su propia elección cuando así lo deseara, pero, tal y como ella misma había predicho, la reina estaba en desacuerdo. Había enfurecido porque Isabel había decidido casarse sin permiso, más aún porque el elegido había sido Tom, el humilde ayudante del apotecario; a pesar de trabajar a las órdenes de Walsingham, no era más que un mero sirviente.

La reina dirigió entonces su ira contra Isabel y para Tom fue más fácil leer lo que esta última decía, ya que giró la cabeza hacia él y, con lágrimas bajándole por el rostro, explicó sus encuentros secretos en los jardines. Imploró a la soberana que los perdonara, aseguró que no creían haber obrado mal y expresó el profundo amor que se profesaban el uno al otro, pero sus súplicas fueron en vano. Dos de los guardias avanzaron, cada uno de ellos la agarró de un brazo y la arrastraron de espaldas hacia la puerta. Tom hizo ademán de ir en su ayuda de forma instintiva, pero unas manazas tan grandes como palas lo inmovilizaron para que no pudiera seguirla. Se volvió a mirar a Burghley, quien le explicó lo que ocurría.

—Lady *Isabel será conducida a la Torre, tiene suerte de que su destino no sea Newgate. Permanecerá allí hasta que la reina decida que ha recibido suficiente castigo, aunque es posible que eso no suceda jamás; en cuanto a vos, seréis llevado a la prisión de Poultry Corner.* —Su rostro había permanecido impasible mientras hablaba.

Tom dirigió la mirada hacia la reina, intentando encontrar la forma de suplicarle que liberara a su esposa, pero no pudo hacer nada; sus manos estaban inmovilizadas, la soberana tenía la mirada fija en algún punto de la pared situado por encima de su cabeza. Los guardias lo sacaron también de la sala sin miramientos, sujetándolo con tanta fuerza que le hincaban los dedos en los brazos. Reconoció a uno de ellos, era un hombre que había acudido a la botica ese mismo mes para pedir suplicante un poco de su remedio para el dolor de muelas, que se había vuelto muy popular en palacio. Con qué rapidez había cambiado su actitud.

Una vez que salieron al pasillo, le permitieron que se enderezara y lo condujeron hasta el muelle, donde ya los aguardaba una barca. Tom recorrió el río con la mirada para ver dónde estaba Isabel y poder enviarle un silencioso mensaje de amor y apoyo, pero no había ni rastro de ella. Había descendido una densa niebla, un manto húmedo y pesado que rozaba las grises aguas y lo envolvía en un profundo abrazo. El escenario reflejaba sus propios sentimientos desoladores. Y no podía llamarla a gritos. Maldijo su discapacidad, no era la primera vez que lo hacía a lo largo de su vida.

Lo subieron a la barca y, acompañado por uno de los guardias —no era el del dolor de muelas, por cierto—, zarparon en dirección al centro del río. Él solía disfrutar de aquellos recorridos…: la sensación del viento en la cara, poder hundir los dedos en el frío Támesis, los movimientos fluidos y rítmicos de los remos mientras la barca cortaba el agua. Pero en esa ocasión permanecía envuelto en su silencio, sentado con la espalda bien erguida y el corazón desbocado por el miedo. Notó la vibración del guardia diciendo algo a su espalda y vio que el barquero decía «Yo tampoco». ¿A qué se refería?, ¿él tampoco quería ir a prisión? Por supuesto que no, ¿quién querría algo así? ¡Todo el mundo sabía cómo eran esos lugares! Esperaba fervientemente que las habitaciones de la Torre donde iban a tener recluida a Isabel estuvieran en condiciones decentes.

No tardaron en llegar a un tramo de viscosos escalones verdes que desprendían un olor nauseabundo, y Tom intentó ascender por ellos sin perder el equilibrio de un resbalón y terminar en el río. Estaba convencido de que ni el barquero ni el guardia intentarían sacarlo del agua. Apoyándose en el frío muro de piedras toscas y ásperas que tenía al lado, fue subiendo con cuidado, sintiendo a cada paso el cálido aliento del guardia en la nuca; una vez arriba, fue conducido prácticamente a rastras por las oscuras calles de la ciudad, con la negrura de la noche cerrándose a su alrededor. Llegaron a Poultry Corner y el guardia lo llevó a empujones hacia las puertas de un formidable edificio de ladrillo. Era un lugar tan oscuro y deprimente que sintió que un centenar de melancólicos fantasmas se congregaban a su alrededor, dándole la bienvenida al infierno.

Le hicieron bajar de inmediato un tramo de escalera tras otro, hasta que llegó a pensar que realmente había llegado a las profundidades del inframundo. Solo que, en vez de ser un lugar abrasador donde reinaba el fuego, era terriblemente frío y húmedo, y el aire estaba impregnado del penetrante hedor del Támesis y de los orines de las ratas. Por si fuera poco, estaba oscuro; la negrura era tan absoluta que no podía ver su propia mano si la sostenía frente a sus ojos. Ninguna luz natural podría llegar a aquellas profundidades y ni que decir tiene que los guardias no estarían dispuestos a proporcionarle una vela. Ni siquiera sabía si allí había alguien más, ya que no podía oírlo en caso de que estuviera hablándole. Algo se movió junto a él y sintió que pasaba corriendo por encima de sus zapatos; tan solo era una rata, seguro que había muchas en la celda.

La única forma de saber cómo era el lugar donde se encontraba era tanteando como si fuera ciego, de modo que extendió los brazos al frente y avanzó con cautela hasta que sus dedos tocaron la piedra viscosa y húmeda de la pared. Estaba tan fría que apartó las manos por un momento y las frotó contra su jubón. El guardia se había apresurado a despojarlo de su manto azul y lo más probable era que no volviera a verlo; en cualquier caso, dudaba mucho que volviera a necesitarlo de nuevo, ya que no había duda de que iba a terminar en el patíbulo.

Volvió a posar los dedos en la piedra y fue caminando a lo largo de la pared. La celda era pequeña, debía de medir unos ocho pies cuadrados; no había muebles ni compañeros de celda, aparte de unas de cuatro patas y cola larga. Apoyó la espalda contra la pared, fue deslizándose hacia abajo hasta quedar sentado en el suelo (donde había alguna que otra brizna vieja de paja, pero que también consistía básicamente en gélida piedra desnuda) y apoyó la cabeza en las manos, desesperanzado. ¿Cómo habían podido terminar así, en una situación tan aciaga, cuando lo único que habían hecho había sido enamorarse? Veía muy remota la posibilidad de volver a ver a Isabel. Lo más probable era que todas sus esperanzas de regresar a Inglaterra y labrarse una vida concluyeran con él colgado del extremo de una soga.

38

Julio de 2021

—Entonces, ¿qué pasa ahora con la carta... o lo que sea? ¿Cómo la llamó Oliver?

Estaban en el jardín. Rachel había encontrado una vieja tumbona de tela que había logrado enderezar después de varios minutos de lucha, y acababa de sentarse en ella con una taza de café. La tumbona crujió ominosamente mientras iba aposentándose hasta quedar tumbada en un ángulo de cuarenta y cinco grados. Mathilde esperó un momento para ver si atravesaba el raído asiento y terminaba en el suelo, pero aquel trasto parecía estar aguantando bastante bien.

—No me acuerdo, no conozco esa palabra —confesó—. Empieza por *p*.

Dejó de cavar por un momento. Estaba disfrutando con la ampliación del huerto de plantas aromáticas, incluso había encontrado unas matas de menta y de salvia creciendo a su antojo detrás del viejo invernadero. La soledad que buscaba al trabajar en aquel rincón en particular del jardín, usando las herramientas resistentes y bien cuidadas de su padre —aquellas en las que sus propios dedos encajaban a la perfección en las tersas marcas y hendiduras que las manos de él habían ido creando con el uso continuado—, se había visto interrumpida por la bulliciosa llegada de Rachel; aun así, era consciente de que no le había dedicado demasiado tiempo a su hermana en los últimos

246

días, así que se había esforzado por sonreír (había intentado que fuera una sonrisa de bienvenida, esperaba haberlo logrado) cuando la tumbona y las dos tazas de café habían hecho acto de aparición. Fleur estaba cerca, como de costumbre, persiguiendo mariposas y gesticulando entre chillidos cada vez que tenía alguna abeja a menos de tres metros de distancia.

—Creo que Oliver ha llamado a otro amigo suyo —añadió, antes de tomar un sorbo de café con leche. No pudo contener una mueca de desagrado. Tal y como cabía esperar de una inglesa, a Rachel se le daba de maravilla preparar el té, pero su café instantáneo era un horror. Quizá hubiera llegado el momento de volver a Francia, aunque solo fuera para poner a tono sus niveles de cafeína—. Da la impresión de que conoce a un montón de expertos y puede resolver cualquier duda en cuestiones de arte.

—Bueno, imagino que será un mundillo pequeño —asintió Rachel—. Pero a nosotras nos viene bien…, a ti, en este caso. ¿Qué pasaría con todas estas cosas si no contáramos con su ayuda? ¡Yo ni siquiera me habría dado cuenta de que había un mensaje oculto en esa carta! La verdad es que yo también empiezo a sentir cierta fascinación por el tríptico. Es que es muy misterioso, y la posible relación con nuestra familia es una especie de vínculo que nos une a él.

—Estoy esperando a que Oliver me llame, no me extrañaría que empezara a traer a otras personas para que echen un vistazo. Yo también noto ese vínculo, le dije que no quiero que el tríptico salga de Lutton Hall. —Mathilde dejó a un lado la taza y se puso a cavar de nuevo.

Siendo como era una persona que había pasado su vida entera aislándose deliberadamente, se sentía descolocada ante la cantidad de gente que iba acumulándose a su alrededor, como esas nubes que aparecían de repente al final de una jornada calurosa. Había podido ir aceptando gradualmente a Rachel y a Fleur, pero Alice y Jack habían mantenido las distancias y eran la prueba fehaciente de que la familia no tenía por qué ser siempre algo positivo; de no ser por Rachel, habría vuelto a casa en el primer ferri disponible a la primera señal de problemas y confrontaciones. Y ahora Oliver. No pudo reprimir una pequeña sonrisa al pensar en la suya, tan sincera y peculiar; en aquellos ojos azules tan francos y cálidos. La actitud amistosa y de completa aceptación de aquel hombre era totalmente distinta a la de las personas que habían moldeado su vida desde la infancia. Pero todavía le quedaba mucha vida por vivir.

Mathilde se lavó las manos en el fregadero de la cocina después de trasplantar unas matas y de arrancar algunos hierbajos. También había encontrado unas plantas de hojas gigantescas. Rachel estaba encantada con aquel descubrimiento; según ella, se trataba de ruibarbo y era perfecto para hacer algo llamado *crumble*, así que lo prepararía de postre y le llevaría un poco a Andrew ese fin de semana; en opinión de Mathilde, sonaba indigesto y nada apetecible. Comprobó su móvil y, al ver que tenía una llamada perdida de Oliver, en su boca se dibujó al instante una gran sonrisa. Los músculos que creía haber atrofiado permanentemente por falta de uso habían empezado a funcionar a la perfección. Pulsó para devolver la llamada y se llevó el móvil al oído. Rachel y Fleur se habían quedado persiguiéndose mutuamente alrededor de la casa, esperaba que no irrumpieran de repente en la cocina mientras hablaba con él.

—¡Hola, Matty!

Sintió que se ruborizaba de placer solo con escuchar su cálida voz. Jamás permitiría que otra persona abreviara su nombre, pero, por algún extraño motivo, no le molestaba viniendo de él.

—Hola, ¿me has llamado?

—Solo era para decirte que he hablado con un experto de la UEA, la universidad de Norwich. Le encantaría poder ver la carta, sobre todo teniendo en cuenta el contexto en que fue hallada. Está muy interesado en el tema.

—¿Qué quieres decir con lo del contexto?

—El lugar donde la encontraste. Si a eso se le suma que el tríptico data de la época isabelina o podría ser incluso anterior, dadas las vagas similitudes con el estilo del Bosco, ese extraño documento se convierte en un objeto muy interesante desde un punto de vista histórico. Le prometí que se lo llevaríamos la semana que viene, ¿te parece bien? Si resulta tener algún valor histórico, ganará mucho prestigio por anunciar el descubrimiento.

Estaba tan animado que hablaba bastante rápido y a Mathilde le costaba un poco seguirle, pero no dijo nada porque no quería seguir recalcando sus carencias en el manejo del inglés. Aunque la verdad era que había mejorado muchísimo en las últimas semanas. Estaba tan aliviada al saber que podrían llegar a descubrir lo que decía la carta (y, más importante aún, por qué sentía que aquel objeto la vinculaba aún más a Lutton Hall), que estuvo a punto de perderse las siguientes palabras de Oliver.

—Me voy fuera este fin de semana y no vuelvo hasta el martes, ¿te va bien que se lo llevemos entonces?

—Sí, muy bien, perfecto. Gracias.

Puede que estuviera desilusionada al saber que no volvería a verlo hasta dentro de unos días, pero no estaba dispuesta a admitirlo; al fin y al cabo, no era más que un amigo, ¿verdad? En un mes más o menos, el verano llegaría a su fin y ella regresaría a su vida anterior. Como en un intento de recordarse a sí misma esa realidad, dejó su móvil sobre la mesa y salió en dirección a su autocaravana; una vez allí, abrió las puertas y encendió el motor para ir cargando la batería. No quería que se humedeciera ni se dañara por falta de uso, el vehículo tenía que estar listo para marcharse de allí en cualquier momento dado. Siempre había que tener una vía de escape; eso era algo que su madre le había repetido continuamente durante su infancia, como una especie de mantra. Aunque, al final, a su madre no le había servido de mucho.

39

Enero de 1585

Tom no durmió apenas en toda la noche; de hecho, se dio cuenta de que en la siniestra negrura de la celda ni siquiera sabía si era de día o de noche. La preocupación por Isabel no lo abandonaba ni un instante, no podía quitarse de la cabeza lo angustiada que se la veía mientras se la llevaban a rastras de la sala. Ninguno de los dos imaginaba que el amor que se profesaban tendría como resultado semejante castigo. En algún momento dado se quedó adormilado por fin con la barbilla apoyada en el pecho, sintiendo la indeseada y gélida presencia de los espíritus que se agolpaban a su alrededor. No era de extrañar que aquel agujero rezumara tanta tristeza, tanta desesperanza; era el último lugar de reposo de la multitud de pobres diablos que lo habían precedido.

Al final, cuando estaba tan sediento que tenía la garganta totalmente seca y solo ansiaba una de sus cálidas bebidas aderezadas con azafrán y miel, sintió a un lado de la cara el golpe de una súbita corriente que lo alertó de que la puerta estaba abriéndose. Apareció la tenue lucecita de una vela sostenida por el guardia que lo había encerrado allí, quien se agachó para deslizar por el suelo una bandeja con un pedazo de pan y una jarra de cerveza liviana. Tom la agarró y la atrajo hacia sí mientras la luz se desvanecía de nuevo y volvía a quedar sumido en aquella oscuridad con la que ahora estaba familiarizado.

Apuró la jarra en un santiamén, a pesar de saber que podría pasar un largo tiempo hasta que le llevaran algo más de beber. Aunque estaba seco de sed, no pudo reprimir una mueca de desagrado ante aquel sabor flojo y rancio. Apostaría cien ángeles de oro a que aquella no era la cerveza que bebían los guardias. Parecía como si estuviera sacada directamente del Támesis y no hubiera visto ni de lejos los lúpulos, como si no hubieran agregado ni uno durante la cocción.

El pan estaba duro y correoso, pero fue arrancando trocitos y masticando hasta que se le deshacían en la boca; aunque no saciara el hambre que le atormentaba el estómago, le daba al menos una tarea con la que entretenerse. Albergaba la esperanza de que le hubieran dado de comer aquello para que tuviera algo de sustento hasta la hora de la cena, prefería ni imaginar la posibilidad de que hubiera calculado mal el tiempo que llevaba encerrado y aquella mísera comida fuera la cena.

¿Aparecería alguien para llevarle algo de comida?, ¿darían de comer a Isabel? Esperaba con todo su corazón que estuvieran tratándola bien, y que alguna de las damas de la corte se encargara de que le llevaran comida y disfrutara de algunas comodidades. Tan solo cabía confiar en que alguien, quien fuera, estuviera intentando convencer a la reina de que los dejara en libertad después de imponerles aquel castigo ejemplar, de modo que Isabel y él pudieran regresar tarde o temprano al remanso de paz de Cordwainer Street. Aunque había sido pobre y había pasado por momentos duros en numerosas ocasiones mientras deambulaba por Francia y los Países Bajos, sumido en aquella búsqueda constante de un hogar donde se sintiera aceptado, nunca se había visto en nada parecido a aquella celda. Qué grande había sido la caída: después de tener esposa y una casa lujosa, había regresado al punto de partida; de hecho, estaba peor que antes.

Cuando la puerta se abrió por segunda vez, se puso en pie al instante; no había pasado ni una hora desde que había recibido la comida, era imposible que le llevaran una segunda bandeja tan pronto. ¿Acaso iba a ser castigado, torturado? Apareció la tenue luz del mismo tocón de vela de antes, que le revolvió el estómago con el desagradable olor a sebo quemado. Al ver que la puerta se abría más y que el guardia le indicaba con un gesto que se acercara, avanzó de forma casi imperceptible, titubeante; tenía el cuerpo tenso y los puños apretados, a la espera de la paliza que podría avecinarse. Pero el guardia se apartó a un lado e indicó el largo pasillo que se abría ante él, así que echó a andar un poco tambaleante. Le temblaban ligeramente las piernas y tenía los músculos agarrotados después de pasar una noche en un espacio constreñido y húmedo, tuvo que apoyar una mano en la pared para guiarse y evitar desplomarse.

Finalmente, después de un largo y lento ascenso por las escaleras durante el cual tropezó en dos ocasiones y a punto estuvo de caer hacia atrás, lo bañó la luz del sol, tan cegadora y luminosa que entornó los ojos. Recorrió con la mirada la sala de guardia que conducía al pasillo y a las escaleras que descendían hacia las celdas… «Hacia las profundidades del infierno», pensó para sus adentros.

El sargento estaba frente a él pluma en mano, escribiendo algo en un pergamino, y no alzó la mirada al oírlo llegar; en cualquier caso, Tom apenas se percató de su presencia porque acababa de ver al guardia que estaba parado en la esquina, uno ataviado con el uniforme real y que tenía un semblante grave acorde a las circunstancias. Se preguntó qué estaría haciendo un hombre así en semejante lugar; a juzgar por su cara de repulsión, debía de estar haciéndose esa misma pregunta. El sargento firmó con una floritura el pergamino y se lo entregó al joven guardia antes de proceder a devolver con actitud reacia el manto azul, poco menos que lanzándolo sobre la mesa con semblante malhumorado. Al ver que la puerta que daba al exterior se abría, Tom dedujo que el pergamino en cuestión era un perdón para él y, sin necesidad de que le instaran a ello, salió de inmediato al fresco aire del exterior.

Tomó grandes bocanadas, llenando los pulmones como si estuviera intentando expulsar hasta el último vestigio del aire viciado que había estado respirando en las últimas veinticuatro horas. Los olores que siempre había considerado cotidianos lo bombardearon: de los comerciantes y los puestos del mercado cercano emanaba el aroma de empanadas calientes y guisantes cocidos, el terroso olor a campo de las verduras y las manzanas. Ni siquiera el olor de los excrementos de los caballos —y de algún que otro humano— podía borrarle la sonrisa del rostro.

Cuando el guardia hizo un seco ademán con la cabeza y emprendió la marcha, Tom lo siguió sin tener la menor idea de hacia dónde se dirigían. Mientras avanzaba entre mujeres que hacían la compra y sirvientes, le llegó el olor al pan caliente que llevaban en sus cestas y se le hizo la boca agua. Deseó que el guardia conociera algunas de las señas que empleaba para comunicarse, porque habría querido preguntarle si era posible comprar algo de comida. Tenía tanta hambre que temía vomitar de un momento a otro. Pero siguió caminando tras el guardia con piernas que parecían dos pedazos de gelatina de pata de ternera, y al final llegaron a un muelle donde aguardaba una pequeña embarcación con el pendón de la reina agitándose bajo el soplo de la brisa del río. Sorprendido por la diferencia con la sencilla barca que lo había conducido río abajo el día anterior, subió a bordo y se sentó en un banco situado en la parte de atrás. Acarició el mullido cojín de terciopelo carmesí, hundió los dedos en él y saboreó su suavidad; le recordaba los vestidos del mismo tejido que Isabel solía lucir. Se le aceleró el corazón ante la posibilidad de que ella pudiera estar esperándolo cuando llegara a palacio. Anhelaba con desesperación oler el suave perfume a lavanda de su pelo, posar los labios en la tersa piel de su cuello.

En cuanto la embarcación llegó a su destino, el guardia —que no le había dirigido ni una mirada en todo el trayecto— desembarcó de un salto y se alejó por el césped hasta entrar en palacio. Tom no sabía a dónde se suponía que debía dirigirse. Se disponía a regresar a la botica cuando lo detuvo un paje, uno al que reconoció: era el joven muchacho que lo había llevado ante la reina para ser castigado. La euforia que sentía por haber salido de prisión empezó a acrecentarse cuando el muchacho le indicó que lo siguiera, ¡lo más probable era que lo llevara a reunirse con su esposa!

Pero, lejos de ir en dirección a la cámara real, fue conducido por otro pasillo, uno que reconoció al instante. El paje no lo llevaba a ver a la reina, sino al despacho de Walsingham. Esperaba ver a su esposa ocupando de nuevo su legítimo lugar entre las damas de la reina, y su corazón se llenó de desolación. ¿Cuándo volvería a verla? Un pensamiento insidioso e indeseado intentó abrirse paso en su mente: ¿y si ella seguía aún en la Torre? Aunque no tenía sentido que él hubiera sido liberado, pero ella siguiera presa. Él era el sirviente, ella la dama de la reina.

El paje tocó a la puerta, que se abrió casi de inmediato, y le lanzó una fugaz mirada mientras un guardia se apartaba para permitir el paso. El muchacho se alejó entonces al trote por donde había venido, y Tom no tuvo más alternativa que entrar en la sala y descubrir lo que le deparaba el destino; fuera lo que fuese, lo más probable era que no le resultara agradable.

Walsingham estaba escribiendo algo y, al igual que el sargento de antes, no dio ninguna muestra de haberse percatado de su presencia a pesar de que debía de ser consciente de que estaba allí plantado. A Tom todavía le resultaba difícil tenerse en pie y deseó poder sentarse; quién sabe, puede que alguien le prestara atención si se desplomaba de repente (no era una posibilidad nada descabellada, dadas las condiciones en las que estaba). Puede que el balanceo de su cuerpo alertara a Walsingham, quien alzó finalmente la mirada y le indicó una silla con un ademán de la cabeza. Al ver que fruncía la nariz y que lo recorría un pequeño estremecimiento de disgusto, Tom no pudo por menos que admitir para sus adentros que no olía demasiado bien. No apartó la mirada del rostro de Walsingham, consciente de que leer en sus labios lo que tuviera por bien contarle era la única vía para poder comprender lo que estaba sucediendo.

—¿*Habéis disfrutado de vuestra noche en prisión?*

La frígida sonrisa de Walsingham no se reflejaba en sus ojos y, aunque Tom no podía oír el tono de su voz, no resultaba difícil adivinarlo. Puede que ya no estuviera en una celda, pero era consciente de que no había sido perdonado. Intentó preguntar por el paradero de Isabel mediante señas, pero Walsingham alzó una mano para detenerlo.

—*Estáis aquí porque tengo un trabajo importante que encomendaros y no podía permitiros el lujo de permanecer ocioso.*

Tom mantuvo el semblante impasible, tallado en piedra. Esperaba que Walsingham terminara por decirle dónde se encontraba su esposa. Pero entonces le pasó por la cabeza una idea tan terrible que sintió que la sangre se le helaba en las venas, ¡acaso habría sido ajusticiada?

—*Si hacéis lo que os digo y me traéis información favorable, su majestad considerará la posibilidad de ordenar que* lady *Isabel sea liberada y pueda salir de la Torre. ¿Me explico con claridad? Obedeced mis órdenes, y quizá os sea devuelta de una pieza.*

Tom exhaló aire con lentitud. Al menos no estaba muerta. Todavía. No sabía qué tarea le encomendaría Walsingham, pero iba a llevarla a cabo sin titubear. Haría lo que fuera con tal de conseguir que su esposa estuviera a salvo. Asintió sin más, con las manos fuertemente entrelazadas sobre el regazo.

—*Deseo que sigáis a alguien. Averiguad lo que habla, con quién se encuentra. No debería ser una tarea difícil, con la salvedad de que debéis seguirlo todos los días y durante toda la jornada. No lo perdáis de vista, no permitáis que descubra vuestra presencia. ¿Entendido?*

Tom asintió. El rostro de Walsingham se oscureció aún más, como si una sombra acabara de pasar por delante del sol; sumado al hecho de que su cabello estaba tapado bajo un gorro negro que llevaba encasquetado hasta la cara, su aspecto general recordaba a los cuervos de la Torre, los que en ese preciso momento estarían observando a Isabel con ojos vigilantes.

—*No me falléis.* —Después de pronunciar aquellas palabras con claridad diáfana, Walsingham le indicó que se retirara con un ademán de la mano.

Tom estaba de vuelta en el pasillo segundos después, completamente solo, y permaneció allí parado sin saber qué hacer hasta que, al cabo de un momento, apareció un paje procedente de algún lugar de los apartamentos oficiales que le indicó que lo siguiera. Recorrieron un sinfín de pasillos iluminados por esporádicas ventanitas con pequeños paneles de cristal por las que entraba una luz escasa que dibujaba opacos parches de claridad en el suelo, un suelo cubierto de hierbas secas que desprendían el dulce aroma de la ulmaria y la lavanda. Recordó el hedor de su celda y sintió que la bilis le subía por la garganta, ¿podría desprenderse algún día del olor a muerte que invadía sus fosas nasales?

40

Febrero de 1585

A pesar del alivio que Tom sentía por haber sido liberado, lo angustiaba el hecho de que Isabel siguiera languideciendo en la Torre. Consiguió visitarla un día al anochecer, sobornando a los guardias para que le permitieran verla diez minutos. Al llegar a la Torre Byward, que daba entrada a la fortaleza, sintió una ominosa desazón solo con ver las dos torretas gemelas que la conformaban. A pesar del amor que profesaba a Isabel, empezaba a cuestionar su decisión de desposarla, ya que su unión la había puesto en grave peligro. Siguió a un guardia por el patio hacia la imponente estructura de ladrillo de la Torre Beauchamp, donde lo condujeron a la habitación de Isabel. Fue un alivio ver que se trataba de un lugar relativamente cómodo, aunque de reducido tamaño; a pesar de que las paredes estaban cubiertas de viejos tapices ligeramente roídos por las ratas, hacía frío. En la chimenea ardía un pequeño fuego frente al que se calentaban Isabel y la única doncella que se le permitía tener consigo. La tomó entre sus brazos y, cuando la soltó finalmente con renuencia (habría querido seguir abrazándola eternamente), ella logró explicarle que se veían obligadas a ir quemando con mesura los troncos, ya que solo les entregaban una pequeña cantidad diaria. Él le aseguró de inmediato que se encargaría de que recibieran más. El cuarto y la comida distaban mucho de los lujos a los que estaba acostumbrada en la corte, e incluso en su propio hogar. Las pequeñas ventanas le ofrecían buenas vistas de las inmediaciones: el patio, la capilla, la gran Torre Blanca y la Casa de la Reina, que albergaba al teniente de la Torre. Se le permitía pasear a lo largo de las murallas hasta la adyacente Torre Bell cuando el tiempo lo permitía, pero el encierro estaba afectándola de forma visible. Su tez clara estaba tirante sobre los pómulos, cetrina y sin brillo, y aquellos ojos que siempre lo miraban chispeantes estaban apagados y carentes de vida. Ella se puso de espaldas a su doncella, metió la mano por el escote del vestido y, tras sacar el medallón, lo depositó en su mano y le cerró los dedos alrededor. Él se lo guardó en el bolsillo.

Pasados diez minutos, unos fuertes golpes en la puerta alertaron a Isabel, quien indicó a Tom mediante señas que debía marcharse. Él la tomó entre sus brazos, la sentía tan liviana y frágil que le recordó a las muñecas de madera que se vendían en grandes cantidades en la feria de San Bartolomé. La apretó con fuerza contra sí. Necesitaba con desesperación sentir el golpeteo de los latidos de su corazón contra el pecho, el movimiento de sus pulmones al respirar, la caricia de sus labios contra los suyos. Finalmente, cuando ella se movió ligeramente para que la soltara, obedeció a regañadientes.

—*Voy a estar bien* —le prometió ella, mientras lo conducía hasta la puerta.

Tom no se atrevió a volverse a mirar atrás porque no quería mostrarle las emociones que sabía que se reflejaban en su propio rostro, así que se limitó a seguir a los guardias escalera abajo. Sabía por la ubicación del cuarto de Isabel que ella podría verlo cruzar el patio desde la ventana, pero no se volvió a mirar. Fue una decisión deliberada porque era consciente de que alguien podría estar observándolo; al fin y al cabo, ahora sabía por experiencia que había espías vigilando a todas horas, y quería asegurarse de que ella estuviera tan cómoda como fuera posible en aquel lugar. Miró a los guardias, simuló que cortaba leña y señaló hacia el cuarto de su esposa con un ademán de la cabeza. Uno de ellos asintió, y más monedas pasaron de unas manos a otras.

* * *

A su regreso a la botica, Tom admitió para sí que sería demasiado peligroso intentar visitar de nuevo a su esposa, por mucho que cada fibra de su ser anhelara hacerlo. Estaba convencido de que una buena conducta por su parte sería más eficaz que cualquier otra cosa para lograr la pronta liberación de Isabel, solo debía mostrar obediencia y cumplir con la tarea que Walsingham le había encomendado. Tenía el nombre de su objetivo y lo único que debía hacer era vigilarlo e informar sobre dónde había estado y con quién había hablado, era una misión que podía llevar a cabo sin problema alguno. Se puso su manto, que le había sido devuelto milagrosamente a su salida de Poultry Corner, y se encaminó hacia el muelle. El lugar al que se dirigía era la taberna Cross Keys, donde habría de buscar a un tal John Ballard.

Poco después estaba sentado en la proa de una chalana bajo el envite del cortante viento del este, que silbaba por el río sin edificios que lo confinaran. Los copos de nieve que traía consigo le golpeaban el rostro, y se arrebujó aún más en su manto. Su mente no dejaba de dar vueltas a su infortunio; qué cerca había estado de tener todo cuanto anhelaba (la seguridad de un hogar y alguien que lo amaba), pero le había sido arrebatado en unas escasas semanas. Aquellos días en los que habían vivido como marido y mujer habían terminado por demostrarle con mayor crueldad que todo cuanto quería y deseaba estaba destinado a permanecer fuera de su alcance por siempre. ¿Podría volver a convivir algún día con su esposa? Si no le hubieran llevado al palacio, si su vainilla y sus conocimientos como apotecario no hubieran llegado a oídos de la reina…; podría culpar a la cadena de acontecimientos que lo había conducido hasta aquel momento, pero, si todo eso no hubiera ocurrido, no habría conocido a Isabel, quien se había convertido en su mundo entero. Moriría por ella. Y ni que decir tiene que espiaría a las órdenes de Walsingham, si conseguía con ello que fuera liberada.

Encontró la taberna con bastante facilidad, le bastó con ver a los dos borrachos que estaban tirados bocabajo en la calle para hacerse una idea del tipo de establecimiento que era. Esperaba encontrar un lugar de más categoría porque Walsingham había dado a entender que los conspiradores pertenecían a la nobleza menor, pero, si se encontraban de forma clandestina para hablar sobre peligrosas conspiraciones, no era de extrañar que lo hicieran en lugares donde no corrieran tanto riesgo de ser reconocidos. Si Walsingham tenía motivos para creer que encontraría allí a su presa, no sería él quien lo pusiera en duda.

Entró en una sala inundada del humo combinado de la chimenea (que parecía soltar unas nubes grisáceas cada vez que se abría la puerta) y de numerosas pipas de arcilla. Cerró la puerta tras de sí a toda prisa, provocando con ello que la chimenea soltara una nueva bocanada de humo. Un hombre entrado en años con una mata de pelo canoso, lacio y sin brillo que le llegaba a los hombros se giró en su taburete y lo fulminó con la mirada.

Era un establecimiento pequeño y, tal y como había hecho anteriormente, optó por apostarse a un lado. Desde allí podía ver mejor que sentado en la única mesa disponible, una situada en una esquina. Señaló con el dedo un jarro de cerveza, entregó agradecido las monedas correspondientes cuando le sirvieron uno junto con un vaso, y entonces llenó el vaso con el líquido de color ámbar y lo apuró de golpe. El aire viciado de la sala no solo dificultaba la visibilidad, también le dañaba la garganta. ¿Cómo era posible que aquellos hombres pasaran horas y horas allí sentados, como si nada? Quizá fuera cuestión de práctica. Al ver que otro hombre entraba tambaleante y cerraba de un portazo, se dio cuenta de que permitir que la sala se llenara de humo podría ser una treta deliberada del propietario; al fin y al cabo, servía para aumentar las ventas, ya que todo el mundo —él incluido— mojaba el gaznate a intervalos regulares.

Buscó a su presa con la mirada como buenamente pudo. Walsingham le había hecho un esbozo de su cara en un pergamino, pero resultaba difícil diferenciar a un hombre barbudo de otro. Esperaba poder identificarlo por el físico: bajito y recio, y cabía esperar que algo mejor ataviado que el resto de la clientela. Sus ojos se posaron entonces en dos hombres que estaban sumidos en una conversación en una mesa que quedaba justo a su derecha, y supo que uno de ellos era su objetivo. El atuendo de ambos consistía en un apagado manto de lana y unas calzas de color pardo. Exhaló un suspiro de alivio; a pesar de la dificultad que entrañaba ver a través del humo, estaban lo bastante cerca para poder ver lo que decían. Se preguntó quién sería el cómplice de Ballard.

Alzó su vaso como si se dispusiera a tomar un trago y, observando por encima del borde, vio lo que decía el tal Ballard:

—*Llegarán a finales de semana, está todo dispuesto para que desembarquen en Newcastle. Se los conducirá a una casa segura situada en Derbyshire y, posteriormente, a Oxford.*

Tom se dio cuenta de que el otro hombre estaba diciendo algo porque movió el hombro ligeramente y, en un momento dado, agitó los brazos; por desgracia, no podía ver a los dos a la vez desde donde estaba, así que decidió trasladarse a otra posición para ver quién era el cómplice de Ballard. Se acercó con naturalidad a la chimenea, depositó el jarro de cerveza y el vaso en la repisa y fingió que se calentaba las manos mientras intentaba no toser a causa del humo.

El otro caballero era más alto y delgado, un tanto desgarbado. Parecía tener una edad similar, unos veintitantos años. Tom se preguntó por qué no se limitaban a disfrutar de la vida, pero había visto la fervorosa devoción de los católicos hacia su fe y el celo con el que estaban dispuestos a enfrentarse a cualquiera que se opusiera al papa. Ballard dijo algo que no alcanzó a ver, pero el cómplice respondió con unas palabras que reconoció al instante: «sacerdotes jesuitas». Estaban hablando de traer sacerdotes al país, un acto considerado como traición y que llevaría a los implicados a la horca. Estaba convencido de que Walsingham estaría muy interesado en aquella información, y tuvo la ferviente esperanza de que sirviera para obtener la liberación de Isabel.

Los dos se pusieron de pie como si se dispusieran a marcharse, y el hombre delgado le pasó a Ballard una carta que este guardó al instante en su manto. Tom se volvió hacia la repisa de la chimenea y se sirvió otro vaso de cerveza. Supo por la súbita corriente de aire frío que le golpeó la cara que los dos hombres acababan de salir de la taberna, así que apuró su vaso para darse unos segundos y asegurarse de que se hubieran ido, y entonces se dirigió también hacia la puerta.

Al salir a la calle, vio que el cielo se había despejado. El empedrado del suelo ya estaba cubierto por una capa de escarcha que brillaba bajo la luna, cuyo blanco anillo exterior era una indicación de que se avecinaba una intensa helada. Debía emprender el regreso antes de que el Támesis empezara a helarse y las barcas interrumpieran su actividad. La luz de la luna proyectaba a través de la calle las sombras de los altos edificios que lo rodeaban, daba la impresión de que podrían derrumbarse sobre él de un momento a otro. No había ni rastro de los dos hombres y vio en la distancia la silueta de un vigilante nocturno, que se acercaba con su balanceante farolillo. Se apresuró a regresar al muelle con la esperanza de que hubiera algún barquero a la espera de clientes.

Cuando estuvo de regreso en su habitación de palacio, donde hacía casi tanto frío como en el exterior, se despojó de su manto y se envolvió en su sábana antes de dirigirse a la botica. Avivó la lumbre y se acomodó en la silla que Hugh había colocado al lado de esta, agradecido de poder ir entrando en calor.

Consiguió un pergamino y una pluma e intentó anotar con rapidez todo lo que había leído en los labios de los dos hombres; era tanta la información que debía recordar, que empleó de nuevo los pequeños signos y marcas para representar las distintas palabras, y en cuestión de minutos rellenó media página. Sabía que a partir de aquello podría recordar todo lo que iba a tener que contarle a Walsingham, ya que este le exigiría sin duda que informara detalladamente sobre lo sucedido en la taberna. Gracias a aquellas notas, no olvidaría nada de importancia.

Tal y como cabía esperar, a la mañana siguiente se solicitó su presencia en el despacho de Walsingham. Hugh lo había encontrado durmiendo junto al fuego en la silla, y lo había mandado a asearse y cambiarse de ropa. Él mismo había fruncido el ceño con desagrado al despertar y percibir el desagradable olor a humo que desprendía su ropa, así que calentó al fuego un cazo de agua que llevó a su habitación; después de usarla para asearse junto con un trozo de jabón cáustico, se puso ropa limpia.

Llevando consigo las notas que había preparado la noche anterior, siguió al paje —uno distinto en esa ocasión, mayor que el otro y más sosegado— hasta el despacho de Walsingham, donde se procedió al largo ritual de siempre: el paje llamó a la puerta, y un guardia procedió a abrir desde dentro y le permitió el paso. En esa ocasión, Walsingham no le hizo esperar tanto tiempo y, al ver el pergamino que sostenía en la mano, le indicó que se acercara y extendió la mano para que se lo entregara. Tom obedeció y se sintió complacido al ver la cara que ponía al darse cuenta de que le resultaba imposible leerlo. Tuvo la sensación de haber obtenido cierta ventaja, aunque fuera por una vez.

Tal y como había hecho la vez anterior, fue señalando cada uno de los símbolos que había hecho y explicando mediante señas su correspondiente significado. Había añadido uno adicional para el nombre de Ballard y, para cuando terminó de relatar todo lo ocurrido la noche anterior, Walsingham había perdido su habitual semblante austero e indescifrable y sonreía abiertamente mientras le daba unas palmaditas en la espalda.

—¡*Bien hecho! Me aseguraré de que mis hombres vigilen el puerto de Newcastle, a la espera de que aparezca alguno de los sacerdotes. Muy buen trabajo. Y debo presentaros a Thomas Phelippes, le interesará sobremanera la clave que usáis para escribir. Él también inventa claves y códigos diversos, y creo que podríais trabajar bien juntos.*

Tom había perdido el hilo de lo que estaba diciendo, pero Walsingham escribió el nombre de Phelippes y le indicó que le acompañara. Cruzaron una puerta integrada en los paneles de madera de la pared del fondo, y pasaron por varias salas más que él no había visto con anterioridad. Algunas de ellas estaban vacías o contenían algún que otro cofre o armario donde guardar ropa; todas ellas estaban frías, ninguna tenía la chimenea encendida. Su aliento emergía de su boca en nubecillas blancas mientras seguía a Walsingham, no era de extrañar que este mantuviera siempre un buen fuego en la chimenea del despacho si el resto del apartamento era así de frío. Las afligidas almas de los antiguos ocupantes del palacio rondaban por los rincones, se sentía observado.

263

Finalmente llegaron a una puerta y Walsingham procedió a entrar sin llamar ni detenerse, no había duda de quién mandaba allí. Aquella sala estaba mejor amueblada; las paredes estaban cubiertas de tapices tupidos que aislaban del frío, y había una chimenea donde ardía un vivo fuego y que estaba dotada de un macizo dintel donde se apilaban multitud de pergaminos. El hombre que estaba sentado tras el escritorio se levantó de inmediato, y Tom esperó a que ellos intercambiaran sendas reverencias antes de acercarse. Se dio cuenta de que Walsingham estaba explicándole al otro hombre quién era él al ver que lo señalaba con el dedo, depositaba en el escritorio el pergamino que contenía sus notas en clave y decía algo mientras gesticulaba con los brazos. El desconocido —dedujo que debía de tratarse del tal Phelippes— tomó el pergamino y lo examinó con atención antes de alzar la mirada hacia él. Lo observó con los ojos entornados, como si estuviera tomándole la medida, hasta que finalmente se volvió hacia Walsingham y dijo:

—*Sí, puedo encargarme de eso. Dejadlo aquí conmigo, tengo una idea.*

Walsingham le dio una palmadita en la espalda a Tom antes de marcharse, y este se volvió hacia el hombre que seguía sentado al otro lado del escritorio. Era bajito y de hombros anchos, su pelo y su barba eran de un tono rubio claro similar al suyo, tenía el rostro marcado por la viruela; su sencillo jubón era de cordellate negro y ceñido, su gorguera blanca combinaba con las mangas de su camisa de batista. Esbozó una sonrisa que hizo que sus ojos estuvieran a punto de desaparecer, y Tom exhaló un suspiro de alivio. Daba la impresión de que se trataba de un hombre cordial, y no había duda de que se llevarían bien. Estaba interesado en ver a qué se refería Walsingham con lo de los códigos y las claves, y cómo iba a encajar él en aquella nueva pieza del aparato de espionaje manejado por este.

41

Julio de 2021

Oliver llegó más temprano de lo que Mathilde esperaba ese martes por la mañana. Estaba sentada de piernas cruzadas en una silla de la cocina, comiendo una tostada mientras enseñaba a Fleur a construir un castillo de naipes. La niña era demasiado torpe y se enfurruñaba, haciéndola reír con sus pucheros. Le oyeron decir «hola» en voz alta cuando estaba doblando la esquina de la casa, y ella miró a Rachel por un momento antes de murmurar un expletivo y levantarse como un resorte. Echó a correr hacia su habitación para peinarse, cepillarse los dientes y vestirse, y estaba subiendo los escalones de dos en dos cuando oyó a su hermana dándole los buenos días.

Ni siquiera sabía por qué le importaba tanto que Oliver la viera con el desaliño normal de primera hora de la mañana, pero, fuera por lo que fuese, la cuestión era que no quería que la viera con esas pintas, así que se puso unos pantalones cortos y una camiseta, se peinó y enfundó los pies en unas chanclas de Rachel que habían pasado a ser suyas como por arte de magia. Se miró al espejo del tocador mientras se trenzaba el pelo. Pensó en buscar su rímel prehistórico, pero decidió que su piel bronceada y las pecas espolvoreadas por su nariz y sus mejillas eran adorno suficiente. El sol empezaba a alzarse ya en el cielo gris azulado, prometiendo otro día cálido más.

—'Ello!, 'ello!

Lo saludó con toda la naturalidad del mundo al entrar de nuevo en la cocina, nadie diría que había estado desayunando allí hacía diez minutos escasos; por suerte, Fleur se había aburrido y estaba en la sala de estar, así que no la pondría en evidencia haciendo algún comentario sobre cómo había echado a correr su tía en cuanto habían oído la voz de Oliver.

Él estaba sentado en la silla que ella había desocupado minutos atrás, con la cara ligeramente acalorada por el humo que emergía de la taza de café que tenía entre las manos. Mathilde sintió que una oleada de calidez recorría su cuerpo cuando la miró con una sonrisa franca y abierta, y no pudo evitar sonreír a su vez. Se sentía tímida y cohibida como una jovencita de catorce años, el estómago le dio un brinquito de placer.

—Oliver tiene buenas noticias —dijo Rachel. Llenó dos tazas de café, una para Mathilde y la otra para sí misma, y se sentó a la mesa—. Ven, siéntate para que te lo explique.

Mathilde se sentó junto a su hermana y Oliver tomó la palabra.

—Este fin de semana recibí una llamada. Un eminente experto en criptografía visita esta semana la UEA para dar una serie de conferencias a algunos de los estudiantes de posgrado. Es un gran logro para la facultad, porque no suele viajar a las provincias; casi siempre está en Londres, aunque a veces se le puede encontrar en Oxford. Ha estado en Yale y en Harvard, pero es la primera vez que visita East Anglia. En fin, la cuestión es que hemos tenido una suerte enorme; aprovechando que hoy vamos a estar allí, podremos pedirle que eche un vistazo a la carta después de la conferencia. Quién sabe, ¡puede que consiga descifrarla!

Mathilde se alegró al verlo tan entusiasmado, pero, por otra parte, sentía un nudo de incomodidad en su interior. Aunque tenía tantas ganas como él de averiguar lo que ponía en la carta, le daba miedo lo que pudieran llegar a descubrir. La recorrió un escalofrío, consciente de las sombras que se arremolinaban y se agitaban en los rincones de la casa.

* * *

—Cuidado, ¡que no lo enganche la puerta!

Oliver no dejaba de dar instrucciones mientras Mathilde y él metían el tríptico con sumo cuidado en el asiento trasero del coche, envuelto en una vieja manta. Ella había visto lo pequeño que era el maletero cuando habían metido allí lo que habían comprado para Sombra, y se había preguntado cómo se las ingeniaría Oliver para transportar el tríptico hasta la universidad. En un principio, no era consciente de lo importante que era que los expertos vieran de dónde procedía la carta que había sido descubierta. Esta se encontraba ahora enfundada en su carpeta de terciopelo oscuro, la habían colocado sobre el tríptico para evitar que se moviera de acá para allá durante el viaje. Mathilde se había ofrecido a llevarla en el regazo, pero Oliver le había explicado que el calor de sus piernas podría afectar la integridad de un documento tan antiguo.

—La decana de la facultad nos ha dado permiso para esperar en su despacho, allí estarán a salvo ambas cosas.

Mathilde asintió, aunque su mente no estaba puesta del todo en la conversación. Sacar ambos objetos de la casa la ponía tensa, sentía el regusto de la bilis en el fondo de la garganta. Se volvió a mirar por encima del hombro mientras se alejaban en el coche, sentía tal desasosiego que estaba convencida de que vería un fantasma observando desde la ventana. Pero los paneles de cristal solo reflejaban el azul claro del cielo surcado por onduladas nubes, y parecían mirarla con reproche.

Tuvieron que dar tres vueltas alrededor del perímetro de la universidad hasta que encontraron por fin el edificio que buscaban, que estaba pésimamente señalizado.

—¡Venga ya! —se lamentó Oliver, al ver un aviso donde ponía que no había plazas de aparcamiento disponibles y debían dirigirse a la zona de estacionamiento para visitantes del Sainsbury Centre—. No podemos acarrear el tríptico desde allí. —Detuvo el coche delante del edificio—. Voy a dejar el coche aquí mientras te ayudo a entrar el tríptico, después bajaré para ir a aparcar mientras tú esperas con el tríptico y la carta. ¿De acuerdo?

—El coche es tuyo, tú mandas.

Mathilde casi nunca prestaba atención a los carteles que prohibían aparcar, se limitaba a dejar la autocaravana donde le convenía. Cualquier multa que encontrara a su regreso terminaba en la basura, ya que sabía que se habría marchado de aquel lugar mucho antes de que alguien acudiera a buscarla. Sonriendo para sí al ver a Oliver tan preocupado por ceñirse a las normas, lo ayudó a sacar los preciados objetos; después de depositarlos en una mesa de recepción que encontraron convenientemente despejada, él salió a aparcar el coche.

El despacho de la decana se encontraba en la segunda planta, y Mathilde suspiró aliviada cuando por fin entraron allí y dejaron el tríptico y la carta sobre el escritorio, sanos y salvos. Una secretaria había sido informada previamente de su llegada y les llevó café y unas galletas que se tomaron en el otro extremo del despacho, bien lejos de ambos objetos. Mathilde se dio cuenta de que Oliver miraba la hora cada dos por tres en su reloj, no quería ni pensar en lo decepcionado que se quedaría si el experto no aparecía.

Afortunadamente, cuando estaban a punto de dar las doce en punto del mediodía, oyeron voces procedentes de la antesala y un grupo de gente entró en el despacho. El hombre más mayor miró a Mathilde como un abuelo bonachón, con una sonrisa y unos ojos chispeantes que hicieron que le cayera bien de inmediato, y se presentó diciendo que era el vicedecano de la universidad antes de volverse hacia otro hombre que estaba parado tras él.

—Os presento al profesor Thornton. Le he explicado lo del hallazgo en la capilla de la finca, está muy interesado en echar un vistazo.

El tal profesor Thornton —que, para sorpresa de Mathilde, era bastante joven, debía de tener cuarenta y pocos años— se limitó a saludar con una rígida sonrisa y una breve inclinación de cabeza, como si estuviera conservando su energía para la tarea que tenía por delante... o para cuando llegara la hora de comer, vete tú a saber.

Oliver desenvolvió el tríptico y sacó la carta de la carpeta apresuradamente, como si lo hubieran pillado desprevenido. Saltaba a la vista lo importante que era aquella reunión para él, el hecho de participar en ella podría darle un espaldarazo a su carrera profesional. Se hizo a un lado para que el experto pudiera observar los objetos más de cerca, y este se sacó un monóculo del bolsillo y procedió a estudiarlos con detenimiento.

El despacho quedó sumido en un silencio que solo quedaba roto por el sonido quedo de cinco personas que apenas se atrevían a respirar. El profesor asentía de vez en cuando al observar las pequeñas escenas que Mathilde conocía ahora a la perfección, y examinó después el escudo de armas que coronaba el marco; procedió entonces a centrarse en el pergamino, que era su principal interés. Pasó tanto tiempo examinándolo con detenimiento, que Mathilde se preguntó si habría olvidado que ellos estaban allí; finalmente, retrocedió un poco y flexionó la espalda, que se le había quedado agarrotada después de pasar tanto tiempo inclinado hacia delante.

—¿Y decís que encontrasteis esta carta detrás de la obra de arte? —Los miró con ojos interrogantes.

Mathilde esperó a que Oliver contestara; al ver que permanecía callado, optó por hacerlo ella.

—Sí. Había un pequeño agujero aquí, en la parte de arriba, entre el marco y el cuadro. —Señaló con el dedo la zona en cuestión—. Vi que había algo dentro, así que lo saqué con unos alicates estrechos que tengo. —Contuvo una risita al ver que él no podía reprimir una pequeña mueca de horror al oír lo último.

—No puedo decirlo con total certeza, por supuesto, pero, dado que ya habéis realizado la datación del tríptico y sabemos que es del siglo XVI, lo más probable es que sea auténtica. Es un hallazgo extremadamente fascinante; está en clave, como puede verse, y es muy posible que lo escribiera Walsingham o alguno de sus espías. En aquel siglo, cuando las numerosas conspiraciones para poner en el trono a María, reina de los escoceses, estaban en su punto álgido, Walsingham empleaba una red de espías para interceptar la correspondencia entre los conspiradores y los españoles. ¿Habéis oído hablar de la conspiración de Babington? —Thornton miró a Mathilde, quien negó con la cabeza y tomó nota mental de añadirlo a la creciente lista de libros sobre historia de Inglaterra que quería consultar—. Tuvo como resultado que a María terminaran cortándole la cabeza. Cecil Burghley, el canciller de la reina, se aseguró de que su enviado saliera de inmediato de Londres y viajara a toda velocidad hasta el castillo de Fotheringay, el lugar donde estaba presa María, para que la sentencia fuera ejecutada antes de que la tinta se secara en el pergamino. —Se volvió de nuevo hacia la carta—. Pero lo más interesante de este documento es el mensaje oculto que hay entre las líneas en clave, escrito con alguna tinta invisible rudimentaria. Se sabe que en aquella época se usaban a veces para transmitir mensajes secretos. Hay que llevarla al laboratorio de esta universidad, para que analistas expertos la examinen y empleen ciertas sustancias químicas para ayudar a sacar a la luz las palabras que están ocultas. Habrá que llevar a cabo un estudio en profundidad del tríptico a su debido tiempo, pero no hace falta que hoy lo dejéis aquí.

—Eh…, vale.

Mathilde no tenía claro si sería buena idea dejar allí la carta, pero, por otro lado, estaba deseando saber lo que ponía. Puede que el mensaje oculto la ayudara a comprender los sueños tan perturbadores que estaba teniendo, y revelara más información sobre las afligidas almas que se ocultaban entre las sombras.

—Cuando los estudios estén completados, nos gustaría que entregarais… o prestarais —el profesor Thornton añadió esto último a toda prisa al ver que las cejas de Mathilde empezaban a alzarse— el tríptico y la carta a un museo. Son tesoros nacionales.

A ella ni siquiera se le había pasado por la cabeza que alguien pudiera pedirle que los entregara, y no tenía intención de hacerlo. El lugar de aquellos dos objetos estaba en Lutton Hall… y quizá pudiera decirse lo mismo de ella misma. Se limitó a encogerse de hombros mientras hacía un sonido inarticulado, y se volvió para ayudar a Oliver a envolver de nuevo el tríptico.

Él fue a por el coche y no paró de hablar del profesor en todo el trayecto de regreso a casa, cualquiera diría que ella no había estado presente en aquel despacho. Lo que no estaba claro era si creía que ella no manejaba el inglés lo bastante bien como para comprender lo que se había hablado (ahí tendría parte de razón), o si estaba tan entusiasmado que quería contar lo ocurrido una y otra vez para revivirlo.

Al llegar a casa, Mathilde se permitió ir soltando lentamente el aliento que había estado conteniendo durante todo el día. Bajó del coche y alzó la cara hacia el cálido sol, cerró los ojos y sonrió por un momento. El tríptico estaba de vuelta en su debido lugar y, una vez que se desentrañara el misterio del documento que había encontrado, seguro que los fatigados fantasmas que recorrían los pasillos de Lutton Hall estarían en paz y podrían descansar.

42

Marzo de 1585

Tom yacía despierto todas las noches en su cama junto a la botica, pensando en Isabel con el corazón lleno de congoja. Pasaba los días ocupado con las tareas que le encomendaba Walsingham y a menudo se veía en la situación de estar esperando entre las oscuras sombras de tabernas y casas de juego, incluso en los pasillos del Palacio de Westminster, observando el rostro de unos y otros mientras revelaban sus secretos. Tres hombres residían en la Torre en ese momento debido a información obtenida por él. No podía evitar hacer comparaciones con su propia esposa, quien también se encontraba presa allí, si bien en condiciones más cómodas. Los hombres en cuestión estaban encerrados en las entrañas de la sangrienta fortaleza, donde las fétidas y frías paredes de piedra absorbían los sonidos de los gritos. A pesar del trabajo que había realizado para Walsingham, este todavía no parecía inclinado a querer liberarla. ¿Qué más quería de él?

Entre las horas de trabajo constante y las que pasaba languideciendo por Isabel, apenas tenía tiempo para comer ni apetito, y se limitaba a agarrar lo primero que encontraba en la cocina cuando el cocinero estaba distraído. Su cuerpo firme y musculoso empezaba a consumirse; donde antes había fuerza y musculatura, ahora había huecas sombras; su rostro parecía avejentado bajo su bronceada piel;

tenía unas profundas ojeras, el intenso color gris de sus ojos estaba apagado y opaco. Cada segundo del día era una agonía.

Thomas Phelippes lo había enviado a trabajar junto al superintendente del Hospital de Santo Bartolomé, el doctor Timothy Bright, quien, además de ser un prominente cirujano y amigo cercano de *sir* Phillip Sidney —esposo a su vez de Frances, la hija de Walsingham—, estaba convirtiéndose con celeridad en un experto en materia de criptografía. Además de inventar códigos secretos que se empleaban en los mensajes que intercambiaban los espías de Walsingham, Bright descifraba las frecuentes cartas interceptadas procedentes de Francia y dirigidas a los conspiradores papistas. La habilidad del propio Tom para condensar informes enteros en una o dos líneas mediante una clave secreta compuesta por distintos signos estaba resultando ser de un valor incalculable.

Una mañana en que el sol prometía ofrecer algo de calor y los árboles de los terrenos del hospital estaban cubiertos de pequeñas hojitas que empezaban a brotar, Bright se percató del declive de Tom.

—*Se os ve desmejorado, amigo mío.*

Lo dijo enunciando bien las palabras. Después de pasar varias semanas trabajando juntos, había aprendido a hablar a una velocidad que permitía que Tom pudiera entenderle con facilidad. Pero lo hacía manteniendo cierta fluidez, sin pausas ni trompicones, con lo que los demás apenas notaban diferencia alguna.

Tom se limitó a encogerse de hombros y a negar con la cabeza, y bajó de nuevo la mirada hacia el documento que estaba cifrando con la nueva clave. Era una carta que ya había sido codificada, pero aquel proceso adicional lo reducía a un pequeño trocito de pergamino que podría ocultarse en cualquier parte de una persona…, incluso en aquellas en las que nadie desearía mirar.

Bright le dio un golpecito en el brazo para instarlo a alzar la mirada de nuevo. Sabía que, a menos que Tom estuviera mirándolo de frente, cualquier cosa que dijera se la llevaría al instante el aire fresco y limpio que entraba por la ventana. Cuando Tom lo miró ceñudo, dijo con firmeza:

—Si estáis enfermo, puedo ayudaros. Pero debéis decirme lo que os aqueja.

—Nada en lo que vos podáis ayudarme. —Escribió Tom en su tablilla de cera—. Mi esposa, Isabel, está presa en la Torre y no puedo verla hasta que la reina la deje en libertad. No podemos vivir como esposos.

—En ese caso, debemos hacer algo para cambiar la situación; en tales circunstancias, no sois de utilidad para nadie. Dejádmelo a mí.

Ambos retomaron sus respectivas tareas. Tom no depositó demasiadas esperanzas en la posibilidad de que su amigo contara con suficiente influencia.

A la mañana siguiente, el habitual paje llegó temprano a su habitación y le entregó una nota. Tom reconoció al instante la caligrafía de Walsingham y se preguntó descorazonado a quién tendría que espiar en esa ocasión. El paje estaba intentando expresar una acción mediante gestos y, cuando se detuvo finalmente, se quedó mirándolo con expresión expectante. Tom no tenía ni idea de lo que quería y empleó su método universal para indicar que no había entendido algo: se encogió de hombros y extendió los brazos a ambos lados del cuerpo, con las palmas de las manos hacia arriba. Todo el mundo sabía ahora lo que quería decir eso.

El paje lo tomó de la mano y lo condujo al armario del rincón, donde estuvo rebuscando hasta que sacó el manto azul. La tela que cubría uno de los brazos estaba muy sucia porque Tom había tenido que apretarse contra la esquina de una callejuela para evitar ser visto; en aquella ocasión, estaba observando la conversación de dos agitadores católicos en los que Walsingham tenía mucho interés. El muchacho frotó a toda prisa la tela con una esquina de la sábana hasta que consiguió adecentar un poco el manto, y entonces se lo entregó antes de imitar a alguien hincando una rodilla en el suelo con la cabeza gacha.

El corazón de Tom comenzó a palpitar con fuerza, sintió que su respiración empezaba a acelerarse mientras abría la nota y la leía. Iba a tener una audiencia con la reina, lo que explicaba que el paje estuviera tan agitado e intentara apresurarlo. Mientras cruzaban el patio en dirección a los apartamentos reales, un sinfín de preguntas se agolpaban en su cabeza. ¿Por qué desearía verlo la soberana?, ¿estaría indispuesta su esposa?, ¿iban a encerrarlo también en la Torre? Aceptaría de buen grado esto último si con ello podían estar juntos, pero no quería regresar por nada del mundo a la fétida celda en la que había estado previamente.

Siguió al paje con piernas temblorosas. Tardaron diez agónicos minutos en llegar a la cámara real, donde hincó de inmediato una rodilla en el suelo y agachó la cabeza.

Como de costumbre, le era imposible saber si alguien estaba hablándole, de modo que permaneció donde estaba durante largos minutos en los que la única indicación que tuvo de que no estaba solo era el revuelo de una falda que veía esporádicamente por el rabillo del ojo. Cuando alguien le dio al fin un toquecito en el brazo y alzó la mirada, vio a la soberana sentada con regia dignidad en el trono, indicándole que se acercara con un ademán de la mano. Se sintió aliviado al ver que la acompañaban Walsingham y Burghley porque sabía que podía confiar en que ambos le concedieran un juicio justo, si eso era lo que se avecinaba.

—*He puesto a su majestad al tanto de vuestra útil labor junto al doctor Bright en la caza de quienes persiguen deponerla o asesinarla. Al saber que habéis trabajado arduamente para ella, ha accedido a dejar en libertad a vuestra esposa como recompensa.*

Tom giró la cabeza al notar un súbito movimiento de algo en un claro tono verde y la vio, vio a su amada acercándose. Iba ataviada con el vestido que lucía el día de la boda, solo que ahora le caía holgado de los hombros. La gorguera no podía ocultar su marcada clavícula ni las profundas sombras que se dibujaban debajo; su rostro era tan bello como siempre, a pesar de que los pómulos y la delicada estructura ósea se habían vuelto afilados y angulares; su tez estaba tan pálida como la camisa blanca de lino que llevaría sin duda bajo el vestido; tenía las pestañas perladas de lágrimas que descendían por su rostro. Sin esperar a recibir permiso, echó a correr hacia ella y la tomó entre sus brazos como si estuviera a punto de caer desmayada al suelo; de hecho, se la veía tan trémula y tambaleante, que no habría sido de extrañar que se desplomara.

La apretó contra sí y sintió cómo le bajaban por el cuello las húmedas y cálidas lágrimas que ella estaba derramando.

Se dio cuenta de que alguien estaba diciéndoles algo cuando, al cabo de un largo momento, su esposa interrumpió el abrazo y ejecutó una profunda reverencia. Siguiendo su ejemplo, hincó una rodilla en el suelo y permaneció con la cabeza gacha, a la espera de ver lo que ella hacía. Cuando ella se incorporó, hizo lo propio y miró a la reina, quien estaba hablando con Isabel. Esta asintió vigorosamente, lo tomó de la mano y empezó a recular hacia la puerta.

Y de repente se encontraban en el pasillo junto a los guardias, que sostenían sus respectivas alabardas y mantenían la mirada al frente. En cuanto la puerta se cerró, Isabel le rodeó el cuello con los brazos y lo condujo hacia una banqueta situada bajo una ventana. El escaso sol que entraba por ella había calentado ligeramente el bordado cojín del asiento. Tom podía ver su rostro con más claridad allí, y ella procedió a explicarle lo que ocurría.

—*La reina nos ha concedido un perdón porque has trabajado muy duro a las órdenes de Walsingham y has ayudado a sacar a la luz maquinaciones que nadie más habría podido descubrir. Está muy complacida contigo y puedo regresar a mi hogar. A partir de ahora, no tengo que atender a su majestad.* —Le tomó la mano para que la posara sobre su vientre.

Tom abrió los ojos como platos al notar un perceptible abultamiento bajo la sólida estructura del corpiño. Sus miradas se encontraron y ella asintió con una sonrisa.

—*En otoño nacerá nuestro hijo. Debió de ser concebido en los días posteriores a nuestras nupcias, antes de que nos separaran. He visto a una partera, mi doncella insistió en que llevaran a una a la Torre, y dice que nacerá un poco antes de la festividad de San Miguel.*

Tom creyó que iba a estallar de felicidad y sus ojos se inundaron de lágrimas, tal y como le había sucedido antes a su esposa. Se los frotó frenéticamente con el dorso de la mano, tenía que ver con claridad para poder leer lo que ella estaba diciendo. Se encaminaron juntos en dirección al muelle y aguardaron a que llegara una chalana para regresar a casa.

43

Agosto de 1585

Tom disfrutaba gozoso de su nueva vida. Cada mañana despertaba en su cómodo lecho tras los tupidos doseles que bañaban el interior con una luz tenue, sumiéndolos en un mundo crepuscular que
solo les pertenecía a ellos. La calidez del cuerpo de Isabel, cuyo vientre empezaba a crecer, lo atraía hacia ella y todas las mañanas era reacio a marcharse, a regresar al palacio o al Hospital de San Bartolomé
para trabajar con el doctor Bright. Walsingham parecía haberse olvidado de él, al menos por el momento, y lo acompañaban constantemente el temor y la incertidumbre de no saber cuál sería la próxima
tarea que se le encomendaría. Era consciente de que aquella ausencia
de misiones no duraría mucho más, y el corazón le palpitaba con fuerza al pensar en los potenciales peligros. Ahora tenía una esposa y un
hijo que venía en camino, y debía velar por ellos.

Había visto la forma en que le miraban algunos de los vecinos
cuando salía de casa, las miradas de soslayo y cómo le daban la espalda, y había dado por hecho que los sirvientes habrían estado chismo-
rreando. No resultaba difícil imaginar lo que opinaban aquellos
vecinos sobre un apotecario que había contraído matrimonio repenti-
namente con una dama, y que ahora vivía cerca de ellos en aquella
opulenta casa. Estaba acostumbrado a que lo miraran por encima del
hombro y los ignoró.

Un día, al regresar de palacio a última hora de la tarde, la doncella de Isabel, Catherine, le informó de que su esposa había sido conducida a su lecho aquella mañana y se había mandado llamar a la partera. El bebé llegaba antes de lo esperado, ocho meses después de la boda, y pasó una noche de preocupación caminando por el saloncito mientras la partera y Catherine iban a buscar agua recién hervida a la cocina en numerosas ocasiones, yendo y viniendo apresuradamente. Realizando sus labores de apotecario, había preparado alguna que otra infusión de poleo para ayudar en distintos partos, y preparó una que depositó en las manos de Catherine cuando esta pasó por su lado. Se sentía agradecido porque, tal y como se le había señalado, no podía oír los gritos que parecían ser inevitables al dar a luz. Todo estaba en silencio en su mundo, como siempre. Pero, por otra parte, no podría oír los primeros berridos de su hijo, ni su risa, y tampoco sus primeras palabras. Daría lo que fuera con tal de experimentar todo eso.

Finalmente, cuando las primeras luces del amanecer penetraban por las ventanas y los edificios empezaban a aparecer silueteados con las nubes de fondo, cuando estaba dormitando en una silla junto a los últimos rescoldos de la chimenea, sintió en la cara la corriente de aire provocada por la puerta al abrirse. Se puso en pie en un único movimiento, su mirada se dirigió hacia la vela que iluminaba el umbral. La partera estaba allí parada, sonriente, y se hizo a un lado antes de indicarle que por fin podía subir junto a Isabel.

Subió los escalones de dos en dos y entró corriendo en la alcoba, evitando mirar en dirección al montón de sábanas empapadas de sangre que había fuera. La alcoba todavía estaba sumida en una oscuridad casi total; las ventanas estaban cubiertas con tapices y alfombras, tal y como dictaba la tradición, y la única luz era la de las vivas llamas que ardían en la chimenea y la de las velas que permanecían encendidas en sus respectivos candeleros. Isabel estaba sentada en el lecho. El resplandor anaranjado del fuego daba un aspecto acalorado a su rostro, al cual se adherían aún algunos mechones húmedos de pelo. Lo miró con una dulce sonrisa y le mostró el pequeño fardo envuelto en una sábana que tenía en los brazos.

—*Nuestro hijo* —dijo antes de entregárselo.

Tom bajó la mirada hacia el pequeño, que estaba dormido. Tenía un poquito de pelo increíblemente sedoso, unas mejillas tersas y sonrosadas. Su corazón latía desbocado, una sonrisa amplia y llena de alivio se dibujó en su cara. Él señaló al bebé, la señaló a ella, y dijo mediante gestos:

—Maravillosos.

Isabel esbozó una sonrisa radiante, pero se la veía exhausta y Tom depositó al niño en la cuna de madera situada junto a la cama antes de indicarle que se durmiera. Salió de puntillas de la alcoba, consciente de que los dejaba a ambos en buenas manos: Catherine había llegado procedente de una familia de catorce hermanos y había ayudado en el parto de muchos de ellos. Adoraba a Isabel tanto como él mismo, era patente en sus acciones y en cómo la cuidaba a diario.

El sol empezaba a ascender ya por el cielo, de modo que se puso apresuradamente las botas y el jubón. Poco después caminaba a paso rápido en dirección al río, recorriendo calles que iban despertando y llenándose del bullicio diario de buhoneros y comerciantes. Hugh no dudaba en quejarse cada vez que su asistente se ausentaba de la botica, y llegar tarde debido a que su esposa había dado a luz no serviría para calmar su irritación. Se detuvo a comprarle una empanada caliente a un vendedor de los muelles antes de subir a bordo de una chalana. Le mostró al barquero la página correspondiente del cuadernillo donde llevaba escritos los posibles destinos, que a esas alturas estaba bastante desgastado. En otra de las páginas aparecían dos únicas palabras, «La Torre», y esperaba fervientemente no tener que volver a mostrársela a nadie. Todavía se estremecía cuando la veía al buscar el nombre de otros lugares.

Tan solo tuvo que simular durante un par de segundos que acunaba un bebé para que Hugh comprendiera el motivo de que llegara tan tarde al trabajo; después de recibir una palmadita de felicitación en la espalda, fue enviado al huerto medicinal a por consuelda, y aprovechó para ver cómo estaban las plantas de vainilla. Empezaba a ver por fin pequeños capullos que esperaba que llegaran a producir vainas con semillas, lo que le ahorraría tener que dedicar multitud de horas a intentar obtenerlas en los almacenes de las orillas del Támesis. En ese momento compraba casi la totalidad del cargamento de aquella dulce especia que llegaba a los muelles de Queenshithe, e incluso había enviado un mensaje al puerto de Norwich solicitando que enviaran toda la que apareciera allí entre las demás mercancías.

Después de una comida en la que se había percatado de lo hambriento que estaba y había dado buena cuenta de varios cuencos de potaje seguidos de tarta, queso y manzanas, recibió una nota procedente del despacho de Walsingham en la que se le ordenaba que acudiera a ver al doctor Bright. Se la mostró a Hugh y puso su habitual cara de disculpa, pero por dentro estaba regocijándose porque el hospital se encontraba cerca de Cordwainer Street y el trayecto hasta casa sería breve. Esperaba que no fuera una de esas jornadas en las que el doctor deseaba trabajar hasta elevadas horas de la noche, porque concentrarse durante largo rato en la menudita escritura de los mensajes cifrados hacía que le dolieran los ojos y ya lo aquejaba un dolor de cabeza por pasar la noche anterior prácticamente en vela. Estaba desesperado por llegar a casa para ver a Isabel y a su hijito.

Una vez en el hospital, se puso manos a la obra. No lograron grandes avances, pero Bright deseaba probar una clave secreta que habían ideado juntos y cerciorarse de que los conspiradores católicos no podrían descifrarla en caso de conseguir interceptar alguna comunicación. Estuvieron trabajando juntos en el fragmento que estaban cifrando, hasta que al final se dieron por satisfechos al cabo de tres horas. Empleando aquella clave, era posible condensar fácilmente tres páginas de escritura en dos párrafos de signos que resultaban comprensibles al ser descifrados. Habían hecho un buen trabajo entre los dos, y estaban convencidos de que tanto Walsingham como Phelippes se sentirían satisfechos; a partir de ahora, podrían informar sobre los planes de los conspiradores en trocitos de papel más pequeños y fáciles de ocultar.

* * *

Para cuando Tom llegó a casa, el sol descendía en el horizonte. Su intenso resplandor anaranjado proyectaba largas sombras a través de las calles, danzaba en los muros laterales de las casas y se reflejaba en las ventanas, que parecían estar en llamas. Subió escalera arriba corriendo, sin importarle que pudiera considerarse un comportamiento inapropiado en un hombre que acababa de ser padre. Encontró a su esposa y a su hijo profundamente dormidos. La alcoba seguía estando oscura y calurosa y él sabía que permanecería así hasta que el bebé cumpliera un mes, momento en que Isabel acudiría a la iglesia para dar gracias después del parto; hasta entonces, debía permanecer confinada allí.

Se sentó en el borde de la cama y se quedó observándolos hasta que Isabel empezó a despertar. Él había estado moviéndose ligeramente de vez en cuando con ese objetivo, y sonrió para sus adentros al ver que su plan funcionaba. Ella se sentó en el lecho y dirigió la mirada hacia la cuna, sonriendo adormilada. Las facciones del bebé eran una réplica de las de su madre.

—*Qué pequeñito es* —dijo ella, juntando las manos para indicar el reducido tamaño.

Tom asintió. Querría preguntarle mediante señas cómo deseaba llamar al bebé, pero no se le ocurría cómo hacerlo y al final, frustrado, se rindió y recorrió la alcoba con la mirada hasta que encontró una de las diversas tablillas que estaban dispuestas por toda la casa. Escribió en ella «Nombre» y se la entregó a Isabel.

—*Había pensado en Richard* —dijo ella, antes de escribir el nombre en la tablilla para asegurarse de que la entendiera correctamente.

No estaban hablando de un tema banal en el que podría haber alguna confusión a la hora de comunicarse, como cuando él entendía que habría ciertos platos para la cena y después veía que se servían otros. En esa ocasión se trataba del nombre del hijo de ambos; aunque no tendría jamás la oportunidad de llamar al pequeño en voz alta, Isabel y él debían decidir juntos cuál sería su nombre.

Asintió para expresar su conformidad y añadió «perfecto» mediante la correspondiente seña. Entonces, para ahorrarse tiempo en los años venideros, inventó una nueva seña para el nombre de su hijo y procedió a mostrársela a Isabel; después de señalar con el dedo la tablilla donde estaba escrito el nombre, procedió a asir la parte superior de un brazo con el otro.

Notó un movimiento junto al pie que le alertó de que Richard estaba despertando, y lo alzó de la cuna. El pequeño tenía la carita enrojecida, los ojos apretados con fuerza y la boca abierta de par en par. Sintió una punzada de tristeza por no poder oírlo ni arrullarlo con suaves palabras tranquilizadoras, y apoyó contra su hombro aquel pequeño fardo bien envuelto en sábanas. Sintió cómo se expandían sus pequeños pulmones y las trémulas y airadas exhalaciones de aire, pero fueron calmándose de forma gradual hasta adquirir un ritmo más suave. Lo sostuvo ante sí con los brazos extendidos y se miraron el uno al otro con solemnidad. Era como si el bebé entendiera que solo encontraría consuelo en la sólida calidez de su padre.

La puerta se abrió y entró la nodriza, quien procedió a llevarse a Richard. Isabel parecía cansada de nuevo, así que Tom la besó con delicadeza antes de salir sigilosamente de la alcoba para bajar a cenar. Esperaba que la cocinera no hubiera olvidado prepararle la cena a pesar del recién llegado, ya que estaba muy atareada con los caldos y las cremas que Isabel necesitaba para recobrar fuerzas. Debido a lo poco que había dormido la noche anterior, tenía intención de retirarse a descansar de inmediato…, y así lo hizo. Tras la cena, se dirigió a descansar a la alcoba que había sido dispuesta para él y que usaría durante el confinamiento de Isabel, y se acostó con una gran sonrisa en el rostro. Había conseguido por fin todo cuanto había anhelado.

44

Agosto de 2021

—Venga, ¡cuéntame lo que han dicho los expertos! —exclamó Rachel, que se había levantado del sofá como un resorte en cuanto había visto entrar a Mathilde.

Dejaron a Fleur viendo dibujos animados en la sala de estar, se dirigieron a la cocina y se sentaron a la mesa.

—¿Es una carta de amor escrita por Enrique VIII y vale una fortuna? —añadió Rachel, que no cabía en sí de expectante entusiasmo.

Mathilde había estado documentándose, pero seguía sin saber gran cosa sobre aquel rey al que su hermana mencionaba a menudo; aun así, comprendió la segunda parte de la frase.

—No nos darán dinero, quieren que la entregue a la universidad para exponerla en su museo.

—Bueno, es comprensible —dijo Rachel—. Pero ¿por qué no se te ve demasiado contenta? Estamos hablando de un objeto histórico que tiene interés para gente del mundo entero. No puedes mantenerlo escondido, debería disfrutarlo todo el mundo. Lo entiendes, ¿verdad?

Mathilde se limitó a contestar con aquel encogimiento de hombros típico suyo que no prometía nada. No sabía cómo explicar que estaba convencida de que la carta tenía que permanecer en el que era su hogar, en el lugar al que pertenecía. El alma de aquel objeto había estado destinada desde siempre a reposar allí. En ese momento, como un brillante rayo de luz restallando por una grieta entre las nubes, tomó conciencia de repente de que justo eso era lo que había estado sintiendo desde su llegada: su propia alma estaba destinada a estar allí, en Lutton Hall.

Rachel hizo una mueca de exasperación y fue a poner la tetera.

—Mira, todo objeto que tenga alguna relevancia histórica debería estar expuesto en un museo. Hay muchos historiadores que consagran su vida entera a estudiar a los Tudor, y resulta que tú tienes ahora un recurso valiosísimo para ellos. Bueno, eso creo, porque todavía no me has dicho lo que pone en la carta.

Mathilde le contó más detalladamente lo que se había hablado, aunque por dentro se sentía decepcionada al ver que su hermana no la respaldaba; al fin y al cabo, eran familia. Pero no se atrevió a explicarle lo vinculada que se sentía ahora a la casa, ya que temía que Rachel no lo entendiera.

—La parte escrita con tinta invisible es más interesante, pero hay que descifrarla muy despacio para no dañar el pergamino —le dijo—. Podríamos tardar semanas en tener toda la información. Perdona que no pueda contarte nada más por hoy.

—No hace falta que te disculpes, esta es tu casa ahora —contestó Rachel—. Estamos hablando de tu tríptico, de tu carta. Tú decides lo que quieres hacer, si vas a quedarte a vivir aquí cuando yo me vaya o prefieres vender la finca. Es nuestra casa ancestral y somos una familia.

—Para ti es fácil mencionar a nuestra familia tranquilamente, como si eso reparara el pasado. —La jornada de Mathilde había empezado temprano y estaba cansada, así que no se molestó en suavizar sus palabras—. No puedo olvidar todo lo que me ha pasado, y estar aquí no borra... —agitó los brazos mientras intentaba encontrar las palabras para expresar lo que quería decir— lo que he vivido. ¡Siempre lo tengo aquí! —Se golpeó el pecho con el puño—. ¡En mi corazón! ¡Siempre! El tiempo no cura tan rápido, puede que nunca llegue a hacerlo.

Se arrepintió de aquel súbito arranque al ver la cara de pesar que ponía su hermana, y salió al jardín a toda prisa mientras luchaba por contener las lágrimas. Había vivido durante mucho tiempo con los demonios que la atormentaban, negándose a aceptar su pasado y sus propias inseguridades. Lo que Rachel había disfrutado de niña era lo que ella se había perdido y dolía, seguía doliendo incluso a aquellas alturas. No había tenido nunca la confianza en sí misma que veía en los demás, esa seguridad que solo podía darte el hecho de tener una familia y un hogar. Pero ahora tenía ambas cosas al alcance de la mano, tan solo debía permitirse a sí misma aceptarlas.

Fue a por la pala de su padre, se dirigió al habitual rincón del jardín y la hundió en la tierra. Las lágrimas empañaban su visión y apenas veía lo que hacía, le bajaban por las mejillas y caían al suelo.

Trabajar en su huerto empezó a obrar su magia en ella, como siempre. En aquel rincón se respiraba una tranquilidad que la reconfortaba, sentía una profunda paz. Era como si alguien la envolviera entre sus brazos y le dijera que todo se arreglaría, ayudándola a reparar el enorme agujero que tenía en su vida y que siempre había creído que jamás podría llenarse. En aquel rincón fresco y oscuro situado al cobijo de la pequeña arboleda, una voz le decía que podía bajar la guardia y relajarse, que nada podría lastimarla jamás allí. Ningún fuego podría dejar su alma hecha cenizas, convertir su vida en un paraje yermo y vacío.

—*Maman...* —susurró, mientras las lágrimas seguían cayendo al suelo.

—¡Eh, Matty! Estaba buscándote, no sabía dónde te habías metido.

Era Oliver, Mathilde se había olvidado por completo de que él no se había ido todavía. Se secó las mejillas a toda prisa con la áspera manga del jersey de lana, y entonces se volvió hacia él.

—Estoy cavando un poco. —Esbozó una trémula sonrisa, consciente de que el tono animado de su voz se contradecía con sus ojos enrojecidos. Se sorbió las lágrimas de forma audible mientras seguía cavando—. Quiero trasplantar aquí algunos arbustos frutales.

Oyó el murmullo y los chasquidos de la maleza mientras él se acercaba entre la hierba crecida, las zarzas y las matas secas de perifollo. Cuando llegó junto a ella, tomó su barbilla con el pulgar y el índice y la instó a alzar la cabeza para que lo mirara. Mathilde se quedó inmóvil con el pie en la pala, listo para volver a hundirla en la esponjosa tierra.

—Rachel me ha dicho que te has enfadado.

Él la miró a los ojos como si quisiera escudriñarle el alma, pero Mathilde se cerró en banda y mantuvo el rostro impasible.

—No ha sido nada. Es que parece que cree que ahora que estoy aquí con ella, con mi familia y en nuestra casa, todo es maravilloso en mi mundo. Como si el pasado, los primeros veintiocho años de mi vida, se hubiera borrado. ¿Cómo va a entender cómo fue crecer rodeada de desconfianza, huyendo constantemente? Sin un padre ni un hogar. —Sintió que sus ojos empezaban a llenarse de lágrimas otra vez y echó la cabeza un poco hacia atrás para intentar reprimirlas—. En fin, da igual. —Giró la cabeza y hundió la pala, la sacó bien cargada y la giró. La tierra, seca y de un pálido tono café con leche, cayó al suelo y sobre sus zapatillas.

—No, no da igual —contestó Oliver con firmeza—. Deja de cavar por un momento, vamos a sentarnos. —La tomó del codo y tironeó de ella con delicadeza, pero con insistencia.

La condujo al invernadero cercano y se sentaron fuera, en el suelo cubierto de hierbas que ella había aplanado bajo sus pies con sus idas y venidas diarias para ver cómo estaban las plantas.

—Yo creo que estás siendo injusta con tu hermana. —Él le pasó un brazo por los hombros y atrajo hacia sí su rígido cuerpo—. ¿Cómo va a saber cómo te sientes si no se lo cuentas? Rachel comprende cómo fue tu infancia y quiere ayudarte, solo tienes que abrirte y compartir tus sentimientos con ella.

—Lo estoy intentando —susurró—. Pero ¿cómo es el dicho...? Es más fácil decirlo que hacerlo.

—¡Tu dominio del idioma ha mejorado mucho! —comentó él, sonriente—. Bueno, dime cómo van tus plantas de vainilla. ¿Funcionó la germinación?

Ella se sintió agradecida por el cambio de tema.

—Claro que sí, nunca falla. Hicieron falta cientos de años para que un europeo se diera cuenta de la razón por la que las plantas de vainilla solo pueden cultivarse en ciertos países. Resulta que solo pueden polinizarlas unos tipos concretos de abejas. Por eso tenemos que hacerlo nosotros, es cuestión de ayudar a la naturaleza.

—Tienes muy buena mano con las plantas, ¿por qué no te dedicas a ellas a tiempo completo? Podría ser tu profesión, siendo reportera gráfica nunca sabes cuándo vas a cobrar. Y lo de viajar constantemente en esa autocaravana, yendo a menudo a sitios donde se viven situaciones arriesgadas, debe de ser peligroso. Estarías mucho más segura.

Mathilde tenía la cabeza gacha y la mirada fija en sus zapatillas de deporte mientras jugueteaba con la suela de goma, que ya empezaba a desprenderse. Estaba claro que no iban a durarle hasta finales de verano.

—A veces me imagino cómo sería una vida así. Poder salir de mi casa y atender mis plantas cada día. Siempre estarían aquí, esperándome. Algo permanente y que no va de un lugar a otro.

—¿Por eso te gusta cultivar plantas? ¿Porque echan raíces?

—No. No sé, a lo mejor. Solo sé que me gustan las plantas, los jardines, los huertos. En ellos se respira calma, tranquilidad. Y permanecen en un mismo sitio. Pero ahora no sé si lo he dejado para demasiado tarde.

Mientras hablaban empezó a tomar conciencia de lo cerca que lo tenía, del calor que emanaba del cuerpo de él. Estaba girada hacia una mata de menta de la que había estado tironeando con suavidad para que desprendiera su intenso aroma, y al volverse hacia él se encontró con su rostro a un suspiro de distancia. Exhaló un pequeño suspiro cuando él se inclinó un poco más hacia delante y la besó, sintió el contacto de aquellos labios firmes y frescos contra los suyos. Y fue lo más natural del mundo.

45

Febrero de 1586

Conforme la vida de Tom fue adquiriendo una cómoda rutina que lo llenaba de calma, empezó a preocuparlo cada vez más la otra vertiente de sus días, la parte secreta. La pausa en sus tareas de espía había sido breve y solo le había contado a Isabel lo mínimo imprescindible al respecto, ya que había pensado que era mejor no explicar todo lo que tenía que hacer. No quería preocuparla por nada del mundo, y optó por omitir numerosos detalles cuando le contaba cómo había transcurrido su jornada. Lo cierto era que a menudo lo enviaban a vigilar a distintos individuos por Londres, en esquinas oscuras y lugares furtivos, y a entregar cartas en clave de parte de Phelippes. Se trataba de la clase de ambientes que jamás habría pisado por voluntad propia, lugares donde un desconocido podía terminar con el cuello rebanado solo por eso, por ser alguien que no encajaba en la zona.

No se sorprendió cuando Walsingham lo mandó llamar una vez más, pero en aquella ocasión se le ordenó que fuera río abajo para acudir a verlo a su casa de Mortlake, Barn Elms.

La chalana se deslizaba lentamente río abajo bajo el débil sol invernal, que brillaba sin dar calor y compartía el cielo azul oscuro con la pálida luna; esta colgaba en lo alto como si fuera reacia a marcharse, como el último invitado en una fiesta. El frío emanaba del Támesis y enroscaba sus dedos a través de la piel para penetrar en los huesos, un visitante indeseado. De las cervecerías situadas a lo largo de las riberas para lucrarse de los numerosos barcos anclados emergían largas columnas de humo que se alzaban hacia el cielo. Tom veía cómo su propio aliento se condensaba en pequeñas nubecillas que terminaban perlando su barba de gotitas. Se arrebujó en la proa de la embarcación para evitar que los remos lo salpicaran de agua, y se sintió aliviado cuando llegaron por fin al muelle y pudo desembarcar.

A su llegada encontró dos guardias esperando, y no se le permitió el paso hasta que mostró la carta donde se requería su presencia. Uno de ellos le dijo algo, pero giró la cara al hablar y Tom no pudo leerle los labios. Dedujo que se trataba de una pregunta al ver que los dos se quedaban mirándolo, a la espera de una respuesta. Cansado, cada vez más aterido de frío, tuvo que recurrir a sus habituales señas para indicar que no podía oír, y vio que uno de ellos se volvía hacia el otro y decía lo siguiente:

—¿Para qué querrá su señoría a semejante zopenco?

Con la espalda bien erguida, consciente de que su manto azul le confería un porte distinguido del que carecía con su atuendo de apotecario —y recordando las palabras de Marlowe sobre el hecho de que la vestimenta le otorgaba más confianza en sí mismo—, señaló hacia la casa con un ademán de la mano y, sin más, se dirigió hacia allí con paso firme y la frente en alto. Vio sus largas sombras dibujadas sobre la hierba escarchada mientras se apresuraban a seguirlo.

Le habría gustado poder girarse a verles el semblante antes de entrar en la casa, pero esperaba que las sonrisitas burlonas se hubieran borrado de sus respectivos rostros mientras regresaban a su puesto junto al río y se quedaban allí plantados, haciendo guardia y soportando el frío. Para regodearse un poco más, se dirigió con paso rápido a la chimenea del cavernoso salón de entrada y se frotó las manos mientras las extendía hacia el calor de las llamas. ¿Quién sonreía ahora?

Siguió al administrador de la casa por otro gran salón donde había una larga mesa bordeada de bancos y mesas de madera; la parte superior del revestimiento de madera estaba decorada con insignias heráldicas acompañadas de tallas de flores y de hojas de parra, y el techo estaba cubierto de un decorativo enyesado. Entraron entonces en un despacho y vio a Walsingham sentado tras un escritorio más grande aún que el que utilizaba en palacio; por una vez, no prosiguió con lo que estaba haciendo como si no se hubiera percatado de su presencia, y le indicó con un gesto que tomara asiento en una de las dos sillas situadas frente al escritorio. El ocupante de la otra, un hombre joven ataviado con un grueso jubón de terciopelo verde rematado con una gorguera bordeada de armiño, lo recibió con una sonrisa y un asentimiento de cabeza, y articuló un «Hola» con la boca. Tom sonrió a su vez y, tras una leve inclinación de cabeza, procedió a sentarse.

—*Tom, os presento a Nicholas Berden. Trabaja como informador para mí, pero también es espía de la reina María. Es lo que se conoce como un espía doble. Ellos creen que lleva al embajador de Francia las misivas de la reina, pero en realidad me las trae a mí para que sean copiadas antes de proseguir su camino; de igual forma, copiamos y leemos también las cartas dirigidas a la reina antes de que ella las reciba. ¿Lo entendéis?*

Tom asintió, pensativo. Ya sabía que los mensajes en clave eran interceptados, ya que había estado trabajando en ellos junto con Phelippes y Bright: códigos, sistemas de símbolos, tinta invisible; al parecer, el tal Berden hacía de mensajero para ambas partes, pero Walsingham era el único que lo sabía. Enarcó las cejas y esperó a ser informado de por qué se había requerido su presencia.

—*Berden va a encontrarse con un hombre que debéis vigilar con suma atención. Se llama Anthony Babington, creemos que está involucrado en otra de las pérfidas conspiraciones para asesinar a nuestra reina y poner en el trono a la papista reina María. Debemos detener a estos caballeros, estos herejes, y vos ayudaréis a que así sea. Sois nuestra arma secreta. Berden os presentará como un amigo, esperemos que crean que no podéis comprender lo que hablan. Debéis acompañarlo de inmediato a casa de Babington, donde este piensa reunirse esta tarde con algunos de sus cómplices.* —Le pasó una faltriquera por encima de la mesa.

Tom la sopesó en la mano y notó que contenía varias monedas pesadas, no eran unos peniques para pagar al barquero o comprar cerveza. Fuera cual fuese la información que Walsingham esperaba poder obtener en esa ocasión, era obvio que valía su peso en oro. Tom tenía la sospecha de que la cantidad guardaba una correlación con el grado de peligro al que iba a enfrentarse. Se trataba sin duda de un dinero sangriento.

Cuando llegaron a la casa que Babington poseía en Bishopsgate, la esposa de este les dio la bienvenida. Era un lugar acogedor que no se parecía en nada a lo que Tom había imaginado a partir de la desfavorable descripción que había hecho Walsingham. Las paredes enlucidas del exterior tenían decorativos relieves bajo los aleros, y caballos labrados actuaban como sostén de un mirador con ventanales enmarcados en madera. Le dio un vuelco el corazón al ver que una niña asomaba tras las faldas de su madre. Si lo que Walsingham había dicho era cierto, la esposa y la hija de Babington verían cómo el hombre al que tanto querían corría un peligro mortal, y ellas mismas podrían terminar sin un techo bajo el que cobijarse. Habría deseado poder alertarlas, pero, por una vez, su incapacidad de hablar le salvó de sus propios escrúpulos.

En un salón interior, un grupo de siete hombres estaban sentados en círculo. Recibieron a Berden, al que consideraban un amigo, con joviales palmadas en la espalda y le entregaron una jarra de cerveza, pero Tom fue objeto de miradas cautelosas y no recibió ningún saludo. Berden lo tomó del brazo para que se volviera hacia él y viera lo que estaba diciéndose, y procedió a presentárselo a los demás diciendo que habían entablado una estrecha amistad en Francia y que era católico. Puso especial énfasis en el hecho de que Tom no podía oír ni hablar, y les aseguró que no sabía nada sobre la conspiración ni tenía forma de descubrirla.

Los siete hombres le dirigieron sonrisas y gestos de asentimiento exagerados después de aquella presentación, y le entregaron una jarra de cerveza. Procedieron entonces a conducirlo a una silla, y simularon que se sentaban para indicarle que lo hiciera. Tom contuvo a duras penas la risa al ver que se comportaban como si fuera el tonto del pueblo, ¡si ellos supieran!

Aquellos desconocidos empezaron a hablar de inmediato sobre la conspiración que estaban urdiendo. A pesar de formar parte del círculo,

Tom se perdía algunas partes debido a que algunos hablaban al mismo tiempo y no podía ver bien algún que otro rostro; aun así, se enteró de que recibían misivas procedentes de Francia que hacían llegar a la reina María ocultas en los numerosos barriles de cerveza que se entregaban casi a diario en el castillo de Chartley, donde esta estaba recluida. Todo ello estaba organizado por un tal Thomas Morgan, quien lo orquestaba desde la celda de la prisión parisina donde residía en ese momento. En opinión del grupo, emplear los barriles había sido una idea brillante, y al cervecero en cuestión —al que tan solo se referían como «un hombre honesto»— se le concedería sin duda un puesto en la corte de María cuando esta ocupara finalmente el trono, cuando la fe católica reinara una vez más y el país regresara a los amorosos brazos de Roma.

Tom no prestaba demasiada atención a las cuestiones religiosas. Asistir a misa siempre había sido una experiencia tediosa, no podía oír nada y el suelo de piedra era duro y frío bajo las rodillas. Las vidrieras de Francia eran una diversión placentera, en especial cuando el sol brillaba a través de los cristales y dibujaba un arcoíris de formas en el suelo. De pequeño solía extender el brazo con la esperanza de que los colores se filtraran a través de su piel; era una escena mágica para un niño, como si Dios estuviera tendiéndole la mano. Pero su fascinación había ido disipándose con el paso de los años, y ahora no tenía interés en algo en lo que no podía participar.

De niño era seguidor de la Iglesia católica porque esa era la fe de su madre, y asistían a diario a misa en el monasterio del pueblo donde se habían instalado. Cuando el rey anterior, Enrique VIII, había cerrado los monasterios en Inglaterra, su madre había ayudado en secreto al prior a escapar a Francia; más tarde, cuando había sido ella quien requería ayuda para llevar a cabo su propia huida, sus amigos habían podido ayudarla. Qué irónico, que ahora él mismo estuviera dando su apoyo a la reina para mantener a los católicos fuera del país.

Walsingham le había explicado que era de suma importancia que grabara en su memoria el rostro de aquellos hombres, para poder reconocerlos después donde fuera. Mientras permanecía allí, sentado en su propio mundo sin tener que contribuir a la conversación, aprovechó para ir observándolos con detenimiento uno a uno, fijándose en los ademanes y el físico, hasta que tuvo la certeza de poder reconocerlos al instante en medio de un grupo de personas. Sonrió para sus adentros al ver a Babington apartándose el pelo de la cara una vez más. La gente no era consciente de los pequeños gestos que repetían docenas de veces a lo largo de una hora. Otro de ellos extendía los brazos con nerviosismo, estirando los dedos con infalible regularidad. Sabía que era un tal Robert Pooley, había visto a Berden llamándolo así; según le había explicado este último durante el trayecto hasta la casa, Pooley era otro de los espías dobles de Walsingham y vivía con el miedo constante de ser descubierto.

El calor que reinaba en la sala se sumó al hecho de que había iniciado la jornada a una hora muy temprana y sintió que empezaban a cerrársele los ojos, pero, por suerte, Berden se levantó por fin y le indicó la puerta. Tom se levantó a su vez, y los demás caballeros hicieron lo propio y se despidieron con someras inclinaciones de cabeza. Aprovechó para echar un buen vistazo final a sus rostros bajo la luz de la chimenea mientras ellos se despedían entre sí. Procuró mantener el rostro impasible, como si no entendiera nada.

Una vez que salieron a la calle, Berden lo tomó del antebrazo y lo alejó a paso rápido de la casa, como si estuviera a punto de salir huyendo. Lo sujetaba con tanta fuerza que le hundía los dedos en la piel, y Tom se frotó su dolorido brazo cuando se adentraron en una callejuela lateral y lo soltó por fin. Siguieron caminando y se sintió agradecido por ello, ya que el lugar desprendía un repugnante hedor a verduras y carne putrefactas; aunque el suelo estaba resbaladizo, no se atrevía a bajar la mirada por temor a ver lo que desprendía aquel olor, pero tropezó con un adoquín suelto y estuvo a punto de caer de bruces. Se sintió aliviado al llegar al otro extremo del callejón y salir a Threadneedle Street, una calle más ancha y bien iluminada. Frente a él se alzaba el majestuoso Salón de Mercaderes Sastres, la residencia de la Compañía de Mercaderes Sastres en toda su gloria, con una capilla adyacente para sus miembros. Berden y él enfilaron por Cornhill en dirección a Poultry Corner, y se estremeció al recordar aquel lugar.

—Disculpad que os haya alejado a rastras así —se disculpó Berden—. *Quería asegurarme de que esos hombres se convencieran por completo de que no tenéis ni idea de lo que sucede a vuestro alrededor. Hemos manejado muy bien la situación, creen que no sois más que un mensajero al que se le puede dar una dirección con la seguridad de saber que no tendrá ni idea de lo que transporta. Qué idiotas. No se percatarán de su error hasta que les corten la soga y vean cómo les arrancan sus propias entrañas.*

Tom sonrió y asintió, aunque sintió que se le revolvía el estómago. Después de presenciar la muerte de Throckmorton en la horca y de tener que permanecer sentado mientras Hugh le relataba mediante dibujos otras ejecuciones horribles (a otros enemigos de la reina se les había cortado la soga antes de que murieran y habían sido eviscerados frente a la multitud), había llegado al convencimiento de que no estaba hecho para la sangre y las vísceras de una ejecución pública. Walsingham estaba firmemente decidido a erradicar a todos aquellos que no le fueran leales a la reina, y quería asegurarse de que quienes le contrariaran fueran conscientes de la magnitud del castigo.

Tomaron caminos distintos en Blackfriars. No sabía hacia dónde se dirigía Berden y agradeció no poder preguntárselo.

—Ahora habéis conocido a personajes clave, Tom. Y creemos que ya está casi todo dispuesto, podéis dar por seguro que se os encomendarán una buena cantidad de tareas hasta que todos los conspiradores sean atrapados y la reina María esté donde debe estar: en el infierno. —Berden dio media vuelta sin más y desapareció entre el bullicio de gente que llenaba el muelle.

Tom permaneció donde estaba, preguntándose si habría entendido mal la última parte de sus palabras. No sabía en qué estaba metido, pero, fuera lo que fuese, no había duda de que se trataba de algo muchísimo más grande que los asuntos en los que había participado hasta el momento.

46

Marzo de 1586

Tom notó que le sonaban las tripas, y posó la mano sobre su estómago para sentir las vibraciones contra la palma. Jamás le había gustado el ayuno de Cuaresma con sus monótonos platos de potaje o pescado, y siempre terminaba por no comer apenas mientras aguardaba con fervor la llegada de la Pascua. Ese era el único día en el que no era reacio a sentarse en una fría iglesia, porque la recompensa era un gran festín con un plato tras otro de deliciosas carnes asadas rezumando grasa, cuencos de cremas y tortas de mazapán. No había perdido el gusto de su niñez por los dulces y, de no haber ideado un remedio efectivo contra la somnolencia, no habría terminado en la situación actual. Aquello había iniciado la serie de eventos que habían llevado a que en ese momento se encontrara en Temple Bar, la puerta de la ciudad situada en la periferia oeste, rondando en el exterior de la taberna Plough. Estaba allí a la espera de que llegara Bernard Maude, otro de los hombres de Walsingham. Aunque no lo conocía, había sido informado de que Maude lo reconocería a él porque tenía instrucciones de buscar a un hombre con un manto azul cuyos ojos miraban alrededor constantemente, atentos a todo lo que ocurría.

Supo que Maude se acercaba a pesar de no tenerlo frente a él; se lo dijo la forma en que algunas personas se hicieron a un lado, apartándose del camino de alguien que caminaba hacia ellos. Permaneció atento al movimiento de las sombras en el suelo y, en el último segundo, se dio la vuelta y estampó una ancha sonrisa en su rostro. Si aquel hombre se creía más listo que él porque era sordo, tenía mucho que aprender.

Se vio recompensado por la cara de sorpresa que puso Maude, un hombre alto que esbozó entonces una sonrisa tan ancha como la suya. El buen entendimiento fue instantáneo y se saludaron con sendas inclinaciones de cabeza. Maude lo tomó del brazo y lo condujo a la boca de un callejón cercano por donde no pasaba nadie; empezaba a caer la noche y, mientras su compañero lo ponía al tanto de quién era el objetivo al que iban a vigilar en esa ocasión, Tom tuvo que permanecer lo bastante cerca para poder leerle los labios. Walsingham ya le había explicado que Maude era otro «espía doble», de modo que los hombres que se encontraban en la taberna esperaban su llegada porque creían que formaba parte de la conspiración de Babington; en cuanto a él, tendría que entrar unos minutos después y buscar un buen punto de vigilancia para poder observar lo que ocurría y leer lo que los integrantes del grupo hablaban entre ellos. Teniendo en cuenta el bullicio y el ruido que reinarían sin duda en el establecimiento, sería fácil perderse comentarios velados o pequeños gestos sospechosos, pero a él no se le pasaría nada por alto.

Se quedó oculto entre las sombras mientras Maude entraba en la taberna y esperó unos minutos antes de seguir sus pasos, tal y como se le había indicado. En el interior reinaba el mismo silencio que lo seguía a todas partes, pero vio que la velada transcurría con toda normalidad; al parecer, la Cuaresma se dejaba a un lado a la hora de encontrarse con amigos y beber cerveza.

Recorrió con la mirada la abarrotada sala hasta que vio a sus presas en una mesa cercana a la chimenea. Reconoció de inmediato a uno de ellos, uno de altura limitada, estómago rotundo y cara rubicunda: lo había vigilado en su primera misión, cuando se había producido un intercambio en el patio trasero de la taberna The Magpie; según le había explicado Walsingham, ahora sabían que John Ballard era uno de los principales instigadores de la conspiración. Un eje central, la clase de hombre que se esfumaría entre las sombras en caso de que —no, nada de condicionales: cuando— todos ellos fueran llevados ante la justicia. Mientras los corderos eran llevados al matadero, conducidos a Tyburn en la parte trasera de un carro, un individuo de la calaña de Ballard habría aprovechado la más mínima oportunidad y estaría en una pequeña barca de remos, a medio camino del continente.

Los tres hombres estaban disfrutando de un guiso de ostras, el delicioso aroma flotaba hasta donde se encontraba él y notó que su estómago protestaba de nuevo. Observar sus bocas mientras hablaban y comían al mismo tiempo era sumamente difícil, salpicaduras de espesa salsa descendían hasta sus barbas; sumado al hecho de que se limpiaban constantemente sus respectivas barbillas con servilletas, intentar leer lo que se hablaba no era tarea fácil. Aun así, en un momento determinado, Maude se vio obligado a visitar el excusado tras varias jarras de cerveza y dejó a solas a los dos compinches. Tom tomó un lento trago de cerveza mientras los veía depositar las cucharas sobre la mesa; el uno inclinó la cabeza ligeramente hacia el otro, lo que lo obligó a moverse un poco hacia un lado para poder seguir viento a Ballard. Por desgracia, eso suponía dejar de ver bien al otro hombre, pero había tenido que decidir a cuál de los dos prefería observar. Afortunadamente, no tardó en ver que parecía haber elegido bien.

—*Viajaré a Francia en estas próximas semanas, necesito que entreguéis unas cartas a Chartley. Venid a mi casa mañana para que os las entregue. No le contéis a nadie que os he encomendado esta tarea. Maude y yo viajaremos juntos para encontrarnos en Ruan y París con otros simpatizantes de la causa católica; esperamos conseguir que franceses y españoles accedan finalmente a alzar sus tropas, y estén listos para atacar justo cuando nuestros planes se lleven a cabo.*

Maude regresó en ese momento y ocupó su silla. Tom no sabía si estaría enterado de todo lo que entrañaba aquella visita a Francia —ni siquiera estaba seguro de si Maude estaría enterado de que dicha visita iba a producirse—, pero la información que acababa de obtener serviría para que su compañero y Walsingham tuvieran una visión amplia de lo que estaban tramando aquellos hombres; fuera cual fuese su plan, no había duda de que sería catastrófico a menos que pudieran detenerlos. En ese momento empezó a tomar conciencia de que él mismo era una pieza clave del aparato de espionaje dirigido por Walsingham, y que el papel que desempeñaba en él distaba mucho de haber concluido; si las cosas seguían de esa guisa, la tranquila vida familiar que tanto disfrutaba iba a seguir siendo esporádica durante varios meses.

Los tres hombres se pusieron en pie y se despidieron antes de salir de la taberna. La mesa fue ocupada de inmediato por dos ancianos (a juzgar por su aspecto, podrían desplomarse de un momento a otro si no tomaban asiento), y apuró su jarra de cerveza sin prisa mientras esperaba a que sus presas se dispersaran en la calle. Se le había repetido en varias ocasiones que jamás debía dejarse ver en compañía de alguno de los hombres de Walsingham, a menos que el hombre en cuestión tuviera la misión de presentarlo ante otras personas, ya que su tapadera quedaría al descubierto. A decir verdad, a pesar del trastorno que suponían sus labores de espionaje para su vida cotidiana, no podía negar lo mucho que estaba disfrutando al sentirse aceptado como un igual por primera vez en su vida, a la par de un grupo de hombres de suma importancia. Trabajar en palacio le había llevado hasta allí, y siempre estaría agradecido por todo lo que había obtenido estando allí: su esposa, su hijo y, por fin, su seguridad en sí mismo.

Para alegría de Tom, su vida pasó por un breve remanso de paz cuando llegó la Pascua y la floreciente primavera empezó a cobrar vida. Estar en casa junto a su familia de noche era mucho más placentero que merodear con sigilo por las oscuras calles de la ciudad, vigilando a unos y otros. Según había creído entender de las palabras de Ballard, Maude seguía trabajando en secreto para Walsingham y había viajado a Francia, donde se había esfumado; en cuanto a Babington, también había abandonado la ciudad y se rumoreaba que se encontraba en su propiedad de Derbyshire en compañía de su esposa y su hija. Si el hombre tuviera algo de sesera, intentaría ocultar a su familia lo más lejos posible de la traición que se avecinaba.

Aprovechando que disponía de más tiempo libre, Tom volvió a prestarle atención a su tríptico, que reposaba en un caballete que había colocado en el pequeño saloncito situado junto a la puerta principal. Añadió la oscura escena del interior de la taberna intentando plasmar la atmósfera opresiva, el calor asfixiante y el olor, el agolpamiento de cuerpos. Y entonces, para aliviar el efecto, añadió un pequeño retrato de Richard, que ya empezaba a sentarse él solo y a jugar con el sencillo sonajero de madera que tenía en la cuna. Su hijo sonreía a todo el mundo, y él se deleitaba al ver cómo le cantaba Isabel; a pesar de no poder oír los sonidos, veía la luminosa sonrisa que ella tenía en el rostro y cómo se mecía al ritmo de la tonada que emergía de sus labios. Disfrutaba gozoso tomando al pequeño en brazos y soplándole en el cuello, haciéndole cosquillas, viéndole sonreír e inhalando el cálido aroma que desprendían los pliegues de su rollizo cuellecito. En varias ocasiones en las que vio a Catherine hablando con el niño, aprovechó para observar con atención y se sintió aliviado al verlo girar la cabeza para escuchar. Era obvio que su hijo podía oír y hablar con total normalidad. La nodriza había dejado de acudir a amamantarlo, y Richard comía un guiso aguado junto a sus padres.

Tom se sintió complacido cuando Isabel lo invitó a regresar al lecho conyugal; ahora que Richard iba creciendo, saludable y fuerte, se preguntó cuándo florecería una nueva vida en el interior de su esposa. Tenía una familia propia, un hogar, seguridad y tranquilidad, pero deseaba seguir avanzando. Cuantos más bebés llenaran la casa, más seguro se sentiría. Seres que formarían parte de él, que llevarían su sangre. Sus herederos perpetuarían su legado, creando un sólido linaje; raíces en aquella tierra a la que había regresado, y de la que no volvería a marcharse jamás.

La cálida primavera fue avanzando, y las flores de los árboles frutales que bordeaban el huerto medicinal empezaron a caer. Tom estaba inmerso en la idílica tranquilidad de la vida familiar y no deseaba que nada la perturbara, pero el veintidós de mayo fue llamado de nuevo al despacho de Walsingham. Después de hacer una breve reverencia al entrar en la sala, se despojó de su manto y se detuvo ante el escritorio, a la espera de recibir instrucciones. Porque no albergaba la menor duda de que se le iba a encomendar alguna tarea, jamás se requería su presencia en aquel despacho a menos que Walsingham y sus espías quisieran hacer uso de sus sigilosas habilidades.

—*Hemos recibido noticias de Ballard, que acaba de regresar de Francia.* —Walsingham no perdió el tiempo con formalidades, era un hombre ocupado—. *Creemos que el plan que están urdiendo alcanzará pronto el momento culmen. Quiero que vigiléis a Babington: a dónde va y con quién se encuentra. A todas horas, todos los días. No hay duda de que a partir de ahora empezará a encontrarse con compinches suyos involucrados en esta conspiración para asesinar a la reina. Debemos observar hasta el último de sus movimientos. Lo encontraréis alojado en el Hernes Rent, un edificio de Holborn donde se alquilan habitaciones. Acudid allí sin demora, informadme de todo cuanto averigüéis.* —Le indicó que podía retirarse con un escueto ademán de la mano.

Tom hizo una breve reverencia y tomó su manto antes de salir del despacho con el corazón pesaroso. Tenía la sensación de que Walsingham no estaba contándole todo lo que sabía, sus sentidos siempre habían captado los más pequeños matices del lenguaje corporal de los demás. No solo podía leer lo que se decía, también percibía lo que se omitía. Aquel asunto estaba volviéndose más siniestro, mucho más, y el aire crepitaba de tensión.

Se sintió aliviado al descubrir que había una posada justo enfrente del Hernes Rent; eso le permitiría vigilar la puerta principal desde una ventana, cómodamente sentado y disfrutando de una cerveza. El edificio parecía albergar a varias familias, ya que veía entrar y salir a ancianas, mujeres jóvenes y niños. Había un mendigo sentado en el suelo, que se había transformado en un lodazal debido a un súbito aguacero reciente, pero la gente se limitaba a pasar por encima sin prestarle atención. En un principio, el hombre había extendido las manos y las había unido a modo de cuenco, pero había ido bajándolas lentamente al ver que no obtenía respuesta alguna; ahora permanecía sentado con la barbilla apoyada en el pecho, y Tom se preguntó si todavía estaría vivo.

Siguió perdido en sus cavilaciones mientras veía pasar el mundo por la ventana hasta que vio a un individuo de aspecto sospechoso acercándose por la calle con actitud furtiva; mantenía la cabeza gacha y la mirada fija en sus propios pies, y en ocasiones se giraba a mirar por encima del hombro. No podría parecer más sospechoso ni aunque lo intentara, y Tom sonrió para sus adentros; si todos los secuaces de aquel individuo actuaban de forma similar, aquella misión resultaría ser bastante fácil.

Siguió observando la calle desde la ventana y su espera se vio recompensada cuando vio un rostro conocido varios minutos después. Ballard avanzaba con paso decidido, sorteando con cuidado charcos y boñigas de caballo; tras rodear al mendigo, lanzó una mirada alrededor y entró de inmediato en el Hernes Rent.

Tom asintió para sí, las ratas empezaban a arrastrarse hacia la trampa. No tenía ni idea de dónde ni cuándo serían atrapadas, pero sabía que Walsingham y sus hombres empezaban a estrechar el cerco.

47

Agosto de 2021

El sueño comenzó de forma menos abrupta en esa ocasión. Mathilde estaba en una sala oscura iluminada por la tenue luz de las velas que ardían en unos candeleros. La mujer que había visto en sueños anteriores estaba sentada en la cama, tenía en sus brazos un bebé cuya carita asomaba apenas entre las sábanas que lo envolvían firmemente. Mathilde avanzó unos pasos y, sonriente, tomó al bebé y lo contempló mientras dormía. Deslizó el dedo índice por su mejilla e inhaló el suave olor lechoso a recién nacido.

La feliz escena hizo que Mathilde sonriera mientras dormía, pero, justo cuando iba relajándose cada vez más, la ubicación del sueño cambió. De repente estaba caminando por una calle donde hacía un frío que contrastaba con la calidez de la habitación anterior, su aliento formaba heladas nubecillas frente a su rostro. Se detuvo al llegar a una casa indistinta a las de los alrededores. Las plantas superiores sobresalían hacia delante y parecían estar a punto de tocar las de las casas de enfrente, dándole a la calle un aspecto siniestro. El hombre al que seguía tocó a la puerta, y los dejaron pasar al oscuro interior en cuestión de segundos.

No entendía qué estaba haciendo allí, de buenas a primeras se encontraba en una sala en compañía de varios hombres y el familiar manto de silencio la envolvió. Apenas le prestaban atención y todavía seguía allí sentada, sintiendo que empezaban a cerrársele los ojos por el calor que hacía en aquel lugar, cuando despertó de nuevo.

Permaneció tumbada bocarriba, con la mirada fija en la oscuridad que se cernía sobre ella. Todavía podía oler el dulce aroma a recién nacido del bebé, quienquiera que fuese. ¿Habría vivido en Lutton Hall? Se concentró en cómo se había sentido en aquella habitación en penumbra mientras contemplaba al bebé, era un poderosísimo sentimiento de amor protector que jamás había experimentado en sus propias carnes. Intentó no pensar en la segunda parte del sueño, en esa sala donde había una tensión palpable. Había algo amenazador en ese lugar, un peligro subyacente que la asustaba.

Mathilde salió a echar un vistazo a las plantas al día siguiente. Arrodillada en el suelo, con un sinfín de piedrecitas hincándosele en las rodillas, intentó arrancar algunos hierbajos. No había vuelto a ver nada extraño en la arboleda que tenía al lado desde aquel día posterior a su llegada, pero sabía que no habían sido imaginaciones suyas. La incómoda sensación que la atenazaba en la casa al principio había ido transformándose con el paso de las semanas; la ansiedad se había convertido en aceptación, incluso parecía estar dándole la bienvenida. Quizá fuera ese el motivo de que el espíritu no hubiera sentido la necesidad de visitarla.

Lo de arrancar hierbajos no avanzaba demasiado por culpa de Sombra, que estaba tumbado al sol junto a ella y no dejaba de juguetear con su mano, dándole suaves zarpazos. Ella se rio para sus adentros y acarició su suave pelaje.

—Ahora eres un gatito feliz, ¿verdad? Este lugar se ha convertido en tu hogar. Muy bien, has salido bien parado.

Se sorprendió al darse cuenta de que su plan inicial de llevárselo cuando se marchara de allí parecía un recuerdo distante. Ahora que Sombra estaba acostumbrado a vivir en Lutton Hall, no podía llevárselo sin más, pero… si él había aceptado un nuevo hogar y se sentía a gusto allí, ¿qué le impedía a ella hacer lo mismo? No tenía respuesta para esa pregunta. Las hojas se agitaron y murmuraron junto a ella, a pesar de que no soplaba viento.

—¡Eh! ¿Estás trabajando de verdad con las plantas o solo estás escondiéndote?

Se sobresaltó al oír la voz de Oliver desde el otro extremo del jardín, y se apresuró a arrancar un manojo de hierbajos.

—¡Trabajando, claro! —Se volvió a mirarlo con una sonrisa—. Fleur estaba muy ruidosa esta mañana, me venía bien algo de paz.

—Hace un día precioso, no hay que desperdiciarlo. ¿Damos un paseo?

—¿No eres tú el que tendría que trabajar un poco? —le preguntó, mientras se dirigía hacia él.

En cuanto la tuvo lo bastante cerca, la agarró de la mano como si temiera que ella pudiera marcharse en cualquier momento y le dio un ligero apretón. Mathilde sostuvo la mirada de aquellos penetrantes ojos azules durante varios segundos, invitándolo a besarla de nuevo. La atracción que sentía por él se le enroscaba en el vientre, como un animal adormilado que empezaba a estirarse al ir despertando. Pero sus habilidades telepáticas no debían de funcionar, porque él le soltó la mano y echó a andar por el sendero empedrado que ella había estado despejando. Quería mantener a raya las malas hierbas y evitar que volvieran a invadir la zona del huerto.

—Oye, ¡te informo de que llevo trabajando desde las cinco de la mañana para poder venir aquí! —protestó él, en tono de broma—. ¿Qué me dices?, ¿te apetece dar un paseo?

—Vale. —Mathilde se limpió las manos en los pantalones—. Voy a lavarme las manos y a por mi cámara, vuelvo en cinco minutos.

Una vez en la casa, subió corriendo a su habitación procurando no hacer ruido para que ni Rachel ni Fleur se percataran de su presencia. No quería arriesgarse a que decidieran unirse al paseo, espantarían a los animales y echarían a perder ese ratito que podía compartir con Oliver.

—¿A dónde vamos? —le preguntó él, cuando echaron a andar por el camino de entrada de la casa—. ¿Cuántos senderos has investigado ya?

—Casi todos. Menos ese que hay casi al final del camino de entrada, el de la derecha. Rachel me dijo que pasa por detrás de la granja donde viven Alice y Jack, así que he preferido no ir por ahí. No necesito más animosidad.

—No creo que nos vean, a menos que estén haciendo algo al fondo de su jardín o mirando por la ventana. Y recuerda que todo esto forma parte de una finca que ahora es tuya; además, es un sendero público. No dejes que ellos dicten cómo vives tu vida, tienes tanto derecho como ellos a estar en esa zona.

Mathilde sabía que él tenía razón, que debería ignorar a quien se mostrara hostil, pero había visto en qué podía desembocar una circunstancia así: gente murmurando con disimulo cuando entraba en una tienda, dependientes negándose a atenderla alguna que otra vez; gritos por encima de las vallas cuando su madre y ella pasaban cerca, en una ocasión incluso habían llegado a lanzarles cosas. Oliver estaba mirándola, esperando a que le diera la razón, así que terminó por ceder.

—Sí, vale.

Ella misma oyó la reticencia en su propia voz; aun así, lo siguió sin decir palabra cuando llegaron al sendero en cuestión, pero tuvieron que pasar por encima de un portillo cerrado con cadena y candado.

—Esto no está permitido. —Oliver tiró de la cadena con semblante ceñudo—. Es un sendero público…, mira, ahí lo pone. —Señaló un poste indicador de madera—. Se supone que el portillo debe permanecer abierto y en buen estado. Vas a tener que encargarte del asunto, porque ahora es responsabilidad tuya. O el largo brazo de la ley caerá sobre ti con todo su peso.

—¿Largo brazo? —Todavía le costaba entenderlo algunas veces.

—Perdona. Me refiero a que vendrá a verte la policía o alguien del ayuntamiento. Es ilegal evitar que la gente utilice los senderos públicos, aunque estos pasen por tus tierras.

Mathilde hizo una mueca. Lo último que le faltaba era que las autoridades acudieran a su puerta, había vivido experiencias de esa índole suficientes veces como para saber cómo solía terminar la cosa: no muy bien.

—Tengo unos alicates grandes, vendré a deshacerme de la cadena. —Dio media vuelta sin más y echó a andar por el sendero.

Poco después estaban abriéndose paso entre zarzas y arbustos que habían crecido sin ningún tipo de control, era obvio que aquel camino llevaba mucho tiempo cerrado. A su izquierda se extendía el familiar juncal que bordeaba la cercana ciénaga, que constituía a su vez el verde borde de los llanos terrenos que se extendían más allá. Estos se perdían en la distancia hasta encontrarse con el horizonte y fundirse con el cielo, dibujando una línea borrosa entre el mundo y la estratosfera. Mathilde se llevó la cámara a la cara, se agachó hasta que su línea de visión quedó a ras de la parte superior de la vegetación y tomó varias fotografías. La imagen que aparecía en su visor consistía en una línea recta de color: cielos pálidos, frondas en un oscuro tono rosáceo, el verde amarillento de la vegetación; gruesas pinceladas que parecían sacadas de la paleta de un pintor. Se preguntó si el autor de su tríptico habría estado contemplando las vistas desde aquel mismo lugar, si se habría sentido inspirado por el evocador paisaje.

Siguieron abriéndose paso entre matas de aguileña y verruguera, intentando no pincharse con las zarzas, hasta que doblaron un recodo y vieron que estaban al final del jardín de la granja. Mathilde se sorprendió tanto que se detuvo en seco, provocando que Oliver estuviera a punto de estamparse contra su espalda.

—No sabía que estaríamos tan cerca de la casa —admitió ella.

Más allá de la valla, que llegaba a la altura de la cintura, una verde extensión de pastos ascendía en una suave pendiente hacia la parte trasera de la casa, donde había un patio con muebles de jardín. Allí no había viejas tumbonas raídas, desde luego. Cuidados lechos de flores bordeaban los pastos en un estallido de color; en una esquina había un huerto de árboles frutales, cada vez más frondosos y cargados de frutos con el transcurso del verano. Mathilde podía ver con claridad que su amor por la horticultura y la jardinería, un amor que había descubierto recientemente que había heredado de su padre, era cosa de familia. Apostaría dinero a que aquel jardín prístino y cuidado con esmero era obra de su tía Alice.

Fue como si pensar en ella hubiera bastado para que se materializara, porque su tía apareció de repente en el patio y se dirigió de inmediato hacia ellos con paso beligerante.

—Mierda… —susurró Oliver.

Mathilde cerró los dedos alrededor del helecho que tenía al lado y tiró con fuerza, sintiendo cómo le cortaba la piel. Estaba tan tensa que sintió que se le anudaban los músculos del cuello.

—Has venido a regodearte, ¿verdad? —Alice no había llegado aún al borde del patio, pero su voz les llegó con claridad diáfana—. ¿Estás echándole un vistazo a tu propiedad? ¿Cuánto falta para que nos llegue la notificación de desalojo? ¿O es que has venido a eso?, ¿pensabas echarla por encima de la valla sin que nadie te viera? Qué pasa, ¿tanto miedo te da presentarte en nuestra puerta? —El chillido estridente dio paso a una voz que rezumaba sarcasmo cuando añadió—: Uy, perdón, que ahora resulta que es tuya, ¡verdad?

—Disculpe, pero no tenemos ni idea de a qué se refiere.

Fue Oliver quien contestó. Lo hizo hablando serenamente, sin alzar la voz, y Mathilde supuso que estaba intentando apaciguar la situación antes de que ella abriera la boca y empeorara aún más las cosas.

—Nos ha apetecido ver a dónde nos llevaba este sendero, nada más —añadió él.

Ella no dijo nada, esperó a ver si su tía decía algo sobre el portillo cerrado a cal y canto.

—Hace años que nadie pasa por ahí, ¡qué sorpresa que se os ocurra de repente venir dando un paseíto!

Mathilde fue incapaz de seguir manteniendo la boca cerrada.

—Pues claro que no ha pasado nadie, hay una cadena en el portillo. —Señaló con el dedo hacia el camino—. ¡Y eso va en contra de los largos brazos de la policía!

Oyó que Oliver resoplaba junto a ella como si estuviera intentando contener la risa, pero, antes de que pudiera preguntarle si se había expresado mal, Alice echó a correr por el pasto hacia los setos que bordeaban la valla al otro lado de donde ellos estaban; cuando se detuvo frente a ellos, Mathilde se quedó horrorizada al ver las lágrimas que le bajaban por las mejillas. Podía lidiar con alguien airado —era una experta a la hora de luchar contra la intolerancia y los prejuicios—, pero no sabía cómo actuar ante una persona herida y llena de tristeza. Su tía no iba maquillada, y al verla de cerca se dio cuenta de lo avejentada que estaba; profundas arrugas surcaban aquel rostro humedecido por lágrimas que no se molestaba en intentar secar.

—Si decides vender la finca, no tendremos a dónde ir, ¡nos quedaremos en la calle! ¡Ojalá no te hubieran encontrado nunca!

Antes de que Mathilde pudiera abrir la boca para soltar la respuesta que tenía en la punta de la lengua, Alice dio media vuelta y regresó a toda prisa a la casa. Jack había aparecido en el patio, alertado por los gritos; al darse cuenta de que ellos estaban al otro lado de la valla, les mostró dos dedos[2] y ayudó a su mujer a entrar en la casa. Se oyó un sonoro golpetazo cuando la puerta trasera se cerró, pero no antes de que Mathilde estampara su mano izquierda en la parte superior del brazo derecho y doblara este hacia arriba, dándole al gesto de su tío una respuesta a la francesa. Se volvió entonces hacia Oliver y preguntó con ironía:

—¿Has entendido el gesto de Jack? Me parece que vas a tener que traducírmelo.

—Regresemos a la casa, ya hablaremos allí.

Regresaron sobre sus propios pasos en silencio, siguiendo el camino que habían creado al pasar entre la maleza; cuando volvieron a hablar, él la tenía tomada de la mano y acababan de enfilar por el camino de entrada de la casa.

—Alice estaba hecha una furia —soltó ella sin más—. ¿Por qué se ha puesto a llorar y a gritarnos así? Como… —Titubeó mientras buscaba la palabra—. Como el diablo, como *possédée*.

—¿Poseída?

—Sí, parecía una salvaje. No lo entiendo.

---

[2] En algunos países, alzar los dedos índice y corazón con la palma de la mano mirando hacia dentro se considera ofensivo. Sería similar a hacer una peineta.

—Pues yo creo que sí que lo entiendes, y más de lo que tú misma crees.

Habían llegado al patio delantero de la casa, y Oliver se desvió hacia el lateral y la condujo hacia la capilla; una vez allí, se sentó en el suelo con la espalda apoyada en la puerta, y ella lo imitó. Se sintió reconfortada al sentir el contacto de la madera, que se había calentado bajo el sol matutino. Se volvió a mirarlo. Lo tenía tan cerca que podría inclinarse un poco hacia delante y besarlo, pero se contuvo al ver que estaba ceñudo.

—¿Qué pasa?

—Tu tía. Ya sé que se ha portado fatal contigo desde que llegaste, ahora mismo acaba de soltar unas cuantas barbaridades por la boca. Por no hablar del gesto de tu tío.

Mathilde asintió, en su propio idioma también se alzaba el dedo para indicar algo así como «que te den». El gesto con el que ella había respondido tenía un significado similar, pero esperaba que Oliver no fuera consciente de ello.

—Son un par de viejos amargados —murmuró—. No he hecho nada malo, no le pedí a nadie esta casa. Ni la suya.

—¿No ves que ese no es el problema? Has aparecido de la nada después de prácticamente treinta años, y ahora eres la dueña del lugar donde viven. Tienen miedo. Dos pensionistas asustados que creen que están a punto de perder su hogar. Rachel me contó que viven en esa casa desde que se casaron, ahora se enfrentan a la posibilidad de perderla y es normal que estén resentidos contigo. No es que te odien, la cuestión es que puedes arrebatarles su seguridad. No pueden meterse sin más en una ambulancia reconvertida y desaparecer en el horizonte. —Se levantó del suelo y, después de darle un pequeño apretón en el hombro, echó a andar hacia la casa, dejándola allí.

Por supuesto que no iba a echarlos de su casa, no tenía ninguna intención de hacerlo. Había estado tan centrada en sus propias emociones, en el tríptico y en los sueños que no se había parado a pensar en lo que ellos podrían estar sintiendo. Pero tenía claro lo que debía hacer.

48

Julio de 1586

Tom se había percatado de que sus ropas habían empezado a quedarle más ceñidas en el transcurso de aquel último par de semanas. Durante ese tiempo había estado vigilando constantemente el Hernes Rent desde la posada situada justo enfrente, y las empanadillas que consumía estaban ensanchando su cintura. Isabel había bromeado con él al respecto, tironeando del exceso de carne mientras yacían en el lecho con los cuerpos húmedos de sudor tras hacer el amor. Él respondía salpicando su cuello y sus senos de besos rápidos y livianos como mariposas, sintiendo el salado sabor del sudor de su esposa en los labios.

Cada vez eran más los hombres que acudían a visitar a Babington y, después de uno de esos encuentros, vio como se le entregaba una carta a un jovenzuelo que se marchó corriendo por un callejón cercano. Esperó a que la puerta del edificio se cerrara de nuevo y se apresuró a seguirlo, sus largas piernas le permitieron alcanzarlo con facilidad; en cuanto lo tuvo a mano, lo agarró de la parte posterior del cuello de su mugrosa camisa y lo alzó por completo del suelo. El movimiento fue tan súbito que los pies del muchacho, enfundados en unas botas raídas cuya suela medio desprendida dejaba asomar los dedos, siguieron moviéndose en el aire durante unos segundos, y en cuanto se dio cuenta de que lo habían atrapado empezó a revolverse para intentar zafarse. Tom volvió a dejarlo en el suelo, pero lo sujetó con firmeza.

El muchacho tenía el rostro enrojecido y era obvio que estaba gritando, tenía la boca abierta de par en par y las cejas ceñudas; por suerte, nadie prestaría atención a un joven que chillaba y agitaba los brazos en aquella zona, ya que cualquiera que los viera creería que se trataba de un pilluelo que había sido atrapado al intentar vaciarle los bolsillos.

Lo aferró con fuerza de la parte superior del brazo. Dado que no podía hablar con él y negociar para que entregara la carta, se limitó a sacársela de donde la tenía guardada y extrajo entonces de su propio bolsillo un cuarto de ángel que procedió a depositar en su mano. El muchacho, que probablemente no había visto en su vida tanto dinero, se quedó mirando boquiabierto la moneda, y Tom le soltó el brazo y se llevó un dedo a los labios para indicar que debía guardar en secreto aquella transacción. El joven lo miró a los ojos y asintió varias veces antes de marcharse a toda prisa, se alejó serpenteando entre la gente con aquellos pies prácticamente descalzos hasta esfumarse por completo en el bajo mundo, la cruda morada de quienes estaban sumidos en la pobreza. Tom se metió la carta en el jubón y, después de lanzar una mirada alrededor para cerciorarse de que nadie lo observaba, echó a andar hacia el bullicioso mercado de Leadenhall para llevarla a casa de Phelippes.

Poco después, la carta estaba extendida sobre el escritorio y Tom ayudó a descifrarla. Estaba dirigida a la reina María y en ella se explicaba de forma considerablemente detallada cómo iba a llevarse a cabo el plan. Se quedó atónito al ir tomando conciencia de la magnitud de la situación; esa era la culminación de todos los meses que había pasado vigilando a diversas personas por todo Londres, en oscuros rincones y peligrosas tabernas de baja estofa. La vida de su reina corría peligro; afortunadamente, había estado haciendo vigilancia y había logrado interceptar aquel eslabón tan vital del plan.

Phelippes tomó un trozo de pergamino donde empezó a escribir preguntas a toda prisa, como si no tuviera tiempo de pronunciar las palabras con la lentitud suficiente para que él le leyera los labios. Preguntó quién había entregado la carta al muchacho y quién más estaba presente en el edificio en ese momento, y solo había una única respuesta para ambas cuestiones: Anthony Babington. Tom estaba prácticamente convencido de que este era un simple peón que recibía instrucciones de hombres lo bastante astutos como para permanecer ocultos. Y no se trataba tan solo de Ballard, también estaban los que movían las piezas en Francia con el firme objetivo de hacer avanzar a su reina papista por el tablero de ajedrez y destronar a Isabel. Tom era consciente de no ser más que una pieza menor para Walsingham, pero, según su propia opinión, era una que resultaba útil; por el momento, al menos. Las piezas importantes, las torres y los alfiles, lo sacrificarían sin vacilar en caso necesario, y eso era algo que no debía olvidar ni por un instante.

Al día siguiente se requirió su presencia en el despacho de Walsingham, quien le expresó su agradecimiento por haber interceptado la carta. Phelippes iba camino de Chartley con ella. Ahora que conocían los pormenores del plan para arrebatarle el trono a la reina Isabel, tan solo era cuestión de tiempo que todos los conspiradores fueran apresados. Walsingham había dispuesto la trampa y solo había que esperar a que las ratas se metieran en ella; según le explicó al entregarle una pesada faltriquera repleta de monedas de oro como agradecimiento, volvería a requerir sus servicios a finales de verano, cuando, si todo salía según lo esperado, se pondría fin a aquella conspiración.

Tom regresó entonces a la botica, donde Hugh había estado batallando por satisfacer las solicitudes de medicinas que solían recibir habitualmente por parte de los residentes de la corte; puede que la reina comiera raciones pequeñas, pero eso no impedía que todos los demás se atiborraran de grasientas comidas que les provocaban empacho e indigestión. Huelga decir que se sintió de lo más complacido al ver que su ayudante retomaba su puesto.

Fueron pasando los largos días de verano, y Tom logró pasar un par de semanas ayudando a reponer las existencias durante aquella época más tranquila de cálidas temperaturas; una vez que el tiempo cambiara y empezara a hacer frío, los servicios de la botica serían requeridos con mayor frecuencia. Era el momento de empezar a preparar una buena cantidad de ungüentos para manos agrietadas y sabañones. Se dio cuenta de cuánto había echado de menos el trabajo sosegado y sereno de la botica, los aromas subyacentes de las hierbas medicinales que estaban secándose o siendo molidas en el mortero. Ese era su verdadero trabajo, y albergaba la esperanza de que en adelante se le permitiera dedicarle todo su tiempo. Estaba cansado de las labores de vigilancia.

Pero sus esperanzas fueron en vano. El veintinueve de julio, Walsingham le encomendó la tarea de entregar una carta a Babington, así que se puso su manto azul y poco después estaba recorriendo de nuevo las calles de la ciudad. Dado que Babington y él ya habían sido presentados previamente, no era necesario actuar de forma furtiva, de modo que tocó a la puerta de la casa en la que residía y entregó la carta, consciente de lo importante que era el mensaje que contenía y de la expectante impaciencia con la que se aguardaba su llegada. Estaba escrita por la propia reina María, quien daba en ella su aquiescencia al sangriento plan para acabar con la vida de la reina Isabel: le indicaba a Babington que procediera con el *assassinment*, el asesinato. Era aquello lo que Walsingham había estado esperando, una carta que implicara directamente a la reina María; por otra parte, Tom era plenamente consciente de que el mensaje había sido alterado por Thomas Phelippes antes de que se siguiera adelante con la entrega.

Para su consternación, justo cuando creía que su papel en aquel asunto había concluido, a la semana siguiente recibió órdenes de seguir de nuevo a Babington, quien, según la información recibida por Walsingham, había regresado a su casa. De modo que Tom pasó una noche sumamente incómoda en el portal de la casa de enfrente (esperaba no ser sorprendido allí por sus ocupantes), intentando no quedarse dormido. A las cuatro de la madrugada, cuando el sol empezaba a abrirse paso entre la oscuridad y su luz se filtraba entre los elevados edificios, se levantó del suelo y, tras estirar sus agarrotadas extremidades, se dirigió a un callejón cercano y se apostó justo a la entrada con cuidado de que su ropa no rozara las mugrientas paredes. El suelo empezaba a calentarse bajo el sol, desprendiendo un hedor que le revolvió el estómago.

Hizo una mueca de desagrado y decidió arriesgarse y esperar al final de la calle; con un poco de suerte, si alguien salía de la casa iría en esa dirección. La calle se ensanchaba allí, y llamaba menos la atención si se mezclaba con los madrugadores vendedores ambulantes. El aire era más respirable y estaba impregnado del olor al pan que estaba cociéndose en los hornos comunitarios. ¡Qué no daría él por estar en su casa de Cordwainer Street con su esposa y su hijo, comiendo queso y fruta junto con el pan blanco elaborado por la cocinera! Con eso en mente, compró una hogaza de pan y siguió esperando hasta que su vigilancia se vio recompensada: la puerta de la casa de Babington se abrió y este salió procurando no llamar la atención antes de incorporarse a la corriente de gente en constante movimiento. Babington miró a uno y otro lado de la calle y titubeó por un momento. Tom sintió encima el peso de su mirada y mordió su pan antes de girar ligeramente la cabeza con sutileza, ocultando su rostro y actuando como si formara parte de la conversación que mantenían dos mercaderes que tenía al lado. Esperaba que Babington se hubiera parado a mirarlo por mera coincidencia.

Por suerte, el gentío se abrió un poco y alcanzó a verlo desaparecer al final de la calle y enfilar por Cheapside, una vía más ancha. Se apresuró a seguirlo manteniéndose cerca de los edificios, por si se veía en la necesidad de meterse con apremio en una tienda u ocultarse tras el puesto de algún comerciante. Debía mantener la mirada puesta en él en todo momento si no quería perderlo entre la multitud, cuyo ondulante movimiento constante recordaba a las aguas del Támesis, la columna vertebral de Londres.

Avanzando bajo las salientes plantas superiores de los edificios, manteniéndose al amparo de las sombras mientras sorteaba charcos, consiguió seguirlo hasta que, finalmente, se dio cuenta de que habían llegado a la casa de Robert Pooley. Bastó un breve toque por parte de Babington para que la puerta se abriera, y este lanzó una última mirada alrededor antes de entrar. En esa ocasión, Tom optó por observar desde el interior de una tienda situada frente a la casa. Parado ante unas ratoneras, fingió que las examinaba y deslizó las yemas de los dedos por el frío acero mientras no perdía de vista lo que sucedía al otro lado de la calle.

No tenía forma de informar a Walsingham sobre su paradero. Se le había indicado que no perdiera de vista a Babington, quién sabe a dónde se dirigiría después. No era necesario un gran olfato para ver que aquel hombre actuaba de forma sumamente sospechosa. De modo que siguió esperando y vigilando.

El día fue dando paso a la noche. Se sintió frustrado por no poder abandonar su puesto ni un minuto para buscar algún muchacho que accediera a llevar un mensaje a Isabel explicando su ausencia, y esperaba que ella no estuviera enojada por aquella súbita desaparición. A decir verdad, Babington podría haber abandonado el lugar por alguna puerta trasera, pero se veía obligado a permanecer allí y seguir esperando.

Su vigilancia dio sus frutos al fin cuando, a última hora de la mañana siguiente, un oficial de la ciudad y dos miembros de la guardia real llegaron a la casa y empezaron a aporrear la puerta con los puños. La gente que tenía alrededor interrumpió sus quehaceres para ver lo que ocurría. Mantuvo sus sentidos bien alerta, y eso le permitió ver el rostro que apareció por un fugaz instante en la ventana de la planta superior de la casa. Era Babington, y se sintió aliviado al ver que todavía estaba dentro. Su espera no había sido en vano.

Una puertecita de madera situada en el muro que rodeaba la casa se abrió de repente y, para su sorpresa, vio que John Ballard se asomaba y lanzaba una mirada furtiva alrededor. No sabía que él se encontrara allí. Los dos guardias también le vieron y lo persiguieron por el jardín trasero de la casa; cuando lograron atraparlo, cada uno lo tomó de un brazo y se lo llevaron a rastras calle abajo, en dirección al río. Lo más probable era que tuvieran intención de entrar en la Torre por la temida Puerta de los Traidores.

Tom avanzó unos pasos sin perder la casa de vista, no tenía claro lo que debería hacer ahora. Se le había ordenado que siguiera a Babington, y ahora sabía con certeza que este se encontraba aún en la casa de Pooley. Le resultaba inexplicable que la presencia de aquel hombre hubiera pasado desapercibida para los guardias, pero no tenía más opción que seguir esperando y vigilando. ¿Cuánto tiempo más iba a alargarse aquello?

A media tarde, Babington debió de pensar que había pasado el peligro, porque emergió de la casa y, con Tom siguiéndole los talones, cruzó Carter Lane hasta llegar al paseo situado junto a la gran Catedral de San Pablo. Allí era más fácil para Tom ocultar su presencia entre el bullicioso gentío donde unos intentaban leer los panfletos clavados en tablones de madera y otros se detenían a escuchar a los predicadores que, subidos en cajas, contaban sus historias al público. Huelga decir que con él perdían el tiempo.

Había desayunado muchas horas atrás, de modo que entró un momento en una taberna y compró una jarra de cerveza que se bebió de golpe. No podía quitarle el ojo de encima a su objetivo ni un instante, no quería ni imaginar la reacción de Walsingham si perdía ahora el rastro de Babington.

Compró una hogaza de pan, queso y ciruelas y fue alternando entre las tres cosas mientras observaba junto a una imprenta. Daba la impresión de que Babington estaba esperando a alguien, paseaba de acá para allá y movía la cabeza con nerviosismo mientras su mirada parecía buscar algo entre el gentío. El lugar donde estaba apostado Tom le permitía ver bien lo que sucedía, pero estaba lo bastante alejado como para que su presencia pasara desapercibida en caso de que Babington se girara en su dirección. No podía arriesgarse a ser visto por segunda vez. No sabía si Babington le había reconocido la vez anterior, pero, dado que Berden los había presentado formalmente, debía ser extremadamente cauto. No quería que se descubriera que Berden y él habían asumido una identidad falsa, y menos aún teniendo en cuenta que estaban tan cerca de sacar a la luz aquella conspiración.

Poco después empezaron a llegar de forma paulatina algunos amigos de Babington. Entre ellos había varios a los que Tom reconoció porque los había visto acudir a visitarlo a su alojamiento. Babington debía de haber contactado con ellos de alguna forma… o se trataba de un encuentro acordado previamente, claro. Se acercó un poco más con disimulo hasta que pudo leer lo que decían.

—*Ballard ha sido apresado* —les dijo Babington, estrujándose las manos como si estuviera lavándoselas con un jabón invisible—. *¡Hemos sido traicionados! ¿Qué hacemos?*

—Nada por el momento, nuestro plan se llevará a cabo a su debido tiempo —contestó uno de los hombres.

Hubo entonces una acalorada discusión para decidir quién tendría la oportunidad de estar en presencia de la reina y de acercarse lo suficiente a ella para descerrajar el tiro mortal. Tom apenas podía dar crédito a lo que veían sus ojos. Estaba seguro de haber conseguido pruebas suficientes, y decidió regresar a palacio para informar a Walsingham de todo.

49

Agosto de 1586

Aunque Walsingham se mostró complacido con lo que Tom había averiguado, frunció el ceño y atravesó con la pluma el pergamino que tenía sobre el escritorio cuando este le contó mediante gestos que Ballard había sido arrestado mientras Babington estaba acostado en un lecho de la planta superior de aquella misma casa. Tom agradeció no ser uno de aquellos guardias. Después de escribir los nombres y una descripción de los otros hombres a los que había reconocido junto a la catedral, recibió por fin permiso para regresar a casa.

Se aseó con un cubo frío de agua en el patio adyacente a la botica antes de ponerse una camisa limpia, y sonrió al darse cuenta de que el tufo que desprendía debía de ser el causante del desagrado que había visto en el rostro de Walsingham. Quizá se le llamara a acudir al despacho con menos frecuencia en el futuro.

Después de secarse con un trozo de arpillera, se enfundó la camisa y saboreó la sensación de la tela limpia contra la piel y el aroma a lavanda que impregnaba la prenda. El sol estaba en su punto álgido, el calor caía sobre su cabeza y secaba su pelo, enroscándolo y creando los suaves rizos que Isabel adoraba. Debía visitar al barbero, pero sería en otra ocasión. Lo único que deseaba en ese momento era yacer en el lecho con su esposa tumbada junto a él y dormir un día entero con su respectiva noche. O varios.

La preocupación que vio en el rostro de Isabel al entrar en el saloncito hizo que su corazón se llenara de pesar. Lamentaba profundamente haberla hecho pasar por semejante calvario, había pasado tres días desaparecido y ella se habría preguntado sin duda si seguía vivo. Maldijo a Walsingham para sus adentros mientras ella, tras levantarse de forma tan súbita que el bordado que tenía en el regazo cayó al suelo, cruzó la sala en un santiamén y lo abrazó con tanta fuerza que prácticamente lo dejó sin respiración. Él liberó los brazos y la apretó contra sí. El saloncito olía a la cálida ulmaria que cubría el suelo junto a otras hierbas secas, y al agua de rosas con la que su esposa se lavaba el cabello.

Cuando lo soltó finalmente, Isabel retrocedió unos pasos y lo miró. Ahora que el alivio inicial había pasado, era obvio lo furiosa que estaba. Con los brazos extendidos a ambos lados y las palmas de las manos hacia arriba, enarcó las cejas antes de enunciar con diáfana claridad:

—¿Dónde has estado? —Por si él no se había dado cuenta de lo enfadada que estaba, le propinó también una palmadita en el brazo.

Tom buscó su tablilla de cera con la mirada. Tardaría demasiado en explicarlo todo mediante señas, y estaba desesperado por acostarse.

Para cuando terminó de escribir, borrar y escribir de nuevo, Isabel parecía confundida ante todo lo que había ocurrido y se limitó a encogerse de hombros, aceptando el hecho de que él se había visto en una situación que escapaba a su control. Dado que ella misma había sido una de las damas de la reina, conocía bien los tejemanejes de la corte real, que era un verdadero tablero de ajedrez. Lo siguió a la planta de arriba, se sentó sobre el cobertor y le acarició el pelo hasta que quedó sumido en un profundo sueño.

Walsingham apenas habría de darle un respiro. Tom se vio invadido por el abatimiento cuando, varios días después, llegó a la botica el familiar mensaje requiriendo su presencia. Había albergado la esperanza de que, después de lograr seguir a Babington y de obtener valiosa información, el éxito de su misión llevara a los correspondientes arrestos y se le permitiera por fin disfrutar de una vida plácida y tranquila con Isabel y Richard. Pero no pudo ser. A esas alturas, el paje y él no precisaban notas ni gestos y ni siquiera se molestaba en usar su manto azul, que no estaba en las mejores condiciones después de dormir dos noches con él puesto.

Por una vez, las ventanas del despacho de Walsingham estaban abiertas y dejaban entrar una suave brisa. Tom se preguntó si se debía al desagradable olor que él había traído consigo días antes. El ambiente era muy distinto al calor de la botica, donde el fuego permanecía encendido incluso en pleno verano. Había otro hombre presente, y Walsingham se lo presentó diciendo que era uno de sus mensajeros.

—*Mi hombre va a entregar una carta a Babington. En ella se le informa de que el arresto de Ballard no tiene nada que ver con la trama que se está urdiendo, y que los conspiradores deberían mantenerse cerca de él para evitar riesgos. Espero que nos conduzca a sus cómplices, para que puedan ser arrestados todos a la vez. Y, posteriormente, ajusticiados de igual forma. Debéis ir a vigilar para que nadie intente escabullirse. ¿Estáis seguro de que nadie os vio ni os reconoció la última vez?*

Tom asintió, confirmando con ello que su tapadera seguía intacta. Esperaba que aquella nueva misión no supusiera más noches de ausencia. Dudaba que Isabel se mostrara igual de comprensiva una segunda vez, la primera habían hecho falta varios días de mudas disculpas por su parte.

Poco después, el mensajero y él navegaban a bordo de una chalana en dirección a la casa de Babington, el lugar donde Berden había presentado al propio Tom al grupo de conspiradores. Se posicionó como siempre, escondido a plena vista entre el bullicio de gente que iba y venía por la estrecha calle, y se dispuso a vigilar. Debía asegurarse de poder seguir a Babington sin ser visto, en caso de que fuera necesario. Sería la última vez. Se estremeció cuando a su mente acudió el recuerdo de la cruenta ejecución de Throckmorton. La información que estaba obteniendo para Walsingham resultaría en que la vida de aquellos hombres tuviera un final similarmente brutal, y se sentía incómodo por el papel que estaba desempeñando en el inevitable desenlace.

Escasos segundos después de que el hombre de Walsingham tocara a la puerta, esta fue abierta por el propio Babington, cuyo rostro estaba surcado por visibles arrugas de tensión. No había duda de que era un hombre preocupado. Ajeno a que estaba siendo observado, permaneció en el umbral mientras rompía el lacre de la misiva que acababa de entregarle el mensajero, y su semblante se llenó de consternación cuando leyó las palabras cifradas escritas por Walsingham. Sin decir una sola palabra a quien pudiera estar en el interior de la casa, dejó caer la carta al suelo, cerró la puerta tras de sí y salió en dirección a la Catedral de San Pablo, prácticamente corriendo. Tom solo se detuvo el tiempo preciso para recoger la carta del suelo y guardarla en el bolsillo antes de ir tras él, imprimiendo a sus pasos un trote ligero para evitar quedar rezagado. Llegados a ese punto, no le importaba apenas ser visto porque el comportamiento de Babington era el de un hombre en plena huida; era muy improbable que mirara hacia atrás para ver quién le perseguía. Vio que se detenía a tomarse un respiro al llegar a la catedral, se sorprendió al verle hablar con un pequeño pilluelo que extendió la mano para recibir su pago antes de marcharse a toda prisa. No estaría pensando en comer algo en semejantes circunstancias, ¿verdad? Debía de ser consciente de que la soga del verdugo iba cerrándose alrededor de su cuello con cada minuto que pasaba.

Pero no era comida lo que Babington estaba esperando: en cuestión de minutos, aparecieron dos de sus cómplices. Tras una breve conversación que debió de ser bastante acalorada, a juzgar por cómo gesticulaban y agitaban la cabeza, los tres se pusieron en marcha de nuevo. En esa ocasión no fueron capaces de mantener el mismo paso acelerado por mucho tiempo y finalmente aminoraron considerablemente la marcha, facilitándole la tarea de seguirlos.

El trayecto resultó ser más largo de lo que Tom esperaba, y tuvo que pasar la noche durmiendo a la intemperie cuando los hombres a los que seguía se detuvieron a pernoctar en una posada. No osó entrar a su vez por miedo a ser visto, y esperaba fervientemente que no alquilaran caballos al llegar la mañana. Le sería imposible seguirlos a pie, y su presencia resultaría muy obvia si iba a caballo.

Por suerte, después de pasar la noche bajo una morera, los vio salir acompañados de dos hombres más a los que no reconoció, pero que seguramente habían estado esperándolos en la posada. Los siguió cuando emprendieron el camino.

Resultó ser otra larga jornada más de trayecto a pie, y Tom se lamentaba de su suerte. No sabía hacia dónde se dirigía ni cómo podría ingeniárselas para apresar a los traidores una vez que llegaran a su destino. Aquella persecución no tenía sentido. En un momento dado, cuando los hombres se detuvieron bajo un nogal, se agazapó en la arboleda que bordeaba el camino y observó a través de las hojas de otro nogal. Se desconcertó al ver que parecían estar aplastando las nueces bajo los pies antes de frotarse la cara con ellas, no tenía ni idea de lo que hacían y empezaron a agarrotársele las rodillas mientras seguía agachado, viendo cómo repetían el proceso una y otra vez: pisotón, abrir nuez aplastada, frotar por el rostro.

Finalmente, cuando reemprendieron la marcha, aguardó hasta que estuvieran lo bastante lejos y entonces se puso en pie; tras estirar las extremidades para que circulara la sangre, corrió entre los árboles hacia el nogal bajo el que habían estado. Las cáscaras estaban diseminadas por el suelo entre la hierba, tomó una y se la pasó por el dorso de la mano. Seguía sin entender lo que habían estado haciendo.

Se frotó los nudillos con ella, empleando un poco más de fuerza, y empezó a entenderlo al ver la oscura mancha amarronada que tenía en la piel: aquellos hombres tendrían el aspecto de alguien que había pasado muchos veranos trabajando en los campos, el rostro curtido y moreno de un granjero después de pasar tantas y tantas jornadas bajo el sol. Estaban intentando disfrazarse, ya que su tersa y blanca piel revelaba que eran caballeros de posición elevada. Los fugitivos seguían alejándose y eran pequeñas figuras en la distancia, así que se apresuró a seguirlos entre la vegetación. El hecho de que se hubieran detenido allí a aplicar un disfraz podría indicar que el destino que tenían en mente se encontraba cerca.

Al pasar por encima de un tronco caído, alcanzó a entrever una gran casona parcialmente oculta por los árboles que la rodeaban. Estaba preguntándose si ese sería el lugar al que se dirigían cuando notó que el suelo empezaba a vibrar bajo sus pies, giró la cabeza y vio tras de sí una nube de polvo creada por un numeroso grupo de guardias a caballo. Solo podía haber un motivo para su presencia.

Se apartó a un lado del camino y, una vez que estuvieron lo bastante cerca, agitó los brazos para que se detuvieran. No sabía si aquello funcionaría y, al ver los cascos de los caballos atronando contra la tierra seca, se preparó para apartarse de un salto del camino en el último instante, si fuera necesario. Justo cuando estaba a punto de hacerlo, el guardia que encabezaba el grupo alzó la mano y se detuvieron, creando una gran nube de polvo que lo atragantó. Tomó el pellejo de cerveza que llevaba colgado de la cintura y tomó un buen trago mientras pensaba en cómo informar sobre lo que ocurría sin un papel ni una tablilla de cera a mano. La gente con la que conversaba habitualmente comprendía sus señas, pero aquellos hombres no tenían ni idea de por qué se encontraba allí.

—*Espero que tengáis un buen motivo para detenernos, ¿qué sucede?* —le advirtió el guardia que encabezaba el grupo.

Tom señaló con la mano hacia el camino en dirección a Babington y sus compinches, que ya no estaban a la vista, y entonces mostró el manchurrón amarronado que tenía en la mano y escenificó a varios hombres frotándose la cara.

—*Un momento, sé quién sois. Alguien mencionó a un espía capaz de comprender lo que habla la gente, a pesar de no poder oír ni hablar. ¿Sois vos? ¿Habéis estado siguiendo a esos hombres desde Londres?*

Tom asintió y fue recompensado con las sonrisas de aceptación de todo el grupo.

—*¿Han disfrazado su aspecto?* —preguntó otro.

Tom asintió.

—*Venid, montad tras de mí.* —El primer guardia se inclinó hacia él, lo agarró de debajo del brazo y lo alzó a lomos del caballo; sin más dilación, hincó los talones y salió al galope.

Tom se aferró con fuerza al borde del jubón de cuero del hombre, el viento llenaba de polvo sus ojos y sus orejas. Tenía los pies doloridos después de tanto caminar y era un alivio tenerlos en alto, pero no estaba seguro de si estaba en mejor situación así, resbalando de acá para allá a lomos de un caballo que galopaba a toda velocidad.

Los arrestos, cuando se produjeron, fueron casi anticlimáticos después de tantos meses de vigilancia y espera. Los conspiradores estaban ocultos entre la maleza de los terrenos de Uxendon Hall, un lugar que Tom había visto mencionar durante una conversación entre Walsingham y Phelippes y que, al parecer, era un conocido refugio para católicos.

Se produjo una pequeña refriega cuando intentaron evadir a los soldados, pero estos los superaban en número con creces. Para evitar que alguno de ellos pudiera verlo y reconocerlo (en especial Babington), se mantuvo apartado del tumulto y terminó escondido tras los caballos de los guardias. Eran unos animales enormes y robustos, criados con el propósito específico de soportar el peso de soldados con armadura y cota de malla, y agradeció la protección que ofrecía aquel muro viviente cuyo húmedo pelaje emanaba vapor después del esfuerzo realizado. Tuvo cuidado de permanecer oculto en todo momento tras los animales, moviéndose cada vez que ellos lo hacían para asegurarse de no quedar al descubierto. Cuando los conspiradores estuvieron atados mediante sogas a otras monturas, vio que Babington miraba alrededor con incredulidad mientras uno de los guardias le ataba las muñecas a la correspondiente silla de montar, como si no alcanzara a creer que los hubieran atrapado. Con una señal de alguien situado al frente, el grupo se puso en marcha y los conspiradores iniciaron el largo trayecto de regreso a Londres.

Varios guardias se ofrecieron a llevar a Tom, indicando la parte posterior de sus respectivas sillas y extendiendo el brazo para alzarlo a lomos del caballo, pero dijo que no con las manos. Prefería conseguir una montura en la posada más cercana y regresar solo a casa. Poco después, cuando tan solo alcanzaba a verse una nube de polvo en la distancia, inició la larga caminata. Sintió que le flaqueaban las piernas cuando empezó a tomar conciencia de la enormidad de lo que había conseguido.

50

Agosto de 2021

Mathilde adelantó a Oliver en el camino que conducía a Fakenham. Tenía la radio puesta, las ventanillas de la autocaravana bajadas y estaba cantando a pleno pulmón *Dancing Queen*, de Abba. Era la canción favorita de su madre y le traía a la memoria las épocas felices en las que esta se encontraba más estable y bailaba por la habitación enfundada en su descolorido vestido de algodón, cantando al son de la música. Hacía mucho que no sentía el impulso de cantar a su vez al son de una canción y resultaba liberador, se sentía llena de gozo. Sonrió al ver que él hacía parpadear las luces a modo de saludo y se detenía a un lado de la carretera; a pesar de lo mucho que estaba disfrutando mientras cantaba, era un placer encontrárselo tan inesperadamente.

Detuvo la autocaravana junto al coche y se mantuvo alerta a los retrovisores por si otro vehículo aparecía por detrás.

—¿A dónde vas? —preguntó él a través de la ventanilla.

—Al pueblo, a comprar unas cuantas cosas. —Su respuesta fue deliberadamente vaga, no quiso precisar más. Había tomado una decisión y no quería una de las típicas conversaciones serias de Oliver sobre el tema—. No sabía que fueras a venir hoy, ¿nos vemos cuando vuelva del pueblo?

—No creo. Quería revisar un par de detalles del tríptico, y avisarte de que es posible que esté unos días sin venir. Esta tarde salgo rumbo a una conferencia que se celebra en Leeds, podré hablar con otros historiadores del arte sobre tu increíble descubrimiento. Llámame si recibes noticias del profesor Thornton, por favor. Aunque también puedes hacerlo simplemente porque te apetece, claro.

Él estaba sonriente, pero Mathilde sintió una inesperada punzada de desilusión. Se sintió alicaída. Se había acostumbrado a verlo con frecuencia, aunque solo fueran unas cuantas horas; Oliver siempre parecía tener algún motivo válido para presentarse en la casa. Se quedó atónita al darse cuenta de que iba a echarlo de menos.

—Vale, ¡hasta pronto! —Sonrió como si nada para disimular su desilusión, sintió el inesperado escozor de las lágrimas en los ojos.

Puso la autocaravana en marcha de golpe y se marchó de allí. Vio por el retrovisor que el Mini negro permanecía a un lado del camino.

51

Agosto de 1586

El papel desempeñado por Tom en el desmantelamiento de la conspiración y en la captura de Babington y sus cómplices no pasó desapercibido para Walsingham, quien incluso esbozó una de sus infrecuentes sonrisas y le dio unas palmaditas de felicitación en la espalda…, aunque manteniendo las distancias.

Walsingham le advirtió que, ahora que había demostrado lo que era capaz de hacer, la ayuda que podía ofrecer en la lucha contra aquellos que querían deponer a la reina, sus servicios volverían a ser requeridos sin duda. Le preguntó en más de una ocasión si alguien le había visto, y Tom le aseguró que no. Se le permitió retomar sus funciones de apotecario por el momento, y se sintió agradecido por ello.

El intenso olor a hierbas y medicamentos se le quedaba alojado en la garganta y era un bálsamo para su alma. No se había dado cuenta de lo calmado y relajante que era su trabajo. Hugh y él trabajaban juntos a diario en silenciosa cooperación. Y después, cada día al atardecer, cuando el sol empezaba a descender hacia el horizonte y sus rayos anaranjados se extendían cual dedos intentando aferrarse a las últimas horas del día, bajaba corriendo al muelle para tomar una chalana que habría de llevarlo a casa, a los brazos de su amada.

Ese nuevo vigor con el que disfrutaba de su trabajo no era nada en comparación con la dicha que daba alas a su corazón cuando recorría las calles de Londres cada día bajo la luz del crepúsculo. Era tal su intenso anhelo por ver el rostro sonriente de Isabel, por sentir sus brazos alrededor del cuello y su cabeza apoyada en el pecho, que los pies no le llevaban tan rápido como habría deseado y a veces echaba a correr. Había intentado evitar que ella supiera del peligro que había corrido durante aquella última tarea que había realizado para Walsingham, pero no había sido posible. Un día, cuando regresaban tomados de la mano tras un paseo por los puestos ambulantes de los alrededores de la Catedral de San Pablo, las empedradas calles estaban cubiertas de panfletos donde se hablaba de los planes de Babington y de cómo se había atrapado a los fugitivos. Los únicos que estaban enterados del papel desempeñado por él eran sus personas más cercanas, y su esposa no había tardado mucho en atar cabos.

Pasaban todas las veladas inmersos en su burbuja de feliz y serena vida familiar; en cuanto terminaban de cenar, acudían a jugar con Richard, quien disfrutaba gozoso del amor y el afecto de sus devotos padres. No había señales de un posible hermanito para él, pero eso carecía de importancia para Tom; al fin y al cabo, le parecía imposible poder llegar a querer a otro niño tanto como a aquel. Tenía todo cuanto había anhelado conseguir con su regreso a Inglaterra; todo y más. El amor que sentía por Isabel era tan inmenso que no le cabía en el corazón, jamás habría podido imaginar que tendría una esposa tan maravillosa. Su vida estaba completa.

52

Octubre de 1586

Cuando llegó la venganza, Tom estaba completamente desprevenido. Aquella tarde salió de palacio a una hora temprana, desembarcó de la chalana con brío y echó a andar hacia su hogar, el hogar de su familia. El día anterior, después de la cena, Isabel y él estaban viendo gatear a Richard por el suelo cuando este había intentado incorporarse con la ayuda de la banqueta donde ellos estaban sentados, y estaba deseoso de ver si su hijo lo había logrado ya.

Durante el trayecto en la chalana, mientras los remos del barquero cortaban el agua y lanzaban pequeñas salpicaduras enjoyadas al alzarse, el Támesis yacía en total quietud, pero sintió el azote de un viento ligero mientras recorría las calles de la ciudad. Vio el naranja del sol poniente reflejándose en las ventanas de las tiendas y las viviendas, y fue prácticamente en ese mismo momento cuando notó un atisbo de humo en el aire. Algunas personas empezaron a apretar el paso en la misma dirección hacia la que él mismo se dirigía y echó a correr, sorteando a unos y otros. El reflejo anaranjado que veía no procedía del sol, algo estaba ardiendo.

El calor de las llamas le golpeó el rostro antes de que llegara, pero ya sabía instintivamente de qué casa se trataba. La parte trasera estaba ardiendo sin control y las llamas se alzaban hacia el cielo, chupando las nubes con fieras lenguas anaranjadas. Había una larga fila de hombres que iban pasándose unos cubos de cuero repletos de agua con los que intentaban apagar la llameante estructura de roble. Su corazón palpitaba frenético mientras buscaba con apremio el familiar rostro de Isabel. Nunca había estado tan desesperado, su aguzada vista estaba fallándole cuando más la necesitaba. Mientras sus ojos recorrían la multitud, se toparon con una cara que reconoció: era uno de los hombres a los que había visto hablando con Babington en la taberna Cross Keys. El individuo le sostuvo la mirada por un momento antes de escabullirse entre el gentío.

Tom sintió un tirón en la manga y al volverse vio a Catherine con el rostro cubierto de una capa de hollín surcada por las lágrimas. En sus brazos estaba Richard, tenía el semblante enrojecido y la cabeza echada hacia atrás. Tom lo tomó y le frotó la espalda mientras usaba señas para expresar el nombre de su esposa; por suerte, le había enseñado previamente a Catherine algunas de las más básicas. Se le encogió el corazón de terror al ver que ella negaba con la cabeza y estallaba en llanto de nuevo.

Depositó a Richard en sus brazos de nuevo y echó a correr hacia la parte posterior de la casa, intentando abrirse paso entre los hombres cargados de cubos de agua. El suelo estaba cubierto de charcos donde se reflejaban las llamas, que seguían ardiendo descontroladas. Frenético, esperanzado, buscó con la mirada cualquier signo de vida en el interior; alguien —no podía ver de quién se trataba por el humo— lo tenía agarrado de los brazos por detrás, lo sujetaba con tanta fuerza que clavaba los dedos en sus férreos músculos para impedir que se adentrara como un loco en aquel infierno. Se debatió, luchó por liberarse, pero al final cedió y retrocedió un paso. El calor le chamuscaba el vello facial y, aunque las llamas empezaban a perder algo de intensidad, vio que la parte trasera de la casa no era más que una carcasa con las vigas ennegrecidas y caídas. Si Isabel se encontraba en la alcoba conyugal, no habría tenido salvación alguna.

Uno de los hombres dejó de echar agua sobre los humeantes restos de la casa, lo tomó del brazo para conducirlo a un lado y señaló hacia el suelo. Estaba diciendo algo, ajeno al hecho de que sus palabras se las llevaba el viento, pero Tom no le habría oído aunque su sordera no existiera. Estaba en otro mundo, uno donde iba envolviéndolo un pesado manto de oscuridad. El dolor que atravesó su pecho hizo que cayera de rodillas, apenas era consciente de que el hombre estaba mostrándole un montón de paja y ramas apiladas contra una esquina de la casa. Aquel incendio no había sido accidental, lo habían provocado de forma intencionada.

La parte delantera de la casa había corrido mejor suerte que la posterior; aun así, todavía salía humo por las ventanas, cuyos frágiles cristales estaban hechos pedazos en el suelo. La puerta principal se abrió y, por un instante, se preguntó si Isabel habría huido de la casa y estaría deambulando por allí, desorientada por el humo y el caos de gente. Pero sabía que ella no estaba entre la multitud, el corazón se lo decía; lo sentía en cada rígido nervio de su cuerpo, tan tenso como la piel de un tambor. La gente empezaba a dispersarse con sus cubos colgando desoladamente en las manos; habían hecho todo lo posible por ayudar y él sabía que debería darles las gracias, pero, incluso de haber podido, estaba clavado ante la casa, contemplando con incredulidad el hogar de su familia. En su vida acababa de abrirse un agujero tan abismal y oscuro como el cráter abierto que tenía ante sí.

Se volvió al notar un tirón en la camisa y vio a Catherine, quien tenía a Richard en brazos. Tras ella había otra mujer, una vecina, que parecía estar esperando. Catherine señaló con la mano a la mujer, a sí misma y a Richard, y él asintió una única vez antes de volver de nuevo la mirada hacia la casa. Al menos sabía que su hijo iba a estar a salvo y bien cuidado. Eso era lo único que importaba ya, porque ¿cómo podría volver a dormir alguna vez en toda su vida si no tenía a Isabel a su lado? Su vida estaba rota, destrozada para siempre.

Pasó el resto de la noche sentado en el suelo, cerca de las ruinas de la casa. La mitad delantera, incluyendo la habitación de Richard, se había librado de lo peor de las llamas, lo que explicaba que Catherine hubiera podido escapar con el niño; Isabel, sin embargo, había quedado atrapada en la parte de atrás. ¿Por cuánto tiempo había pedido auxilio a gritos hasta ser envuelta por el ardiente y asfixiante humo, por las abrasadoras llamas? ¿Le había llamado, a pesar de saber que no podría oírla? Estaba desesperado por entrar en la casa y buscar cualquier resto que pudiera quedar de ella, pero la escalera no era más que un montón de balaustres rotos y ceniza, no había forma humana de llegar a la primera planta. El agua empleada para sofocar el fuego todavía goteaba de las tejas cerca de donde estaba sentado, pero el tejado había desaparecido por completo en la parte de atrás.

Los primeros rayos de sol se abrieron paso entre las capas de humo que flotaban en el aire, cual delgados dedos de oro que acariciaban la desoladora escena. Tom se puso de pie y se dirigió lentamente hacia la puerta, las ennegrecidas vigas quemadas eran más visibles a la luz del día. La empujó y sintió el crujido a través de la palma de la mano. El olor a quemado inundó hasta el último rincón de su cuerpo, le irritó los ojos y se internó en su alma como gusanos abriéndose paso en un cadáver.

Entró y fue pasando por encima de vigas y restos de muebles. Una ligera brisa recorría la casa procedente del gran agujero abierto en la parte de atrás, agitando la suave ceniza que cubría el suelo y se arremolinaba a sus pies. Olisqueó el aire en busca del penetrante olor a carne quemada, pero no percibió nada. Todas y cada una de las partes de Isabel habían quedado esparcidas entre las sombras.

Giró hacia la derecha y abrió la puerta del saloncito, la estancia de la casa de la que más se enorgullecía su esposa. Ella siempre mantenía la puerta cerrada para evitar que Richard entrara gateando, quizá fuera ese el motivo de que hubiera corrido mucha mejor suerte que el resto de la casa: una fina capa de hollín era el único indicador de la terrible devastación que había arrasado su hogar; la ventana, sin embargo, estaba destrozada en el suelo, al igual que las del resto de la casa. En medio de la sala, reposando aún en el caballete, su tríptico le devolvía la mirada mientras caminaba lentamente hacia él. Aquella obra y su hijo eran los dos únicos legados de su vida.

Todo lo que le había ocurrido estaba inmortalizado en los dos primeros paneles: el izquierdo mostraba cómo había sido su vida mientras deambulaba por el continente en busca de una familia, de un lugar donde echar raíces y formar un hogar. El central y más grande mostraba cómo se había convertido en realidad todo cuanto había deseado. Su trabajo con Hugh en el palacio, la botica y el huerto medicinal donde había echado raíces de otro tipo; y su hermosa Isabel, con sus brillantes ojos de color lila y aquella amplia sonrisa que iluminaba su rostro, como el sol asomando entre las nubes. La boda y su hogar también estaban allí, la casa en la que se encontraba en ese mismo momento y que ya no era más que una osamenta de la cómoda vida que habían compartido. Richard tenía su propio retrato: un bebé pequeñito envuelto en sábanas como un fardo, muy distinto al niñito robusto y risueño en que se había convertido. ¿Volvería a sonreír su hijo algún día? Él sentía que no volvería a hacerlo, que no podría.

Y allí, esparcidos alrededor de las escenas que mostraban su vida de felicidad, estaban los tiempos oscuros: los días y noches en los que había cumplido las órdenes de Walsingham, quien tejía una red de intriga y desmantelaba planes contra la Corona con su extenso grupo de espías. Una red en la que él mismo había quedado atrapado, ya que, por una vez, su discapacidad se veía como una ventaja.

Al principio se había sentido complacido. Debía admitir que lo había embargado una cálida sensación al sentirse útil para alguien, al ver que su sordera se consideraba por fin una ventaja. Le habían necesitado. Pero no como le había necesitado Isabel. Él había visto anoche a aquel individuo escabulléndose entre el gentío…, una mirada fugaz por encima de un hombro, la silueta de un rostro bañado por la luz del fuego que estaba destruyendo su hogar. Un rostro familiar. Creía haberse ocultado bien cuando estaba espiando, creía haber pasado desapercibido. Pero, en algún momento, alguien se había fijado en él y había pagado un precio terrible por su lealtad a la reina; mejor dicho, había sido su esposa quien había terminado pagando por ello. Tomó el tríptico y dio media vuelta, dispuesto a marcharse. En aquel lugar ya no quedaba nada para él.

Tom acudió a ver a Richard y a Catherine a la casa de al lado. El niño se deshizo en sonrisas para su padre, ajeno a que su vida había cambiado para siempre, pero ella tenía los ojos enrojecidos e hinchados del llanto y rompió a llorar de nuevo al verlo llegar. Solía ser un hombre compasivo, pero en ese momento carecía de fuerzas para consolarla y se limitó a besar a Richard en la coronilla. El pelo sedoso del pequeño estaba impregnado aún del penetrante olor a humo, el olor de la muerte de su madre. Después de indicar mediante señas que regresaría después, salió de la casa y sus pasos lo llevaron en dirección a palacio. No sabía a dónde más dirigirse. El día anterior, había regresado a casa sintiéndose de lo más satisfecho por su participación en la captura de los conspiradores, y esa mañana estaba lleno de desprecio hacia sí mismo. Se había creído invencible; qué necio era.

El viento había arreciado y se había vuelto más denso, ominosos nubarrones grises se cernían sobre los tejados. Pero Tom apenas se percató de que su atuendo, aquel manto azul del que tanto se había enorgullecido y que ahora hedía a la muerte de su esposa, iba quedando empapado y cada vez pesaba más sobre sus hombros. Era como si estuviera intentando aplastarlo contra el fondo de la chalana mientras esta se bamboleaba en el agitado Támesis, un fondo del que jamás podría volver a levantarse. Cuando llegaron finalmente al muelle de palacio, desembarcó y se tambaleó ligeramente bajo el peso del tríptico, que a punto estuvo de hacer que perdiera el equilibrio y se precipitara de espaldas hacia las amenazantes aguas.

Se dirigió con rapidez a la puerta exterior y se encaminó entonces hacia la botica, donde, como de costumbre, Hugh estaba inmerso en el trabajo. Si a él también se le hubiera permitido dedicarse a su trabajo sin más, su Isabel seguiría con vida. Hugh alzó la mirada al oírlo entrar y se quedó sorprendido al verlo en semejante estado, con negros manchurrones de tizne cubriendo su rostro y su ropa. Tom depositó el tríptico en el banco situado junto al alambique y se desplomó en el suelo con la cabeza entre las manos, aferrándose el pelo como si quisiera arrancárselo. Notó que su amigo lo sacudía, que intentaba ayudarlo a ponerse en pie, pero era incapaz de moverse. Estaba paralizado por el dolor y el desconsuelo, se encogió en un ovillo y empezó a mecerse sin parar. La hierba seca que cubría el suelo olía a verano, a paja y a cálidos días de campo; por unos segundos, el olor lo llevó de vuelta a otros tiempos: a su infancia en Norfolk, cuando corría por campos dorados de cultivos tan altos como él mismo, deslizando las manos por los tallos a su paso, arrastrando los granos y dejándolos caer entre los dedos. El olor del verano, la vida brotando a su alrededor. Y ahora ya no volvería a haber vida nunca más.

Cuando Hugh logró sentarlo en una silla finalmente y le calentó un vaso de hipocrás especiado, se lo tomó sin protestar y sintió cómo el cálido líquido bajaba lentamente por su cuerpo y se enfriaba de golpe al llegar a su helado corazón. Hugh le pidió entonces que le explicara lo que ocurría, empleando para ello el gesto clásico que se usaba para cualquier pregunta: las manos extendidas y las manos hacia arriba. Tom indicó con un ademán de la mano que le acercara una de sus tablillas, que estaba encima del banco, y dibujó rápidamente una casa en llamas. Bastó con eso para que su amigo, viendo el estado en el que estaba, lo comprendiera de inmediato. Tom no podía explicarle el porqué de lo ocurrido, a pesar de saberlo. Hugh preguntó por Isabel, trazando en el aire una silueta femenina y acunando a un invisible bebé antes de enarcar las cejas con expresión interrogante.

Tom apenas osaba decírselo; una vez que lo admitiera ante sí mismo, sería un hecho del que todos habrían de enterarse, sería real. Su amigo le dio una sacudida y enarcó las cejas, preguntando con insistencia, y supo que no podía guardarse para sí la terrible realidad. Primero acunó también al invisible bebé y asintió. Entonces dibujó en el aire la silueta de su amada Isabel y, con lágrimas inundando de nuevo sus ojos, negó lentamente con la cabeza. Hugh lo rodeó con los brazos y lo estrechó con fuerza mientras el cuerpo de Tom se sacudía con la devastación que estaba haciéndolo pedazos.

Una vez que los sollozos fueron remitiendo, Hugh lo condujo a su habitación. Estaba tal y como la había dejado la última vez que había dormido allí, cuando tenía a Isabel y su vida estaba completa. Tom apoyó el tríptico en la pared, de espaldas a él, y se tumbó en su cama. Su vida había terminado junto con la de su amada.

53

Septiembre de 2021

Rachel metió una bolsa de viaje en el maletero de su coche. Quería empezar a volver a casa todos los fines de semana, y Mathilde había apoyado por completo la decisión.

—Además, tengo que ir preparándome para el inicio de las clases —había admitido, cuando habían hablado del tema—. Las largas vacaciones de verano son geniales, pero ahora toca ir dejándolo todo listo para cuando comience el cole. Solo faltan dos semanas.

Las palabras de su hermana habían servido para recordarle a Mathilde que todavía debía tomar algunas decisiones respecto a lo que iba a hacer en septiembre. Estaba menos segura que nunca de su idea inicial de vender la casa y retomar su antigua existencia, ¡cómo había cambiado su vida!

Tuvo el tiempo justo para subir corriendo a su habitación y darse una ducha antes de oír el crujido de la grava bajo las ruedas del Mini. Oliver llegaba en el momento preciso y, después de cepillarse apresuradamente el pelo y de recogérselo en un desgarbado moño alto, se miró sonriente al espejo, dio un pequeño brinco de entusiasmo y bajó a la cocina a toda prisa. Él ya estaba allí, metiendo en la nevera una botella de vino y unos recipientes de comida, y se enderezó al verla llegar.

—¡Buenos días! —la saludó, sonriente.

Se sostuvieron la mirada un segundo, dos. El corazón de Mathilde empezó a acelerarse. Cuando él había propuesto pasar el día investigando la capilla a fondo y aprovechar para ir a cenar al *pub* del pueblo, estaba claro que podría tener algo más en mente. Ella había dejado caer en la conversación que Rachel iba a pasar los fines de semana fuera, para ver si captaba la indirecta, pero él había tardado cinco días en proponer lo de la capilla y la cena. Ella había subido de inmediato a su dormitorio con una escoba y un recogedor. Teniendo en cuenta que no había mostrado ningún interés en las tareas domésticas desde su llegada, era probable que Rachel se hubiera sorprendido al verla limpiar, pero había tenido el buen tino de no hacer ningún comentario al respecto.

—Hola —lo saludó. Su voz había sonado un poco ronca, así que carraspeó y empezó de nuevo—. ¿Listo para empezar con la capilla? ¿Tienes todo lo necesario? —No tenía ni idea del equipo especializado que podría hacer falta—. Espera, ¿quieres tomar antes un café? —Esbozó una sonrisa, ligeramente avergonzada.

Estaba demostrando de nuevo lo pésima anfitriona que era; por suerte, Oliver ya estaba acostumbrado a esas alturas.

—No, gracias. ¿Qué te parece si primero echamos un vistazo, y a partir de ahí vemos lo que hace falta?

Mathilde asintió y, tras pertrecharse con la llave y su cámara, dejó que la precediera en dirección a la capilla. Aunque Sombra era demasiado pequeño para salir, se escabulló tras ellos, como de costumbre, y se quedó observándolos desde lo alto de un árbol.

La llave se resistió al principio, como siempre; al fin, cuando Mathilde empezaba a rechinar los dientes llena de frustración después de largos segundos forcejeando con ella, notó que giraba lentamente y se oyó el chasquido de la cerradura al abrirse. Se sintió aliviada y abrió la puerta con un empujón más fuerte de lo necesario, como castigándola por haber sido reacia a abrirse.

El interior seguía exactamente igual que la última vez que habían estado allí. Se detuvieron en el centro, rodeados por las motitas de polvo que danzaban en el aire, y un súbito aleteo les hizo alzar la mirada. No vieron nada, estaban a solas en el edificio.

—El pájaro debe de estar en la parte de fuera —dijo Oliver—. Habrá visto a Sombra entre los árboles.

Mathilde recorrió con lentitud el interior de la pequeña construcción hasta llegar a la pared donde había permanecido oculto el tríptico. La vieja placa funeraria de piedra todavía estaba allí. Al ver que Oliver se había colocado a gatas tras la mesa que previamente habían tomado por un altar, preguntó en voz alta:

—¿Qué hay ahí? —Su voz reverberó ligeramente por la sala. No le pareció correcto gritar en una iglesia, y añadió en un susurro—: ¿Has encontrado algo?

—No, nada. —Él se puso de pie y se limpió con las manos las rodillas de los vaqueros—. Se me ha ocurrido que podría haber una cripta aquí debajo, pero no veo ninguna trampilla ni vía de acceso en el suelo. Eché un vistazo desde fuera cuando vinimos la última vez, no es más que un pequeño edificio para las oraciones diarias. Algo nada inusual en la época en la que se construyó tu casa.

—Este lugar es muy inusual —le recordó Mathilde—. Descubrimos una obra de arte antigua detrás de unos paneles de madera, y después encontré un documento escondido. Esas cosas debieron de significar algo para alguien en su momento. —Alzó la mirada de nuevo hacia la placa funeraria montada en la pared.

Oliver se acercó a ella y contempló la placa con semblante pensativo.

—Es bastante antigua —dijo—, pero podríamos quitar el polvo residual con un pincel para ver lo que pone. ¿Lo intentamos?

Mathilde asintió. No tenía ni idea de lo que significaba «residual», pero tenía claro que quería descubrir si allí había alguien enterrado. Se quedó esperando con impaciencia mientras él iba a por una escalera que había en el cuartito auxiliar anexo a la cocina. El mismo Oliver se la había mostrado en una ocasión, alegando que ella podría necesitarla si tenía que cambiar una bombilla. Ella había sonreído para sus adentros, le había parecido absurdo que él creyera que se molestaría en hacer algo así; al fin y al cabo, estaba acostumbrada a la oscuridad de la noche. Aunque, a decir verdad, pasar la noche en la autocaravana era muy distinto a hacerlo en la casa, donde nunca estaba sola; aunque todos los vivos estuvieran fuera, sus ancestros la acompañaban.

En cuanto colocaron la escalera, Mathilde se apresuró a subir sin darle tiempo ni a poner un pie en ella. Oliver enarcó una ceja, pero no dijo nada y se limitó a pasarle el pincel que había traído consigo.

—Pásalo con mucha suavidad —le advirtió—. No sabemos si está bien fijada a la pared.

Ella le dio un empujoncito a la placa con el talón de la mano a modo de comprobación, y vio que no se movía. Sonrió para sí cuando él inhaló de forma audible, ¿cuándo aprendería aquel hombre a mantener la boca cerrada cuando no quisiera que ella hiciera algo?

Empleando el pincel, Mathilde empezó a apartar el polvo y la mugre que habían ido acumulándose en los surcos de aquellas palabras que habían sido talladas tantos años atrás. Cada vez eran más visibles, pero seguía sin poder leerlas y terminó por bajarse de la escalera, llena de frustración. Oliver la tomó de la cintura cuando bajó el último peldaño, y no la soltó mientras contemplaban la placa de piedra el uno junto al otro. Ella notaba el calor de sus manos a través de la camiseta y, aunque era reacia a admitirlo, sentir algo de contacto humano después de tanto tiempo le resultó muy placentero; de hecho, era genial. ¡Cuántos años había desperdiciado!

—Sigo sin poder leerla, ¿quieres intentarlo?

—Claro, pásame el pincel —dijo él, extendiendo la mano y dejando una fría huella en su cintura al soltarla. Empezó a subir los escalones—. No olvides que soy historiador y estudio objetos antiguos, es posible que consiga descifrar lo que pone.

La capilla quedó sumida en un profundo silencio mientras él pasaba el pincel por el mismo lugar que ella había limpiado previamente. Estaba segura de que lo hacía para demostrar lo profesional que era, porque la placa estaba igual que antes, pero mantuvo la boca cerrada.

—Vale, me parece que tengo algo —dijo él—. ¿Puedes escribir unas letras si voy leyéndolas en voz alta?

Mathilde sacó su móvil a toda prisa, abrió las notas y asintió.

—I S A B E L. Isabel. Bueno, ahí no hay confusión posible. ¿Lo has anotado?

La escalera se tambaleó un poco cuando se giró a mirarla, y ella estuvo a punto de dejar caer el teléfono al apresurarse a sujetarla.

—¡Sí, lo he anotado! Por favor, ¡puedes dejar de moverte ahí arriba? ¡Te vas a caer!

—Espera, hay más. L U T… Lutton, pone Lutton. Y aquí parece que pone *Requiescat in pace*, «Descanse en paz». —Fue bajando con cuidado. Cuando llegó al suelo y vio que ella estaba contemplando la placa en silencio, la tomó de la parte superior de los brazos y exclamó, sin poder ocultar la excitación que sentía—: ¡Debe de ser una de tus antepasadas! Qué descubrimiento tan increíble, ¡imagino lo importante que será para ti! No está enterrada aquí, eso está claro. Pero, si quieres, podemos buscar en el cementerio del pueblo.

—Aún no.

Antes de salir en busca de otra tumba, quería darse un tiempo para reflexionar sobre aquel nuevo vínculo que la unía a aquellos miembros de la familia de otros tiempos. Más adelante quizá, cuando se hubiera acostumbrado al hecho de que su padre estaba enterrado en aquel cementerio. Aunque saber que otros miembros de su familia podrían encontrarse también allí la reconfortaba un poco.

—En otra ocasión —se limitó a añadir.

Comieron patatas fritas con pescado en el *pub*, junto con varias pintas de cerveza artesana que se elaboraba en un edificio anexo a la parte posterior del local. No eran más que las nueve de la noche cuando regresaron a casa, pero ya había anochecido mientras caminaban hacia la puerta por el camino de entrada. La ciénaga se extendía a la derecha, envuelta en un silencio que solo se veía quebrado por el aleteo y el graznido de algún que otro pato; las fosforescentes lucecitas azules que danzaban en el aire trajeron a la memoria de Mathilde aquella vez que había llevado a Fleur a disfrutar de una aventura nocturna. Parecía que había transcurrido una eternidad desde entonces, pero solo habían sido dos meses.

—Fuegos fatuos, así se les llama —dijo Oliver.

—En Francia los llamamos *les feux follets*.

Lo dijo en un susurro para no perturbar a la fauna nocturna que empezaba a cobrar vida entre la maleza y los árboles. Ladeó la cabeza cuando un búho ululó en la distancia y fue respondido por otro que estaba en un árbol cercano; alzó la mirada, pero no se veía nada entre las densas sombras.

Una vez dentro de la casa, le ofreció un café a Oliver mientras fingía estar de lo más atareada en la cocina. No estaba segura de cuál era el procedimiento «protocolario» para llevarte a un hombre a tu habitación, aunque estuvieran solos en la casa. Estaba trasteando sin ton ni son con las tazas y la cafetera cuando sintió que él le rodeaba la cintura con los brazos desde atrás y depositaba un beso bajo su oído izquierdo. La recorrió un estremecimiento de deseo que la sorprendió por su intensidad, ni siquiera sabía que fuera posible sentirse así.

—¿Nos olvidamos del café? —susurró él.

Mathilde asintió y, cuando la tomó de la mano, subió con él de buen grado a su dormitorio.

Más tarde yacían desnudos en la cama, piel con piel. Mathilde jamás se había sentido más segura que en ese momento, cobijada entre sus brazos. Nada volvería a lastimarla jamás, ahora estaba plenamente convencida de ello, y esa realidad hizo que sus ojos se inundaran de lágrimas hasta que una de ellas cayó sobre el pecho de Oliver.

—Eh, ¿qué te pasa? —Él se apartó ligeramente, posó un dedo bajo su barbilla y la instó a alzar la cabeza y mirarlo—. ¿Por qué lloras?

—Lágrimas de felicidad. Me he dado cuenta de que por fin he encontrado mi hogar. Una vida segura. Y debo agradecérselo a mis ancestros. Y a ti.

—Yo no he hecho nada —protestó él, antes de apretarla de nuevo contra sí—. Estás en casa, el que siempre fue tu lugar. Eso es todo.

No tardaron en quedarse dormidos. Pero, cuando el sopor empezó a adueñarse de ella, Mathilde sintió la familiar sacudida y se sumió en un oscuro sueño: el sueño del tríptico. Pero en esa ocasión era distinto, se trataba de la vida real. Su propia vida. El fuego que ardía ante ella levantaba un viento que lanzaba al cielo chispas que danzaban como las luces de la ciénaga, salpicando aquel telón de fondo estrellado. El naranja y el amarillo de las descontroladas llamas que devoraban la construcción, la pequeña casa donde estaban viviendo. Intentó abrirse paso, pero unos brazos fuertes la sujetaron y su boca estaba abierta en un grito al que no podía dar voz mientras las vigas ardían y caían, estrellándose contra las habitaciones, creando otra bocanada de aire abrasador. Alguien la obligó a retroceder mientras ella extendía las manos hacia aquel infierno, intentando acercarse.

La escena cambió de repente. Era de día, el sol le caía de lleno sobre la espalda y calentaba su piel; el aire no estaba impregnado del acre olor del humo, ahora percibía el cálido aroma de la hierba y el tomillo que tenía bajo los pies. Frente a ella se extendía un panorama que reconoció en cierta forma: llanos terrenos se extendían en la distancia y se fundían con el horizonte, creando un resplandor dorado. Sintió que su corazón estaba en paz.

Entonces, como en las ocasiones anteriores, volvía a estar de buenas a primeras en su propia cama, tumbada bocarriba en la oscuridad. Se inclinó hacia un lado y encendió su lamparita de noche, despertando con ello a Oliver.

—¿Estás bien? —preguntó él, mientras se ponía la mano a modo de visera para protegerse de la luz.

—Sí. Perdona, no quería despertarte, es que he tenido otro sueño. La escena del fuego. Ha sido como las otras veces. Era el incendio donde murió mi madre, solo que no lo era. La casa del sueño era mucho más grande. No era Lutton Hall. La misma gente del pueblo intentando apagar el fuego con cubos de agua, las mismas caras iluminadas por las llamas entre el gentío. Atrapada en el infierno. Ha sido tan horrible como recordaba…, el calor, la impotencia. Era imposible acercarse, nadie pudo entrar a salvarla. Los bomberos descubrieron después que una de las velas había prendido fuego a una cortina. Un simple accidente que habría podido evitarse. He vuelto a estar allí, presenciándolo todo. Era el tercer panel del tríptico: el final del camino. Y entonces, de repente, estaba aquí, en el jardín. Notaba el olor de las plantas, y sentía una sensación de calma y felicidad. Bueno, felicidad no sería la palabra exacta..., era una especie de liberación, como si finalmente me hubiera desprendido de mi pasado. Alivio por estar en mi hogar, en casa. ¿Te parece una locura?

—Lo que me parece es que tu vida ha emulado en cierta forma la del autor del tríptico. —Él hizo una pausa mientras buscaba una palabra más sencilla que «emular»—. Seguido. Tu vida ha seguido el mismo patrón que la suya, a grandes rasgos. Tu viaje desde Francia, tus habilidades artísticas; aunque no pintas, te ganas la vida con tu cámara. Un incendio que parece haber destruido todas vuestras esperanzas en algún momento de vuestra vida. Hasta que ambos llegasteis a esta casa, que ha logrado volver a restaurar esa esperanza.

Mathilde asintió, consciente de que lo que él estaba diciendo no era ninguna tontería. Era innegable que en Lutton Hall se sentía segura, que allí se sentía en casa. Volvió a tumbarse y fijó la vista en el techo, pensativa. Se preguntó si el autor del tríptico se habría sentido sin rumbo, sin saber a dónde lo conduciría la vida después de lo ocurrido, sin saber si alguna vez dejaría de buscar todo cuanto había perdido.

54

Noviembre de 1586

En el transcurso de la semana posterior, el cuerpo de Tom se movía de acá para allá, pero su espíritu yacía sin fuerzas en su lecho. O quizá siguiera aún en la entrada de los carbonizados restos de su hogar, donde el olor de la muerte perduraría por siempre. Había permanecido en el lecho durante un día entero sin moverse lo más mínimo, hasta que Hugh había ido a buscarlo y lo había persuadido con gentileza de que se levantara; lo había conducido entonces a la botica y, a pesar de que solía estar prohibido consumir alimentos allí, le había hecho comer blandas gelatinas y cremas acompañadas de un sustancioso guiso de ternera y cebada que a punto había estado de ser vomitado al instante.

Una vez que tuvo algo en el estómago, Tom regresó a Cordwainer Street con el alma a rastras. Por suerte, Catherine y Richard habían sido acogidos por los vecinos, quienes, según le explicó ella mediante señas, se habían ofrecido de buen grado a darles cobijo a los tres hasta que él encontrara un lugar donde pudieran instalarse. Tom les dio las gracias, pero declinó el ofrecimiento y explicó sucintamente con señas que dormía en palacio. No sabía de dónde iba a sacar los fondos necesarios para conseguir una nueva vivienda para los tres. Isabel disponía del dinero que le había legado su primer marido, además de la casa, pero él no sabía cómo había accedido a aquellos fondos ni dónde se encontraban. Tenía que averiguarlo, porque, en caso contrario, apenas contaría con dinero suficiente para sacar adelante a su hijo. Lo único que tenía era su humilde sueldo de ayudante de apotecario, y lo que Walsingham le había entregado previamente.

Se le revolvió de nuevo el estómago solo con pensar en aquel poderoso hombre y su red de información. Si no hubiera estado tan inmerso en el trabajo secreto que se le encomendaba, no habría sucedido nada de todo aquello. Se habría limitado a elaborar remedios en palacio durante el día y a regresar al término de cada jornada a su hogar, a los brazos de Isabel. Habrían envejecido juntos con una casa repleta de hijos e hijas robustos y sanos. Ahora solo tenía a Richard para recordarle por siempre a su amada. Había tenido en sus manos todo cuanto había deseado en su vida, y ahora había vuelto a quedarse sin nada. Lo que había sido dado había terminado por ser arrebatado.

Sacó sus pinturas, seleccionó el naranja y el amarillo y empezó a trazar salvajes llamas por el tercer panel con descontroladas pinceladas, llenándolo de ira y fuego. Extendió la mano hacia la imagen y sintió el calor del fuego abrasador emergiendo hacia sus dedos.

En el octavo día de aquella nueva vida de desolación, vio la sombra del paje de las estancias superiores acercándose por el pasillo. Reconoció la forma en que se movía, esa ligereza de pies que parecía indicar que estaba acostumbrado a esquivar con rapidez algún que otro golpe. Recorrió la botica con la mirada con apremio, buscando alguna escapatoria. No estaba dispuesto a regresar jamás al despacho de Walsingham, jamás volvería a acatar sus órdenes; fuera cual fuese el castigo, se negaría a obedecer.

Antes de que pudiera esfumarse, el paje apareció en la puerta y, tras señalarle con el dedo e indicarle que lo siguiera, se volvió a decirle algo a Hugh. Tom extendió las palmas al frente y sacudió la cabeza, negándose a lo que fuera, aunque su amigo estaba de perfil y no tenía forma de saber lo que hablaban.

—*La reina ha requerido tu presencia* —le dijo Hugh—. *No tienes elección, amigo mío.*

Aquello lo tomó totalmente desprevenido, ¿qué podría querer de él la soberana? Quizá había sido informada de la muerte de su esposa, ya que esta había tenido varias amigas entre las damas de la corte.

Bajó la mirada hacia su propio atuendo. Llevaba toda la semana durmiendo con aquella ropa puesta, ya que todo lo demás había sido destruido por el fuego. Se quitó unas briznas de paja del jubón, frotó la punta de sus sucias botas con las manos y estas quedaron tiznadas con el negro hollín que incluso ahora, días después, seguía impregnándolo. Salió a limpiarse rápidamente las manos y la cara en el caño de agua, y dejó que el paje lo precediera de nuevo.

Cuando había acudido por primera vez a la cámara real, de camino hacia allí se había sentido maravillado al ver el lujo y la opulencia de los muebles de palacio, las tupidas alfombras que cubrían los suelos en vez de capas de hierba seca, los retratos que colgaban en las paredes revestidas con lustrosos paneles de madera. Pero en esa ocasión caminaba con los hombros encorvados y no era consciente de nada. El olor de las pomas aromáticas que le inundaba la nariz no podía liberarlo del eterno olor a humo que le seguía a todas partes como una flotante nube de espectros.

Cuando llegaron a las puertas de la cámara, los dos guardias que la flanqueaban con las alabardas cruzadas les dieron paso. El paje tocó antes de abrir y, una vez dentro, hincó una rodilla en el suelo y agachó la cabeza con la habitual reverencia. Tom permaneció tras él y lo imitó. Permaneció con la cabeza agachada y la mirada en el suelo hasta que notó un tironcito en la manga; giró ligeramente la cabeza y vio del revés el rostro del joven paje, cuyo oscuro cabello era tan suave y dulce como el de Richard, sonriéndole e indicándole que podía ponerse en pie.

Se tambaleó ligeramente al incorporarse. El hecho de no probar apenas bocado en toda la semana hacía que estuviera débil y sin fuerzas, en especial después del largo recorrido a pie desde la botica hasta el centro del palacio. Alzó los ojos lentamente hacia la soberana, quien estaba sentada rodeada de sus damas. El espacio que su esposa había ocupado tiempo atrás era una herida abierta en medio de la escena. No vio ni rastro de Walsingham ni de Burghley, lo que le permitió sentir cierto alivio.

Al ver que el paje permanecía junto a él, se dio cuenta de que este sería el encargado de expresar mediante señas cualquier cosa que él no pudiera leer en los labios de la soberana; teniendo en cuenta que se habían comunicado en una docena escasa de ocasiones en los últimos tres años, era dudoso que la cosa fuera a ir bien. Entornó ligeramente los ojos mientras permanecía atento a los labios de la reina, intentando no perderse ni una palabra.

—*Hemos sabido del horrible incendio en el que pereció nuestra dama Isabel.*

La reina hablaba lentamente, enunciando cada palabra, y Tom pudo comprender cada terrible parte de lo que decía. Asintió y se apresuró a bajar la mirada para que nadie viera las lágrimas que habían brotado. Alzó la mirada después de secarse los ojos con el dorso de la manga y vio que la reina proseguía.

—*Os ofrecemos nuestras condolencias. ¿Sobrevivió vuestro hijo?*

Tom asintió.

—*Echaré mucho de menos a vuestra esposa, siempre se mostraba alegre y era una dicha tenerla entre nosotros. Según tengo entendido, habéis perdido vuestro hogar y siento que esta tragedia se debe en parte a esta corte. Y también a Walsingham, quien os ha utilizado con suma efectividad en su estrategia para cercenar la conspiración que habría llevado a mi muerte y a la ascensión de mi prima al trono. En consecuencia, propongo concederos un nuevo hogar y un estipendio para que vuestro hijo y vos podáis vivir sin privaciones, por todo el trabajo que habéis realizado por mí. Y en memoria de vuestra esposa. He sido informada de que nacisteis en Norfolk, de modo que os entregaré una de las propiedades desocupadas que le fueron incautadas al conde de Arundel. Mi lord Burghley os entregará las escrituras y quedáis liberado de toda obligación para con esta corte.*

Tom no estaba seguro de cómo reaccionar ante semejante giro de los acontecimientos hasta que miró al paje, quien estaba articulando la palabra «gracias» con los labios mientras juntaba las manos e inclinaba la cabeza, tal y como hacía él mismo al agradecer algo a alguien. Se volvió apresuradamente hacia la reina y expresó su agradecimiento, a lo que ella respondió inclinando la cabeza para indicar que podía retirarse. Empezó a recular hacia la puerta, pero se detuvo al ver que ella le indicaba que se acercara de nuevo, como si se le hubiera ocurrido algo de improviso.

—*Se me ha informado de que, además de ser un apotecario ejemplar, tenéis también dotes de artista y habéis pintado un tríptico. ¿Es eso cierto?*

Tom no estaba seguro de haber entendido bien todas las palabras, pero en sus labios había leído claramente «tríptico». De modo que asintió de nuevo.

—*Haré que os lo enmarquen, será un regalo de mi parte. Por favor, entregádselo a mi paje cuando regreséis a vuestras habitaciones.*

Intentando que la sorpresa que sentía no se reflejara en su rostro, Tom asintió y expresó su agradecimiento dos veces antes de recular a toda prisa en dirección a la puerta. El paje lo acompañó y aguardó a su lado cuando, una vez en el pasillo, tuvo que apoyarse en la pared mientras intentaba asimilar todo lo que acababa de ocurrir. Iba a tener un nuevo hogar junto a Richard en el lugar donde, tantos años atrás, se había iniciado su viaje. Eso jamás podría sanar su corazón ni mucho menos, pero era el comienzo de una nueva vida.

Cuando estuvo de regreso en la botica, dejó que el paje se encargara de contárselo todo a Hugh mientras iba a por el tríptico, que ya se había secado después de añadir aquellas salvajes pinceladas en el último panel. Plegó los dos laterales sobre el central y procedió a entregarlo, envuelto en una sábana para que no se dañara al ser trasladado.

A última hora de la tarde, fue a hablar con Catherine para explicarle lo acontecido. Tuvo que hacer multitud de dibujos para intentar explicárselo, ya que carecían del suficiente entendimiento mutuo para que bastaran las señas. Pero ella terminó por comprenderlo y, tras acceder a ir a Norfolk con Richard y con él, estalló en llanto y le puso al pequeño en los brazos antes de salir corriendo de la sala. Tom sintió la humedad de sus propias lágrimas bajándole por el rostro de nuevo, salpicando el sedoso pelo de su hijo. Este estaba entretenido agitando un sonajero contra su musculoso pecho, pero al notar el ligero goteo alzó la mirada hacia él y le regaló su familiar sonrisa amplia y abierta. El pequeño era la viva estampa de su madre. Tom se dijo a sí mismo que, fuera lo que fuese lo que ocurriera de allí en adelante, a pesar del dolor que atenazaba su corazón, al menos tendría siempre consigo una parte de su amada Isabel. Richard y él serían una familia por siempre.

55

Diciembre de 1586

El carro que contenía sus pertenencias avanzó por el camino hasta detenerse frente a la casa. Catherine y Richard estaban dormitando en la parte trasera, y Tom desmontó del castrado que había comprado cuando estuvieron listos para partir de Londres. Apenas habían quedado objetos salvables en su hogar, pero había recogido todo lo que había podido encontrar. Tal y como se le había prometido, el tríptico estaba montado en un pesado y ornamentado cuadro decorado con pan de oro y coronado por el escudo de armas de la reina. Una costurera había podido coser varias prendas de ropa para Catherine y Richard antes de la partida, y él había obtenido algunas cobijas a pesar de que ya no poseían lechos en los que dormir.

Burghley le había entregado las escrituras de una propiedad situada en la campiña de Norfolk, además de una herrumbrada anilla metálica de la que pendían algunas llaves viejas. Se sacó esta última del bolsillo y contempló el edificio que tenía delante. Era sólido y cuadrado, lo cruzaban pálidas vigas de roble, los paneles intercalados eran de un claro color crema. El tejado no estaba en las mejores condiciones y habría que dedicarle una atención inmediata; de no ser así, sufrirían de pleno el envite del invierno cuando lloviera y empezara a gotear agua en las habitaciones. Notó el ligero desplazamiento del aire provocado por movimientos a su espalda, y supo que los arrieros a los que les había alquilado el carro querrían descargarlo; debían partir rumbo a Kings Lynn, donde recogerían unas mercancías que iban a transportar a Londres. Seleccionó la llave más grande de la anilla, la metió en la cerradura e hizo una pequeña mueca mientras la giraba con dificultad.

La puerta se abrió, dejando al descubierto un gran salón de entrada abierto. Al fondo de todo había una amplia chimenea de piedra, cubierta aún de hollín y cenizas; era como si los anteriores ocupantes de la casa hubieran sido expulsados junto con sus pertenencias cuando estaban realizando sus tareas cotidianas, como si su existencia hubiera sido interrumpida de golpe. Se estremeció al preguntarse qué habría sido de aquella familia. Sabía que, tras la ejecución del duque de Norfolk, tanto su familia como sus arrendatarios habían sido expulsados de inmediato de las que habían sido sus tierras, y dudaba mucho que los guardias se hubieran mostrado demasiado benevolentes. Le vino a la mente lo que le habían relatado de niño sobre cómo había huido su madre con sus hermanos y con él, antes de que les sucediera lo mismo. Por suerte, el hogar ancestral de la familia había sido devuelto a su hermano, Henry, cuando este se había hecho adulto y había apelado a la reina. De modo que los dos vivían ahora en el mismo condado. Hételo allí, de vuelta por fin al lugar al que pertenecía, pero sin la persona que más anhelaba tener allí, a su lado. Su vida había trazado un círculo y debería estar completa, pero, en vez de eso, tan solo tenía una vida a medias.

Catherine apareció tras él, acababa de despertar y algunos mechones de pelo habían escapado de la cofia de lino. Depositó en el suelo a Richard, quien, disfrutando del amplio espacio, trotó por el empedrado del suelo con andares tambaleantes, con los brazos extendidos a los lados para equilibrarse. Ella recorrió el salón con la mirada, tal y como había hecho el propio Tom, y asintió con aprobación. Podría haber sido mucho peor.

Tom no tuvo tiempo de explorar más, ya que fue a echar una mano cuando los arrieros bajaron sus escasas pertenencias del carro y las entraron en la casa. En cuestión de una hora, todo estaba dentro. Catherine rebuscó entonces en los sacos, sacó un cazo donde hervir un poco de agua y salió en busca de un leñero y algunas ramitas. Él tomó su hacha y la siguió.

Para cuando cayó la noche, lo habían organizado todo lo mejor posible y habían preparado unos toscos jergones con paja que habían encontrado en el granero; aunque daba la impresión de que llevaba varios años allí, no estaba húmeda tras el calor del verano. Tendrían que arreglárselas así hasta que encontraran algo de lana con la que confeccionar algo más permanente.

La sólida escalera de roble situada a un lado del salón de entrada conducía a cuatro alcobas, pero, tal y como él había temido, ya había habido goteras en el techo y la humedad había afectado a los tablones del suelo; no podrían hacer uso de aquella planta hasta que llevara a cabo las reparaciones necesarias. Dispusieron los jergones en el salón principal y se acostaron, pero él permaneció despierto durante horas, contemplando la oscuridad. El espacio que tenía junto a él estaba tan vacío como su propio corazón.

Tardaron varias semanas en acomodarse. Tom se encargó de las reparaciones, construyó muebles rudimentarios y se aseguró de que hubiera una buena cantidad de troncos cortados y listos para la chimenea del salón de entrada, que siempre estaba encendida. Los terrenos de la propiedad eran extensos e incluían un bosque de tamaño considerable, así como una arboleda más cercana a la casa. También descubrió, casi oculta entre los árboles que habían intentado adueñarse de ella, una pequeña capilla privada.

Fue probando una llave tras otra hasta que encontró la que encajaba en la cerradura y tuvo que dar un fuerte empujón para abrir la puerta, que estaba hinchada por la humedad y el paso de los años. El interior estaba bañado por la luz que entraba por las altas ventanas, cuya parte superior estaba decorada con vitrales de intensos colores representando el escudo de armas de Norfolk. A pesar de la suciedad, el polvo y las telarañas, la luz se filtraba a través de ellos y danzaba en el suelo, como dándole la bienvenida a aquel lugar sagrado. Aparte de dos hileras de bancos de madera cubiertos por una capa de polvo tan gruesa que apenas se movió bajo la corriente que entró con su llegada, había un sencillo altar situado al final de la nave. No había ningún crucifijo, por supuesto, ya que no quedaba nada que pudiera tener algún valor. Pero, mientras contemplaba las paredes desnudas de piedra, supo con claridad lo que iba a poner allí. Era un hogar perfecto para el objeto que tenía en mente.

Plantar la multitud de esquejes que había llevado consigo en pequeñas macetas requirió algo de tiempo. Quería hallar el lugar adecuado, y batalló por abrirse paso entre los árboles jóvenes y la crecida vegetación de los terrenos cercanos a la casa hasta que lo encontró. Un rincón con vistas al prado que se extendía más allá, donde sus pollos picoteaban entre la media docena de ovejas y vacas que había comprado días después de su llegada. Era un rincón apacible, al cobijo de una arboleda. Por primera vez en mucho tiempo sintió que un frágil, finísimo manto de paz descendía sobre sus hombros. Quizá pudiera encontrar allí un atisbo del consuelo que había estado buscando.

Entre sus pertenencias, aplastado en el fondo de un saco, encontró el arrugado y andrajoso manto azul. Al sacarlo se vio transportado al día en que lo había recibido de manos de Walsingham, recordó el orgullo que había sentido al ponérselo por primera vez. Todos aquellos recuerdos aparecieron ante sus ojos, girando y danzando por la sala. Kit Marlowe explicándole que se le veía más erguido y seguro de sí mismo cuando iba ataviado con el manto, la confianza que este le había infundido al tratar con los guardias de Barn Elms. Su semblante se ensombreció al recordar al sargento de Poultry Corner que se lo había arrebatado, creyendo que él no volvería a necesitarlo; y la cara malhumorada del mismo sargento cuando, veinticuatro horas después, había tenido que devolverlo. Cuando, enfundado en él el día de su boda, su corazón se había henchido de dicha y felicidad mientras Isabel prometía permanecer junto a él por siempre. Cuando le había dado la vuelta para ver las manchas de sangre que tenía en la espalda y en los brazos, después de seguir y observar oculto en callejuelas y portales, durmiendo a la intemperie. Y olía a aquel último y trágico día que lo había llevado puesto. Apestaba a humo y allí, entre las imágenes de su vida en Londres que danzaban ante sus ojos, estaban las llamas que se lo habían arrebatado todo. Extendió el brazo de golpe y trazó un brusco arco en el aire para disipar las alucinaciones que tenía ante sí, que se dispersaron y fueron absorbidas por las paredes.

Se metió el manto bajo el brazo, dispuesto a arrojarlo a la hoguera que tenía ardiendo fuera, pero al hacerlo cayó algo al suelo. Se agachó a recogerlo y contempló el trozo de pergamino por un momento sin saber de qué se trataba, pero entonces regresó a su mente el recuerdo de Babington dejándolo caer al suelo antes de emprender apresuradamente el que sería su último viaje. En él estaban los signos de la clave en la que había trabajado tantas veces con el doctor Bright. Contempló a través de una ventana el paisaje que lo rodeaba y los robles ancestrales que poblaban sus tierras, y recordó que Phelippes le había enseñado a preparar tinta invisible. Tenía que llevar a cabo una última tarea antes de poder dejar atrás lo que había ocurrido.

De forma lenta, pero con seguridad y constancia, Tom fue construyendo su huerto medicinal en el rincón de lo que se convirtió en el huerto de la cocina. Cuando el tiempo lo permitía, pasaba todos los días cavando, quitando hierbajos o, en ocasiones, limitándose a contemplar los campos como si tuviera la mente puesta en otra parte. Seguía cuidando con esmero sus plantas de vainilla, pero no producían las vainas que le habían conducido a la red de intrigas y terror de la corte. Habían cumplido con su trabajo y ya no les quedaba nada por hacer.

En otras ocasiones se le podía encontrar sentado en la capilla. Había hecho erigir una losa funeraria para Isabel, pero jamás podría darle una tumba. En aquel lugar era donde más cerca podía estar de su amada. Ya no podía comunicarse con ella mediante señas. El tríptico había sido colocado en la pared, junto a la losa, pero el tercer panel le causaba una angustia tan profunda con sus llameantes profundidades del infierno que, en un arranque de dolor y sufrimiento, lo había tapado con un panel de madera para no seguir viéndolo. Y en dicho panel se había añadido una última imagen del medallón de Isabel, con la cadena serpenteando a través de la madera y el medallón señalando hacia su placa funeraria. Había relatado su propia historia de la única forma que pudo: empleando sus dotes artísticas.

Antes de montar el tríptico en la pared, introdujo el pergamino entre la parte posterior del cuadro y el marco. Una explicación eterna del terrible papel que había desempeñado en la muerte de su esposa. Gracias a su trabajo con el doctor Bright, nadie lo encontraría jamás ni podría leer su historia.

56

Septiembre de 2021

Finalmente, llegó el día en que el profesor Thornton mandó un correo electrónico para informar a Mathilde de que se había descifrado el documento. Añadía también que le gustaría ir a Lutton Hall para contárselo todo en detalle, y que estaba deseoso de ver dónde habían sido hallados el tríptico y el subsiguiente documento. Ella accedió de inmediato.

—¡Por fin vamos a saber la verdad! —dijo Rachel el día de la esperada visita.

Estaba en la sala de estar, ahuecando los cojines mientras canturreaba para sí. En el salón de entrada estaban las maletas que contenían sus cosas y las de Fleur, listas para llevarlas al coche. El cole empezaba en dos días, el verano había llegado a su fin.

—¿Crees que sabremos por qué escondieron el tríptico? —añadió—. La carta podría ser una confesión de alguien que se lo robó a Isabel I, o que espiaba para ella. Espero que descubramos todo lo que pasó. ¿Crees que Oliver llegará a tiempo?

Mathilde sabía que él ya iba de camino hacia allí, porque le había mandado un mensaje de texto al salir. Pero no quería que su hermana se enterara de la relación que habían iniciado. Todavía no.

—Supongo que sí —se limitó a decir.

—Pues eso espero, por si le necesitamos para que nos explique algo histórico o técnico. Además, está tan desesperado como nosotras por descubrir el significado de todo esto. —Rachel esbozó una sonrisa—. Si no llega a tiempo, tendrá que pedirle al profesor un informe completo, porque nosotras somos legas en la materia.

Mathilde frunció el ceño. Justo cuando creía que dominaba bien el idioma, alguien usaba una palabra que no tenía ningún sentido para ella.

—¿Legas?

—Perdona. Quiero decir que no somos expertas, así que la explicación que nos dé a nosotras no tiene que ser tan detallada como la que le pedirá Oliver. A nosotras nos basta con una versión simplificada.

El profesor Thornton y Oliver llegaron a la casa al mismo tiempo, seguidos de cerca por el cartero. Este le pasó un montoncito de cartas a Oliver a través de la ventanilla de su furgoneta, y se marchó de inmediato.

—¡Hoy hago de cartero! —anunció Oliver en tono de broma, mientras las dejaba sobre la mesa de la cocina. Les dio un breve beso en la mejilla a ambas a modo de saludo y llevó al profesor a la capilla, tal y como había prometido.

Rachel revisó la correspondencia y dijo con tristeza:

—Todavía llegan cartas dirigidas a papá, yo creía que había avisado a todo el mundo. Ah, este sobre tan grande es para ti, ¿estabas esperando algo?

Mathilde tomó el sobre en cuestión y lo rodeó con los brazos con actitud protectora, pero fingió indiferencia.

—No debe de ser nada importante. ¿Vamos al salón y los esperamos allí?

Cuando estuvo sentada en el brazo de una de las sillas del salón principal, Mathilde introdujo el dedo índice bajo la solapa del sobre y lo abrió. Estaba tan absorta sacando la documentación que contenía que no se dio cuenta de que tenía a su hermana justo detrás, intentando echar un vistazo por encima de su hombro, y se sobresaltó al oírla hablar a su espalda.

—¿Qué hay en tu sobre secreto?

Mathilde intentó volver a meterlo todo en el sobre a toda prisa, pero Rachel había alcanzado a ver algo y exclamó con indignación:

—¡Transferencia de propiedad? ¡Es un documento de compraventa? Y te lo ha enviado el señor Murray, ¡he visto el membrete! ¿No ibas a esperar a que terminara el verano antes de decidir lo que ibas a hacer? ¡Y ni siquiera te has molestado en hablarlo conmigo! ¡Soy tu hermana! Ya sé que ahora la finca es tuya, pero ¡sigue siendo el hogar ancestral de nuestra familia!

Cada vez había ido alzando más la voz y, cuando Oliver y el profesor entraron escasos segundos después, se les veía claramente incómodos. Los documentos habían quedado esparcidos sobre la mesa, y ambos se acercaron a verlos con obvio interés.

—Estamos a finales de verano —siseó Mathilde entre dientes—. Después te lo cuento todo, ahora quiero oír al profesor.

Se sentía avergonzada por haber tardado tanto en encargarse de algo que tendría que haber hecho semanas atrás, y no le apetecía admitir ante su hermana que había sido una desconsiderada.

—Sí, después hablamos —dijo Rachel en voz baja, antes de apartar la mirada.

Mathilde luchó por reprimir las lágrimas al ver lo decepcionada y consternada que estaba su hermana.

El profesor Thornton carraspeó con fuerza y todo el mundo se volvió hacia él.

—Bueno, ya puedo confirmar que, tal y como sospechábamos, este documento forma parte de una serie de cartas que María de Escocia y los involucrados en la conspiración de Babington intercambiaron en 1586. —Su voz se alzó un poco, su entusiasmo por los eventos históricos era prácticamente palpable—. Solo que fueron interceptadas por un hombre llamado Thomas Phelippes, quien compiló códigos para intentar burlar a los conspiradores. Las cartas de María, que estaba presa en aquella época, fueron obtenidas por agentes dobles y entonces se procedió a copiarlas incluyendo instrucciones adicionales, para atraer a los conspiradores a la trampa que estaba urdiendo *sir* Francis Walsingham, un maestro del espionaje que estaba al servicio de la reina Isabel. Estamos ante una pieza del rompecabezas importante y absolutamente fascinante, más aún porque, además de estar en código, también se añadió una clave para cifrarla, añadiendo otro nivel más de protección. Tenemos muy pocos ejemplos de este trabajo, pero sabemos que lo ideó un tal doctor Bright, superintendente del Hospital de Santo Bartolomé, unos cuatrocientos años atrás. Increíble, ¿verdad?

El rebosante entusiasmo del profesor era contagioso y todo el mundo estaba sonriente.

—¿Qué se sabe del palimpsesto, las palabras escritas con tinta invisible entre las líneas de la carta? —preguntó Oliver.

—Ah, eso es un documento privado. Nos explica por qué lo ocultaron, pero es la familia quien debe leerlo. No soy quién para revelar lo que pone. —Depositó una carpeta transparente sobre la mesa—. Aquí dentro está todo. El original todavía está en la caja fuerte con temperatura regulada de la universidad, seguirá allí hasta que acordemos dónde se quedará de forma más permanente. —Miró a Oliver—. Me gustaría hablar contigo más adelante acerca de lo que has descubierto sobre el tríptico. Eso aportará más información sobre lo que ahora sabemos sobre su autor, el dueño de esta casa.

Oliver asintió, y el profesor Thornton les estrechó la mano a los tres antes de marcharse. Lo acompañaron hasta la puerta, y permanecieron en silencio en el umbral mientras el coche se perdía en la distancia. Todo lo que Mathilde había estado esperando —la explicación sobre el hecho de que el tríptico estuviera oculto en la capilla, la historia de su ancestro— se encontraba allí mismo, en el documento que reposaba sobre la mesa. Todo aquello que no podían contarle los fantasmas que la habían seguido desde su llegada a la casa.

Estaba tan sumida en sus pensamientos que no se percató de que un coche se acercaba por el camino de entrada hasta que la persona que iba al volante se detuvo delante de la casa y tocó el claxon con fuerza varias veces. Era Alice y junto a ella estaba sentado Jack, quien se aferraba al salpicadero como su vida dependiera de ello. Bastaba con ver su cara de susto para saber lo temeraria que era su mujer al volante.

—¡Ah! ¡Justo la persona que quería ver! —exclamó Alice, después de bajar con brío del coche. Por primera vez desde que Mathilde la conocía, tenía una gran sonrisa en la cara.

Rachel se apresuró a bajar el escalón de la entrada como si estuviera dispuesta a intervenir si fuera necesario, y preguntó alarmada:

—¡Tía Alice! ¿Cuál es el problema?

—¿Qué problema va a haber? ¡Hemos venido directamente a darle las gracias a nuestra sobrina! —Su sonrisa se desvaneció en ese momento, su rostro se arrugó como una pasa y estalló en llanto de repente; al ver que Rachel hacía ademán de acercarse de inmediato, alzó una mano para detenerla.

Mathilde, por su parte, había retrocedido un paso. Aguardaron unos segundos, y Alice se recompuso un poco y siguió hablando.

—No, dejadme terminar. No puedo negar que me sentí amargamente decepcionada cuando esta muchacha apareció de buenas a primeras después de tantos años. Ninguno de nosotros lo esperaba, y yo no la quería aquí. Era una amenaza para nuestra vida, nuestro hogar, me sentía abrumada y estaba muy asustada. Pero eso no excusa mi comportamiento, fui muy hiriente y actué mal. No quiero ni imaginar lo que habría dicho Peter al respecto, y solo puedo disculparme desde el fondo de mi corazón por mis horrendas acciones. —Se acercó a Mathilde, quien retrocedió otro paso de forma instintiva—. Pero hoy hemos recibido una carta del señor Murray, informándonos de que Mathilde nos ha transferido la propiedad de la vieja granja. Así que ahora ya no tenemos que preocuparnos por si nos quedamos sin un techo bajo el que cobijarnos. ¡No sé cómo agradecértelo!

Mathilde no fue lo bastante rápida en esa ocasión y no logró esquivar a su tía, quien la envolvió en un perfumado abrazo tan fuerte que a punto estuvo de dejarla sin aliento.

—No es nada, tendría que haberlo hecho antes. Perdón por haber tardado tanto. —Su voz sonó enronquecida cuando, al cabo de un largo momento, quedó libre. Vio por encima del hombro de su tía que Oliver y su hermana intercambiaban una mirada de asombro.

Tras unos segundos de silencio, Rachel se llevó a Alice y a Jack a la cocina para preparar una taza de té; «la panacea de todos los problemas para los ingleses», pensó Mathilde para sus adentros.

—¿Por qué no nos has dicho antes que los documentos eran para eso? —preguntó Oliver, que no se había movido del sitio donde había permanecido plantado durante todo aquel espectáculo—. Hemos pensado que ibas a vender la finca.

—Estaba avergonzada —confesó ella—. Tendría que haberlo hecho en cuanto llegué, yo sé mejor que nadie lo que se siente cuando te preocupa no tener un sitio donde vivir. Pero Rachel y tú tuvisteis que hacerme ver lo que tenía delante de mis narices. Tendría que haberme dado cuenta de lo que llevaba a Alice a comportarse así. Fui una tonta.

—No digas eso. —Le pasó un brazo por los hombros y la estrechó contra sí—. Te encontraste con un recibimiento de lo más frío cuando llegaste, es normal que no se te ocurriera pensar en eso al principio. Has avanzado muchísimo desde entonces, a pesar de que solo han sido tres meses. Anda, vamos a tomar un té con tu familia. Y después podrás leer con tranquilidad la carta que te dejó tu ancestro.

Una vez en la cocina, Mathilde no protestó cuando Rachel le dio un gran abrazo y le susurró «lo siento» al oído. Se dio cuenta de que su hermana había estado llorando al notar la cálida humedad de las lágrimas en su rostro, y le devolvió el abrazo; estrechándola con fuerza, susurró:

—Yo también. —Y entonces se sentó a la mesa junto a los demás, uniéndose a aquella improvisada reunión familiar.

Rachel sacó copas y una polvorienta botella de coñac junto con la omnipresente tetera. Esbozó entonces una trémula sonrisa y dijo, con ojos llorosos y voz llena de emoción:

—Papá siempre encontraba algún motivo para sacar el brandi, y me parece un buen momento para seguir con su tradición.

—¡Por la familia! —brindó Alice.

Todos alzaron sus respectivos vasos y copas para unirse al brindis, y aquel tintineo fue el sonido más dulce que Mathilde había oído en su vida. Se excusó y subió a su habitación a por algo que quería darle a Rachel desde hacía algún tiempo. Había estado esperando el momento adecuado, y por fin había llegado.

—Ten, esto es para ti. —La voz le salió algo ronca por la emoción. No le dijo a su hermana que, en un primer momento, su intención era dárselo al marcharse de allí. Ahora sabía desde lo más profundo de su corazón que eso no sucedería jamás, que iba a quedarse allí para siempre.

Rachel apartó el papel de seda que envolvía una fotografía enmarcada de Fleur, una de las que Mathilde le había tomado cuando la había llevado a la ciénaga de noche.

—¡Oh! Es perfecta, ¡gracias! —murmuró Rachel, conmovida.

—La pieza final del rompecabezas de mi familia. —Mathilde miró a su sobrina, que estaba sentada con un vaso de leche, y le guiñó el ojo. La niña respondió con una sonrisa de oreja a oreja.

—¿Vemos lo que pone en la carta secreta? —Oliver miró a Mathilde y a Rachel, que asintieron.

Alice y Jack no entendieron a qué se refería, pero fueron con ellos al salón principal; una vez allí, todos aguardaron en silencio mientras Mathilde tomaba la carta con manos un tanto temblorosas. La sala le transmitía ahora una sensación de calma, la tensa confrontación que se respiraba antes en el aire se había disipado. Tomó la carpeta transparente que contenía la traducción y empezó a leer.

Esta es mi historia. Tom Lutton. Crucé los mares en busca de un hogar y seguridad. No en una única ocasión, sino en dos. Serví a mi reina como apotecario, como espía, y eso me hizo perder a la dueña de mi corazón y de mi amor. Este tríptico relatará mi historia por toda la eternidad. Encontré todo cuanto buscaba y ahora vivo mis días con nuestro hijo en las llanas tierras donde inicié mi viaje.

Mathilde volvió a depositarla sobre la mesa y dirigió la mirada hacia el tríptico, que seguía abierto junto a ella. Una obra que relataba la historia de su antepasado, y la suya propia. Dos caras de la misma moneda. Los cimientos de la casa exhalaron con lentitud; los espíritus de siglos pasados se marcharon, finalmente en paz.

Sin decir palabra, Mathilde pasó junto a los demás, salió por la puerta principal y rodeó la casa. Agarró su pala al pasar junto a ella y un petirrojo que había estado posado en la herramienta la siguió, saltando de rama en rama hasta que llegaron a su huerto, a su rincón del jardín. Sentía la necesidad de estar en el lugar donde siempre se había sentido más cerca de él, de aquel hombre cuya identidad sabía por fin: Tom Lutton, su ancestro.

Él también adoraba aquel rincón, estaba convencida de ello. Ahora entendía por qué sentía la llamada de aquella zona del jardín, por qué se sentía llena de paz y calma estando allí. Hundió su pala en el suelo y empezó a cavar de forma metódica, sacando una palada tras otra y creando junto a ella un montoncito cada vez más grande de tierra. Aquella tierra en la que él también había encontrado solaz.

Se detuvo al notar que la pala golpeaba algo sólido que le impedía ahondar más; ceñuda, la movió ligeramente hacia un lado y lo intentó de nuevo. Había multitud de piedras, y ya le habían dado algún que otro problema. Volvió a suceder lo mismo, así que se arrodilló con cuidado y sacó un terrón de tierra con las manos, seguido de otro. Y de otro más. Había algo bajo el suelo, cerca de su lecho de hierbas aromáticas, y siguió despejándolo con las manos. Sombra estaba tumbado entre unas matas de tomillo, observándola mientras disfrutaba de la calidez del sol.

Fueron necesarias cerca de dos horas de arduo trabajo para descubrirla al fin; en un momento dado, Rachel se había acercado y le había dejado una taza de té en el suelo que había terminado por enfriarse y seguía allí, intacta. Finalmente, Mathilde se incorporó y, con las manos en las caderas y los pies ligeramente separados sobre el montón de tierra que acababa de extraer, contempló la larga losa que tenía ante sí. Apenas estaba desgastada después de llevar tantos años enterrada. Apartó con las manos los últimos restos de arena. En la piedra se había tallado una sencilla inscripción: «Tom Lutton. Fallecido el 4 de agosto de 1607. Un viajero, pero ahora está en casa».

Era su tumba, tan cercana al lugar donde ella llevaba semanas trabajando la tierra. Su ancestro, el ancestro de su padre. Puede que su propio hijo, el niño con el que ella había soñado, le hubiera dado sepultura allí, en aquel rincón del jardín que, al igual que ella misma, él había amado tanto. Quizá fuera ese el motivo de la paz y la tranquilidad que envolvían aquel rincón tan especial. Deslizó las yemas de los dedos por las altas briznas de hierba que crecían junto a ella, dejó que se deslizaran lentamente contra su piel. Ella también había sido una viajera, pero ahora estaba en casa.

Agradecimientos

Bueno, ¡aquí está! Este segundo libro era particularmente difícil y no estaba segura de poder escribirlo. Pero entonces empezaron a fluir las palabras, Tom y Mathilde comenzaron a relatar sus respectivas historias.

No habría podido llegar a este punto ni mucho menos sin la gran cantidad de ayuda, colaboración y apoyo que he recibido de unas personas increíbles. En primer lugar, un agradecimiento enorme a mi brillante editora, Molly Walker-Sharp, quien dio forma a este libro y siempre me da mucho ánimo, algo que agradezco de verdad… ¡Eres genial! Gracias también al departamento de *marketing* y a todo el equipo de Avon; hacéis un trabajo fantástico, os estoy increíblemente agradecida a todos.

Mi sincero agradecimiento también a Ella Kahn, mi maravillosa agente de la agencia literaria Diamond Kahn and Woods. Tu perspicacia y tus sugerencias siempre son muy útiles y acertadas; no sabes cuánto agradezco que siempre estés al otro lado de un correo electrónico, y que nunca te importe lo absurdas que pueden llegar a ser algunas de mis preguntas. Gracias por animarme siempre con tu apoyo y tu entusiasmo, y por estar en mi equipo en todo momento.

Debo hacer una mención muy especial a mi compañera de la oficina virtual y lectora beta, Jenni Keer, quien hace que las horas de trabajo en el escritorio sean mucho más amenas. Gracias por vivir en mi teléfono durante el último año y por darme ánimos en todo momento. También debo darles las gracias a mis compañeras y muy buenas amigas de las secciones de Suffolk y Norfolk de la RNA, en especial a

Heidi Swain, Rosie Hendry, Claire Wade, Ian Wilfred y Kate Hardy. Siempre estáis listas y dispuestas para agitar los pompones y animarme, siempre puedo contar con vuestro apoyo. ¡Sois geniales!

No podría haber escrito esto sin recibir ayuda especializada por parte de ciertas personas. En primer lugar, gracias a David Hollingworth por ayudarme a revisar mi francés de cuando iba a la escuela, ¡tendré que ir de visita cuando pueda para seguir poniendo a prueba mis conocimientos! Gracias también a Sarah Voysey, cuya inspiradora autocaravana reconvertida me ayudó sin duda a la hora de idear la ambulancia de Mathilde. Y una mención muy especial a una serie de personas fantásticas (¡sabéis quiénes sois!) que siempre están dispuestas a responder a todas, absolutamente todas las preguntas que se me puedan ocurrir. Sois una verdadera mina de experiencia. Un agradecimiento especial va para Sara, Lisa, Fiona, Catherine, Eleanor, Mary, Rhian y Rebecca, por ayudarme a salir de un agujero.

Huelga decir que no podría haberme sentado a escribir *El espía de la reina* sin todo el apoyo y la ayuda que recibo en casa, así que debo una gran deuda de gratitud a mi marido, Des, quien tiene la amabilidad de jugar al golf siempre que puede para dejarme en paz. Des, ¡no hay palabras para expresar cuánto te lo agradezco! No, de verdad, lo digo en serio. Y, como siempre, gracias también a mis adorables hijos; valoro muchísimo vuestro apoyo y este libro es para vosotros, querubines.

Y mi agradecimiento final tiene que ser para mis maravillosos lectores, que me han apoyado de forma increíble durante el último año. No sabéis cuánto agradezco vuestro entusiasmo, me habéis emocionado de verdad. Que la gente me diga lo mucho que disfruta con mis personajes y comparta después esos pensamientos mediante reseñas es el mejor premio para mí. Todos vosotros me alegráis el día, y me siento inmensamente agradecida. Por favor, si no me has encontrado todavía en las redes sociales, ¡no dudes en venir a saludarme!

Twitter: @claremarchant1
Instagram: claremarchant1
Facebook: /ClareMarchantAuthor